dtv

W0326070

Hebe ist noch keine zwanzig, unverheiratet und schwanger. Den Vater ihres Kindes kann sie nicht nennen. Die Familie ist entsetzt und drängt sie zur Abtreibung. Doch lieber verläßt Hebe bei Nacht und Nebel und mehr oder weniger mittellos das Haus. Eine ausweglose Situation. Zwölf Jahre später treffen wir sie wieder, in angenehmen Lebensumständen und als erfolgreich alleinerziehende Mutter. Sie muß es verstanden haben, ihre Talente zu nutzen … Eine verrückte Geschichte »voll Wärme und Humor«, ein Buch von »seltener Heiterkeit« (Guardian).

Mary Wesley wurde 1912 bei Windsor geboren. Sie heiratete zweimal, beim zweiten Mal ihre große Liebe, bekam drei Kinder und veröffentlichte mit siebzig Jahren den ersten ihrer zahlreichen Romane, die so erfolgreich waren, daß sie inzwischen zu den meistgelesenen englischen Schriftstellerinnen gehört. Heute lebt sie in einem kleinen Haus in Devon.

Mary Wesley

Eine talentierte Frau

Roman

Deutsch von Angelika Felenda

Deutscher Taschenbuch Verlag

Von Mary Wesley
sind im Deutschen Taschenbuch Verlag erschienen:
Ein Leben nach Maß (11741)
Führe mich in Versuchung (12122)
Matildas letzter Sommer (12176)
Die letzten Tage der Unschuld (12214)
Ein böses Nachspiel (20072)
Ein ganz besonderes Gefühl (20120)
Zweite Geige (25084)

Ungekürzte Ausgabe
Juni 1998
Deutscher Taschenbuch Verlag GmbH & Co. KG,
München
© 1985 Mary Wesley
Titel der englischen Originalausgabe:
›Harnessing Peacocks‹ (Macmillan London Ltd.)
© 1993 der deutschsprachigen Ausgabe:
Deutscher Taschenbuch Verlag GmbH & Co. KG,
München
Umschlagkonzept: Balk & Brumshagen
Umschlagbild: Ausschnitt des Gemäldes ›The Morning Sun‹ (1922)
von Pauline Palmer
(© Collection of the Rockford Art Museum,
Gift of the Friends of American Art, 1922)
Satz: IBV Satz- und Datentechnik GmbH, Berlin
Gesetzt aus der Stempel Garamond 9,5/11˙ (Linotron 202)
Druck und Bindung: Presse-Druck, Augsburg
Gedruckt auf säurefreiem, chlorfrei gebleichtem Papier
Printed in Germany · ISBN 3-423-08458-8

Für Toby

»Hebe«, rief der alte Mann.

»Ja.«

»Bring diese Briefe für mich zur Post.« Er saß in seinem Zimmer, erledigte seine Korrespondenz, als sei alles in Ordnung, und nutzte die Zeit bis zur Ankunft seiner älteren Enkelinnen und deren Ehemännern. Mit einer Handbewegung deutete er auf den Stoß Briefe. Hebe nahm sie an sich. Er sah nicht auf.

»Mach die Tür zu.«

Ihr ganzes Leben lang hatte sie ihn »Mach die Tür zu« sagen hören, weil ihn Leute, die die Tür offenließen, wahnsinnig machten.

Als Hebe die Briefe nahm, warf sie einen Blick auf sein Profil, ein Profil, das dem diverser Vorfahren glich, deren Porträts in der Halle, im Speisezimmer und im Treppenaufgang hingen. Sie fragte sich, ob er wohl erstaunt wäre, wenn sie sagte: »Ich liebe dich, ich verstehe, wie du dich fühlst, könntest du einmal versuchen, mich zu verstehen?« Oder, dachte sie, die Briefe in den nervösen Fingern haltend, ich könnte ihn einfach schlagen, so fest ich kann. Sie ging aus dem Zimmer und schloß die Tür. Ihre Großmutter, die bei offener Tür auf dem Wohnzimmersofa ruhte, wo sie alles mitbekam, hörte die Tür ins Schloß fallen, blickte aber nicht auf.

Hebe rannte die Treppe hinunter in den Garten, lief nach links über den von der Sommersonne verbrannten Rasen und ging von dem rosafarbenen Backsteinhaus mit den freundlichen Fenstern weg zum Obstgarten, wo sie außer Sichtweite war. Hier zog sie die Schuhe aus, um barfuß zu gehen, strich das Haar hinter die Ohren und folgte dem Pfad, der zum Kirchhof führte und hinter der Kirche zu dem Briefkasten an der Mauer.

Auf dem Kirchhof blieb sie stehen und sah den Schmetterlingen zu, die sich auf den Grabsteinen sonnten und um die Gänseblümchen im ungemähten Gras flatterten. Einige Grabsteine standen schief. »Deine Eltern würden sich im Grab umdrehen«, hatte ihr Großvater mehrmals gesagt. Es war eine Angewohnheit von ihm, sich zu wiederholen. Hatten sich die Leute unter diesen Steinen auch in ihren Gräbern umgedreht, weil es ein weibliches Familienmitglied gab, das Schwierigkeiten machte? Schwierigkeiten machen war ein milder Ausdruck, verglichen mit »Hure«, »Lügnerin«, »Schandmal« und »Schlampe«. Hebe starrte die Grabsteine an. Sie fühlte sich betäubt und erschöpft von den Auseinandersetzungen, die seit ihrer Rückkehr vom Arzt immer wieder aufflammten, seit der Eröffnung jener Neuigkeit, die zu endlosen Befragungen, verletzenden Bemerkungen und Anschuldigungen geführt hatte. Hebe krümmte die Zehen und zog sich die Haare vors Gesicht. Wenn man lange genug hier im Kirchhof saß, sah man manchmal einen Igel und zuweilen auch Kröten. In ihrer Verzweiflung riß Hebe den Gänseblümchen die Köpfe ab, steckte sie zwischen die Zehen und betrachtete das Ergebnis. Es war kein Trost. Durch ihre Brillengläser starrte sie auf eine Inschrift neben sich und fuhr sie mit dem Finger nach: »In Ausübung seiner Pflicht verstorben«. Armes Schwein, dachte sie, einen Ausdruck ihres Schwagers übernehmend. Sie zupfte die Gänseblümchen von ihren Zehen und legte sie auf das Grab. Soviel zur Pflichterfüllung. Sie raffte sich hoch und ging auf Umwegen an den Stallungen vorbei zum Haus zurück. In der einzigen belegten Box wieherte die Zuchtstute ihres Großvaters. Hebe ging zu ihr hin, streichelte die weichen Nüstern und schnupperte den süßen Atem des Tieres. Sanft blies sie dem Pferd in die Nasenlöcher. »Na, wie geht's dir denn?« Das Tier stampfte nervös auf und schlug mit der Hinterhand aus. Aus der Ecke der Box schaute eine Ziege sie mit ihren seltsam gespaltenen Augen an.

»Sie wird sich daran gewöhnen. Ist Gesellschaft für sie.« Der Stallarbeiter, einen Kübel Wasser in der Hand, trat zu ihr heran.

»Was ist mit ihrem Fohlen passiert?«

»Es war ein kleines Muli. Ihr Großvater war gar nicht begeistert.«

»Wie ist das passiert?«

»Sie ist durchgebrannt, durch den Zaun gebrochen. Hat einen von den Waldeseln getroffen, würde ich sagen.« Er lachte und stellte den Eimer in die Ecke der Box. Die Stute legte die Ohren an. »Na ja«, sagte er, schlüpfte geschickt aus dem Verschlag und verriegelte die Tür. »Sie wird es bald vergessen.« Hebe beobachtete, wie er wegging, sie verabscheute ihn. »Hier«, sagte sie zu der Ziege, »bring das zur Post.« Die Ziege schnappte nach den Briefen und begann zu kauen. »Er hat also dein Fohlen umgebracht«, sagte Hebe zu dem Pferd. »Für mich arrangiert er eine Abtreibung.«

Von der Auffahrt her hörte Hebe Autogeräusche. Ihre Schwäger trafen ein, Robert, Delian und Marcus, die mit ihren Schwestern Ann, Beata und Cara verheiratet waren; sie fuhren einen Jaguar, einen Range Rover (kauft britische Waren) und einen Alfa Romeo (wer in Brüssel arbeitete, durfte einen ausländischen Wagen haben). Hebe verließ die Stallungen und schlüpfte ins Haus zurück, um in der Halle Position zu beziehen, wo sie die Diskussionen ihrer älteren und schlaueren Verwandten belauschen konnte, die nichts weiter waren als eine Formalität, mit der ein bereits gefaßter Entschluß besiegelt wurde. Den Rock um die Knie gewickelt, saß sie auf der Treppe. All ihre Verwandten artikulierten klar – nie mußten sie ermahnt werden, nicht zu nuscheln –, und da die Großeltern beide etwas schwerhörig waren, sprachen sie besonders deutlich.

Sie nahmen einen Drink. Sie hörte Gläser klirren, Füße scharren und den Stuhl knarren, als ihr Großvater sich setzte. »Nun denn.«

Der Hund ihres Großvaters, der den ganzen Nachmittag auf der Veranda gelegen hatte, kratzte an der Wohnzimmertür. »Laßt den Hund rein.« Die Tür wurde geöffnet, und der Hund kam hinein. Großvater wartete, bis die Tür geschlossen war, sagte noch einmal: »Nun denn«, und Robert, der Mann der ältesten Enkelin, eröffnete das Verfahren.

In erster Linie müsse der Name der Familie geschützt werden, stellte er fest. Er schlug eine Privatklinik vor. Trotz der hohen Kosten lohnten sich die Ausgaben, da die Angelegenheit sofort in die Hand genommen und nicht herumgepfuscht werde.

Zum zweiten, obwohl das natürlich weniger wichtig sei, je schneller sie handelten, desto geringer sei die Chance – Robert räusperte sich –, daß seine Wählerschaft oder die Marcus Bank Wind davon bekämen (Vorstandsvorsitzende von Banken seien konventionelle Leute). Hebe hörte Delian einwerfen: »Sollten wir nicht andere Möglichkeiten in Betracht ziehen?« Seine helle Stimme klang zögernd. »So etwas kommt in vielen Familien vor, auch in der Kunst, sogar in der Politik.«

»Das haben wir bereits besprochen, Delian. Wenn uns der Mann bekannt wäre, wenn er in Ordnung wäre, könnten wir die Sache regeln. Aber wie die Dinge liegen, haben wir keinen Anhaltspunkt. Von ihr ist keine Hilfe zu erwarten. Die Sache einfach auf sich beruhen zu lassen, kommt nicht in Frage.«

»Es ist doch klar, daß es irgendein Hippie ist, höchstwahrscheinlich ein Schwarzer. Deshalb will sie uns nicht sagen, wer es ist.« Variationen dieses Themas hatte Hebe tagelang gehört.

»Die meisten Familien haben eine Leiche im Keller.« Delian versuchte es erneut. In seiner Stimme lag Ironie. »Ich meine, denkt doch an die Bibel, an den armen, alten Joseph etwa.«

»Er wußte, wer es war!« rief Cara dazwischen.

»Delian, verschone uns mit deinen Blasphemien.« Großvater klang vernichtend. »Bitte bleib bei der Sache. Jetzt ist nicht der Moment für schlechte Witze.«

Plötzlich, wie bei einer Hundemeute, die eine neue Fährte gefunden hat, hob sich der Geräuschpegel. Anns Stimme übertönte die anderen. »Wir müssen an unsere Kinder denken, Delian. Ich möchte nicht, daß meine irgendeinen komischen Cousin bekommen. Ich bin sicher, Cara ebensowenig, und deine Frau Beata steht kurz vor der Geburt ihres ersten Kindes. Du mußt an sie denken.«

Hebe verspürte den heftigen Wunsch zu lachen. Sie nahm die Brille ab und putzte sie mit ihrem Rocksaum. »Und wer«, fuhr Ann fort, »wer auf der Welt würde Hebe heiraten, wenn sie mit diesem farbigen Kind geschlagen ist? Wir müssen wirklich bedenken, was das Beste für sie ist. Wir sind keine selbstsüchtigen Menschen, denen alles egal ist. Laßt Robert entscheiden, was das Beste für die Familie und für Hebe ist.«

Es dauerte eine ganze Weile, bis jeder der Verwandten seine Meinung vorgebracht hatte. Hebe vernahm atemlos hervorgestoßene Halbsätze, Worte wie »verantwortungslos«, »selbstsüchtig«, »Lügnerin«, »nicht zu spät«, »bald vorbei und bald vergessen«. Robert brachte den Chor schließlich zum Schweigen, indem er sie niederbrüllte, eine Methode benutzend, mit der bei politischen Versammlungen Zwischenrufer ausgeschaltet wurden. »Schluß mit dem Gemeckere, ja? Ich werde jetzt Dr. Armitage anrufen. Ich muß heute abend wieder in London sein. Morgen fliege ich nach New York.« Die Spanne Zeit, die er zu opfern bereit war, war abgelaufen. Stille trat ein. Hebe hörte ihn das Telefon benutzen und die Arrangements treffen. Ein Zimmer in der Klinik. Operation am Nachmittag. Am nächsten Tag zu Hause. Hervorragend.

Während sie Roberts kultivierter Stimme lauschte, wie er sich von einer Peinlichkeit freikaufte, ein gesellschaftliches Ärgernis beseitigte, dachte sie: Ich liebe diese Menschen, sie sind meine Familie, sie verstoßen mich nicht, sie stellen einfach sicher, daß ich mich ihrer Sicht der Dinge füge. Ein Windstoß fegte durch die offene Tür. Der Himmel war düster, langersehnter Regen stand bevor. Es wurde zunehmend dunkel und kühl. Auf der anderen Seite der Tür hörte sie wieder Robert.

»Das wäre also erledigt. Kannst du sie am Morgen rauffahren, Delian?«

»Kein Problem.«

»Gut, gut.« Roberts Hände knackten, als er sie rieb. »Nun denn, wir sollten uns auf den Weg machen. Fertig, Ann?«

»Habt ihr noch Zeit für einen Drink?« Es war die Stimme ihrer Großmutter.

Sie hat Angst, mit mir allein zurückzubleiben, dachte Hebe, aber sie hat keinen Finger gerührt, um mir zu helfen.

»Nein, nein danke, wir müssen los.«

Hebe rannte die Treppe hinauf, zwang ihre bleiernen Beine zur Eile, erreichte ihr Zimmer über der Veranda und schloß die Tür. Heute abend würden sie nicht in ihre Nähe kommen, sie dachten, sie sei zu Bett gegangen. Vor Seelenqual zitternd, zog sie eine Wolljacke über, wechselte die Schuhe, nahm aus dem Frisiertisch die Perlen und die Ringe ihrer Mutter – Ann, Beata und Cara hatten die besten Stücke –, stopfte sie in die Tasche, zählte ihr Geld, siebzehn Pfund, drehte die Lichter ab und blieb lauschend am offenen Fenster stehen. Regen begann auf den wilden Wein zu tropfen. Unten ging die Haustür auf, Licht ergoß sich über die Auffahrt. Ein fröhliches Stimmengewirr ertönte, man verabschiedete sich. »Also Wiedersehen, Wiedersehen.« – »Bin froh, daß das geregelt ist.« – »Wirklich dankbar.« – »Gern geschehen.« – »Bis bald.« – »Fahr vorsichtig.« – »Herrliche Nacht.« – »Wenn man Regen herrlich findet.« – »Wir brauchen ihn für die Ernte.« – »Gute Nacht, gute Nacht, alles Gute.«

Sie beobachtete, wie Robert und Ann die Großeltern küßten, in den Jaguar stiegen und wegfuhren.

Dann stiegen Marcus und Cara in den Range Rover und schließlich Delian in seinen Alfa Romeo.

»Liebe Grüße an Beata«, riefen sie. Die schwangere Beata hatte an der Konferenz nicht teilgenommen; es hätte sie aufregen können; sie durfte keine Fehlgeburt riskieren.

Mit hellen, den Sommerregen durchdringenden Scheinwerfern rasten die Autos die Auffahrt zur Hauptstraße hinunter.

»Zeit fürs Bett.« Großvater machte kehrt und ging ins Haus zurück. »Es war eine anstrengende Woche.«

Hatte der Alptraum nur *eine* Woche gedauert?

»Daß uns so etwas passieren mußte!«

»Guter Junge, dieser Robert. Vernünftig. Er wird es weit bringen, denk an meine Worte.«

Hebe wartete, bis ihr Großvater den Hund hinausließ; dabei stand er auf der Veranda und sprach so zärtlich mit ihm, wie er es mit keinem anderen Wesen tat. Die Haustür wurde zugeschlagen. Die Küchentür schloß sich, der Hund legte sich in seinen Korb. Treppen knarrten, als der alte Mann, die Lichter löschend, hinaufstieg, um schlafen zu gehen. Die Standuhr in der Halle schlug elf.

»Es ist spät.« Die Tür von Großvaters Schlafzimmer schloß sich. Das Haus wurde still. Hebe wartete.

Sie fühlte sich unendlich müde. Schlaf war eine überwältigende Verlockung. Würde es auf ein paar Stunden ankommen? Aber wenn sie nicht aufwachte? Das Kind in ihrem Bauch strampelte. Sie schlich die Treppe hinunter, suchte zwischen den Mänteln, die über dem Hallentisch lagen, fand ihren eigenen und ging in die Küche. Der Hund in seinem Korb wedelte mit dem Schwanz. Sie beugte sich hinunter, streichelte seinen Kopf, befühlte seine seidigen Ohren. Der Hund knurrte wohlig und mahlte mit den Kiefern. »Leb wohl, Smut.«

Draußen im Regen zögerte sie. Über der Veranda schob ihr Großvater das Fenster hoch.

»Ein herrlicher Regenguß. Gerade zur rechten Zeit, bevor diese Idioten vom Wasseramt verboten hätten, die Gärten zu sprengen.«

Ihre Großmutter antwortete etwas Unhörbares.

»Gerissener Bursche, dieser Robert. Wirklich vernünftig. Hat dieses Schlamassel in kürzester Zeit geregelt. Ich weiß nicht, warum diese kleine Närrin nicht sein kann wie ihre Schwestern ...«

»Die arme –«

»Überhaupt nicht arm. Wir haben eine Schlange an unserem Busen genährt.«

»Mein Hörgerät ist nicht in Ordnung. Ich kann nicht hören, was –«

»Ich sagte, wir haben eine Schlange an unserem Busen genährt. Façon de parler.«

»Schlangen sind wundervolle Mütter.« Schwacher Anflug von Widerspruch.

»Die Chance, das zu beweisen, werden wir ihr nicht geben.« Er ließ das Fenster zuknallen.

Hebe zog ihre Schuhe an, schlug den Mantelkragen hoch und trat in den Regen hinaus. Sie hoffte, diese Stimmen nie mehr hören zu müssen.

I

Ihre Zwillingswagen schiebend, gingen die jungen Mütter nebeneinander her. In jedem Wagen lagen zwei Kinder. Die jüngeren saugten an Schnullern, die älteren räkelten sich resigniert hinter den Plastikabdeckungen, die sie vor dem Nieselregen schützten. Die Frauen machten vor den Schaufenstern halt und redeten über die ausgestellten Waren. Sie nahmen den ganzen Gehsteig ein. Leute, die vorbeigehen wollten, mußten in den Rinnstein treten oder sich seitwärts in Hauseingänge zwängen.

Hebe kam die Galle hoch. Sie empfand ein starkes Bedürfnis, die jungen Mütter anzurempeln, sie anzuschreien, sie sollten Platz machen, sie zu erschrecken, sie zur Rücksichtnahme zu zwingen. Daß beide hochschwanger waren, machte Hebe nur noch wütender; als sie mit Silas schwanger gewesen war, hatte sie nie soviel Platz beansprucht. Nie hatte sie zugelassen, daß Silas an einem Schnuller saugte. Er hatte auch keinen Kinderwagen gehabt, fiel ihr ein. Sie trug ihn in einem Tragetuch nahe an ihrem Herzen.

Ihren unfreundlichen Gedanken nachhängend, ging Hebe hinter den Frauen her, mokierte sich über die wackelnden Hinterteile, das mechanische Drehen der Köpfe, die abrupten Ausbrüche albernen Gelächters. Mit wachsender Ungeduld spürte sie, wie ihr Gesicht rot wurde und ihre Brillengläser sich zu beschlagen begannen. Sie ließ die Frauen weitergehen, nahm ihre Brille ab und putzte sie; sie genoß das Gefühl des glatten Glases zwischen Zeigefinger und Daumen.

Immer noch redend, schoben die Frauen an der Straßenecke die Kinderwagen vom Gehsteig. Ein heranfahrendes Auto kam mit quietschenden Reifen zum Stehen, die Kinder um Zentimeter verfehlend; der Fahrer war einem Herzanfall nahe.

»Können Sie nicht schauen, wohin Sie gehen?«

»Der blöde Hund hätte fast meinen Kevin totgefahren.«

»Passen Sie doch auf, wohin Sie gehen, passen Sie doch auf –«

Hebe bog ums Eck und grinste voller Schadenfreude. Die Brille in der Hand, damit sie von der Straße, die ihr mißfiel, so wenig wie möglich zu sehen bekam, fragte sie sich, ob sie durch ihre Ungeduld und ihr mangelndes Mitgefühl den Frauen Unglück gebracht hatte. Sie verspürte ein brennendes Gefühl von Macht, gleichzeitig verrückt und aufregend, als sie mit beschleunigten Schritten den Hügel hinaufzugehen begann.

Ohne die Brille konnte sie nur verschwommen dunkle Ziegelmassen ausmachen, ein Haus so scheußlich wie das andere, rötliche Steine mit hellbeigen Ziegelumrahmungen um die Fenster, kompromißlos, solide gebaut, häßlich.

Bei dem Anstieg – beschwerlich sogar für junge und gesunde Menschen, paradiesisch als Fahrradabfahrt für leichtsinnige Kinder – atmete sie die feuchte, salzgetränkte Luft ein und nahm plötzlich einen undefinierbaren Geruch wahr: Kaffee, Pfeffer, Rauch vermischten sich mit dem Aroma der panischen Alpträume, die sie heimsuchten, sie packten und ihr, wie auch jetzt wieder, einen tiefen Schrecken einjagten. Sie blieb stehen, die Hand auf die Brust gepreßt; schließlich bedeckte sie die Augen, um die hohen Gebäude nicht sehen zu müssen, die um sie herum aufragten, den Himmel verdeckten, sich nach innen bogen und aus blinden, dunklen Fenstern wie mit den Augen von Tiefseefischen auf sie herabglotzten. Sie hörte höhnische Bemerkungen und Gelächter, das gedankenlose Geschwätz einer unsichtbaren Menge umgab sie mit furchteinflößender Fröhlichkeit, sperrte sie in einen schrecklichen Kokon, so daß sie schwitzte, zitterte und sich nicht rühren konnte, als die leiernden Stimmen anhoben:

»Wer ist der Mann? Könnte jeder sein. Wer ist der Mann? Sprich nicht so mit deinem Großvater. Ein langhaariger Herumtreiber. Schmutzige Füße. Bärte. Du bist eine Hure. Deine Schwestern haben nie – Wer war – Gitarren – Antworte nicht in diesem Ton. Ohrringe – Haschisch – Heroin. Vermutlich ein Kommunist. Schmutzige Fingernägel. Wer war der Mann? Kann kein richtiges Englisch. Mach keine Ausflüchte. Eine Abtreibung muß gemacht werden. Was werden deine Schwäger sagen? Wer war es? Du mußt es wissen. Sei nicht unverschämt. Wo ist es passiert? Vielleicht ist es *schwarz*. So viele Opfer, wir haben alles für dich getan. Wage es nicht, so zu sprechen. Lüg nicht. Wenn es nicht so ein Skandal wäre, könntest du zum Gesundheitsamt gehen. Was meinst du mit zu spät? Im wievielten Monat? Natürlich weißt du es. Denk an deine Freunde. Ich schreie *nicht*. Deine Schwestern. Du hast deine Großmutter zum Weinen gebracht. Sei wenigstens höflich. Nach allem, was wir für dich getan haben. Was werden die Leute sagen. Wer war es? Vielleicht ist er vorbestraft. Vielleicht ist er krank, vielleicht schwarz. Das ist unerträglich. Wer – wer – wer –?«

Sie wußte, wenn sie sich zusammennahm, würde die Angst vergehen. Sie würde sich erholen, als erwachte sie aus einer Narkose.

»Ich bin nicht verrückt.« Sie öffnete die Augen. Sie hatte laut gesprochen; sie sah sich schnell um, um festzustellen, ob jemand sie gehört hatte, dann hastete sie die Straße hinauf, zwang ihre Füße zur Eile, trieb sich an. Als sie mit klopfendem Herzen und keuchendem Atem bei ihrer Haustür angekommen war, suchte sie nach dem Schlüssel, hatte noch immer den unwirklichen Geruch in der Nase. Was bedeutete er nur? Einbildung oder nicht, nach dem Schrecken wirkte er beruhigend, beglückend sogar, was sie der Befreiung von der lähmenden Angst zuschrieb. Sie hatte es sich eingebildet. In der häßlichen, vertrauten Straße war sie sicher, sicher vor den unheimlichen Stimmen, die in der fremden Stadt die bekannten Anschuldigungen murmelten, vor den alptraumhaften spähenden Augen, den beengenden Wänden, der Dunkelheit und den Stimmen. Wenn sie nur die Panik beherrschen könnte, würde vielleicht jener Freudenstrahl zu ihr durchdringen, der immer außer Reichweite zu sein schien. Als sie ihren Schlüssel fand, schämte sie sich ihres Neides auf die beiden Frauen mit den Kindern, dem Kinderwagen und dem einfachen Leben. Vielleicht, dachte sie, während sie ihre Brille aufsetzte, hatte Neid die Panik ausgelöst. Sie schloß die Tür auf; das Telefon klingelte im Haus. Ihr Herzklopfen beruhigte sich. Irgendwo hinter den toten Fischaugen, den drängenden Fragen, war Fröhlichkeit, unwirklich, quälend, fast ausgelöscht durch diese andere Angst. Epileptiker müssen sich so fühlen, dachte sie, und sog den Geruch des Hauses ein: Knoblauch, Blumen vom Markt, Kräuter. Das Telefon hörte auf zu klingeln.

Trip, die schildpattfarbene Katze, kam, um sie zu begrüßen, drückte mit harten kleinen Stößen den Kopf an ihre Fesseln, kitzelte sie mit den Schnurrhaaren. Sie hob die Katze hoch. »Hungrig?« Trip schnurrte, stieß mit eingezogenen Krallen, um sie nicht zu verletzen, eine Pfote gegen ihre Wange.

Jim Huxtable, der weiter oben an der Straße mit Hannah Somerton redete, setzte den Hut auf, den er in der Hand hielt, unterbrach sich und starrte die Straße hinunter.

»Wer ist das Mädchen?«

»Sie heißt Hebe. Sie ist eine Nachbarin.« Hannah beanspruchte Hebe für sich.

»Hebe, eine Jungfrau, mit Blumen gekrönt, gekleidet in ein buntes Gewand.«

»Das ist ein Caritas-Anorak.« Hannah versuchte seine Aufmerksamkeit wiederzugewinnen.

»Hebe, Tochter des Zeus und der Hera.« Sie hatte die Tür geöffnet, war verschwunden.

»Wer?« Wovon sprach der Mann?

»Hebe war die griechische Göttin der Jugend.« Er sah Hannah an. »Sie schirrte Pfauen an. Dann geriet sie in eine Lage, die –«

»Ich dachte, man nennt Kellnerinnen so, Bedienungen«, verbesserte sich Hannah aus Angst, ungebildet zu klingen.

»Ah, ja.« Jim betrachtete Hannah: klein, blond, hübsche grüne Augen, fast wie Maudie Littlehampton. Er war versucht, sie näher kennenzulernen, herauszufinden, wie sie im Bett war.

»Eine Jungfrau ist sie kaum, sie hat einen zwölfjährigen Sohn.« Hannah lachte und zeigte ihre makellosen Zähne. »Sie ist Köchin.«

»Wirklich? Also, ich muß gehen. Wenn Ihnen jemand einfällt, der etwas Interessantes zu verkaufen hat, hier ist meine Karte. Meine Telefonnummer steht drauf.« Er verlor das Interesse an Hannah.

»Danke, ich melde mich, wenn mir etwas einfällt.«

»Danke.« Er schickte sich an zu gehen.

»Haben Sie die Briefbeschwerer meiner Tante gesehen?« Sie wollte das Gespräch nicht abreißen lassen; wirklich attraktive Männer waren eine Seltenheit.

»Ja, sie will sie nicht hergeben.«

»Hübsch, nicht?« Sie hätte ihn gern aufgehalten.

»Sehr hübsch.« Er ging weg. Sie mochte, wie er ging, eine europäische Gangart, die amerikanische war ganz anders. Sein Haar unter dem Hut war grau, seine Augen dunkelgrau. Ich wünschte, ich würde mehr von Antiquitäten verstehen, dachte sie, als sie die Straße überquerte, dann hätte ich ihn in ein Gespräch verstrickt. Sie sah auf die Karte: »James Huxtable.« Eine Londoner Telefonnummer, Adresse in Fulham. Sie öffnete Hebes Tür und trat ins Haus.

»Du bist wie eine Wilde die Straße heraufgestürmt.« Die Feststellung beinhaltete eine Frage.

»Ist gut fürs Herz, sagt man.« Hebe gab sich verschlossen und sperrte ihre Ängste aus bis zum nächstenmal.

»Warum hattest du es so eilig?« Hannah gab nicht nach, neugierig wie sie war.

»Ich muß mir trockene Kleider anziehen, ich bin völlig durchnäßt.« Warum bedrängt sie mich so? »Da waren zwei idiotische Weiber, die ihre Kinder auf die Straße schoben; fast wären sie überfahren worden.« Sie zog den Anorak aus und schüttelte ihn. Trip verzog sich hastig unter einen Stuhl, um keine Tropfen abzubekommen. »Sie hatten so viele Kinder.«

»Keine alleinstehenden Mütter wie wir. Soll ich den Teekessel aufsetzen?« Hannah nahm den Kessel, trug ihn zum Spülbecken und drehte den Hahn auf. Hebe wünschte, Hannah würde sich in ihrer Küche weniger heimisch fühlen.

»Ich muß mich umziehen.«

»Wo bist du gewesen?«

»Spazieren.« Sie hatte nicht die Absicht, die Freuden ihres Spaziergangs zu teilen. Der Marsch über die Felder und das Moor, das Geräusch des von den Bäumen tropfenden Wassers, das Rauschen des Windes, das Blöken der Schafe, der Schrei der Bussarde, die köstliche Einsamkeit.

»Ich wäre mitgekommen, wenn du etwas gesagt hättest.«

Das glaube ich, dachte Hebe, als sie ohne zu antworten die Treppe hinaufging.

»Zum Thema alleinstehende Mütter gibt es eine Menge zu sagen«, rief Hannah ihr nach.

»Ja.« Sie zog ihren Pullover aus.

»Edward hat mir meinen Unterhalt nicht rechtzeitig gezahlt«, rief Hannah die Treppe hoch.

»Tut er doch jedesmal«, rief Hebe zurück.

»Ich habe meinem Anwalt geschrieben.«

»Das machst du auch immer.«

»Was?«

Sie schreibt jeden Monat, dachte Hebe, während sie ihr feuchtes Haar bürstete. Es ist verblüffend, daß die Mittel nicht einfach versiegen. Wenigstens bleiben mir diese Scherereien erspart. Eingehend betrachtete sie ihr Gesicht im Spiegel. Ich sehe nicht aus wie meine Verwandten, dachte sie, noch höre ich mich an wie sie. Sie müssen es sein, die hinter den blinden Fenstern ihre unerträglichen Anschuldigungen herunterleiern. Sie betrachtete ihre hohe Stirn, den vollen Mund, die dunklen Augen.

Bernard Quigley hatte gesagt: »Dein Gesicht ist ein Aktivposten. Du siehst ehrlich aus.« Und er hatte sein krächzendes Altmännerlachen gelacht.

»Ich hab mir schon mal 'ne Tasse Tee genehmigt«, rief Hannah die Treppe rauf.

»Danke, ich trinke Kaffee«, rief Hebe zurück, dann tadelte sie sich für ihre Hochnäsigkeit. Warum sollte sich Hannah keinen Tee »genehmigen«, wenn ihr der Schnabel so gewachsen war?

»Willst du richtigen Kaffee oder Nescafé? Wie war die Arbeit? Sehr langweilig?«

»Nescafé tut's auch. Es war einträglich.«

»Wann ist der nächste Job?«

All diese Fragen. Hebe zog einen Pullover an und kam zu Hannah in die Küche. »Ich habe mich noch nicht entschieden.« Sie nahm die angebotene Tasse, beobachtete Hannah, die sich Tee eingoß, und ärgerte sich über die Art, wie sie es sich, hinter ihrer Teekanne sitzend, gemütlich machte. Dann tat ihr diese mürrische Reaktion leid, und sie zwang sich, freundlich zu sein.

»Nach den Ferien, wenn Silas wieder zur Schule geht.«

»Und wann beehrt uns Master Silas mit seiner Gegenwart?« Hannahs beiläufiger Tonfall konnte nicht verbergen, daß sie neidisch war, weil Silas eine Privatschule besuchte, während ihr eigener Sohn Giles in eine staatliche Schule ging.

»Übermorgen. Wann kommt Giles von seiner Paris-Reise zurück?«

»Morgen.«

»Ich hoffe, es hat ihm gefallen. Silas hat schon Sehnsucht nach ihm.«

»Ist er nicht zu vornehm geworden?«

»Sei nicht albern«, erwiderte Hebe scharf.

»Edward Krull könnte es sich sehr wohl leisten –«

»Natürlich könnte er das, aber er will nicht. Das hast du mir gesagt.«

Hannah holte Luft, sie meinte, sich eine Abfuhr eingefangen zu haben. »Hast du den Typen gesehen, mit dem ich vorhin geredet habe?«

»Ich hatte meine Brille nicht auf. Ich habe niemanden gesehen.«

»Ein Händler. Er ging von Haus zu Haus. Ziemlich toller Typ. Er hat Tante Amy besucht.«

»Leute wie ihn nennt man Klinkenputzer. Hat sie ihm ihre Sachen gezeigt?«

»Er hat ihre Briefbeschwerer gesehen. Sie muß ihn gemocht haben, sonst hätte sie sie nicht aus dem Schrank geholt. Ich habe mich mit ihm unterhalten, wir sind uns nähergekommen, du weißt, wie das ist.«

»Nein.«

»Du bist so zurückhaltend. Nie bleibst du auf einen Schwatz stehen. Dir entgeht eine Menge. Ich habe ihn gebeten, hereinzukommen und nachzusehen, ob ich etwas habe, das ihn vielleicht interessiert. Ich fand, er war jemand, den ich gerne kennenlernen würde.«

»Vielleicht ist er ein Dieb.«

»Mir schien er freundlich zu sein. Dann hat er dich gesehen und gefragt: ›Wer ist das? Wie heißt das Mädchen?‹ Es war, als würde er dich kennen.«

»Ich habe ihn nicht gesehen, wie gesagt. Ich hatte meine Brille nicht auf.«

»Er ging die Straße hinauf, blieb aber stehen und schaute her, als ich zu dir hinüberging. Schade, daß du ihn nicht kennengelernt hast, ihr hättet euch anfreunden können.«

»Das glaube ich nicht.«

»Er sprach auf diese besondere Art, du weißt, was ich meine.«

»Nein.«

»Doch. Er sprach wie die Leute, für die du arbeitest.«

»Woher weißt du, wie sie sprechen?« Hebe war irritiert.

»Das denke ich mir, ich wette, ich habe recht. Du sprichst selbst so.«

»Brauchte er eine Köchin?« fragte Hebe spöttisch.

»Ich habe dir doch gesagt, er hat sich nach Antiquitäten umgesehen, aber« – Hannahs grüne Augen verengten sich – »er machte den Eindruck –«

»Reich zu sein?« Hebe lachte. »Gute Familie?«

»Selbstsicher zu sein.« Hannah lächelte; der Spott machte ihr nichts aus. »Er erschien selbstsicher, bis er dich zu Gesicht bekam, dann machte er einen beunruhigten, irgendwie verwirrten Eindruck.«

Hebe fragte sich, ob der Fremde ein Freund eines ihrer Kunden war. »Wie sah er aus?« fragte sie argwöhnisch.

»Groß, graumeliertes Haar, graue Augen. Bevor du aufgetaucht bist, dachte ich, er würde sich für mich interessieren. Oh, ich meinte –«

»Das glaube ich. Du bist schön.«

»Findest du das wirklich?« Hannah sah erfreut aus. »Ehrlich?«

»Natürlich finde ich das«, sagte Hebe voller Wärme.

»Noch etwas: Er konnte Griechisch und trug einen Hut.«

»Griechisch?«

»Er sagte, Hebe sei die griechische Göttin der Jugend. Man sieht nicht oft Männer, die Hüte tragen. Und er sagte etwas über angeschirrte Pfauen.«

Hebe stürzte ihren Kaffee hinunter.

»Du bist nicht interessiert, nicht wahr? Manchmal frage ich mich, ob du eine Lesbierin bist«, bohrte Hannah nach.

Hebe brachte ihre Tasse zum Abwaschbecken und wandte Hannah den Rücken zu, um ihr breites Lächeln zu verbergen.

»Ich nehme an, Silas' Vater war deine einzige große Liebe.«

»Liest du Kitschromane?« fragte Hebe kalt. Dann – weil sie nicht verletzend sein wollte – fügte sie hinzu: »Ich muß meinen

Lebensunterhalt verdienen. Schau her, Liebe, ich muß alles für Silas herrichten, also –«

»Kann ich dir helfen? Möchtest du, daß ich gehe?«

»Es ist nur, daß ich eine Menge Arbeit habe.« Es war schwierig, Hannah loszuwerden, weil sie sich nichts dabei dachte, stundenlang herumzuhängen. Wieviel einfacher war das Leben gewesen, bevor Ann Tremaynes Nichte in diese Straße zog und ihr rücksichtslos ihre Freundschaft aufzwang.

»In Ordnung, wie du meinst. Laß mich wissen, wenn ich dir irgendwie helfen kann.« Hannah stand auf. Hebe griff nach der Teekanne. »Nein, nein, ich mach das schon.« Hannah riß die Kanne hoch, leerte sie aus und reinigte sie mit minuziöser Sorgfalt. »Ruf einfach rüber, ich hab ja sonst nur Giles und Tante Amy.« Würde sie denn niemals gehen?

»Vielleicht hätte ich ihn fragen sollen, wo er wohnt, ihn zu einem Drink einladen oder so was. Er schien allein zu sein.«

»Manche Leute sind gern allein.«

»Ich hätte ihn bitten können, George Scoop aufzusuchen.« Hannah überhörte den Wink.

Hebe erkundigte sich nicht nach George, um dem Gespräch keinen neuen Stoff zu liefern.

»Ich war mit George aus, während du weg warst. Es ist nur, daß er den ganzen Tag in Münder starrt. Würde es dich abschrecken, daß er Zahnarzt oder, genauer gesagt, Kieferchirurg ist?«

Hebe schwieg; es entging ihr nicht, daß Hannah den Vornamen ihres Zahnarztes benutzte.

»Er sieht gut aus.« Hannah war entschlossen, über George zu reden. »Er hat eine gute Praxis. Ich habe ihn kennengelernt, als er meine Zähne richtete. Er ist um die vierzig und ein bißchen sparsam in Gelddingen.«

»Das hast du mir gesagt.«

»Er führt mich zum Essen aus. Ich lade ihn zu mir ein. Wir sehen zusammen fern, aber – er macht dauernd solche Bemerkungen, vermutlich weil er so versessen auf seine Arbeit ist.«

»Zum Beispiel?«

»Über die Zähne von Leuten. Ihm fallen ihre Füllungen auf, wenn sie lachen, er sieht, ob ihr Gebiß sitzt, ob ihre Zähne schmutzig sind. Er sagt nicht ›schmutzig‹, er nennt es –«

»Zahnstein.«

»Genau. Er bewundert Mrs. Thatcher und Monsieur Mitterrand wegen ihrer Zähne. Er kommt nie von seiner Arbeit los.«

»Er ist mit ihr verheiratet.«

Da ihr Hebes ironischer Ton nicht gefiel, hielt Hannah inne. »Also, laß mich wissen, ob ich dir helfen kann.« Sie zögerte immer noch.

»Danke.« Hebe drängte Hannah zur Tür und schloß sie hinter ihr. Oh, welche Freude, allein zu sein! Das Telefon läutete, unterbrach die willkommene Stille. Mit gesträubtem Fell sprang die Katze auf den Fenstersims. Hebe nahm den Hörer ab.

»Hallo.«

»'Allo, 'allo, vas für eine Farbe 'aben Ihre Schlüpfer?« Ein starker französischer Akzent.

»Falsch verbunden.« Hebe legte auf.

Weiter oben an der Straße saß Jim Huxtable auf einer Bank, die ein Stadtrat zur Erinnerung an seine betagten Eltern gestiftet hatte, die hier eingezogen waren, als die Häuser noch neu waren. Sie hatten beim Heraufsteigen über schmerzende Beine und quälende Atemlosigkeit geklagt. Nach ihrem Tod hatte der Sohn die Bank aufstellen lassen, die mit den Namen seiner Eltern beschriftet war. Ungezogene Jungen hatten schmutzige

Wörter eingeritzt und vorbeistreunende Hunde hatten Schlimmeres getan. Jim Huxtable wartete für den Fall, das dunkelhaarige Mädchen käme aus ihrem Haus, und hoffte, nochmals einen Blick auf sie werfen zu können. Hübscher Name, Hebe, Mundschenkin der Götter. Viele Pfauen gab es in dieser scheußlichen Straße allerdings nicht anzuschirren. War sie nicht durch einen Fehltritt in Schwierigkeiten geraten, wenn er sich recht erinnerte? So verschieden waren die Sitten in der Antike von den heutigen nicht. Er fragte sich, woher Bernard wußte, daß die alte Frau eine Sammlung von Briefbeschwerern hatte.

Unten an der Straße fiel die Tür zu, und das Mädchen mit den grünen Augen trat heraus. Er wollte nicht noch einmal mit ihr sprechen. Müde und hungrig ging er schnell den Hügel zu seinem Auto hinauf und fluchte, als der Motor nicht gleich ansprang.

Nachdem Hebe die Tür hinter ihr geschlossen hatte, überquerte Hannah hüpfend und springend die Straße. Zwischen zwei Hopsern beschloß sie, wieder zu heiraten.

Als sie an Hannah dachte, brach Hebe in Lachen aus. Eine Lesbierin! Was würde Hannah sich als nächstes ausdenken? Sie dachte an Silas, der morgen nach Hause kommen würde, an seine braunen Augen, die glücklicherweise nicht kurzsichtig waren, an die Biegung seiner Nase, an sein kastanienfarbenes Haar. Von wem hatte er die Nase und das Haar? Nicht von mir, nicht von ihnen. Sie erinnerte sich, wie sie mit Silas schwanger ging, an ihre Liebe für das ungeborene Kind. Damals war sie glücklich gewesen in dieser kostbaren Intimität, die sie nun nicht mehr teilten. Hatte sie der Neid auf diese Frauen in solche Panik versetzt? Empfanden sie für ihre ungeborenen Kinder das gleiche, das sie für Silas empfunden hatte? Vielleicht nicht, weil jede in ihrem Wagen bereits geborene Kinder liegen hatte. Ich mag Babys nicht besonders gern, dachte Hebe, aber Silas als Baby liebte ich leidenschaftlich.

Sie dachte an Hannahs Beziehung zu Giles; eine wohltuende Vertrautheit. Sie beneidete Hannah, aber Hannah erfand »eine große Liebe« für sie. Wie banal.

Trip sprang aufs Abwaschbecken und gab zu verstehen, daß sie immer noch hungrig war. Hebe griff in einen Schrank, um eine Dose Katzenfutter herauszuholen. Sie sah Trip beim Fressen zu und wie sie sich putzte, bevor sie auf ihren nächtlichen Streifzug ging. Die Katze saß da, lauschte den Geräuschen aus den Nachbargärten und versicherte sich, daß keine Gefahr bestand. Nachdenklich betrachtete Hebe das kleine Tier. Silas liebte diese Katze. Trip sauste zum hinteren Zaun, sprang darüber hinweg und verschwand. Hebe ging hinauf ins Bett und rechnete im Kopf ihr Einkommen zusammen. Sie kam auf eine ganz anständige Summe. Wenn sie auf der gegenwärtigen Basis weiterarbeitete, war Silas' Erziehung gesichert, obwohl die Art ihrer Arbeit unsicher war. Alte Damen lebten nicht ewig, und ihre andere Einkommensquelle hatte auch keinen Ewigkeitswert. Obwohl es Spaß machte, dachte sie, räkelte sich in der Einsamkeit ihres großen Bettes und streckte die Beine unter dem Federbett aus; genieß die Nacht ohne irgendeinen Herakles, der sich zwischen deine Schenkel drängt.

2

Unten klingelte das Telefon. Hebe ließ es klingeln, ließ das durchdringende Geräusch anhalten, bis es schließlich erstarb. Sie lag da, freute sich auf morgen, auf Silas, und plante seine Ferien.

Trip verunreinigte den Garten des Nachbarn, scharrte ein wenig, deckte ihr Geschäft mit zarter Pfote zu und kletterte über den Zaun zurück. Es regnete. Vom Zaun schnellte sie auf Hebes Fensterbrett, sprang ins Schlafzimmer und trottete zum Bett hinüber, wo sie unter das Federbett schlüpfte. Als Hebe plötzlich nassen Pelz auf ihrem Gesicht fühlte, schaltete sie die Nachttischlampe an.

»So komme ich nie zu meinem Schlaf.« Sie griff nach einem Handtuch und rieb das kleine Tier ab, das schnurrend in die Wärme kroch. »Das hat dir Silas beigebracht. An den kannst du dich morgen ankuscheln.«

Zum drittenmal läutete das Telefon. Verärgert rannte Hebe hinunter und hob den Hörer ab.

»Ja?« meldete sie sich kurz angebunden.

»Ha'm Sie große Titten?« Ein starker Cockney-Akzent.

»Ich sagte Ihnen schon, Sie haben die falsche Nummer«, antwortete sie gereizt.

»Ihre 'öschen, welsche Farbe?« flehte die französische Stimme.

»Du kriegst noch nicht einmal den Akzent richtig hin.« Sie legte den Hörer auf und deckte ein Kissen darüber. Dann ging sie wieder ins Bett, wo die Katze für sie Platz machte.

Vom Rathausturm schlug es zwölf, als sie erneut von einem

Kratzen an ihrem Fenster gestört wurde, dann kam ein dumpfer Knall wie von aufspringenden Füßen und das Geräusch von reißendem Stoff.

»Verdammter Mist! Ich habe meinen Rock zerrissen.«

»Mein Gott, Terry, ich habe dir doch gesagt, daß es die falsche Nummer ist, ich habe das zweimal gesagt. Zweimal!«

»Schau dir bloß meinen Rock an.«

Hebe schaltete die Nachttischlampe an. »Terry, ich versuche zu schlafen. Silas kommt morgen heim.«

Terry untersuchte den Riß. »Glaubst du, daß man es flicken kann?« fragte er.

Schlank, kurzgeschnittenes Haar, breite Schultern und lange Beine. Er trug einen Plisseerock aus roter Baumwolle, dazu ein fuchsienrotes Sweatshirt. »Glaubst du, man kann ihn flicken?« fragte er, Hebes Schulter streichelnd.

»Ich werde ihn nicht flicken.« Sie legte sich zurück und zog die Decke bis unters Kinn.

»Hör mal, weshalb ich dich angerufen habe. Ich habe es mit einem anderen Mädchen gemacht, es war überhaupt kein Problem.« Terry redete aufgeregt. »Das habe ich alles dir zu verdanken.«

»Hätte das nicht Zeit gehabt?«

»Hör zu –« Er zog sich aus und glitt ins Bett. »Was hast du denn hier? Trip, das bin nur ich, kratz nicht. Verdammtes kleines Biest, gib Ruhe, mach Platz. Sie ist naß.«

»Terry«, protestierte sie, »ich sagte dir –«

»Hör zu, Schatz.« Er legte seinen Arm um sie, machte es sich im Bett gemütlich und streckte die Beine aus.

Wegen der Störung verärgert, kroch Trip aus dem Bett und setzte sich auf den Stuhl, auf dem Hebe ihre Kleider liegen hatte.

Terry kuschelte sich an sie. »Ich bin nicht hergekommen, um mit dir zu schlafen.« Er küßte ihren Hals.

»Ums Schlafen geht's ja auch nicht, wenn man zusammen ins Bett geht.«

»Es ist die eleganteste Umschreibung dafür. Laß dich küssen.«

»Aber ich möchte jetzt schlafen.«

»Hast du gehört, was ich gesagt habe? Ich hab's mit einem anderen Mädchen gemacht. Keine Probleme. Du hast recht gehabt. Keine Röcke. Keine Höschen. Ich wollte, daß du das erfährst. Ich bin gekommen, um dir zu danken, ich dachte, es würde dich freuen.« Terry war gekränkt.

»Ich freue mich. Ich möchte bloß schlafen. Ich habe dir ja gesagt, es ist alles nur in deinem Kopf, also würdest du jetzt –«

»In Ordnung, hör dir das an:

> Freuden spenden kann sie schlimmere als du;
> Willkomm'nere, harmonische.
> Und wenn ich träume, hab' ich dich, ich –«

»Das ist Donne, und der Vers endet: ›Und Schlaf, der die Sinne verschließt, schließt alles andere aus.‹ Genau das möchte ich jetzt.«

Er lachte. »Du bist nicht wirklich ärgerlich.«

»Bist du in dieses Mädchen verliebt?«

»Sie war ein Vergnügen für einen Abend. Ich habe andere Pläne.«

»Jemand bestimmten?«

»Vielleicht.« Terry beugte sich aus dem Bett, um ein Buch vom Boden aufzuheben. »Könnten wir ein bißchen lesen? Würdest du mir vorlesen, zum letztenmal?«

»Lies du.« Sie gab nach.

»Gut.« Terry begann zu lesen. »Ich singe vom Wandel einer unsterblichen Seele...« Seine junge Stimme hob und senkte sich in sanftem Rhythmus. Hebe erinnerte sich, wie sie ihn kennengelernt hatte; er hatte in der Midland Bank Alarmanlagen eingebaut, und er war ihr aufgefallen, weil er Milton las; sie begannen, über Poesie zu sprechen, ein Interesse, das dazu führte, daß sie sich gegenseitig vorlasen, nachdem sie zusammen geschlafen hatten. Er besuchte einen Literaturkurs in der Abendschule. Sie wußte nicht, welcher Zusammenhang zwischen Poesie und Damenkleidung bestand. Die Röcke und Höschen waren eine harmlose Verirrung; vermutlich war der Rock ein Trick, um ihr Interesse zu wecken. Diese Phase schien jetzt vorbei zu sein. Die Poesie hatte ihr Spaß gemacht, kam sie doch von einem Jungen, der eher danach aussah, als würde er Diskotheken besuchen und nicht etwa einer Katze Donne vorlesen, denn ich höre nicht zu, dachte Hebe, und Terry hatte sich selbst in Schlaf gelesen. Sie lauschte seinem Atem und erinnerte sich an seine Entdeckung eines Verses: »Der Vogel Phönix lebt nur aus einem Grunde keusch – hätte die gute Natur seiner zwei erschaffen, er machte es nicht anders als Spatzen und Tauben.« Eine Zeitlang hatte er sie seinen Vogel Phönix genannt. Vielleicht bin ich das, dachte sie. Die Rathausuhr schlug die halbe Stunde.

»Ich bitte dich, Terry.« Sie schüttelte ihn. »Wach auf.«

Terry wachte auf und starrte sie verwundert an.

»Zeit zu gehen, Terry.«

Er war verschlafen, seine Gedanken waren weit weg. Widerstrebend stieg er aus dem Bett. »Du hast nicht zufällig ein Paar Männerunterhosen?«

»Die von Silas würden dir nicht passen.«

»Dann gehe ich ohne welche. Leih mir deine Jeans. Ich sorge dafür, daß du sie zurückkriegst.«

»Brauchst du wirklich keine –«

»Nein. Ich lasse dir meinen Rock als Erinnerungsstück da und den Schlüpfer auch, es geht ohne.« Donne hatte er vergessen.

»Das freut mich.« Hebe sah ihm zu, wie er sich in die Jeans, die sie vor dem Schlafengehen ausgezogen hatte, hineinzwängte.

»Sitzen ein bißchen eng, aber zum Teufel, was soll's. Ich bin – was bin ich?« Er stand da und sah frohlockend auf Hebe hinunter.

»Normal«, schlug sie vor und lächelte ihn an.

»So ist es.« Er wühlte in der Rocktasche. »Das ist für dich.« Er schob ein Geldbündel in Hebes Hand. »Du hast es dir verdient. Ich weiß nicht, wie du das geschafft hast. Ich kann von jetzt an so sein wie alle anderen.« Er beugte sich hinab, um sie zu küssen. »Tschüs, mein Schatz.«

»Danke, Terry.« Hebe sah auf das Geld. »Es ist viel zu viel.«

»Nein, das ist es nicht. Dieses Mädchen geht mir nicht aus dem Kopf. Möchtest du nicht wissen, wer sie ist?« Sie sah ihm an, daß er es loswerden wollte.

»Nein.« Er mußte allein zurechtkommen.

»Sie wird als erste die Normalbehandlung abkriegen«, sagte er und zog den Reißverschluß der Jeans hoch.

»Ohne Kinkerlitzchen«, antwortete sie amüsiert.

Freundschaftlich umarmte er sie. »Du machst dich lustig über mich.«

»Fort mit dir. Ich muß schlafen.« Sie drängte ihn zu gehen.

»Aber ich mußte es dir sagen. Die Analytiker sind gescheitert, und du hast nur zwei Jahre gebraucht, um es zu schaffen.«

Hebe zählte das Geld. »Das ist furchtbar viel, Terry.« Sie war ganz entgeistert über den Betrag.

»Ich werde dich nicht mehr wiedersehen, zumindest nicht auf diese Art. Ich möchte, daß du es behältst.«

»Danke.« Sie wagte nicht, mehr zu sagen.

»Ich kümmere mich um Trip, wenn du weggehst. Du hörst von mir.« Er beugte sich hinunter, um sie noch einmal zu küssen. »Leb wohl jetzt.« Er ging zum Fenster und schickte sich an hinauszuklettern. »Mit Jeans ist es viel einfacher.« Er lachte prustend.

Sie hörte, wie er im Blumenbeet landete, schaltete das Licht aus und ging zum Fenster, um ihm zuzusehen, wie er die Schuhe anzog, über den Zaun in die Allee hinter den Gärten kletterte und zu rennen begann; seine Absätze hämmerten auf das Pflaster.

»Da geht ein zufriedener Kunde«, sagte sie zu der Katze, während sie den Rock und den abgelegten Slip in den Papierkorb warf. »Mein Gott! Ich muß schlafen.« Sie ging wieder ins Bett. Sie würde Terry vermissen, sie würde das Gedichtelesen vermissen. Vielleicht würde sie sich mit einem Teil des Abschiedsgeschenks eine Freude machen; den Rest würde sie für Silas' Ausbildung zurücklegen. Eine Woge der Zuneigung für Terry überkam sie. Wird ihn sein neues Mädchen glücklich machen, werden sie zusammen Gedichte lesen wie wir? Warum soll ich mir deswegen Sorgen machen, dachte sie, während sie dalag und dem Schnurren der Katze lauschte. Ich habe ihn gelehrt:

> So frei wie wir uns getroffen, trennen wir uns.
> Jeder besitzt sein eigenes Herz.

Wenn er seine Lektion gelernt hat, warum kann ich mich nicht damit begnügen? Wir sind Freunde. Gedichte aus der Renaissance braucht man nicht fürs Überleben, Silas braucht sie auch nicht. Dösend dachte sie an die guten Zeiten mit Terry während der vergangenen Jahre – ein recht umfassender Kurs in englischer Literatur, eine lohnende Arbeitsperiode, ein Erfolg. Sie erinnerte sich, daß sie ihn für ungesellig gehalten hatte, bis sie sein gequältes Gemüt kennenlernte; sie mochte ihn allmählich um seiner selbst willen, nicht nur wegen seiner Hautfarbe, die in bestimmter Beleuchtung der eines Marsriegels glich. Soviel dazu. Einen Moment lang trat ihr das Bild ihres Großvaters vor Augen, sie verdrängte es aber schnell wieder aus ihren Gedanken.

Dann machte sie sich Vorwürfe, Terry nicht das Versprechen abgenommen zu haben, seinem neuen Mädchen nichts von seinen kleinen Eigenarten zu erzählen. Er würde Männerunterhosen nie ertragen können, sich nie wirklich ändern. Dem Mädchen würde es gutgehen, solange sie nichts wußte. Terry war intelligent und liebevoll, und das war mehr, als man von den meisten zahlenden Liebhabern sagen konnte. Das Wort »zahlen« brachte sie auf Silas. Ob das vergangene Schuljahr ihn verändert hatte?

3

Hannah saß vor dem Spiegel und manikürte die Nägel. Sie trug Gummihandschuhe für grobe Arbeiten und dachte, Hebe mußte verrückt sein, daß sie sich darum nicht kümmerte. Hebe hatte gesagt: »Beim Teigmachen werden sie sauber. Der Dreck gibt dem Teig die Würze.« Hannah fragte sich, was das »Cordon Bleu« wohl dazu gesagt hätte, und erinnerte sich an Hebes Bemerkung, daß sie während ihrer Arbeit in dem Hotel an den Klippen von dem französischen Chefkoch die besten Tips bekommen habe. Hebe hatte das lachend gesagt, als wären die Tips humorvoll gemeint gewesen. Während sie die Nägel lakkierte, fragte sich Hannah, ob der Antiquitätenhändler im Hotel wohnte. Sie hatte mit George dort zu Abend gegessen. Vielleicht war es zu teuer für ihn. Er war die Straße hinaufgegangen und hatte an die Türen geklopft. Überraschenderweise hatte Amy ihn hineingelassen. Hannah stand am Fenster auf der Lauer, weil sie hoffte, Hebe zu sehen, wenn sie zurückkam. Es war leicht gewesen, mit dem Mann ins Gespräch zu kommen, nachdem er von Tante Amy gekommen war. Sie bürstete ihr Haar. Hatte der Fremde es bemerkt? Sie hob die Oberlippe wie ein wieherndes Pferd und bewunderte ihre Zähne, die ausgerichtet waren wie ein Wachregiment. George hatte gute Arbeit geleistet. Würde sich Jim Huxtable für die Sitzungen bei George interessieren, die ein Jahr gedauert hatten – George, der ihre vorstehenden Zähne so wunderbar gerichtet hatte? Würde es ihn interessieren, daß sie ihr einziges gutes Schmuckstück, Edwards Verlobungsring, verscheuert hatte, um ihre Zähne zu bezahlen? Der Ärger verdarb die Freude an den Zähnen. Edward schickte nie rechtzeitig den Unterhalt. Dank seiner Verschleppungstaktik wurde sie ständig an ihn erinnert, obwohl sie ihn lieber vergessen hätte. Ein neues Gebiß, ein neues Leben, der Teufel soll dich holen, Edward. Aber sie freute sich, daß sie mittels einer einseitigen Erklärung wieder den Namen Somerton angenommen hatte. Würde Giles seinen Eigensinn aufgeben und seinen Namen auch ändern? Er blieb bei Krull, um sie zu ärgern, um ihr drohen zu können, er würde zu seinem Vater durchbrennen. Sie hoffte, er würde bald erkennen, daß Somerton besser klang als Krull. Vielleicht kapierte er das durch seine Freundschaft mit Silas und vielleicht käme er auch hinter den Dreh von Silas' und Hebes Aussprache. Während sie sich im Spiegel ansah, formte Hannah mit den Lippen A-E-I-O-U, wie es die Sprecherziehungslektionen verlangten, die sie lieber als Sprachtherapie bezeichnete. Hebes Aussprache klang natürlich, und die von Silas wurde in seiner Schule weiter vervollkommnet. Hannah dachte an Hebes merkwürdiges Leben als Köchin reicher alter Frauen. Nie redete sie über die Leute, für die sie arbeitete. Nie redete sie über Silas' Vater, antwortete weder, wenn Hannah von Edward sprach, noch erzählte sie ihre Geschichte, wie andere Frauen das tun. Hannahs Mutter und Tante Amy waren Schwestern gewesen. Ihre Mutter hatte in bessere Kreise eingeheiratet als Tante Amy, die irgendeine nicht näher geklärte Verbindung zu Hebe hatte; Hebe stand Amy sehr nahe und war verschwiegen wie sie. Hannah stellte fest, daß sie von ihrer Tante genausowenig wußte wie von Hebe. Ihre Eltern sagten immer nur: »Die arme alte Jungfer, die allein in diesem Haus wohnt. Du solltest sie besuchen, sie ist deine einzige Verwandte.« Vor einem Jahr, als sich herausstellte, daß sie und Giles in ihrer Nachbarschaft wohnten, hatte sie einen Besuch gemacht und war herzlich aufgenommen worden. Da sie nach ihrer Zeit in Amerika in England keine Wurzeln mehr hatte, erschien es ganz natürlich, hierherzuziehen, Giles zur Schule zu schicken und ein Auge auf ihre Tante zu haben. Sie hatte Amy sehr liebgewonnen. Hannah ließ ihre Gedanken schweifen.

»Ich muß wieder heiraten«, sagte sie sich. »Noch einen Versuch wagen.« Obwohl sie aus der Ehe mit Edward ziemlich angeschlagen herausgekommen war und Unabhängigkeit ihre Vorteile hatte, zog Hannah die Ehe vor. Für jemand, dessen Einkommen aus Kindergeld und Alleinerziehendenunterstützung bestand, das nur mit gelegentlichen Köchinnen-Jobs aufgebessert wurde, schien Hebe ihr Leben außergewöhnlich gut im Griff zu haben. Was zahlten diese alten Frauen wohl? Hannah blies auf den Nagellack, der schließlich trocknete. Wie hielt sie es mit Sex? Obwohl Hannah die Beziehung mit George genoß, mußte sie dennoch entscheiden, ob sie sie zu etwas Dauerhaftem werden lassen wollte. Das Bettgeflüster von George war prosaisch. Zahnmedizin macht mich einfach nicht an, grübelte sie. Es gibt sicherlich jemand amüsanteren als George.

Zeit, um nachzusehen, wie es Tante Amy ging. Sie warf einen Blick hinüber zu Hebes Haus. Dort brannte kein Licht.

Oben, zwischen den Hügeln, saßen Jim Huxtable und Bernard Quigley vor dem Haus und leerten den Claret, den sie zum Essen aufgemacht hatten.

»Ich frage mich, woher du wußtest, daß diese alte Frau eine Sammlung von Briefbeschwerern hat. Sie sind überaus wertvoll.«

»Was?« Der alte Mann legte die Hand ans Ohr.

»Du bist nicht taub«, sagte Jim geduldig und wartete auf eine Antwort.

»Ich wollte wissen, vorausgesetzt sie hat sie immer noch, ob sie sie verkauft«, sagte der alte Mann widerwillig.

»Sie hat mich aufgefordert wiederzukommen, vielleicht ändert sie ihre Meinung.«

Jim sah seinen Gastgeber an, der mit knorrigen Händen die Katze auf seinen Knien streichelte. Die Katze schnurrte laut. In der feuchten, von süßem Geißblattduft erfüllten Luft sorgte Feathers, Bernards Hund, der zu Füßen seines Herrn lag, mit seiner Ausdünstung für einen deutlichen Kontrast. »Dein Hund riecht ein bißchen streng«, bemerkte er.

»Hat sich im Mist gewälzt. Du kannst ihn morgen baden.«

»Danke«, antwortete Jim, nicht gerade begeistert über die Aussicht.

»Sie wird sie nicht verkaufen«, sagte der alte Mann selbstzufrieden, wieder auf die Briefbeschwerer zurückkommend. »Sie mag sie zu sehr.«

Jim dachte an Bernards idiotischen Einfall, ihn von Tür zu Tür zu schicken. »Ich kaufe nichts an der Tür«, hieß es. »Wir haben nichts zu verkaufen, nicht einmal die Stacheln von unserem Kaktus.« Schroffe Abfuhren.

»Wenn dir das klar war, warum hast du diese Farce dann vorgeschlagen?«

Der alte Mann antwortete nicht.

»Ein paar Häuser weiter vom Haus deiner Freundin war ein sehr gesprächiges Mädchen, hat mir ziemlich schöne Augen gemacht.«

Bernard lachte. »Das ist ihre Nichte.«

»Ein anderes Mädchen kam die Straße rauf, sie hat mich an jemanden erinnert. Wer kann sie wohl sein? Wohnt gegenüber von deiner Miss Tremayne, ist offenbar kurzsichtig. Sie hielt die Brille in der Hand. Kennst du sie zufällig?«

»Ich kenne sie nicht.« Ein Mädchen kennen, bedeutete früher, mit ihr zu schlafen, dachte Bernard, so wie er damals mit den Mädchen schlief, voller Zärtlichkeit und Lachen, gemischt mit Leidenschaft. Welche Wonne ein solches Erlebnis mit Hebe wäre. Sie wurde zu spät geboren, dachte er, eifersüchtig auf das Interesse des jüngeren Mannes. Er erinnerte sich an seine Geschäfte mit Hebe, wobei er, ihre Naivität ausnutzend, für den Schmuck ihrer Mutter zweimal soviel bezahlt hatte, wie er wert war. Er zog eine Schnupftabaksdose aus der Westentasche, nahm etwas von dem Tabak, inhalierte und nieste. Die Katze sprang von seinen Knien herunter.

Den Blick auf Bernard gerichtet, dachte Jim, daß das normalerweise schmeichelnde Abendlicht den alten Mann wie einen versteinerten Vogel aussehen ließ. »Warum hast du nie geheiratet?« fragte er.

Bernard saß in Gedanken versunken da. »Ich konnte mich einfach nicht entschließen. War nicht bereit, alles aufzugeben. Die Qual der Wahl. Und wie steht's mit dir? Wenn du nicht aufpaßt, endest du als Junggeselle, was ich dir nicht raten würde. Du hast doch eine Menge Mädchen, oder?«

»Das kann man sagen.«

»Du willst wohl keine für immer?«

Jim antwortete nicht.

»Wenn du diese Briefbeschwerer kaufen kannst –«

»Ja?«

»Ich geh ins Bett. Ich seh dich morgen früh, bevor du gehst.« Bernard erhob sich schwerfällig aus dem Stuhl. Jim stand auf. Mit einem Fingerschnippen in Richtung des Hundes sagte Bernard: »Komm, Junge, Zeit fürs Bett. Du könntest sie dem Mädchen geben. Vermutlich hat sie ihre Brille abgesetzt, weil sie nichts sehen wollte.« In der Stimme des alten Mannes lag Zärtlichkeit.

»Dann kennst du sie also.« Jim erwartete keine Antwort. Er beschloß, bei dem Mädchen namens Hebe vorbeizuschauen und sie zu fragen, ob sie Antiquitäten zu verkaufen hatte; er wollte herausbekommen, ob sie die Briefbeschwerer wert war. Auf diese Art konnte er einen Blick auf sie werfen. Trotzdem konnte er am Abend in London sein, wenn er sich unterwegs nicht aufhalten ließ.

Auch Hannah dachte an Hebe, als sie Amy Tremaynes Haus betrat.

»Ich bin's, Tantchen, wie geht's dir?«

»Ich bin noch am Leben.«

»Kann ich reinkommen?«

»Das machst du doch immer.«

Den wenig hoffnungsvollen Anfang mißachtend, sagte Hannah: »Wie fandest du den Besucher?«

»Ich fand ihn ganz interessant. Kommt aus London.«

»Hast du ihm etwas verkauft?« Hannah sah sich in dem vollgestopften Zimmer ihrer Tante um. Hier staubzuwischen war die reinste Hölle.

»Nein.« Amy war mißmutig. »Ich habe dich mit ihm reden sehen.«

»Warum sollte ich das nicht? Hast du ihm deine Briefbeschwerer gezeigt?«

»Sie sind im Schrank.«

»Ich weiß. Ich habe sie hineingestellt. Hier gibt's schon genug zum Saubermachen.«

»Hat aufgehört mit dir zu reden, als er Hebe sah«, schmunzelte Amy.

»Meinst du, er kannte Hebe?« fragte Hannah.

»Er schien sich mehr für sie zu interessieren als für mich.«

»Hat er etwas gesagt?« Die alte Frau sah mißtrauisch auf.

»Er hat sie nur angestarrt. Vielleicht kannte er Hebes Mann«, bohrte Hannah nach.

»Sie trägt keinen Ring.«

»Meinst du, sie war nicht verheiratet?« Hannah ergriff die Chance, über Hebe zu sprechen, indem sie ihre Tante zum Reden bewegte.

»Wäre doch heutzutage nichts Besonderes«, erwiderte Amy trocken.

»Ach, Tantchen!«

»Ach, Tantchen!« äffte die alte Frau nach.

»Vielleicht starb ihr Liebhaber, bevor er sie heiraten konnte.«

»Hat sie dir das gesagt?« Amy zog die Augenbrauen hoch.

»Sie sagt mir nie etwas. Ich habe mir vorgestellt, sie hatte eine große Romanze, und er starb bald nach der Hochzeit oder sogar davor.«

»Vielleicht hat sie ihn verlassen, so wie du den armen Krull.«

»Den reichen Krull.« Lachend verbesserte Hannah ihre Tante.

»Ihr Mädels. Macht mit einem Mann Schluß, der vollkommen in Ordnung ist. Kennt keine Treue.«

»Wenn sie nicht verheiratet ist, ist Silas vielleicht adoptiert?« bohrte Hannah weiter.

»Bei den Augen? Vielleicht ist er ihr Bruder.« Amy war zum Scherzen aufgelegt. »Ich gehe jetzt ins Bett, wenn das alles ist, was dich interessiert.« Sie stemmte sich aus dem Sessel hoch. Das weiße Haar, das ihr Gesicht umrahmte, war dicht, ihre von Falten umgebenen Augen noch immer schön.

»Möchtest du etwas Heißes trinken? Kakao? Tee?« fragte Hannah, immer noch auf Klatschgeschichten hoffend.

»Ich nehme einen Grog. Mach ihn stark.« Amy ging hinauf ins Bett. Wenn Hebe ihre Angelegenheiten für sich behalten wollte, war es nicht ihre Sache, Dinge auszuplaudern. Amy verspürte Verachtung für Hannah, die jedem, der daher kam, ihre Lebensgeschichte erzählte. Geschichten wurden beim Erzählen aufgebauscht, es war nur vernünftig, nicht alles auszutratschen. Während sie aus ihren altmodischen Unterhosen stieg, die neuerdings immer schwieriger zu kriegen waren, seufzte Amy und fragte sich, ob es klug gewesen war, Hebe Empfehlungen zu geben für Lucy Duff, Louisa Fox und am Anfang für Bernard, den alten Gauner. Jetzt war es zu spät, und das Kind – Hebe war für sie das Kind – mußte schließlich leben. Man mußte Bernard Gerechtigkeit widerfahren lassen, er hatte sie nicht reingelegt. Er hatte sie in dem Hotel an den Klippen und bei dem französischen Küchenchef eingeführt, was sie nicht gutheißen konnte, obwohl es sich als nützlich erwiesen hatte.

Hannah brachte den heißen Grog. »Ich habe ihn stark gemacht.«

Aufgestützt auf die Kissen, trank Amy mit gekräuselten Lippen. Hannah betrachtete sie liebevoll.

»Sie arbeitet, um Silas' Schule bezahlen zu können; das muß eine schöne Stange Geld kosten.«

»Wenn du bei deinem Krull geblieben wärst, könnte dein Giles auch dorthin gehen. Wenn du wieder heiratest, verlierst du deinen Unterhalt.« Amy grinste hinter den Brillengläsern hervor.

»Wer behauptet, daß ich das will?« fragte Hannah abwehrend.

»Es geht dir durch den Kopf. Du wägst das Für und Wider ab. Soll ich, soll ich nicht?«

»Ich dachte, wir sprächen über Hebe«, sagte Hannah eingeschnappt.

»Aber ich dachte, du würdest vielleicht wieder heiraten. Ich habe dich heute nachmittag gesehen. Du kannst nicht ewig herumsitzen und Geld von Krull nehmen, ohne etwas dafür zu geben. Das ist nicht in Ordnung.«

»Was weißt denn du«, stieß Hannah wütend hervor. »Du warst nie verheiratet, du warst immer allein, du weißt nicht, wie das ist.«

Die alte Frau schwieg. Hannah einen Blick zuwerfend, sagte sie schließlich sanft: »Keiner sollte allein sein, es ist nicht natürlich.« Sie sah winzig aus in ihrem großen Bett.

»Besser als mit jemandem zusammen zu sein, den man nicht mag«, murmelte Hannah fast unhörbar, ärgerlich, sich verteidigen zu müssen.

»Ich habe dich schon verstanden. Du bist so schlimm wie ein Flittchen in Paris, das –«

»Ich hatte keine Ahnung, daß du Paris kennst«, rief Hannah erstaunt aus.

»Dieses Flittchen« – Amy betonte das Wort –, »dieses Flittchen sagte zu einem anderen Flittchen, nachdem ein Mann sie gerade ausbezahlt hatte: ›Und ich habe meine Notdurft ebenfalls erledigt.‹ Vielleicht geht es dir ja nicht so.« Die alte Frau nahm ihre Nichte hoch. »Wie dieses Mädchen gelacht hat!«

Hannah kicherte. »Ich hoffe, Giles lernt auf seinem Schulausflug nicht diese Art Französisch.«

Amy zog eine Augenbraue hoch. »Wann kommt er zurück?«

»Morgen.«

»Sag ihm, er soll mich besuchen.«

»Das brauche ich nicht. Er liebt dich genauso wie ich.«

»Hm.« Amy drehte das Licht aus und legte sich auf die Kissen zurück; sie wartete nicht, bis Hannah auf dem Treppenabsatz war.

»Altes Miststück.« Hannah versuchte den Lichtschalter zu erreichen. »Ich könnte mir den Hals brechen, wenn ich die Treppe hinunterstürze«, rief sie, aber Amy antwortete nicht. Immer noch nach dem Lichtschalter tastend, dachte Hannah an Giles, der so schnell groß wurde. Bald würde er fort sein.

Bevor sie einschlief, dachte Amy über ihren nachmittäglichen Besucher nach und fragte sich, ob er zufällig vorbeigekommen war. Er hatte ihre Schätze bewundert, sachkundig gesprochen, ihren Wert gekannt. Sie wollte nichts verkaufen, aber in der Art ihrer Ablehnung lag eine stillschweigende Ermutigung. Sie hatten über Frankreich gesprochen. Mit seinen langen Fingern hatte er die Briefbeschwerer so gehalten, daß das Licht sich darin spiegelte. »Blumen aus Glas halten länger als Sträuße«, hatte er gesagt.

Aber sind sie so süß? Wenn sie an die Briefbeschwerer dachte, fiel ihr auch das Geheimnis ein, das genauso verschlossen war wie die Blumen im Glas. Sollte Hannah sie doch als die altjüngferliche Tante bemitleiden, die ein trostloses Leben hinter sich hatte. Von der Zeit, als sie »la fille anglaise« war, brauchte sie nie etwas zu erfahren. Später hatte es ihr keinen Spaß mehr gemacht, sie war nach England zurückgekehrt und arbeitete als unscheinbare, solide Sekretärin.

Amy hatte Hannah beobachtet, wie sie Jim Huxtable auflauerte, hatte gesehen, wie sie sich unterhielten, bis er unten an der Straße etwas erspähte, das sein Interesse weckte. Wenn er noch einmal kommt, dachte Amy, vielleicht verkaufe ich ihm ein Stück. Während sie über ihre Schätze nachdachte, wanderten ihre Gedanken zurück zum Hotel d'Angleterre vor fünfzig Jahren. Was für eine Freude es gewesen war, in dem durch die roten Plüschvorhänge gefilterten Licht aufzuwachen, die Umarmungen und Küsse, die Behaglichkeit, bevor Kaffee und Croissants serviert wurden. Die Wärme, das Lachen, die Geschenke. Sie dachte an den damaligen Partner nicht gerne als Einnahmequelle, weil sie in diesem Fall keine Bezahlung wollte. Es amüsierte sie, daß sie für Hannah, die sich nach romantischer Liebe sehnte, »ein armes, altes Ding« war. Hebe hingegen, die der Liebe distanziert gegenüberstand, hatte in ihr wahrscheinlich schon längst die Lebedame erkannt, die sich zur Ruhe gesetzt hatte.

Weiter oben an der Straße überlegte Hannah ruhelos hin und her, ob sie George heiraten sollte. Eigentlich wollte sie einen Mann heiraten, der Regatta wie »Regattah« aussprach. George sagte »Regatter«.

4

Mungo Duff hatte Probleme, in dem vielstöckigen Parkhaus einen Platz zu finden, und er war wütend, weil er kein Kleingeld für den Parkscheinautomaten fand. Es war ein heißer Tag. Die Aussicht auf die Besichtigungstour durch die Kathedrale, auf der Alison wegen ihrer Freunde, dieser Drews aus Santa Monica, die für zwei Wochen herübergekommen waren, bestand, ödete ihn an. Als er endlich das Kleingeld gefunden hatte, zum Automaten zurückgegangen war und den Parkschein an die Windschutzscheibe gesteckt hatte, stand ihm der Sinn viel mehr nach einem Drink an der Bar des Clarence als danach, durch die Kathedrale von Exeter zu trotten und seiner kenntnisreichen Frau sowie seinen noch kenntnisreicheren Gästen zu lauschen. Aber es hilft alles nichts, die Pflicht ruft, dachte er sich. Gestern Winchester, Stonehenge, Salisbury und Sherborne, morgen zu Hause und die Beine hochlegen. Als er auf dem Weg zum Kirchhof die Straße überquerte, erhaschte sein Blick einen schwingenden Rock. Der federnde Schritt und die Bewegung des Hinterteils kamen ihm bekannt vor. Während er sich überlegte, welches Gesicht zu dem Hinterteil passen könnte, schloß er sich seiner Frau und den Gästen an, die im Hauptschiff der Kathedrale standen und zum Chor hinaufblickten. Am Abend würde sich Alison über einen steifen Hals beklagen, und das würde ihr verdammt recht geschehen. Mungo ließ sich auf einem Stuhl nieder, streckte die Beine aus und wartete. Sollte Alison doch die Arbeit machen, schließlich war sie auf eine Einladung nach Santa Barbara aus, nicht er. Mungo hoffte von ganzem Herzen, die Drews würden sie zu einem längeren Aufenthalt bei sich behalten. Warum konnten sie sich nicht mit Oxford, Cambridge, Anne Hathaways Cottage und Westminster Abbey begnügen wie alle normalen Amerikaner, sinnierte er. Die Rückenansicht seiner Frau betrachtend, die durchs Mittelschiff ging, verglich er ihren Hintern und den ihrer Freundin Patsy Drew mit dem Hintern, den er gerade auf der Straße gesehen hatte.

»Oh, Mungo.«

Verdammt! Alison hatte ihn gerade in dem Moment erspäht, als er kurz davor war, sich wieder zu erinnern.

»Ja.« Er ging zu seiner Frau hinüber.

»Bleib bei ihnen, Liebling. Ich will nur auf einen Sprung in das Schuhgeschäft an der Ecke, dort ist gerade Ausverkauf«, flüsterte Alison.

»Es sind deine Gäste, nicht meine«, zischte er.

»Liebling, sei nicht gemein.«

»Ist nicht schon Zeit fürs Mittagessen?« versuchte er sich herauszuschwindeln.

»Bald, bald. Sei ein Schatz. Es dauert nicht lange.«

»O Gott!«

»Wenn ihr nicht hier seid, wenn ich zurückkomme, treffe ich euch in der Bar.«

»Das heißt, du brauchst eine Ewigkeit.«

»Nein, nein.« Sie verließ ihn, ging eilig in ihren teuren Sandalen davon, auf der Suche nach einem Schnäppchen, nach einem, wahrscheinlich zwei Paaren erlesener Schuhe, mit denen sie in Kalifornien angeben konnte. Vor Jahren, als sie ineinander verliebt waren, hatte er sie scherzhaft eine Schuhfetischistin genannt. Jetzt bezeichnete er sie als kaufwütig. Er hatte ihren hüpfenden Gang geliebt, sie mit einem Shetlandpony verglichen, aber jetzt, wenn er sie beim Gehen betrachtete, fragte er sich, ob ihre Beine nicht zu kurz waren und ihr Körper, der im Moment noch ganz in Ordnung war, nicht in mittleren Jahren die Form eines Fasses annehmen würde. Mißmutig gesellte er sich zu ihren Gästen.

»Eine sehr hübsche Kathedrale. Wir haben sie mit Durham und Lincoln verglichen.«

Patsy Drew schien nie zu ermüden. Was fand Alison an ihr?

»Die ist viel gemütlicher.« Mungo versuchte, sich ins Zeug zu legen.

»Gemütlich?«

»Freundlicher, kleiner, weniger zu laufen.«

»Ermüden wir dich, Mungo?« Eli war besorgt, er war jünger, besser zu Fuß als Mungo, hatte eine wesentlich bessere Kondition; das ewige Joggen.

»Mein Gott, nein.« Er riß sich zusammen.

»Für uns ist alles neu. Du hast das ständig vor Augen«, sagte Patsy entschuldigend.

»Tatsächlich bin ich zum erstenmal in Exeter.«

»Du wirst doch nicht annehmen, daß wir dir das glauben.« Mußte sie so durchtrieben sein?

»Ich bin schon mit dem Zug durchgefahren.«

»Aber es ist so nahe bei deinem Wohnort.«

»Zweihundert Meilen sind für einen Engländer nicht nahe.«

Die Drews lachten, sein englischer Humor gefiel ihnen.

»Wollen wir's nicht gut sein lassen und zum Essen gehen?« schlug Eli vor.

»Dann machen wir Bath auf dem Heimweg, vielleicht schaffen wir sogar auch noch Wells.«

»Wells auf jeden Fall«, sagte Patsy, »Wells ist ein Muß.«

»Ein Drink auch.« Mungo steuerte auf den Ausgang zu. »Alison sagte, sie würde uns in der Bar treffen.«

Als sie durch den Kirchhof zum Clarence Hotel gingen, erspähte Mungo den geheimnisvollen Hintern. Er verschwand durch die Eingangstür, aber als sie in die Halle kamen, war sie leer.

In der Bar bestellte Mungo Drinks und ließ seine Gäste in bequemen Sesseln Platz nehmen. »Ich sollte vielleicht einen Tisch reservieren«, sagte er und ging in Richtung Restaurant davon. Unterwegs sah er sich um, sah aber kein bekanntes Gesicht. Er warf einen Blick in die anderen Bars, sah am kalten Büfett nach, ergebnislos. Nachdem er einen Tisch reserviert hatte und in die Bar zurückkam, traf er Alison.

»Hast du etwas gekauft?«

»Drei Paar.«

»O Gott!«

»Gerade, was ich für die Staaten brauche.«

»Besser gesagt, was du willst«, antwortete Mungo sauer.

»Natürlich will ich sie auch. Hast du mir einen Drink bestellt?«

»Noch nicht. Ich wußte nicht, was du möchtest.«

»Ich trinke immer Wodka.«

»Das stimmt nicht; du trinkst oft Sherry, und wenn du dich kontinental fühlst, Campari.«

»Mungo, Liebling, häng doch nicht so den Ehemann raus.«

Wenn Alison das sagte, hing Streit in der Luft. Mungo entschuldigte sich. »Tut mir leid, tut mir leid.«

»Patsy, meine Liebe, möchtest du dich nicht frisch machen?« Alison beugte sich hinunter, um Patsy zu küssen, als hätten sie sich eine Woche nicht gesehen. Mungo fand ihr amerikanisches Getue entsetzlich.

»Bestell mir einen Wodka mit Eis, bis wir zurück sind«, sagte Alison zu Mungo.

Mungo antwortete: »Natürlich.« Er fragte sich, ob Alison etwas mit Eli hatte oder in Zukunft etwas mit ihm haben wollte.

Die Frauen begaben sich auf die Suche nach der Toilette, die Patsy als Lokus bezeichnete. Mungo nahm einen kräftigen Schluck Whisky und wartete auf das belebende Gefühl, das ihm über das Mittagessen und den Nachmittag hinweghelfen würde. »Der Ober meint, es gebe einen guten Bordeaux«, sagte er zu Eli. Es war einer jener Tage, die er nur leicht angetrunken überstand.

Auf der Damentoilette zog Hebe ihre Kleider aus. Das einzig ärgerliche an den Marks & Spencer-Kaufhäusern war, daß es keine Umkleidekabinen gab, wo man die Sachen anprobieren konnte. Während all der Jahre, die sie in Exeter einkaufte, bevor sie Silas nach Schuljahresschluß vom Zug abholte, hatte sie sich angewöhnt, mit ihren Einkäufen zum Clarence zu gehen, sie im Damenwaschraum anzuprobieren und zurückzubringen, was nicht auf Anhieb paßte. Daß Marks & Spencer inzwischen über Räumlichkeiten verfügte, wo man Kleider anprobieren konnte, war ihr dank ihrer Kurzsichtigkeit entgangen. Der Waschraum war leer. Hebe ließ ihre Kleider und die Tasche an den Haken in der Toilette hängen und trat in den Vorraum, um Bikinis anzuprobieren. Sie hatte bereits zwei anprobiert und war gerade dabei, den dritten zu probieren, als plötzlich Alison und Patsy hereinkamen.

Alison riß die Augen auf. Patsys Mund formte ein »O«. Hebe sprang in die Toilette zurück und verriegelte die Tür. Wie versteinert vor Verlegenheit blieb sie dort stehen. Sie lauschte. Alison und Patsy gingen zu anderen Toiletten. Sie hörte, wie sie eintraten, die Türen verriegelten, Wasser ließen, mit Papier raschelten, die Spülung zogen, aufschlossen, herauskamen, die Hände wuschen, den Waschraum verließen und auf dem Gang wie ein Wasserfall drauflosredeten.

Mit fahrigen Händen zog Hebe sich an und steckte die Bikinis in die Verpackung zurück. Sie hatte vergessen, welcher ihr paßte. In der engen Kabine kämmte sie ihr Haar, rückte die Brille zurecht und wartete lauschend. Würden sie dem Portier in der Halle Bescheid sagen, sich an der Rezeption beschweren? Nie hatte sie im Clarence etwas gegessen oder getrunken; man kannte sie nicht. Nonchalance vortäuschend, spazierte sie zu dem Gang, der zur Halle führte. Im Gehen beschwor sie sich, ganz ungezwungen zu wirken, nicht zu schnell zu gehen. Daß sie Mungo treffen würde, der auf dem Weg zur Herrentoilette den Gang entlang eilte, hatte sie nicht erwartet. Sie ließ ihre Päckchen fallen, als sie mit der Hand ihr Gesicht abschirmen wollte.

»Was machst du hier?« Mungo hatte zwei doppelte Whiskys getrunken und wollte seinen Augen nicht trauen. Er hielt inne, um ihre Päckchen aufzuheben. Ihre Gesichter kamen sich nahe, als Hebe sich bückte.

»Was machst *du* hier?« sagte sie vorwurfsvoll. »Warum bist du nicht zu Hause?«

»Alison hat diese Amerikaner zu Besuch. Sie sind ganz wild auf Kathedralen – Winchester, Stonehenge, gestern Sherborne; heute Exeter, Wells, Bath, und wenn sie herausfinden, daß sie in der Nähe von Glastonbury sind, dann das auch noch...«

»Du bist betrunken.« Sie entriß ihm die Päckchen. »Du hast eine Fahne.«

»Nur ein bißchen. Wohnst du hier?«

»Nein, nein.«

»In der Gegend?« Er rückte ihr bedrohlich näher und erschien ihr größer, als sie ihn in Erinnerung hatte.

»Bestimmt nicht.« Sie war dabei, sich zurückzuziehen.

»Alison fährt zu einem langen Aufenthalt nach Amerika. Sie hat ein Auge auf den Ehemann geworfen.«

»Na und?«

»Wir könnten dann zusammensein, mein Schatz«, sagte Mungo laut.

»Nenn mich nicht so«, zischte Hebe.

»Sie hört dich nicht, sie ist in der Bar.« Er griff nach der Hand, in der sie die Bikinis trug und erwischte die Tasche. »Oh«, er folgte ihr, »hier, das gehört dir.« Er nahm sie am Arm. »Es war dein Hintern, den ich vorhin gesehen habe. Ich wußte nicht, zu wem er gehörte.«

»Wovon redest du?« Sie nahm die Tasche und eilte weiter.

»Seit wann trägst du eine Brille?«

»Wiedersehen.« Hebe überquerte mit großen Sätzen die Straße und sprang in einen vorbeifahrenden Bus. Zurückschauend sah sie Mungo; er war einen Kopf größer als alle anderen auf dem Gehsteig, sein schwarzes Haar war zerzaust, und er starrte ihr mit wildem Blick nach.

Auf dem Gehsteig fiel Mungo ein, daß er eigentlich auf die Toilette wollte. Als er wieder zu seiner Frau und den Gästen kam, lachten gerade alle, als Patsy ihre Verblüffung schilderte, in der Damentoilette ein nacktes Mädchen vorzufinden.

»Sie trug nichts, außer einer Brille.« Patsy und Alison schüttelten sich vor Lachen.

Eli gluckste. »Das ist also das Leben in einer gottesfürchtigen Stadt. Highlife pur.«

»Sie ist keine Hure«, sagte Mungo, Eli mißverstehend.

»Wer ist was nicht?« fragte Alison schnell nach.

Mungo witterte Gefahr. »Dieses Mädchen«, sagte er. »Du weißt, wen ich meine, dieses Mädchen, das für meine Mutter kocht. Ich dachte, ich hätte sie gerade auf der Straße gesehen. Wie war doch ihr Name? Erinnerst du dich?« fragte er Alison. »Kommt sie aus der Gegend hier?«

»Ich glaube, sie kommt aus London. Ich erinnere mich nicht, wie sie heißt.« Alison schien kein Interesse zu zeigen. »Bestell keine Drinks mehr, Liebling. Sollten wir nicht zum Essen gehen?«

»Aber ja, natürlich, und wir sollten uns genau überlegen, ob wir Bath und Wells ansehen. Wir könnten auch nach Glastonbury fahren, warum eigentlich nicht?« rief Mungo in vor Erleichterung ganz herzlichem Ton.

Alison, die nicht so viel getrunken hatte wie ihr Mann, setzte sich auf dem Weg nach Wells und Bath ans Steuer. Sie waren schließlich übereingekommen, Glastonbury auszulassen. Patsy hatte gehört, es sei ein bevorzugter Treffpunkt von Freaks und Drogenabhängigen. »Das haben wir selbst in Kalifornien.«

Mungo saß auf dem Rücksitz und gab vor zu schlafen; er fragte sich, was zum Teufel Hebe in Exeter machte. Was für eine Geheimniskrämerin sie doch war, er war höchst frustriert darüber, sie nur über ihre Nachsendeadresse erreichen zu können. Lebte sie vielleicht hier irgendwo? Warum hatte er sie nicht festgehalten und sie gezwungen, ihm ihre Adresse zu geben? In dem Moment, wo Alisons Abreise nach Santa Barbara feststand, würde er schreiben und sie dazu bringen, zu ihm zu kommen. Vielleicht konnte er sogar ins Ausland mit ihr fahren, sie hatte doch eine Tüte voller Bikinis gehabt. Während sie sich Wells und Bath näherten, beschäftigte er sich eine Zeitlang mit Plänen eines Urlaubs am Mittelmeer, aber als die Wirkung des Weines nachließ, den er zusätzlich zu den Whiskys zum Mittagessen getrunken hatte, dachte er traurig, daß Hebe es war, die den Ton angab, nicht er; sie würde die Termine und Treffen in der Etagenwohnung in der Nähe der Sloane Avenue festsetzen, wie immer.

Alison, auf dem Fahrersitz, drehte den Rückspiegel, um sich kurz zu betrachten. Sie war unzufrieden mit ihrem Aussehen. Ihr Haar, normalerweise goldgesprenkelt wie Orangenmarmelade, mußte in Form gebracht werden. Die kornblumenblauen Augen waren wunderbar, wären aber noch besser, wenn sie ihre blassen Wimpern färben ließe, wie Patsy vorgeschlagen hatte. Es wird Zeit, mich mehr um mich zu kümmern, dachte sie beim Einbiegen auf die Autobahn. Sie drehte den Spiegel zurück, um Mungo auf dem Rücksitz anzusehen. Amüsiert, wie schon oft, dachte sie, er habe die Selbstsicherheit eines alten Eton-Schülers, ohne tatsächlich dort gewesen zu sein; sie hingegen fühlte sich nicht ausgefüllt und unsicher, trotz ihrer angeborenen Herrschsucht. Ich muß das ändern, sagte sie sich und bog in eine falsche Spur ein. Sie fragte sich, wie oft Mungo ihr wohl untreu war. Er hatte einen verschlagenen Ausdruck im Gesicht, als die Köchin seiner Mutter erwähnt wurde. Aha! sagte sich Alison und schob die Unterlippe vor. Oho! »Ich werde mir in den Staaten eine neue Frisur machen lassen«, sagte sie über die Schulter zu Patsy, und zu Eli, der neben ihr saß: »Wir schicken die Jungs nach Eton.«

»Wirklich?« antwortete Eli unbeeindruckt. »Unsere Geschwindigkeitsbegrenzung liegt bei fünfzig, wie ist eure?«

»Siebzig.« Alison trat aufs Gaspedal und jagte den Tachometer auf achtzig hinauf.

5

Eine Meile hetzte Hebe per Bus durch Exeter, dann ging sie zu Fuß den Hügel hinauf und verfluchte Mungo. Alison hatte sie wahrscheinlich nicht erkannt, dachte sie. Sie waren sich begegnet, als sie zum erstenmal für Mungos Mutter gearbeitet hatte, das war Jahre her. Damals trug sie eine Ponyfrisur, heute verbarg sie sich hinter ihrer Brille. Mit einiger Anstrengung gelang es ihr, Mungo und seine Frau aus ihren Gedanken zu vertreiben. Der Tag, der als geruhsamer Einkaufstag geplant war, hatte seinen Reiz verloren. Das einzige, was zählte, war, rechtzeitig am Zug zu sein, der Silas von der Schule nach Hause brachte, und sein weiteres Leben. Sie hatte es gerade noch geschafft, die Bikinis zurückzubringen und das Geld wiederzubekommen. Sie zwang sich zur Ruhe, ohne zu rennen, den Wagen aus dem Parkhaus zu holen, nicht zu schnell zum Bahnhof zu fahren, ordentlich zu parken, ihr Haar zu kämmen, ihren Rock zurechtzurücken, sich zu entspannen und sich auf Silas zu konzentrieren.

Jedesmal nach Ablauf eines Schuljahres befürchtete Hebe, Silas würde sich verändert haben, nicht mehr ihr gehören, sie nicht akzeptieren. Sie hatte Angst, ihn durch allzu große Liebesbezeugungen in Verlegenheit zu bringen. In quälender Erwartung ging sie auf dem Bahnsteig auf und ab.

Als der Zug pünktlich ankam, war sie überrascht. Sie hatte sich eingeredet, er würde Verspätung haben. Als Silas sie umarmte, weinte sie fast vor Erleichterung. Als sie seine Sachen in den Wagen geladen hatten und er auf der Fahrt neben ihr saß, sagte er voller Aufrichtigkeit: »Es ist wunderbar, zu Hause zu sein.« Überwältigende Freude überkam sie, daß sie ein so wundervolles Kind hatte. Sie liebte sein kastanienfarbenes Haar, seinen breiten Mund, die weit vorspringende Nase, seine etwas hochmütige Miene, die von den Augen Lügen gestraft wurde.

»Du bist gewachsen«, sagte sie.

»Was erwartest du?« antwortete er. Ihre Euphorie verflog.

»Was möchtest du in den Ferien machen?« fragte sie. Sie war kurz davor zu fragen: »Was wollen wir in den Ferien machen?«

Verärgert über sich, aber darauf bedacht, seine Unabhängigkeit zu betonen, sagte Silas: »Ich wollte eigentlich mit Giles auf Entdeckungstouren gehen. Es gibt Plätze, an denen wir noch nicht waren.«

»Ich könnte euch mit dem Wagen hinbringen.« Unwillkürlich schloß sich Hebe mit in sein Leben ein.

»Wir würden lieber mit dem Bus fahren, wenn es dir nichts ausmacht.« Silas sah sie von der Seite an.

»Natürlich macht es mir nichts aus«, gab Hebe scharf zurück. »Warum sollte es?«

Sie dachte, meine Rolle ist, für ihn zu kochen, ihm Taschengeld zu geben, da zu sein, wenn ich gebraucht werde. Um Himmels willen, beschwor sie sich, klammere dich nicht an, sei nicht besitzergreifend.

»Einer der Jungen hat mir angeboten, mich mit runterzunehmen. Sein Vater fährt mit ihm nach Cornwall«, sagte Silas. »Zu den Scilly-Inseln, genauer gesagt.«

»Warum hast du nicht angenommen?«

»Ich bin lieber mit dem Zug gekommen. Es gefällt mir, dich auf dem Bahnsteig warten zu sehen. Ich mag diese lange Heimfahrt mit dir.«

»Ach, Liebling.« Ihr Herz schlug höher.

»Natürlich hätte ich den Fahrpreis gespart.«

»Zum Teufel mit dem Fahrpreis«, rief Hebe. Beide lachten und machten sich über den enormen Preis lustig.

»Wie läuft's mit den Jobs? Wann bist du nach Hause gekommen? Macht dir diese Art von Arbeit etwas aus?«

»Es ist die einzige Arbeit, die ich kann; sie bringt Geld. Macht es dir etwas aus, daß ich so etwas mache?« Sie fürchtete seine Kritik.

»Warum sollte es?« Silas war aufrichtig überrascht. »Einer der Jungs hat eine Schwester, die für Jagdgesellschaften kocht. Er sagt, einige der Schützen versuchen sie umzulegen.«

»Oh.« Was wußte Silas übers Umlegen? Sicher nur Theoretisches.

»Ich sagte ihm, du hättest dich auf alte Damen spezialisiert, weil sie besser bezahlten, und er meinte, er würde es ihr sagen. Würde das deinem Geschäft schaden, Ma?«

»Natürlich nicht. Es ist Platz für alle.«

»Bittet man dich nie, Jobs während der Ferienzeit zu übernehmen?«

»Ich würde keinen annehmen«, antwortete Hebe schnell. »Die einzige Chance, mit dir zusammenzusein, ist während der Ferien.«

»Du könntest ja einen kurzen Job übernehmen, eine Woche, das würde mir nichts ausmachen.«

»Was meinst du damit?«

»Wenn du mich schon zur Schule fortschickst, könnte ich auch ganz gut zu Hause bleiben, während du arbeitest.«

O Gott, welch tödlicher Widerhaken.

Silas, der seit einiger Zeit so etwas hatte sagen wollen, dachte, er habe vielleicht zuviel gesagt.

Hebe fragte sich, ob sie die Verbindung mit Silas verlor, ob jemals eine zwischen ihnen bestanden hatte.

»Bist du glücklich in der Schule?« Stell einfach eine dumme Frage.

»Es geht so.«

»Was ist denn das für eine Antwort«, rief sie gequält.

»Ich bin wirklich vollkommen glücklich, Ma«, log Silas. Obwohl er erst zwölf war, wußte er, worauf es ankam. »Ich habe eine Menge Freunde«, fügte er hinzu, wohl wissend, daß eine solche Bemerkung ihre Ängste besänftigen würde. »Wie sieht unsere Straße aus?« fragte er liebevoll, obwohl er wußte, daß sie sie scheußlich fand.

»So häßlich wie immer.« Hebe sah ihn kurz an und fragte sich, woher er die große Nase hatte.

»Ich mag sie gern. Sie ist voll von geheimnisvollen Leuten.«

»Hannah, Giles, Amy Tremayne.«

»Und andere Leute. Du hast sie anscheinend nie kennengelernt. Glaubst du nicht, du würdest einige mögen?«

»Eigentlich nicht«, sagte Hebe wahrheitsgemäß. »Ich bin kein geselliger Mensch. Ich bin nie lange zu Hause.«

»Du denkst, die Straße sei zu häßlich, als daß interessante Leute dort leben könnten. Das hast du zu Hannah gesagt, ich habe es gehört.«

»Du stellst mich hin, als wäre ich ein Snob.«

»Wir wären nicht anders, wenn wir in einer anderen Straße wohnen würden.« Silas wollte die Straße in Schutz nehmen, die er in ihrer dunklen Einförmigkeit faszinierend fand.

»An einem Platz mit alten Bürgerhäusern oder in einem Landhaus wäre es anders«, sagte Hebe und dachte, wie anders sie war, wenn sie einen ihrer Jobs machte. »Zumindest wenn sie schön wären.«

»Es ist unser Zuhause, du bist da.«

Hebe hatte Angst zu sprechen. In einem Moment stößt er

mich vor den Kopf, im nächsten macht er mir Mut. Sie wünschte, sie würde ihr rätselhaftes Kind besser kennen.

»Freut mich, daß sie dir gefällt.« Und sie fügte hinzu: »Wenn ich durch irgendein Wunder mitten in den Ferien einen Job angeboten bekomme, kannst du sehen, wie du allein zurechtkommst.«

»Ich würde gut zurechtkommen.« Er meinte es ernst.

»Sie zahlen immer das Doppelte.« Sie konnte kaum glauben, daß sie es war, die redete. Würde es ihm guttun, wenn er herausfand, wie es war, allein zu sein? »Du wärst allein«, sagte sie, seinen Einwand erwartend.

»Bei Hannah oder Amy würde ich was zu essen bekommen, wenn ich hungrig bin.« Silas nahm sie auf den Arm, dachte, allein zu sein, wäre ganz wundervoll und ganz verschieden von der Einsamkeit in der Schule.

Während sie sich der steilen Straße näherten, dachte Hebe besorgt, sie würde Silas nie wirklich kennenlernen. Als sie vor der Tür anhielten, erinnerte sie sich an den Alptraum tags zuvor und stellte fest, daß diese Panik sie selten überkam, wenn sie arbeitete. Amüsiert erinnerte sie sich an das Zusammentreffen mit Mungo, lachte, als sie vor der Haustür stand, und hatte Freude an ihrer Zuneigung für Mungo.

»Hier sind wir, mein Goldstück.« Auch Silas lachte, froh, wieder zu Hause zu sein, und erleichtert darüber, daß seine Mutter offensichtlich nicht verletzt war.

»Ich ziehe mich um«, sagte er, während sie sein Gepäck nach oben trug, »dann sehe ich nach Giles.« So schnell wie möglich wollte er in die heimische Umgebung eintauchen.

»Ich mache Tee.« Hebe wünschte, sie wäre Silas gegenüber weniger schüchtern, sie wünschte sich, er wäre ihr näher. Er hat meine Verschwiegenheit und Zurückhaltung geerbt, dachte sie.

Als ihr das unglückselige Zusammentreffen mit Mungo wieder einfiel, wünschte sie, auch er könnte über den Witz lachen.

Silas kam in Jeans und einem T-Shirt herunter. »Es macht dir doch nichts aus, wenn ich jetzt Giles suche?«

»Auf dem Kaminsims liegt ein Brief für dich.«

Silas öffnete den Brief. »Oh, prima!« rief er aus. »Großartig! Michael Reeves' Mutter lädt mich ein. Wunderbar!«

»Wer ist Michael Reeves?« Hebe spürte einen kalten Schauder.

»Ein Junge in der Schule. Sie haben ein Haus auf den Scilly-Inseln gemietet. Sie segeln. Es macht dir doch nichts aus, oder? Es ist nur für drei Wochen.«

»Drei Wochen?« Sie versuchte, gleichmütig zu klingen. »Wann?«

»Das wird herrlich.« Silas war außer sich vor Freude. »Drei Wochen Segeln. Stell dir nur vor, ich bin noch nie gesegelt.«

»Wann?« Ihr war kalt geworden, er war entschlossen hinzufahren.

»Sie schreibt, man solle mitteilen, welcher Zeitpunkt dir recht ist. Sie ist ganz nett. Sie war bei den Sportveranstaltungen zum Halbjahresabschluß.«

»Ich habe gearbeitet und konnte nicht weg.« Hebe hielt sich von Schulangelegenheiten fern.

»Es macht dir doch nichts aus, oder?« fragte Silas besorgt. »Es ist der Junge, der mir angeboten hat, mit herunterzufahren.«

»Ich verstehe.« Sie war wie gelähmt vor Enttäuschung.

»Es macht dir auch sicher nichts aus?« Silas ging davon aus, daß er fahren würde, für ihn stand es außer Frage.

»Natürlich nicht. Es ist sehr freundlich von Mrs. Reeves.« Ich darf mich nicht anklammern, sagte sie sich. »Ich muß ihr schreiben. Du wirst Spaß haben.«

»Könnten wir nicht anrufen?« Silas drängte darauf, ein Datum zu vereinbaren, die Gelegenheit zu nutzen, alles festzulegen.

»Ja, mein Schatz, wir rufen heute abend an.« Sie kapitulierte.

»Gut. Ich gehe jetzt Giles suchen.« Silas rannte aus dem Haus, ließ beim Hinauslaufen alle Türen offen, er war hungrig nach Leben.

Ein paar Minuten lang fühlte sich Hebe elend. Dann traf sie ihre Entscheidung. Sie würde arbeiten. Nicht bei Mungo, das wäre zu bald, er würde glauben, einen Punkt gemacht zu haben. Lieber bei Mrs. Fox, dort gab es keine Komplikationen und recht gutes Geld. Sie lächelte, als Silas mit Giles zurückkam.

»Und wie war's in Paris?«

»Wundervoll.« Giles war die männliche Ausgabe von Hannah.

»Tee?«

»Ich hatte schon welchen.« Giles lächelte, schiefe Zähne entblößend. Würde George Scoop sie kostenlos richten, wenn Hannah ihn heiratete?

»Dann trink noch einen.«

»Danke.« Giles mochte die Mutter seines Freundes, er schätzte ihn glücklich. »Ich wünschte, meine Mutter wäre Köchin.«

»Es ist ein nützlicher Beruf.« Hebe bot Giles Kuchen an. »Ich werde zu Mrs. Fox in Wiltshire gehen, während du auf den Scilly-Inseln bist«, sagte sie zu Silas.

»Wer ist Mrs. Fox?«

»Eine der alten Damen, die sich zur Abwechslung gelegentlich eine Köchin leisten können.«

»Bist du zurück, wenn ich von den Scilly-Inseln heimkomme?«

»Ich werde zurück sein«, antwortete sie. »Bestimmt.«

6

Mungo Duff stritt sich mit Alison, nachdem Eli und Patsy abgereist waren; verrückterweise bezichtigte er sie, egoistisch zu sein, weil sie vorhatte, ihn allein zu lassen. Einerseits wollte er, daß sie nach Santa Barbara fuhr, andererseits gönnte er ihr nicht, daß sie sich vergnügte, obwohl er hoffte, sie würde ihn mit Eli betrügen. Sie sollte gehen, ihm für die Trennung dankbar sein und ihn nach ihrer Rückkehr aufgrund ihres schlechten Gewissens verwöhnen. Wenn er Hebe finden könnte, würde er Alison mit offenen Armen willkommen heißen; falls das nicht gelang, konnte er den verletzten Ehemann spielen. Er hoffte, daß Eli sie im Bett enttäuschte. Alistair und Ian fuhren zu Freunden, eine weitere Möglichkeit, ihr Schuld zuzuschieben. Alison hatte die Ferien der beiden geplant, ohne ihn zu fragen.

»Sie wachsen auf, ohne ihre Eltern zu kennen«, hatte er protestiert. »Wir könnten gerade so gut geschieden sein.«

»Ich denke oft, Kinder geschiedener Eltern haben mehr von ihren Eltern als die nicht geschiedener«, hatte Alison geantwortet. »Aber wäre das denn wirklich gut? Ich sehe nicht, was sie bei deiner gegenwärtigen Laune von dir haben sollten. Es ist wichtig, daß sie die richtigen Freundschaften schließen, dann werden sie auch die richtige Sorte Mädchen kennenlernen. Damit können sie gar nicht früh genug anfangen«, hatte sie entschlossen und ärgerlich hinzugefügt.

»Schon gut, fahr weg, vergnüg dich. Laß mich allein.«

»Auch du bist eingeladen.« Das hatte sie bereits erwähnt.

»Du weißt sehr gut, daß ich im Moment nicht vom Büro weg kann.«

»Das weiß ich nicht. Du verschwindest oft aus deinem Büro nach London, und dein Büro kommt ganz gut zurecht.«

»Ich halte Verbindung. Ich bin dann ohnehin geschäftlich unterwegs.« Mungo dachte, wie wenig Geschäftliches er erledigte, wenn er nach London »verschwand«, wie Alison es ausdrückte: Ein Anruf aus einer Telefonzelle, ein Geschäftsessen, den Rest der Zeit verbrachte er mit Hebe. Er verfluchte Hebes teuflisches System, das ausschließlich einseitig war, ihre gelegentlichen Anrufe, bei denen sie einen Termin vorschlug. Warum gab er sich zufrieden damit, fragte er sich; um eine Antwort bemühte er sich gar nicht erst, denn eines war klar, Hebe gab den Ton an. »Und ich zahle«, stöhnte er.

Alison griff den Satz auf. »Du weißt sehr gut, ich komme für mich selbst auf.«

»Ich meinte nicht das Geld. Ich meinte, ich bezahle mit Einsamkeit.«

»Geh deine Mutter besuchen, sie ist einsam, wenn überhaupt jemand.« Alison zeigte kein Mitgefühl. »Vermutlich bestellt sie die Frau, die für sie kocht.«

»Das glaube ich nicht.« Mungo hatte bereits herausgefunden, daß Hebe vor dem Herbst nicht zu seiner Mutter kommen würde. »Nein, mein Lieber«, hatte seine Mutter auf seine Frage geantwortet, »ich weiß nicht, wo sie wohnt. Miss Thomson schreibt an eine postlagernde Adresse in London. Sie kommt dreimal im Jahr, wie du weißt, damit Miss Thomson frei nehmen kann.«

»Miss Thomson hat im Moment keinen Urlaub«, sagte Mungo zu Alison.

»Warum kannst du nicht hingehen, wenn Miss Thomson da ist?«

»Besucher sind ihr zuviel.«

»Das glaube ich nicht. Zu mir ist sie immer sehr freundlich.«

»Und das glaube ich nicht.« Mungo war entschlossen, unangenehm zu sein.

»Glaub, was du willst. Ich werde mir meine Reise von dir nicht verderben lassen.«

Im Bett dachte Mungo an Hebe. Was hatte sie in Exeter gemacht? Hatte sie letztes Jahr, als er sie nach der Arbeit bei seiner Mutter eine Woche nach Devonshire mitnehmen durfte, nicht gesagt, sie sei noch nie dort gewesen? Hatte sie nicht Entzückensschreie ausgestoßen, als er sie durch mit Klee bewachsene, von Glockenblumen und Feuernelken leuchtende Wiesen fuhr? Hatte sie ihm etwas vorgemacht? Was hatte sie im Clarence getan? War sie mit einem anderen Mann dort gewesen? Mungo stöhnte, als er an Hebes lange Arme und Beine dachte, die sich reizend, aber gleichgültig um ihn schlangen.

»Hast du Magenschmerzen?« fragte Alison neben ihm, die wieder aufwachte, nachdem sie schon halb eingeschlafen war.

»Nein, nein.«

»Dann laß mich schlafen. Gestern beim Mittagessen hast du zuviel getrunken. Du verdirbst dir jedesmal den Magen damit.«

»Bin ich froh, wenn du nach Amerika fährst«, schrie Mungo.

»Schon gut, schon gut...« Nachdem sie sich so gewürdigt sah, streckte sich Alison im Bett aus und dachte, Mungo würde es gut tun, eine Weile ohne sie auszukommen. Sie freute sich, daß es ihm nicht gleichgültig war, alleingelassen zu werden. Sie hatte keine Ahnung, daß Mungo seit Jahren sechs Wochen im Jahr mit Hebe verbrachte, Wochen, in denen er angeblich geschäftliche Angelegenheiten in London erledigte. Von Freunden hatte sie erfahren, daß man ihn mit einem Mädchen gesehen hatte, aber nachdem er jeweils bester Laune nach Hause kam, hatte sie schon seit langem entschieden, daß London ihm guttat. Wen immer er dort auch treffen mochte, die Person bedeutete keine Bedrohung. Wenn Mungo fort war, ließ sie entweder ein Zimmer im Haus renovieren oder fuhr mit einer Freundin ins Ausland und sah sich Gemälde und Kathedralen an. Es war höchste Zeit, daß sie die alteingefahrenen Gewohnheiten änderte. Wenn Mungo sie betrügen konnte, dann konnte sie das auch.

Während Alison schlief, zermarterte sich Mungo das Hirn, wie er Hebe aufspüren könnte; einen Augenblick lang erwog er, einen Privatdetektiv einzuschalten, fand den Einfall aber zu peinlich und verwarf ihn wieder. Hebe hatte ihm ja kein Unrecht getan, es war nur dieses verdammt geheimnisvolle Getue wegen ihrer Beziehung. Da er nicht einschlafen konnte, dachte er an ihre erste Begegnung vor Jahren zurück. Während er die Erinnerung auskostete, schnarchte Alison mit abgewandtem Gesicht neben ihm. Ihr verdankte er die Bekanntschaft mit Hebe. O Gott, stöhnte Mungo, Alison dafür dankbar sein zu müssen, war hart, denn sie war eine gute Ehefrau, wenn auch herrschsüchtig. Sie war eine wundervolle Hausfrau, eine gute Mutter, eine besonders gute Schwiegertochter und all diese Eigenschaften, nicht zuletzt ihre Herrschsucht, hatten Hebe in sein Leben geführt. Sein seit langem verstorbener Vater hätte sich amüsiert, dachte Mungo. Er war mit seiner Ehe zufrieden gewesen, war nicht abgeirrt, hatte aber die Abwege, auf die seine Freunde gerieten, höchst amüsant gefunden: eingehende Berichte über unglückliche Ereignisse, illegitime Kinder, für die gesorgt werden mußte, Abtreibungen, riskante Leiden – so bezeichnete er Geschlechtskrankheiten –, den teuren Unterhalt von Mätressen, all dies fand er zum Brüllen komisch. Mungo dachte, wie plötzlich sein Vater doch gestorben war und wie er seine Mutter reich und einsam in dem großen Haus zurückgelassen hatte. Jenem Haus, das er zu gegebener Zeit erben würde und das er, wenn der Fiskus es zuließ, an seine beiden Söhne weitergeben würde. Die beiden befanden sich gerade in der Vorbereitungsschule für Eton, weil Alison seine alte Schule nicht für gut genug befand.

Mungo lauschte dem Atem seiner Frau und dachte an die Zeit nach dem Tod seines Vaters. Alison hatte sich damals um alles gekümmert; sie hatte die Beerdigung arrangiert und sich nicht bemüht, es so aussehen zu lassen, als hätte Mungo es getan, hatte Briefe geschrieben und beantwortet, hatte Mut zugesprochen, getröstet und eine Haushälterin gefunden, die im elterlichen Haus ein Zimmer mit Farbfernseher bekam, einen eigenen Wagen, feste freie Tage und lange Ferien, alles zu einem annehmbaren Preis. Die Ferien waren es – vierzehn Tage, dreimal im Jahr; sie waren der Trick, Miss Thomson bei Laune zu halten, betonte Alison, wenn sie die Regelungen für ihre Schwiegermutter beschrieb. Und dazu, pflegte Alison inkompetenten Schwiegertöchtern zu erklären, dazu kam der Luxus einer Aushilfsköchin während Miss Thomsons Abwesenheit, so daß Lucy all die Leute einladen konnte, die sie wollte, ohne Miss Thomson zu verärgern, die es gerne ruhig hatte. »Und da habe ich wirklich Glück gehabt«, sagte Alison immer. »Mir ist eine Frau empfohlen worden. Sie kommt, wenn Miss Thomson wegfährt, und alle sind zufrieden.«

»Ist das teuer?« wurde Alison gefragt.

»Es ist seinen Preis wert«, pflegte Alison zu antworten, ohne den Lohn der Köchin zu verraten. »Manchmal hat man eben Glück«, setzte sie gemeinhin mit zufriedener Stimme hinzu, die Mungo die Kehle zuschnürte, denn Alisons Glück war auch seines. Als er vor sieben Jahren, ohne sich anzukündigen, seine Mutter besuchte, hatte sie ihn mit den Worten empfangen:

»Liebling, wie schön, dich zu sehen. Geh und sag der Köchin, daß du zum Abendessen bleibst. Miss Thomson ist in Urlaub.«

Mungo hatte amüsiert erwidert: »Wir verfügen also über mehrere Köchinnen?«

»Hat Alison es dir nicht gesagt? Du findest sie in der Küche. Sag ihr, daß du da bist.«

Und dort in der Küche war Hebe gewesen. Verdammt lästig war allerdings, dachte Mungo, während er Alison im anderen Bett lauschte, daß Hebe immer nur erschien, wenn Miss Thomson frei hatte, jedoch nicht unbedingt dann, wenn Alison beschloß, nach Santa Barbara zu fahren, was ihm die wundervolle Gelegenheit bot, sie zu sehen, eine so großartige Chance, die er nicht verpassen wollte. Mungo fragte sich, ob seine Mutter möglicherweise eine andere Adresse hatte als die postlagernde, die er selbst besaß. Er könnte sagen, er habe einen Freund mit einer Mutter in ähnlichen Umständen, die eine Aushilfsköchin brauchte. Vielleicht konnte er die Adresse auch auf eine andere raffinierte Art herausbekommen. War es nicht idiotisch, nicht zu wissen, wo sie wohnte? Da er nicht einschlafen konnte, rief er sich den Moment ins Gedächtnis zurück, als er Hebe zum erstenmal gesehen hatte.

Er war in die Küche gegangen, hatte irgendeine alte Schachtel in mittleren Jahren erwartet und Hebe beim Teigausrollen angetroffen; sie war ganz in ihre Arbeit vertieft, sie hatte ihn nicht gehört. Ganz in Muße konnte er sich dem Anblick eines großen Mädchens in einem rosagestreiften Kleid und weißer Schürze hingeben – der Parodie auf eine Köchin. Sie hatte glänzendes dunkles Haar, das bis zur Schulter reichte, und einen sinnlichen Mund. Sie hatte die größten und dunkelsten Augen, die er jemals gesehen hatte. Sie lächelte, er verliebte sich einfach in sie und beschloß, sie zu verführen.

Das sollte sich als nicht so leicht herausstellen. Als erstes fragte Mungo seine Mutter nach dem Essen – das beste, das er jemals unter ihrem Dach bekommen hatte –, wo sie eine so ausgezeichnete Köchin gefunden habe. Es hatte ihn überrascht, daß sie Alisons Entdeckung war, wenn auch nicht, daß er davon nichts erfahren hatte.

»Die liebe Alison«, sagte Mungos Mutter. »Sie hat sich solche Mühe gemacht. Sie hat mindestens sechs Leute unter die Lupe genommen. Dieses Mädchen war das einzige, das sich bereit erklärte, sich mit Miss Thomson zu arrangieren. Miss Thomson will im Frühling, Sommer und Herbst wegfahren. Offensichtlich paßt das Hebe. Alison hat sich solche Mühe gegeben. Jetzt muß sie sich keine Mühe mehr geben.«

Mungo registrierte die zweifache Wiederholung des Wortes »Mühe« und fragte sich, ob seine Mutter Alison wirklich so mochte, wie sie vorgab.

»Miss Thomson kann sich ganz ihren eigenen Angelegenheiten widmen.«

»Ich nehme an, das würde sie ohnehin tun.«

»Ja, mein Lieber.« Mrs. Duff ging darauf nicht näher ein.

»Woher kommt sie?«

»Ich habe nicht gefragt. Ich halte nichts von Ausfragereien.«

»Hatte sie Referenzen?«

»Ich glaube, Alison fand heraus, daß sie in irgendeiner Verbindung zu einer Frau steht, die für deinen Vater gearbeitet hat, alles sehr achtbar. Sie ist offensichtlich –«

»Offensichtlich, was?« Mungo wußte, warum seine Mutter zögerte, fortzufahren. Er wollte herausfinden, ob sie Hebe als eine der ihren ansah, als eine Lady, oder einen ähnlich wohlwollenden Begriff benutzen und sie als ein nettes Mädchen bezeichnen würde.

»Nun, Liebling, gebildet.«
»Eine Menge Mädchen sind gebildet.«
»Du weißt ganz gut, was ich meine.«
»Sogar Dienstboten.«
»Sie ist kein Dienstbote«, protestierte Mrs. Duff.
»Was ist sie dann?«
»Liebling, geh mir doch nicht auf die Nerven.« Damit war für Lucy Duff das Thema erledigt.

Während der drei Tage, die er bei seiner Mutter verbrachte, machte Mungo verschiedene Versuche, mit Hebe ins Gespräch zu kommen. Sie war höflich, aber immer beschäftigt. Sie aß nicht mit seiner Mutter wie Miss Thomson, und wenn sie nicht arbeitete, verschwand sie in ihrem Wagen. Mungo fielen keine Ausreden mehr ein, in die Küche zu gehen, und zwei Tage später fuhr er ab, entschlossen, sich das Mädchen aus dem Kopf zu schlagen. Es gelang ihm nicht, und eine Woche später kam er unter dem Vorwand, es gebe ein kleines Problem mit ihrer Einkommensteuer, zu seiner Mutter zurück. Lucy Duff ließ sich nicht hinters Licht führen und wünschte ihm im geheimen viel Spaß. Obwohl sie von Alisons Herrschsucht und Tüchtigkeit profitierte, mochte sie sie deswegen noch lange nicht. Mungo sollte nur sein Vergnügen haben.

Mungo fand Hebe in der Küche bei der Vorbereitung des Abendessens und kam gleich zur Sache: »Ich bin zurückgekommen, weil ich Sie fragen wollte, ob Sie mit mir schlafen möchten?«

Sie rührte gerade eine Soße, blickte auf und sagte: »Hier werde ich nicht mit Ihnen schlafen.«
»Warum nicht?«
»Nicht im Haus Ihrer Mutter.«
»Aber Sie werden es tun?« Mungo starrte sie an.

»Wenn ich hier fertig bin, können wir in ein Hotel gehen.«

»Sie werden – o mein Gott!« Mungo war vor Freude außer sich, er wollte seinen Ohren nicht trauen.

»Ich werde sehen, wie es sich anläßt.«

»Was werden Sie sehen?«

»Ich werde sehen«, sagte Hebe ruhig, »ob es mir gefällt, mit Ihnen zu schlafen. Wir können eine Regelung finden, wenn es mir gefällt und Sie damit fortfahren möchten.«

»Oh.« Ihr ruhiger Ton schmetterte ihn nieder.

»Ich kann es nicht umsonst machen. Ich muß meinen Lebensunterhalt verdienen. Ich bin sehr teuer.«

»Sind Sie etwa eine Prostituierte?« Mungo war verblüfft und erregt zugleich.

»Ich bin eine Köchin, aber wenn Sie wollen, mache ich einen Versuch mit Ihnen.«

»Sie machen einen Versuch mit mir!« rief Mungo aus.

»Sie haben mich darum gebeten, nicht ich Sie.« Sie erschien so ruhig, so zurückhaltend.

»Bitte.« Mungo legte den Arm um sie und versuchte ihren Hals zu liebkosen.

»Denken Sie an meine Soße.« Sie schob ihn mit dem Ellbogen weg. Er sah, daß sie lächelte. »Wir verbringen ein paar Tage zusammen und sehen, wie es läuft«, sagte sie und rührte weiter. »Danach, wenn es mir gefällt, reden wir übers Geld.«

»Wenn es *Ihnen* gefällt.«

»Ihnen wird es schon gefallen. Ich muß an mich denken.« Machte sie sich lustig über ihn? »Ich bin eine sehr teure Köchin«, sagte sie. »Das gleiche gilt fürs Bett.«

Mungo mißgönnte ihr keinen Pfennig. Ihn störte nur ihre Heimlichtuerei. Er wußte jetzt nicht mehr als bei ihrem ersten Zusammentreffen. Er wußte nicht, woher sie kam oder wohin sie ging, wenn sie sich trennten. Die Begegnung in Exeter war der erste Anhaltspunkt in all den Jahren. Warum trug sie eine Brille? Was tat sie in Exeter, fragte er sich, vergeblich den Schlaf herbeisehnend. Er wußte, sie hatte andere Kochstellen, andere Liebhaber. Vor Ärger und Frustration stöhnte er auf.

»Weck mich doch nicht ständig. Wenn du nicht schlafen kannst, geh ins Ankleidezimmer«, schimpfte Alison. »Nimm eine Verdauungspille.«

»Dein Schnarchen hält mich wach.«

»Ich schnarche nicht.«

»Und wie, du dumme Kuh.« Mungo stand wütend auf und ging ins Ankleidezimmer. Würde Eli Alisons Schnarchen hinnehmen? Hebe schnarchte nie. Während er versuchte, es sich im Bett des Ankleidezimmers gemütlich zu machen, beschloß er, seine Mutter noch einmal auszuhorchen. Sie mußte etwas über Hebes Hintergrund wissen.

7

Louisa Fox erkannte Hebes Stimme sofort, als sie den Hörer abnahm. »Hebe, wie schön, Sie zu hören.«

»Würde es Ihnen passen, wenn ich im August zu Ihnen käme? Jemand hat abgesagt, und ich habe –«

»Gedacht, Sie könnten zu mir kommen?«

»Ja, ich –«

Louisa war begeistert. »Wann werden Sie kommen? Es wäre mir eine ganz besondere Freude.«

»Wäre es Ihnen vom siebten bis einundzwanzigsten recht? Haben Sie Ihren Terminkalender zur Hand?«

»Nicht notwendig. Im August ziehe ich mich immer zurück. Wir werden allein sein.«

»O fein. Ich bin am Abend da und bringe die Sachen für ein Essen mit.«

»Ich freue mich darauf. Sie können mir erzählen, welche Neuigkeiten es bei Ihnen gibt, wenn Sie da sind.« Nicht daß das Mädchen jemals etwas zu erzählen hatte, dachte Louisa Fox. Sie schaltete den Fernseher an für die Nachrichten und fragte sich, ob sie Lucy Duff anrufen sollte.

Während sie darüber nachdachte, hörte sie die Schreckensmeldungen aus aller Welt, bis der Wetterbericht kam. Sie wählte Lucys Nummer.

»Lucy, bist du das? Hör zu, das Goldstück kommt im August zu mir. Hab ich nicht ein Glück?«

»Ich dachte, du hättest sie im August nie bekommen. Ich jedenfalls nicht. Ich nahm an, sie hat während der Ferien ein Kind zu versorgen oder eine andere Stelle. Ich bekomme sie nie an

Ostern oder an Weihnachten. Miss Thomson muß Termine im Frühling, Sommer und Herbst abmachen. Sie war im Mai hier. Zwei göttliche, verfressene Wochen. Kann ich zu dir kommen?«

»Das geht nicht. Sie wird mir meine Tiefkühltruhe auffüllen müssen; komm später. Hat dich Mungo besucht, während sie bei dir war?«

»Nein, Alison hält ihn an der Leine.«

»Richtig angebunden?« Die beiden Frauen lachten.

»Wie soll ich das wissen?« sagte Mungos Mutter. »Der Junge von Maggie Cook-Popham schwört, er habe Mungo mit Hebe in London gesehen.«

»Wirklich? Wo hat er sie gesehen?«

»Sie spazierten durch Kew Gardens.«

»Wann war sie bei Maggie? Sag bloß, der Junge –«

»Ich schwöre, er hat es versucht, aber wenn es ihm gelungen wäre, wüßte die ganze Welt davon, und das würde –«

»Würde Hebe nicht passen. Sagt Mungo je –«

»Keine Silbe. Schon aus Angst, ich machte Alison gegenüber eine Bemerkung; als wenn ich so etwas tun würde.«

»Als wenn du so etwas tun würdest.« Die alten Frauen, durch meilenlangen Draht miteinander verbunden, lachten.

»Wir sind nicht wie Maggie«, sagte Lucy. »Aber bei unwichtigeren Neuigkeiten spart man Briefmarken, wenn man Maggie davon erzählt.«

»Wäre es nicht schön, wenn du Hebe während der Ferien bekommen könntest? Deine Enkel wären begeistert von ihrem Essen. Wenn sie im August zu mir kommt, bedeutet das vielleicht, daß sie in den Ferien doch keine Verpflichtungen hat, wie du dachtest«, meinte Louisa.

»Ich möchte die kleinen Plagen nicht bei mir haben«, rief Lucy. »Nicht, bevor sie nicht wesentlich älter sind.«

»Um Himmels willen, warum denn nicht?«

»Sie haben die ganzen Knöpfe von meinen viktorianischen Sesseln abgerissen.«

Louisa unterdrückte ein Lachen und sagte: »Wie schrecklich. Was war denn los mit ihnen?« Lucy mußte die kleinen Biester irgendwie verärgert haben.

»Alison fährt weg. Ich denke, sie schickt sie zu Freunden. Mungo wird überhaupt nicht fertig mit ihnen, er schreit herum, und sie lachen nur. Sie schickt sie zu Leuten, die nicht mit sich spaßen lassen.«

»Das wird sich schon ändern, wenn sie größer sind«, meinte Louisa.

»Hoffentlich.« Lucy hatte ihre Zweifel. »Wir müssen an deine Telefonrechnung denken«, sagte sie, womit sie darauf anspielte, daß Louisa lange genug geredet hatte.

»Wiedersehen«, antwortete Louisa und legte auf. Gerade die Reichen müssen einen an Rechnungen erinnern, dachte sie. Mungo würde eines Tages reich sein. Wenn er eine Affäre mit Hebe haben sollte, hatte er wirklich Glück. Es war inzwischen eine längst vergangene Geschichte, aber Lucy wäre verletzt, wenn sie erführe, daß sie die zweite Wahl gewesen war. Mungos Vater hatte sie um ihre Hand gebeten, bevor er Lucy gefragt hatte. Mungo wäre wahrscheinlich nicht am Leben, weil ich unfruchtbar bin, und wenn ich recht habe und Hebe ist Christophers Enkelin, wäre sie wahrscheinlich auch nicht am Leben. Louisa war überrascht, daß Lucy nie aufgefallen war, welch verblüffende Ähnlichkeit Hebe mit dem förmlichen, wichtigtuerischen, rechtschaffenen Christopher Rutter hatte, der ihr vor langer Zeit die Ehe angetragen hatte und überrascht und verärgert war, als er abgewiesen wurde. Er hatte ein Mädchen geheiratet, so rechtschaffen wie er selbst. Beim Nachrechnen kam Louisa darauf, daß Hebe wahrscheinlich seine Enkelin war, das Kind der Tochter, die bei dem Flugzeugabsturz ums Leben kam. Von ihrem Verdacht erzählte Louisa ihrer Freundin nichts, denn Lucy bezichtigte zwar andere der Klatschsucht, tratschte aber selbst. Hebe hingegen, aus Gründen, die sie selbst am besten kannte, sprach nie über ihre Familie oder ihre Freunde, nicht einmal über Bernard, der Hebe zufällig kennengelernt hatte, seit er in der gleichen Gegend lebte. Louisa hielt es nicht für notwendig, daß Hebe etwas von ihrer Freundschaft mit Bernard erfuhr. Bernard fand Hebe amüsant und liebte sie, das war ihr bekannt. Lucy fände eine Verbindung mit Christopher Rutter faszinierend, ebenso den Klatsch. Als sie Hebe als Aushilfsköchin empfahl, die auch für Maggie Cook-Popham arbeitete, hatte sie gesagt: »Sie ist nicht nur die wundervollste Köchin, sondern auch eine Lady«, und damit einen Ausdruck benutzt, den Mungo mißbilligte. Hebe sprach nie über ihre Arbeitgeber, Louisa respektierte ihre Zurückhaltung und nahm an, daß sie von einer Stelle zur anderen pendelte. Während sie mit seiner Mutter über Mungo scherzte, hätte sie nie angenommen, daß es sich bei Hebe und ihm um eine Geschäftsbeziehung handelte. Sie betrachtete die Affäre der beiden als ein bißchen Spaß für das Mädchen und für ihn als ein Vergnügen, das man ihm angesichts seiner Ehe mit der rechthaberischen Alison gönnen konnte. Über die unterschiedlichen Tarife von Köchinnen und Mätressen hätten sie sich gewundert.

Louisa freute sich auf Hebes Kochkünste und pries den Tag, an dem Lucy ihr vorgeschlagen hatte, es mit ihr zu versuchen. Voller Neid dachte Louisa, daß Lucy sich Miss Thomson ständig leisten konnte, sie hingegen Hebes exorbitante Honorare nur ein- oder zweimal im Jahr. Sie hatte keine Ahnung, daß

Hebe ihr, weil sie sie mochte, weniger berechnete als Lucy und Maggie Cook-Popham, die sie nicht mochte und denen sie auch nicht vertraute.

Während Louisa mit Lucy Duff telefonierte und sich auf Hebes Küche freute, genoß Hebe die kurze Zeit mit Silas, die ihnen blieb, bis er auf die Scilly-Inseln fuhr. Sie war glücklich zu beobachten, wie der Schulstreß von ihm abfiel, und froh, daß er in Giles einen Freund gefunden hatte. Obwohl Silas' Treulosigkeit sie zunächst verletzt hatte, stellte sie fest, daß sie sich auf die vierzehn Tage in Wiltshire freute. Auf jeden Fall war es besser, beschäftigt zu sein als zu Hause zu hocken und zu grübeln, ob er sich amüsierte. Die Begegnung mit Mungo in Exeter hatte sie beunruhigt. Möglicherweise fand er eine Spur, die zu ihrem Wohnort führte. Wenn sie in Wiltshire war, verringerte das seine Chance, ihr auf die Spur zu kommen. Sie mochte Louisa Fox, liebte ihr Haus und arbeitete gern für sie. Aber sie hatte nicht mit Miss Thomson gerechnet, die sich über Andeutungen ärgerte, daß das Mädchen, das sie vertrat, herrliche Mahlzeiten kochte und nichts dagegen hatte, wenn Lucy Freunde einlud; das war etwas, was ihr überhaupt nicht gefiel, fand sie es doch schon peinigend, wenn jemand morgens auch nur Kaffee oder Tee bei ihnen trank. Sie fürchtete Hebe und haßte Lucy, die Hebe als »einen Schatz« oder, schlimmer noch, als »meine aristokratische Köchin« bezeichnete. Das Gespräch zwischen Louisa und Lucy, das sie auf dem Nebenapparat mithörte, versetzte sie in Wut. Die Eifersucht, die sie Hebe gegenüber bereits verspürte, ließ ein Talent für Boshaftigkeit in ihr aufkeimen. Während sie das Abendessen vorbereitete, das sie gleich mit ihrer Arbeitgeberin einnehmen würde, dachte Miss Thomson über die Theorie nach, die sie bis jetzt als absurd verworfen hatte, nämlich Mungos und Alisons Scheidung und Mungos und Hebes Heirat; das hieße, Hebe nähme auf Dauer ihren Platz ein, oder sie würde auf irgendeine andere trickreiche Art ihren Job verlieren. Miss Thomson sparte auf eine Wohnung an der Costa Brava, um dort ihren Lebensabend zu verbringen. Da sie sich ihre Pläne nicht durchkreuzen lassen wollte, beschloß sie, Hebe einen Knüppel zwischen die Beine zu werfen, allerdings auf sehr bedachtsame Weise. Sie nahm eine Postkarte, adressierte sie an Alison und schrieb:

»Liebe Mrs. Duff: Sollten Sie mit H. Rutter, der Aushilfsköchin, in Verbindung treten wollen, sie ist vom 7. bis 21. bei Mrs. Fox in Wiltshire. Liebe Grüße, A. Thomson.«

Miss Thomson hoffte, Alison würde sich beim Lesen dieser Karte fragen, was diese Nachricht um Himmels willen bedeuten sollte. War es eine Warnung? Sie würde mehr auf der Hut sein, mit etwas Glück würde sie Hebe Schwierigkeiten machen, und Miss Thomson könnte in Frieden weitersparen. Ich kann kein Unheil anrichten, dachte die Haushälterin und öffnete eine Suppendose. Etwas Genaues wird nicht gesagt, aber an Alisons Stelle würde ich ins Grübeln kommen.

Die Karte fiel eine Stunde nach Alisons Abreise in die Staaten durch den Briefkastenschlitz. Mungo jauchzte vor Entzücken, als er sie las.

8

Hebe betrat Amys Haus, und sogleich fühlte sie sich durch ihre Zuneigung für die alte Frau beflügelt.

»Hallo, Liebe.« Sie küßte Amy. »Ich habe die Jungs den Tag über hinausgeschickt. Sie haben Sandwiches mitbekommen.«

»In den Regen?«

»Das macht doch nichts. Hast du Hannah gesehen?«

»Sie ist in ihrem Sprachkurs.« Amy grinste. »Zähne, Name, jetzt muß sie auch noch ihre Aussprache ändern.«

»Wenn es sie glücklich macht.« Hebe setzte sich neben Amy. Sie sah sich um und bemerkte, daß Amys Briefbeschwerer, die Hannah weggeräumt hatte, wieder auf dem Fenstersims standen, wo die Sonne ihre Farben aufleuchten ließ.

»Wo hast du diese Herrlichkeiten gekauft?« Sie streichelte die Hand der alten Frau.

»Man hat sie mir geschenkt, ich habe sie nicht gekauft.«

»Aha.«

»Heute sind sie wertvoll, weißt du«, sagte Amy selbstzufrieden. »Wohin gehst du morgen?«

»Zu Mrs. Fox. Es ist besser, ein paar Shilling zu verdienen als deprimiert herumzusitzen, während Silas fort ist.«

»Wer kümmert sich um Trip? Soll ich sie füttern?«

»Terry füttert sie.«

»Ach, Terry«, sagte Amy belustigt. »Der!«

»Ich habe die Miete gebracht.« Hebe gab der alten Frau einen Umschlag.

Amy zählte das Geld. »Du zahlst ein Jahr im voraus oder was? Das ist viel zu viel.«

»Ich habe einen Bonus bekommen. Bitte, nimm es.«

»Von wem?« Amy sah Hebe an, die schwarzen Augen funkelten. »Doch nicht von dem Schwarzen?«

»Der Bonus ist von *Terry*.« Hebe grinste. »Ein Abschiedsgeschenk.«

»Er verläßt dich, wirklich?« Amy war neugierig.

»Wir sind weiterhin Freunde. Er – ähm – er hat jemand anderen.«

»Er ist doch schwul, oder?«

»Nur ein bißchen überspannt –«

»Du magst ihn, nicht wahr?«

»Er bringt mich zum Lachen. Wir lesen Gedichte zusammen.«

»Das hast du mir gesagt. Liebesgedichte.«

»Auch andere. Er hat seine Prüfung geschafft.«

»Das letzte Mal ist er durchgefallen, oder?«

»Ich bin durchgefallen!« Hebe sah besorgt aus.

»Du hast etwas mit ihm angefangen, um den alten Mann zu ärgern, nicht wahr? Der Mischung aus schwarzer Hautfarbe und einem durchgefallenen Examen konntest du nicht widerstehen.«

»So hat es angefangen«, sagte Hebe reserviert. »Er ist inzwischen ein guter Freund.«

»Was macht er? Immer noch Alarmanlagen?«

»Er ist jetzt selbständig, arbeitet auf eigene Rechnung.«

»Wie du.«

»Wie ich.« Hebe hielt Amys Blick ruhig stand und fügte sanft hinzu: »Wie wir.«

Amy drückte Hebes Hand. »Ich habe es nie so betrieben wie du. Ich las keine Gedichte und spielte kein Backgammon. Ich hatte nicht das Sagen. Ich weiß nicht, wie du das schaffst.«

Hebe blickte zur Seite, sie antwortete nicht.

»Hübsche Mädchen wie du sollten heiraten. Hannah will wieder heiraten.«

»Ihren Zahnarzt.«

»Aber sie findet ihn langweilig. Edward Krull war langweilig, sie möchte den Fehler nicht wiederholen.«

»Ach, kennst du jemanden, der ihn kennt?« Es befremdete Hebe, daß sie ins Klatschen kam, sie war aber nicht überrascht, als Amy nicht antwortete. Sie saß in dem kleinen Wohnzimmer des Hauses, das Amy während ihrer Krise zu einem Heim für sie gemacht hatte. Hier hatte sie bis nach Silas' Geburt Schutz gefunden, bis sie später das Haus auf der gegenüberliegenden Straßenseite mietete.

»Was hätte ich ohne dich getan, Amy?«

»Du hättest es geschafft.«

»Du hast uns gerettet.«

»Übertreib nicht. Wenn nicht ich, dann wäre es jemand anderer gewesen. Du hast dich in Schwierigkeiten gebracht, das ist alles.«

»Schwierigkeiten.« Hebe hielt das für eine Untertreibung. Sie sagte: »Es gab niemand anderen. Nein, Amy, du hast uns gerettet und mich dann aufs richtige Gleis gebracht.«

»Nur wenige Menschen würden das als das richtige Gleis bezeichnen«, sie lachte entzückt.

»Du hast mich Bernard vorgestellt.«

»Der alte Bastard. Wir hätten es auch ohne ihn geschafft«, schnaubte Amy.

»Er hat meine Sachen gekauft, hat mich nicht betrogen und mir den Job im Hotel besorgt.«

»Und was für einen Job. Ich gebe zu, er hat dich nicht betrogen. Aber er hätte dich nicht mit diesem Hippolyte zusammenbringen müssen. Du hättest für Lucy Duff und Louisa Fox arbeiten können.«

»Ich arbeite ja für sie.«

»Anständige Leute. Ich habe für sie gearbeitet, als sie eine Sekretärin brauchten, vor –«

»Meinem Großvater.« Hebes Stimme klang tonlos.

»Ich dachte, du wolltest ihn nicht erwähnen.«

»Das stimmt.«

»Also dann. Was hat dieser Küchenchef dir beigebracht, das du nicht schon im Cordon Bleu gelernt hättest?«

»Soufflés.« Hebe erinnerte sich an Hippolyte: Du lachst, du entspannst dich, du genießt, du stehst auf, leicht, beschwingt, fühlst dich köstlich, bereit für einen Nachschlag. »Er hat mich gelehrt, Soufflés zu machen«, sagte sie ernst.

»Hm«, sagte Amy, immer noch zweifelnd. »Hm.«

Hebe wechselte das Thema: »Ich arbeite nicht mehr für Mrs. Cook-Popham, Amy. Ich kann ihren Sohn nicht leiden. Mir reichen Mrs. Fox und Mrs. Duff und die Gelegenheitsarbeit.«

»Ich traue der Gelegenheitsarbeit nicht.«

»Mir gefällt sie«, antwortete Hebe und dachte vergnügt an Mungo und Hippolyte. Terry vermißte sie. »Die Gelegenheitsarbeiten bringen das Geld, wie du –«

»Wie ich wissen sollte. Gelegenheitsarbeiten sind nichts auf die Dauer«, sagte Amy traurig und erinnerte sich auf ihre alten Tage an das freudvolle Aufwachen im Doppelbett des Hotel d'Angleterre, an das Lachen, an die glänzenden Sonnenstrahlen, die morgens durch die roten Plüschvorhänge schienen, an den Kaffee und die Croissants. »Sie sind nicht von Dauer«, sagte sie in bitterer Erinnerung an die einsame Heimreise nach London, den Quacksalber in Battersea, den Schmerz und die

Angst. »Sie sind nicht von Dauer. Deshalb bin ich Sekretärin geworden.«

»Und hast für die Duffs, Foxes und meinen Großvater gearbeitet«, sagte Hebe ernst. Sie konnte sich an Amy, die Sekretärin, erinnern, fand es aber schwer, sich Amy während ihrer Pariser Laufbahn vorzustellen. Wer war der Mann, der sie sitzengelassen hatte, fragte sie sich und hörte einen Augenblick lang jene anderen Stimmen, die fragten: »Wer war der Mann?« und »Laß es abtreiben«.

»Soll ich uns Tee machen?« Sie stand auf, um den Bann zu brechen.

»Ja, Liebe.« Amy beobachtete Hebe, die den Kessel aufstellte und den Tisch deckte. Sie fragte sich zum millionsten Mal, wer Silas' Vater sein konnte. Wäre man nicht bei der Geburt dabei gewesen, hätte man annehmen können, der Mann habe nie existiert. Sie erzählt mir von ihren Liebhabern, dachte Amy. Die Großeltern hatten es nicht herausgefunden. Diese Dummköpfe, die an dem Kind immer herumgenörgelt haben: »Nuschel nicht, unterbrich nicht«, immer Verbote. Und »Halt dich gerade«, »Geh nicht gebückt«.

Hebe, die die Teekanne anwärmte, den Tee abmaß und nach dem Kessel griff, dachte, Amy hatte also eine Abtreibung. Wäre das nicht geschehen, wäre ihre Tochter älter als ich, in mittleren Jahren. Sie reichte Amy eine Tasse.

»Ich führe ein eingeschränktes Leben. Es ist besser so«, sagte sie abwehrend. »Ich habe meine Arbeit.«

»Ja.« Amy nahm die Tasse. »Ich denke, das ist das beste.«

»Ich spare eine Menge Geld.«

»Ein gefülltes Bankkonto ist etwas Feines«, stimmte Amy zu.

»Ich sorge für Silas' Erziehung. Das ist es, was zählt.«

»Ja.« Amys Gedanken waren Jahre entfernt. Warum bin ich in Panik geraten, fragte sie sich. »Dieser Mistkerl«, rief sie plötzlich aus.

»Was?« fragte Hebe verblüfft.

»Ich liebte einen Mistkerl. Er war nicht der Typ, der heiratet.«

»Wie du weißt, bin ich der Ansicht, daß Liebe vermieden werden sollte.« Hebes Tonfall brachte Amy zum Lachen.

»Nun«, sagte sie, »ich habe dich, ich habe Silas und jetzt Giles und Hannah. Hannah glaubt an die Liebe, deshalb hat sie ihren Namen geändert, sich neue Zähne machen lassen und lernt jetzt, vornehm zu sprechen. Hannah glaubt an die Ehe, aber sie hat kein *chien*. Vielleicht braucht man kein *chien* für die Ehe.«

»Was ist *chien*?«

»Es ist nicht zu definieren, eine Art Geruch, so bezeichnete man zu meiner Zeit Sex-Appeal.«

»Geruch?« Hebe sah nachdenklich aus. »Ich wette, du hattest *chien*.« Sie versuchte in Amys altem Gesicht das junge Mädchen wiederzuentdecken.

»Nicht genügend, um ihn zu halten«, meinte Amy. »Er liebte eine andere.«

»Zur gleichen Zeit?« Hebe war schockiert.

»Du hast gerade Grund, so etwas zu sagen, bei deiner Sammlung.«

»Aber ich bin nicht verliebt. Liebe ist ein Unglück. Ich bin eine Entertainerin.«

»Mich unterhältst du auf jeden Fall. Ich führe nur noch ein Leben aus zweiter Hand. Hast du Silas' Adresse auf den Inseln, falls es notwendig wäre?«

»Ich habe sie für dich. Die Leute heißen Reeves. Sie scheinen in Ordnung zu sein.«

»In welcher Hinsicht?«

»Ach, du weißt schon.« Hebe sah weg.

»Die richtige Art von Leuten?« Amys Tonfall ließ Hebe erröten.

»Ja, ich denke schon.« Sie stand auf, zögernd, unwillig, sich aus der heiter-gelassenen Atmosphäre zu entfernen, die Amy umgab. Sie beugte sich hinunter, um die alte Frau zu küssen. »Du hättest eine wundervolle Ehefrau abgegeben.«

»Nicht für ihn. Manche Männer sollten nie heiraten. Das begreife ich heute.«

Hebe fragte sich, was Amy durchgemacht hatte, um so weise zu werden. »Manche Frauen auch nicht«, meinte sie. »Vielleicht gehöre ich dazu.«

»Wenn man bedenkt, wie du dich anläßt, könntest du recht haben. Deine Karriere –«

»Also Amy, fang jetzt nicht mit ›meiner Karriere‹ an.«

»Bestimmt nicht meine Art.«

»Hannah wird George Scoop heiraten.«

»Hannah ist vielleicht nicht so vernünftig, wie du denkst«, sagte Amy. »Ich hoffe eher nicht. Dieser Zahnarzt verdient Hannah nicht.«

»Ist er nicht gut genug für sie?«

»Sie ist nicht die Richtige für ihn.«

»Mein Gott, warum?«

»Sie würde ihn behandeln, wie sie Edward Krull behandelt hat.«

»Woher weißt du das?«

»Man muß eine Heilige sein, um einen Langweiler auszuhalten. Dennoch will sie unbedingt heiraten.«

Hebe stand auf und dachte, welch relativ einfaches Leben Hannah doch hatte. »Ich muß los.« Sie küßte Amy zum Abschied.

»Wiedersehen.« Amy verglich Hannahs Heiratsabsichten mit Hebes Lebenswandel; letzteren fand sie weniger schädlich. Sie lachte leise und dachte, sie vergnügt sich eben. Laut sagte sie – ihre Augen reflektierten den Sonnenglanz der Briefbeschwerer: »Sie unterhält die Leute, ihr gefällt die Abwechslung.« Sie sprach mit den Briefbeschwerern wie mit einer lebendigen Person. »Und sie macht die Menschen glücklich.« Amy behielt diese Gedanken für sich, weil sie sie mit niemandem teilen konnte.

9

Es widerstrebt mir, Amy mehr als das Notwendigste anzuvertrauen, dachte Hebe, während sie Silas' Kleider sortierte, die er auf seine Reise mitnahm. Sie fragte sich, ob dort jemand sein würde, vor dem man die Zunge hüten müßte. Sie stapelte Silas' Kleider aufs Bett und nahm das, was gebügelt werden mußte, mit in die Küche hinunter. Beim Aufstellen des Bügelbrettes und Einstecken des Bügeleisens dachte sie an Mungo. Amy fand Mungo in Ordnung, bei Terry hatte sie offensichtlich ihre Zweifel. Hatte nicht Terry sie bestärkt, ihre Kunden als »Das Syndikat« zu bezeichnen, weil ihm der zweifelhafte Witz gefiel. Aber hätte Amy Mungo auch noch in Ordnung gefunden, wenn sie seine schmutzige Ausdrucksweise gekannt hätte, wenn sie gewußt hätte, wie lächerlich er mit der Größe seiner Männlichkeit prahlte? Hebe prüfte die Bügeleisentemperatur und dachte voll nachsichtiger Zuneigung an Mungo. Es gefällt Amy, wenn er mich nach Wimbledon, ins Kino und in die Oper mitnimmt, dachte sie. Er ist sehr großzügig, zahlt immer anstandslos, wenn ich ihn beim Backgammon schlage. Ich halte ihn bei Laune, dachte sie und bügelte Silas' T-Shirts. Mir ist es zu verdanken, daß er angenehmer ist für seine Familie, seine Frau profitiert von mir. Sei nett zu Hause, sage ich immer, du hattest schließlich eine hübsche Abwechslung. Hebe faltete die T-Shirts zusammen, griff nach Kissenbezügen und sprengte sie mit Wasser ein. Ihr gefällt Mungos gesellschaftliche Stellung, dachte sie, die Bezüge glattstreichend; sie weiß, daß Hippolyte als Bauer geboren wurde, und nennt ihn herablassend Hippo. Ich nenne ihn Hippo, um meine Zuneigung zu zeigen. Ich gefalle ihm, er findet mich komisch. Hebe preßte das Bügeleisen auf den Bezug. Wenn ich für Maggie Cook-Popham arbeite und meinen freien Tag habe, bekomme ich kostenloses Essen in seinem Restaurant, dabei gibt er vor, mich nicht zu kennen, wenn ich das Lokal betrete. Hebe gluckste vor Vergnügen bei der Erinnerung an seinen Gesichtsausdruck, als sie einmal nicht allein, sondern mit einem potentiellen Kunden aufgekreuzt war. Er schaffte es aber noch, daß ich den armen Mann stehen ließ. Ich wollte ihn eigentlich nur reizen. Der Mann langweilte mich, das war alles. Wer war das doch gleich, wie hieß er? Während Hebe den Kissenbezug zusammenfaltete, zermarterte sie sich den Kopf. Eine ganze Menge potentieller Kunden waren ausprobiert worden. Es ist immer so, daß einer liebt und der andere sich lieben läßt, pflegte Großvater zu sagen. Na, alter Mann, ich bin diejenige, die sich lieben läßt. Ich mache einen ganz schönen Profit in dem Beruf, den du mir vorgeschlagen hast, und kann außerdem noch die Erziehung für Silas finanzieren. Es hatte Reinfälle gegeben, gestand sie sich ein. Da war ein Mann, der sie übers Wochenende nach Rom eingeladen hatte und mit ihr auf der Piazza Navona dinierte: Prosciutto con fichi, einen wunderbaren Risotto, Berge von Erdbeeren. Aber er trank zu viel Soave, hatte keine Ahnung von dessen mörderischen Auswirkungen. Er wurde schrecklich betrunken und im Hotel unerträglich lästig. Auf dieses eine Mal bin ich nicht stolz, dachte Hebe und schaltete das Bügeleisen ab. Es war ein übler Trick, seine Hosen, Schuhe und Unterhosen aus dem Fenster zu werfen, aber was hätte ein Mädchen sonst machen können? Ich mußte einfach weg. Ich habe Hippolyte davon erzählt, dachte sie. Er war so entzückt, daß er mich mit seinem Teilhaber zum Essen einlud. Amy habe ich es nie erzählt. Ich kann mich nicht erinnern, wie er aussah, dachte sie, über das

Bügelbrett gebeugt. Irgend so ein englischer Sportsmann? Sie schüttelte den Kopf; Edward fiel ihr ein, leitender Angestellter in einer Anwaltskanzlei, der am Samstag die Wäsche seiner Frau plättete und dabei im Geiste die ehelichen Dramen der Klienten ausbügelte. Er hatte etwas Düsteres an sich. Ihre Schwierigkeiten wollte sie sich nicht von ihm ausbügeln lassen. Hebe klappte das Brett zusammen und stellte es weg. »Man muß das Feuer am Brennen halten«, sagte sie zu Trip, die miauend durch die Katzentür hereinschlüpfte. »Man darf ihnen höchstens zwei Wochen zubilligen. Mit Mungo dreimal im Jahr, vier oder fünf kurze Reisen nach Paris mit Hippolyte und dazu die Kochjobs, und wir kommen zurecht. Terry werde ich nicht wirklich vermissen. Ich kann mich immer noch mit ihm treffen. Ich kann nur nicht soviel für schlechte Zeiten oder für Silas' Studium zurücklegen, das ist alles. Es ist noch lange nicht soweit«, sagte sie und hob die schnurrende Katze auf, »daß ich Sozialhilfe brauche. Nicht daß ich mich jemals darauf hätte verlassen wollen.« Die Katze sprang von ihrem Arm, um Milch aus ihrer Schale zu lecken. »Es ist ein angenehmes Leben«, sagte Hebe zu der Katze, »aber ich wünschte, Silas würde nicht fortgehen.«

»Zu wem nimmst du mich mit?« Giles saß neben Silas im Bus und wischte mit dem Ärmel die beschlagene Scheibe ab.

»Zu einem alten Mann in einem Landhaus, einige Meilen von hier. Er hat die wunderbarsten Sachen. Er ist sehr alt. Sein Name ist Bernard Quigley. Er hat einen Hund namens Feathers und eine Katze. Er ist mein Freund. Ich habe ihn kennengelernt, als ich auf Entdeckungstour durchs Land war.«

»Ist er ein Verwandter?«

»Ich habe keine Verwandten.« Silas blickte auf die vorbeiziehende Landschaft.

»Du mußt welche haben. Ich habe eine Menge Verwandte in Amerika, und Amy ist Mutters Tante. Jeder hat Verwandte.«

»Wir nicht.«

»Du mußt welche haben. Warum hast du keine Verwandten?« Giles ließ nicht locker.

»Nerv mich nicht. Ich habe keine.«

»Frag deine Mum. Erzählt sie dir nichts von ihnen? Meine Mutter erzählt mir alles über ihren Vater und ihre Mutter, was sie gemacht haben und so.«

»Langweilig. Wir steigen hier aus.« Silas stieg mit Giles an der Bushaltestelle neben einer Telefonzelle aus, die einsam an einer Kreuzung stand. Es goß wie aus Kübeln; die Jungen zogen die Kapuzen ihrer Anoraks hoch.

»Wir gehen hier rüber.« Silas kletterte über ein Gatter in ein Feld.

»Gibt es keinen Weg?«

»Nein.«

Silas ging durch das nasse Gras voran. Wasser drang in ihre Schuhe, so daß sie quietschten. »Wir hätten Gummistiefel anziehen sollen.«

Giles fing wieder an: »Dein Vater hatte doch sicher Verwandte? Hat deine Mutter keine Verbindung zu ihnen?«

»Nein.«

»Warum? Hat sie dir nicht von ihnen erzählt? Meine Mutter erzählt mir von meinem Vater. Sie möchte, daß ich gut von ihm denke.«

»Wir müssen hier drüber.« Silas sprang über einen Graben und hüpfte in ein Grünkohlfeld. Giles folgte ihm. Silas stapfte weiter, der hohe Grünkohl streifte seine Knie.

»Bestimmt hat sie dir von deinem Vater erzählt«, bohrte Giles.

»Nein, nichts, ich habe es dir gesagt.« Silas trat gegen eine Kohlpflanze.

»Aber wenn du fragst?« Giles wischte sich das Gesicht ab.

»Ich frage nicht. Sie kommt nie auf das Thema zu sprechen, also steht es nicht zur Debatte.« Silas arbeitete sich durch den Kohl voran.

»Vielleicht bist du im Reagenzglas entstanden, wie diese Kinder in Australien.«

»Das gab's vor zwölf Jahren noch nicht.«

»Vielleicht doch. Woran könnte es denn sonst liegen?«

»Sohn eines Mörders? Künstliche Befruchtung?«

»Geheimagent, irgendein adliger Kerl, ein Popstar.«

»Wenn das zuträfe, würde ich Unterhalt bekommen wie deine Mum.«

»Das ist auch langweilig. Meine redet ständig über meinen Vater. Eines Tages haue ich ab und lebe bei ihm in Amerika.«

»Ja, tu das. Hier ist Feathers.« Silas kauerte sich nieder, um den großen, nassen Hund zu begrüßen, der aus dem Nebel aufgetaucht war. »Wir haben Schinkenbrote. Magst du Schinken?« Feathers machte einen Satz zurück, dann kam er wieder auf Silas zu und leckte ihm das Gesicht. Er hatte große Ohren mit Haarbüscheln an den Rändern. Mit seinem langen, buschigen Schwanz wedelte er so heftig, daß von seinem schokoladenbraunen Fell die Tropfen sprühten. »Das ist Giles«, sagte Silas zu dem Hund.

Giles tätschelte den Hund und folgte Silas zu einer Gruppe Bäume, die wegen des immerwährenden Südwestwindes zur Seite gebogen waren. Hinter den Bäumen stiegen Rauchwölkchen auf. »Er ist zu Hause.« Silas ging auf eine Mauer zu und begann hinüberzuklettern, wobei er seine Füße genau zwischen die Steine setzte. Giles folgte ihm. Silas rief mit hoher Kinderstimme:

»Mr. Quigley, Mr. Quigley, sind Sie da?«

Bernard Quigley stand unter dem Vordach. »An einem Tag wie diesem habe ich keine Besucher erwartet. Kommt und trocknet euch am Feuer.«

»Ich dachte, ich komme einfach vorbei. Das ist Giles Krull. Ich fahre morgen für drei Wochen auf die Scilly-Inseln.«

»Was sagt deine Mutter dazu?« Bernard musterte Silas' Gesicht.

»Sie freut sich für mich. Ich werde segeln. Sie nimmt für ein paar Wochen einen Job an.«

»Wo?« Der alte Mann bewegte sich ruckartig durch sein winziges Wohnzimmer, schob die Jungen in die Nähe des Feuers und nahm Gläser und eine Flasche Sherry aus einem Schrank.

»Zu einem alten Mädchen namens Fox.«

»Fox.« Ein schneller Blick des alten Mannes streifte den Jungen. »Setz dich vors Feuer. Laß dem Hund noch Platz. Er ist auch naß. Nehmt einen Schluck, Jungs, ein Schluck kann euch nicht schaden. Ihr seid alt genug. Elf, oder?«

»Zwölf.« Silas hielt seine Hände ans Feuer.

»Na gut, dann trinkt.«

Die Jungen probierten den Sherry und versuchten, ihren Abscheu zu verbergen.

»Er wird euch schmecken, wenn ihr groß seid.« Der alte Mann beobachtete sie, während er sein Glas mit einem Schluck leerte und sich schnell wieder nachgoß.

Giles war von Bernard Quigley fasziniert. Er war klein, gebückt und alt. Sein Gesicht war an einigen Stellen eingefallen, an anderen aufgedunsen, so daß die ursprünglichen Züge verwischt waren. Seine Nase, einst aristokratisch geschwungen, reckte sich nun beherrschend über den sanften Mund, wodurch seine großen, tiefliegenden Augen übermäßig beschattet wurden. Dünne Haarsträhnen hingen ihm über den Kragen. Er trug braune Hosen, ein Hemd und Hosenträger, die bis zu den dünnen Unterschenkeln herunterhingen wie das Zaumzeug eines Pferdes, das nur noch auf den Abdecker wartet. In seinem zottigen Schnurrbart hingen Spuren von Schnupftabak.

»Ich kannte deinen Vater«, sagte er zu Giles. »Edward Krull.«

»Oh, wirklich?« Giles begann zu dampfen und trat vom Feuer zurück. »Wann?«

»Als er an der Universität war.« Der alte Mann nahm eine Schnupftabaksdose aus der Westentasche und sagte: »Edward Krull, so fad wie Mull. Er wurde nach Amerika geschickt.«

»Wer hat ihn geschickt?« Giles war Grobheit bei alten Leuten nicht gewöhnt.

»Seine Freunde.« Bernard Quigley suchte in Giles' Gesicht nach Ähnlichkeiten mit seinem Vater. »Aber du magst ihn nicht«, sagte er und fügte nach einer Pause hinzu: »Glücklicherweise.«

»Ich dachte, er soll gut ausgesehen haben«, sagte Giles abwehrend.

»Das gebe ich zu.« Bernard Quigley betrachtete dies als nebensächlich. »Er sah gut aus, aber was hilft das im Dunkeln? Frag deine Mutter.«

»Im Dunkeln?«

»Im Bett, mein Junge. Vielleicht weißt du noch nichts übers Bett. Sind deine Eier schon unten im Sack?«

»Was?« Giles ging wieder zum Feuer.

»Du bist noch nicht im Stimmbruch. Mach dir nichts draus. Denk nur, was du alles vor dir hast, all die herrliche Vögelei.« Er sah Giles forschend an. Giles wurde rot.

»Das ist eine hübsche Schnupftabaksdose.« Silas, besorgt um seinen Freund, versuchte Bernard abzulenken.

»George II. Gehörte meinem Großvater.« Der alte Mann zeigte Silas die Dose, zog sie jedoch zurück, bevor er sie berühren konnte. »Ich zeige euch meine Sachen nach dem Lunch. Ich habe eine Menge Essen im Haus.«

»Kann ich behilflich sein?« bot Silas an.

»Nein, nein, trocknet euch und gib die belegten Brote deiner reizenden Mutter dem Hund.«

Silas legte die Brote vor Feathers, der sie vorsichtig beschnupperte und zu fressen begann, eher aus Höflichkeit denn aus Hunger.

Giles sah sich in dem Raum um. Chippendale-Stühle mit Sheraton-Lehnen, gelegentlich lagen die Kanten verschiedener Tische übereinander, alle waren mit Porzellan, Silber und Jade beladen. An den Wänden hingen Bilder und Spiegel, die im Licht des Feuers blitzten. Auf dem Tisch neben dem Stuhl des alten Mannes war kaum Platz für eine Öllampe. Mehrere über und über mit Wachs betropfte Kerzenständer standen auf dem Boden.

Vom Gang her hörten sie Bernard hantieren.

»Glaubst du, er mag Schnupftabak, oder will er nur seine Dosen benutzen?« flüsterte Giles eingeschüchtert.

»Ich glaube, er hat sich beigebracht, ihn zu mögen, genau wie das hier.« Silas goß den Inhalt seines Glases auf den Teppich.

»Wird er das nicht riechen?« Giles fühlte sich unwohl, als er es seinem Freund gleichtat.

»Wegen der Paraffinlampe wird man nichts riechen.« Silas

beobachtete, wie Feathers den feuchten Fleck beschnupperte und dann wieder zu seinem Mahl zurückkehrte.

»Ich hatte keine Ahnung, daß mein Vater langweilig war«, grübelte Giles über Bernards Beleidigung nach. »Meine Mutter hat eine Menge Sachen gesagt. Nie hat sie gesagt, er sei langweilig gewesen.«

»Hat dich von Amerika wieder abgebracht, was?« fragte Silas vergnügt und gehässig zugleich.

»Kommt zum Lunch«, rief Bernard. Silas und Giles folgten ihm ins Eßzimmer, das genauso vollgestopft war wie das Wohnzimmer. Giles zählte die Stühle und kam auf zehn Exemplare mit gedrechselten Lehnen und Beinen. Einige der Stühle waren übereinander gestapelt, was das Zimmer wie ein Verkaufslager aussehen ließ. Bernard hatte für drei gedeckt. Giles betrachtete das Silber und die geschliffenen Gläser. »Ist das alles sehr wertvoll?«

»Man fragt nicht nach dem Wert von Sachen, man bewundert die Schönheit, die Seltenheit, die handwerkliche Verarbeitung.«

»Tut mir leid.« Giles war verlegen.

»Du lernst das noch. Jetzt iß, das Essen ist köstlich, nicht wie das Zeug, mit dem Hebe eure Brote belegt hat.«

»Was für ein wundervoller Schinken.« Silas beobachtete Bernard, der sich beim Aufschneiden darüber beugte.

»Kam mit der Post.« Der alte Mann zerlegte ihn mit schnellen Schnitten. »Eine Freundin schickt ihn mir aus Wiltshire, er ist etwas Besonderes. Der rechte Schinken des Schweines ist zarter als der linke, weil sich das Schwein mit dem linken kratzt.«

»Wie kommt der Postbote hierher? Es gibt keine Straße.« Giles nahm seinen Teller entgegen und dachte über die Schinken des Schweins nach.

»Der Mann hat Füße. Er geht zu Fuß.« Der Junge ist wie sein Vater, dachte Bernard.

»Bei jedem Wetter?« bohrte Giles nach.

»Natürlich geht er zu Fuß. Ich bekomme meinen Kaffee per Post, die Pfirsiche in Sirup, Stilton-Käse, alle wesentlichen Dinge. Nimm etwas Salat, das ist gut für die Verdauung.«

»Stimmt, danke.« Silas nahm von dem Kopfsalat. »Meine Mutter ist eine gute Köchin.«

»Kriegst du Verstopfung in der Schule?«

»Manchmal«, antwortete Silas ernsthaft.

Giles, verwirrt durch die Wendung, die das Gespräch genommen hatte, fragte: »Gab es hier nie eine Straße?«

»Natürlich gab es eine Straße«, sagte Bernard Quigley vernichtend und warf einen scharfen Blick auf Giles, wobei er sich fragte, ob er diesen Jungen mögen würde, der so gesund und jung aussah und ihm gleichzeitig so geduckt und zusammengesunken gegenübersaß, als hätte er sein Leben schon hinter sich.

»Was ist passiert damit?« fühlte sich Giles gezwungen zu fragen.

»Ich habe Gras darüber wachsen lassen. Die Leute kämen vielleicht auf die Idee, sie zu benutzen, und würden mich besuchen.«

»Wir besuchen Sie«, sagte Silas grinsend.

»Aber ihr habt euch die Mühe gemacht, über ein paar Gräben zu springen, und seid naß geworden. Auch deine Mutter kommt.«

»Das wußte ich nicht.« Silas sah überrascht aus. »Ich dachte, Sie würden nur mich kennen.«

»Ich kenne eine Menge Leute. Ich halte sie voneinander fern, das ist alles. Deine Mutter mag das. Es macht das Leben leichter.«

»Wie?« Bernard bemerkte, daß Giles mit vollem Mund sprach. Schlechtes Zeichen. Tischmanieren spielten schließlich noch immer eine Rolle.

»Sie reden nicht hinter deinem Rücken, wenn du sie voneinander fernhältst. Silas' Mutter findet ihr Leben so vielleicht leichter zu bewältigen; andere Menschen, wie dein langweiliger Vater Krull, sind Herdentiere. Nimm ein paar Feigen in Sirup oder etwas Käse. Du kannst natürlich beides haben.«

Das Mahl wurde schweigend fortgesetzt, Giles fühlte sich unwohl, Silas war zufrieden. Während er aß, sah sich Giles im Zimmer um. »Sie haben keine Elektrizität«, bemerkte er.

»Richtig. Keine Elektrizität. Brunnenwasser. Keine Wasserleitung. Keine Straße. Noch mehr Fragen?« Bernard starrte Giles angriffslustig an.

»Er hat nicht direkt gefragt.« Silas fand, daß Bernard Quigley seinem Freund zuzusetzen begann. »Ich mag Ihr Haus, wie es ist«, sagte er.

»Bestimmt?« Der alte Mann sah mißtrauisch aus.

»Ganz bestimmt.«

»Dann zeige ich euch ein paar von meinen Schätzen. Setzt euch ans Feuer.« Bernard führte sie mit hängenden Hosenträgern zurück ins Wohnzimmer.

»Ihre Hosenträger hängen herunter.« Giles war inzwischen vorsichtig.

»Ist bequemer«, sagte der alte Mann vieldeutig und öffnete die Schublade eines Sheraton-Sekretärs. »Ihr könnt euch diese Sachen ansehen, während ich ein Nickerchen mache.« Er gab Silas eine Schachtel, setzte sich in einen Ohrensessel und schlief ein.

Vor dem Feuer kauernd, betrachteten die Jungen Ringe, Uhren, alte Münzen, Diamantbroschen, ein großes, mit Diamanten besetztes Smaragdkollier, Medaillen, in Seidenpapier eingeschlagene Emailledosen und Juwelenarmbänder.

»Das muß eine Menge wert sein«, flüsterte Giles. »Allein diese Medaillen.«

Bernard Quigley wachte auf und betrachtete die Kinder.

Giles kauerte auf den Fersen und starrte seinen Gastgeber an. »Woher ist das alles?« Er machte eine ausladende Handbewegung.

»Von meiner Arbeit. Ich wohne in meiner Bank.«

Giles riß die Augen auf. »Ein Einbrecher?«

»Bestimmt nicht. Ich bin Händler. Du siehst sehr hübsch aus.« Er lächelte Silas an, entblößte dabei seine bräunlichen Zähne und amüsierte sich über den Jungen, der sich Ringe an die Finger gesteckt und Armbänder ums Gelenk gehängt hatte. »Warte einen Moment«, rief er und sprang auf. »In der Küchenschublade habe ich ein Diadem.« Er ging hinaus.

»Was hat er gesagt?« Giles sah seinen Freund an.

»Ein Diadem«, antwortete Silas.

»Was ist ein Diadem?«

Der alte Mann kam mit einer Plastiktüte zurück, aus der er ein Diadem nahm. Er setzte es auf Silas' Kopf. »Halt still, sonst fällt es herunter.«

Silas, der mit untergeschlagenen Füßen vor dem Feuer saß, sah den alten Mann an. Die Diamanten und Smaragde funkelten im Feuerschein. Giles rang nach Luft.

»Wunderschön.« Der alte Mann nahm das Diadem von Silas' Kopf und verstaute es wieder in der Tüte. »Und jetzt«, sagte er in beiläufigem Tonfall, »würdet ihr mir etwas Holz hacken, bevor ihr geht? Stapelt es im Schuppen auf.«

»Natürlich.« Silas stand auf, nahm die Ringe und Armbänder und legte sie wieder in die Schachtel zurück, die er auf Bernard

Quigleys Knie stellte. »Danke.« Der Junge und der alte Mann sahen einander an. Giles fühlte sich ausgeschlossen.

»Macht euch auf den Heimweg, wenn ihr das Holz gehackt habt. Und kommt wieder zu Besuch.« Giles hatte den Eindruck, daß ihm die Einladung nicht galt.

»Danke für den Lunch«, sagte er. Schließlich konnte er seine Neugier nicht unterdrücken, und er fragte: »In welcher Hinsicht war mein Vater langweilig?«

»Er sprach über Geld, er war seriös, er war konventionell.« Der alte Mann spuckte die Worte geradezu aus, aber als er sah, daß Giles wie vom Donner gerührt war, tat es ihm leid. »Die kleine Kreuzung mit ein paar anderen Erbteilen hat dir nicht geschadet.« Er drängte die Jungen zur Tür, schob sie in den Regen hinaus und schloß die Tür hinter ihnen.

»Komm, wir wollen Holz hacken.« Silas ging zu dem Holzstoß voran, begann zu hacken und stapelte die Scheite ordentlich auf. Schmollend half ihm Giles. Als sie fertig waren, machten sie sich auf den Weg über die Felder zur Bushaltestelle.

»Wenn mein Vater ein Langweiler ist«, sagte Giles, an dem die grausame Beschreibung nagte, »was ist deiner dann?«

»Ein Geheimnis«, gab Silas kurzangebunden zurück.

»Willst du damit sagen, daß du es wirklich nicht weißt?«

Silas wandte sich zu seinem Freund um und schlug ihm auf die Nase. Da es ihn unverhofft getroffen hatte, ging Giles zu Boden und wurde noch nasser als zuvor. Seine Augen tränten.

»Da ist der Bus.« Silas begann zu rennen. Giles stand auf und folgte ihm.

»Vielleicht bist du adoptiert«, schrie er im Laufen, der Regen vermischte sich mit dem Blut aus seiner Nase. »Ich denke, du bist einfach ein Bastard«, rief er, hinter Silas in den Bus einsteigend. Silas kämpfte sich nach vorn durch und setzte sich neben einen Touristen, so daß für Giles kein Platz blieb; elend mußte er im überfüllten Gang, von Fremden herumgeschubst, stehenbleiben. Eine Frau bemerkte seine Notlage und reichte ihm ein Taschentuch, das er an die Nase drückte.

Als sie wieder in der Stadt waren, gingen sie die Straße auf zwei verschiedenen Seiten hinauf. Als Silas bei seiner Haustür angelangt war, rief Giles fragend: »Sehe ich dich, wenn du zurückkommst?«

Silas rief freundlich zurück: »Natürlich«, und ging ins Haus. Giles bemerkte, daß er das blutgetränkte Taschentuch noch immer umkrampft hielt und warf es in den Rinnstein.

»Dreckfink.« Silas war wieder aufgetaucht, als wollte er noch etwas sagen. Lächelnd stand er im Hauseingang, dann zuckte er die Schulter, als hätte er es sich anders überlegt und ging wieder hinein.

Spät am Abend hörte es auf zu regnen. Bernard Quigley, gefolgt von Feathers, stapfte durch die Felder zur Telefonzelle.

Als Louisa das Telefon abnahm, klang sie abgehetzt. »Hallo.«

»Geht's dir gut?« begann Bernard ohne Umschweife. »Hast du Schwierigkeiten mit deinem Herzen?«

»Ich bin vom Garten hereingerannt. Es gibt so viel zu tun. Warum rufst du an? Ist irgend etwas nicht in Ordnung? Geht's dir gut?«

»Hebes Junge war heute bei mir und sagte, sie kommt zu dir raus –«

»Das stimmt. Sie sagte, sie habe eine Absage bekommen, was immer das heißen mag.«

»Der Junge fährt für drei Wochen auf die Scilly-Inseln. Mit Schulfreunden.«

»Deswegen. Ich habe mich schon gewundert.«

»Kannst du sie dir leisten?«

»Nein, eigentlich nicht.«

»Brauchst du etwas Geld?«

»Ja, ich denke schon. Ich habe nicht nachgedacht, es mir nicht überlegt. Sie bot mir an zu kommen, und ich war so begeistert, daß –«

»Ich kümmere mich drum.«

»Bernard, das geht doch nicht.«

»Sei nicht albern. Welchen Sinn hätte es, die Sachen für den Neffen aufzubewahren? Er wird nie heiraten, nach allem, was du mir erzählst. Wann hast du ihn zum letztenmal gesehen?«

»Vor Wochen. Er kommt nicht immer ins Haus, er ist scheu. Er kommt abends zum Fischen.«

»Ich schicke dir etwas Bargeld.« Bernard lauschte Louisas schwachem Protest. »Warte, ich muß Geld einwerfen.« Er warf die Münzen ein. »Bist du noch da, Louisa?«

»Ja, ich bin dran.«

»Du mußt ihr mehr bezahlen. Lucy Duff bezahlt ein viel höheres Honorar.«

»Ach, mein Gott«, sagte Louisa abwehrend. »Wie beschämend.«

»Das Mädchen mag dich so, deshalb berechnet sie dir weniger als Lucy.«

»Sie kocht wunderbar, hilft mir im Garten. Ich habe keine Gäste.«

»Ich schicke dir das Geld sofort. Du bekommst es in ein paar Tagen.«

»Danke. Soll ich dir mehr Sachen schicken?«

»Nein, mach dir keine Sorgen.«

»Deine Stimme hat sich nicht verändert«, rief Louisa in Wiltshire.

»Aber alles andere. Gute Nacht, meine Liebe, geh in deinen Garten zurück.«

Bernard legte auf. Die Telefonzelle roch nach Tabak und Urin. Wie abstoßend die menschliche Rasse doch ist, dachte Bernard, warf Münzen ein und wählte eine andere Nummer.

Louisas Stimme war alt geworden. Vor vierzig Jahren klang sie schwungvoll, melodiös. »Bist du das, Jim?« Die Stimme am anderen Ende bejahte dies. »Hör zu, ich möchte, daß du ein paar Sachen für mich verkaufst. Soll ich sie dir schicken, oder holst du sie ab?«

»Ich komme bei dir vorbei, ich hol sie ab. Ich will in deiner Nähe jemanden besuchen.«

»Aha. In der Zwischenzeit möchte ich, daß du fünfhundert an Louisa Fox schickst. Das ist ihre Adresse.« Bernard nannte ihm das Haus, das Dorf und die Grafschaft. »Hast du das?«

»Ja, in Ordnung. Bis bald.«

»Kaufst oder verkaufst du bei der Person, die du besuchst?«

»Ich weiß noch nicht«, sagte Jim Huxtable. »Ich gehe nur so einer Ahnung nach.«

Bernard ging hinter Feathers, der mit erhobenem Schwanz dahintrottete, zu seinem Haus zurück. Während des Gehens dachte er über die verschiedenen Aspekte der Liebe nach. Möglicherweise liebte er Louisa genauso wie vor vierzig Jahren, als sie sich heimlich zu Stelldicheins getroffen hatten; jetzt gab es keine Schuld, keinen Schmerz mehr. Sie hatten sich dreißig Jahre nicht gesehen. Sich jetzt zu treffen, wäre ihnen peinlich.

Bei seiner Tür angekommen, fragte er sich, welche Ahnung Jim Huxtable wohl haben konnte. Er blieb unter dem Vordach stehen, sah in die untergehende Sonne und erinnerte sich an Silas mit dem Diadem auf dem Kopf. Wem sah der Junge ähnlich? Er verfluchte sein unzuverlässiges Gedächtnis. Als er drinnen nach Streichhölzern suchte, um die Lampe anzuzünden, sah er sich plötzlich in einem der Spiegel. Vor vierzig Jahren, in Louisas Armen, trug ich die Maske der Jugend, dachte er. Dies hier ist vielleicht mein wahres Selbst. Ich bin noch immer schlank, dachte er, und erinnerte sich an den Moment, als Louisas Dienstmädchen unerwartet mit einer Nachricht hereingeplatzt war und er flach unter der Bettdecke gelegen hatte, bis sie wieder hinausging. Bernard erinnerte sich, daß ihr Gelächter zu neuem Liebesspiel geführt hatte. Heutzutage sind Liebesaffären viel einfacher, dachte er, das Streichholz an den Docht haltend, aber viel weniger aufregend. Von ihnen allen hatte nur Lucy Duff jemanden, der bei ihr wohnte, und sie hatte noch nie viel zu verbergen gehabt, wich sie doch selten ab vom Pfad der Tugend, und wenn, dann genoß sie es nicht übermäßig.

Giles lag in seinem Bett in dem Haus, das Hannah neu hergerichtet hatte wie George Scoop ihre Zähne – im einen Fall wurden aus zwei Räumen einer gemacht, im anderen wurde Freiraum geschaffen –, und dachte an Silas; daß Silas morgen zu anderen Freunden fahren würde. Die Freunde hatten Väter, vermutlich waren die Väter bei ihnen. Tatsächlich erinnerte er sich, daß Silas gesagt hatte, Michael Reeves' Vater habe Michael von der Schule nach Cornwall gefahren und Silas angeboten, ihn mitzunehmen. Während Giles über den vaterlosen Zustand seines Freundes rätselte, kam ihm plötzlich ein Einfall. Er stand auf und ging auf Zehenspitzen nach unten, wo er Silas eine Nachricht schrieb.

»Vielleicht ist deine Mutter ein Hermaphrodit.«

Heimlich öffnete er die Tür, schoß im Schlafanzug über die Straße und warf den Zettel durch Hebes Briefkastenschlitz.

10

Nachdem sie zugesehen hatte, wie Silas mit dem Hubschrauber abhob, ging Hebe zu ihrem Wagen zurück, um nach Wiltshire zu fahren. Silas würde nicht mehr an sie denken, bis es Zeit war, wieder nach Hause zu fahren. Ich werde nie wissen, was ihm durch den Kopf geht, dachte sie. Ich liebe ihn, aber ich weiß nur selten, was er denkt. Sie wünschte, sie könnte so unbeschwert mit ihrem Sohn umgehen wie andere Frauen mit ihren Kindern. Hannah kümmerte sich nie darum, was sie zu Giles sagte. Gestern hatte es Streit gegeben, weil Giles sagte, er habe gehört, sein Vater sei ein Langweiler, und Hannah schrie: »Er hat alle möglichen schlechten Eigenschaften, aber er ist kein Langweiler. Kannst du dir vorstellen, ich hätte einen Langweiler geheiratet?« Doch ihr Leugnen machte die Wahrheit offenkundig. Sie hatte die Unterstellung als Beleidigung ihrer Intelligenz aufgefaßt, und Silas, der alles mitbekam, hatte nicht gefragt, wie andere Jungen das getan hätten: »War mein Vater ein Langweiler?« Es gab keinen Vater, mit dem man ihn voller Abscheu hätte vergleichen können, wie Hannah es manchmal tat, wenn sie wütend auf Giles war und schrie: »Giles, du bist ganz dein Vater.«

Ich hätte einen erfinden sollen, dachte Hebe, während sie zu Mrs. Fox in ihrem eleganten Haus mit dem hübschen Garten fuhr, aber jetzt ist es zu spät. Sie konzentrierte ihre Gedanken auf Mrs. Fox und auf die Gerichte, die sie in den folgenden zwei Wochen kochen würde.

In Salisbury machte sie halt, um sich die Beine zu vertreten; sie parkte den Wagen, spazierte um den Kirchhof, sah sich die schönen Häuser an und fragte sich, welche Art von Leuten diese privilegierte Umgebung verdienten. Hatten sie besondere Verdienste erworben oder waren sie schlichtweg nur sehr reich? Sie ging über den Rasen zur Kathedrale, um sich dort vor dem letzten Fahrtabschnitt hinzusetzen und auszuruhen. Sie ärgerte sich, daß man Eintritt bezahlen mußte, weil das die Atmosphäre profanisierte. Angesteckt von dem Krämergeist, nahm sie Kugelschreiber und Papier aus der Tasche und schrieb: Hippolyte, Mungo, Terry, Louisa, Lucy, Maggie; Terry und Maggie strich sie wieder aus. Die Summe, die die Liste ihrer Kunden repräsentierte, deckte Silas' Erziehung bei weitem ab. Sie mußte sich also nicht von Amy helfen lassen, auch nicht von Bernard, der ihr ständig Hilfe anbot. Ihre Gedanken verweilten bei Bernard, und sie war dankbar, daß sie ihn ohne Bezahlung lieben konnte. Von jetzt an würde sie auch von der finanziellen Bindung an Terry befreit sein, Maggie Cook-Popham konnte sie fallenlassen.

Auf dem Weg zum Auto entdeckte sie einen Hutladen und warf einen Blick hinein. Lucy Duff hatte ihr erzählt, daß sie sich in ihrer Jugendzeit immer einen Hut gekauft habe, wenn sie niedergeschlagen war; Mungos Mutter empfahl dies als unfehlbares Mittel gegen trübe Stimmungen. Ich werde es zum Spaß einmal ausprobieren, dachte Hebe und ging in den Laden. Sollte sie in Versuchung geraten, konnte sie von Terrys Bonus etwas ausgeben.

Als der Ladeninhaber sie erblickte, schlug ihm das Herz höher. Was für einen Kopf galt es hier zu schmücken. Er legte den ›New Statesman‹ weg und erhob sich.

»Darf ich mich umsehen?« Hebe sah einen nachlässig gekleideten jungen Mann, kurze Beine, vorgeschobene Hüften, große Hände an langen Armen, zurückweichendes, im Nacken sich kräuselndes Haar, haselnußbraune Augen in einem hasenartigen Gesicht mit langer, eingekerbter Oberlippe.

»Bitte sehen Sie sich um, ja, bitte –« Er trat zurück, warf einen Papierkorb um und fegte den ›New Statesman‹ vom Ladentisch. »Lesen Sie die?« Er hob die Zeitung auf, in der Hoffnung, sie in ein Gespräch zu verstricken.

»Nicht oft.« Hebe sah weg. Er schien nervös zu sein. Sie betrachtete die Hüte; auf den ersten Blick sahen sie nach Parteitag der Konservativen oder königlicher Gartenparty aus, je nach der Jahreszeit, für die sie bestimmt waren. Auf den zweiten Blick entdeckte sie ein paar spitzbübische Kreationen unter den Ausstellungsstücken: ein rotes Barett mit weißer Umrandung etwa. Sie nahm es hoch.

»Ich fürchte, das ist nicht für –« Der Ladeninhaber trat ängstlich auf sie zu. »Das ist nur –« Er schien seinen Satz nicht beenden zu können. »Aber wenn Sie –«

Hebe setzte den Hut auf und betrachtete sich im Spiegel.

»Sie sehen hinreißend damit aus – wenn Sie ihn haben möchten – ich meine, er steht nicht zum Verkauf, weil –« Lucy Duff hätte gesagt, er spreche wie ein Gentleman, Public School hätten »sie« gesagt, obwohl der Public-School-Akzent heutzutage nicht mehr unbedingt der »ihre« war. Im Spiegel sah man Leute, die auf der Straße vorbeigingen. Hebe hob gerade die Hände, um den Hut schräg zu rücken, da erstarrte sie. Sie hätte es wissen müssen.

»Man setzt ihn am besten gerade auf.« Der junge Mann hatte einen ganzen Satz herausgebracht. »Er gehörte meiner Großtante, sie hat ihn 1939 beim Ausbruch des –«

Aber Hebe hörte »langhaariger Rowdy«, »schmutzige Füße«, »Kommunist«, »arbeitsscheu«, »Hure«, »Abtreibung«, »schwarz«, »wer, wer?«. Ihre Augen folgten dem Paar, das die

Straße hinunterging, er mit dem vertrauten Hinken, sie, wie immer, mit der Tasche über dem linken Arm; ein neuer junger Labrador folgte ihnen auf dem Fuß. Die Knie wurden ihr weich, sie ging zu Boden.

»Nur einen Moment, ich –« Der Ladeninhaber sprang herbei und fächelte ihr mit dem ›New Statesman‹ Luft zu. »Lassen Sie mich –« Er half ihr auf die Beine. »Setzen Sie sich –« Er half ihr auf einen Stuhl. »Nur eine Minute, ich habe –«

Hebe legte den Kopf zwischen die Knie. Der Hut fiel herunter. »Tut mir leid. Dumm. Nichts gegessen. Ich –« Auch sie konnte ihren Satz nicht beenden.

»Hier, nehmen Sie einen Schluck.« Sie fühlte, wie ein Glas gegen ihre Zähne schlug, sie roch Whisky. Sie probierte und schluckte.

»Tut mir wirklich leid. Habe ich den Hut beschädigt?«

»Natürlich nicht.« Er fächelte mit dem ›New Statesman‹. »Ich bin kein wirklicher Linker –« Er starrte sie mit seinen Hasenaugen an.

»Was für ein Linker?« Sie versuchte, Haltung zu bewahren. Sie hatten sie nicht gesehen. Sie waren zum Einkaufen in Salisbury. Sie kam sich wie eine Närrin vor. Es mußte Donnerstag sein. Ihr Tag.

»Parteimäßig.« Er starrte sie an; langsam bekam sie wieder Farbe. Vielleicht fühlte sie sich schwach, weil sie schwanger war? Er konnte sie schlecht fragen. »Kein Parteilinker«, versicherte er ihr. »Bloß als Gegengewicht zu den Hüten.«

Hebe lächelte. »Wie schlau von Ihnen. Mir geht's jetzt gut«, sagte sie. Lieber nichts erklären, sich einfach ganz normal verhalten.

»– freut mich sehr.« Er schien auch keinen Satz beginnen zu können.

»Ich muß weiter.« Sie stand auf.

»Aber Sie müssen den Hut nehmen«, drängte er.

»Was kostet er?«

»Nichts, er ist, er ist nur –« Er steckte den Hut in eine Papiertüte, rot-, grün- und weißgestreift wie die italienische Flagge.

»Aber wie denn – ich muß –« Das ist ansteckend, sagte sie sich.

»– Teil der Dekoration. Er war nicht verkäuflich. Ich möchte, daß –«, er reichte ihr die Tüte, »daß Sie ihn nehmen.« Er lächelte triumphierend.

»Ich kann ihn nicht annehmen«, sagte sie entschieden.

»Sie müssen. Er steht Ihnen hervorragend. Meine Großtante würde sich so –«

»Ist sie tot?«

»Nein, nur alt. Sie gab ihn mir zum –«

»Wozu?«

»Zum Spaß.« Die Hasenaugen leuchteten auf. »Um mir Mut zu machen.« Er reichte Hebe die Tüte. »Und jetzt habe ich –«

»Was?« Sie spürte Freundschaft für den jungen Mann in sich aufkeimen.

»Mut gefaßt. Sie sollten sehen, was –« Hebe wartete. »– sie kaufen. Blütenblätter, Federn, Schleier, aber Sie haben mit untrüglichem Blick den einzigen guten Hut genommen. Bitte behalten Sie ihn, es macht mir so viel –«

»Freude.« Hebe beendete den Satz für ihn. »Vielen Dank.« Sie nahm den Hut an.

»Fahren Sie –«

»Noch zehn Meilen.«

»Dann wohnen Sie also nicht –«

»Ich übernehme einen Job auf Zeit.«

»Ich verstehe. Ich hoffe, er macht Ihnen –«

»Er macht mir Spaß. Ich habe dort schon gearbeitet. Wiedersehen.« Sie streckte die Hand aus.

»Oh.« Seine große, trockene Hand umschloß die ihre. Sie hatte einen feuchten Händedruck erwartet.

»Vielen Dank.«

Er ging zur Tür und beobachtete, wie sie die Straße hinunterging. Sie drehte sich um, lachte und rief: »Ich wette, Ihr Vater war General.«

»Er war, er –« Sie war fort. Er hatte sie nicht nach ihrem Namen gefragt. Sie würde seinen auf der Tüte lesen. Rory Grant, Hutmacher. Seine Großtante Calypso hatte gesagt: »Trau dich was, laß dich nicht unterkriegen von ihnen, mach immer, was du willst im Leben.«

Hebe stellte die gestreifte Tüte auf den Rücksitz und fuhr die letzten zehn Meilen zu Louisa Fox. Der Hutkauf hatte ihr gutgetan, auch daß sie die beiden vorbeigehen sah. Sie hatten sie nicht gesehen, nichts war passiert. Ihre Augen schmerzten. Sie freute sich darauf, früh zu Bett zu gehen und die Kontaktlinsen herauszunehmen. Wie zur Buße zeigte sie der Welt bei der Arbeit ihre Augen, zu Hause verbarg sie sie hinter großen Brillengläsern.

Beim Fahren rätselte sie über ihre Großeltern. Warum hatte sie immer noch Angst vor ihnen, war es eine Gewohnheit? Warum hatte sie den Geruch nicht wahrgenommen, der gewöhnlich die Panik begleitete? Während sie ihre Gedanken zu ordnen versuchte, Tatsachen von Einbildung schied, wurde ihr klar, was sie bereits vermutet hatte. Der Geruch hatte mit den beiden alten Leuten, die in Salisbury die Straße entlanggegangen waren, nichts zu tun. Sie fragte sich, wie der Hund wohl hieß. Der Name des alten Hundes war Smut gewesen.

Hebe fuhr langsam und fühlte sich mit jeder zurückgelegten

Meile sicherer. Wahrscheinlich ließen sie sich in Salisbury ihre Hühneraugen ausschneiden, waren in der Bibliothek, hingen im Buchladen herum, ohne etwas zu kaufen, gingen zum Wagen und fuhren zu ihrem Haus am Rand des New Forest zurück.

Sie würden nicht aus einer Laune heraus in einen Hutladen gehen und dem Hutmacher erlauben, ihnen einen Hut zu schenken. Sie marschierten mit leerem Blick mitten auf dem Gehsteig und bemerkten ihre abgeirrte Enkelin nicht. In ihrem Leben war kein Raum für frivole Hüte, kein Raum für Mädchen, die sich mit langhaarigen, bärtigen, barfüßigen Tagedieben abgaben. Es schien so lange her zu sein, aber es hatte sich nichts verändert. Außer daß ich mich nicht mehr fürchte, dachte Hebe freudig überrascht, einen Blick auf die grüngestreifte Tüte auf dem Rücksitz werfend. Vielleicht war dies das letztemal, daß ich ihre Stimmen gehört, daß ich mich vor ihnen gefürchtet habe. Sie war bester Laune, als sie von der Hauptstraße abbog und die letzten Meilen zu Louisa Fox fuhr.

Sie hielt vor der Eingangstür. Drei Promenadenmischungen kamen bellend aus dem Haus gerannt. Die Tür stand offen. In der Halle würde es kühl sein und nach Rosen duften.

»Still, Jungs, still.« Louisa Fox kam ums Haus, eine schlanke Frau im Baumwollkleid, darüber eine Gartenschürze. Sie hob den Kopf, um Hebe zu küssen.

»Ich bin zu schmutzig, um Sie anzufassen.« Sie zeigte ihre erdverkrusteten Hände. »Kommen Sie mit Ihren Taschen zurecht? Was sag ich, Sie waren in Rorys Laden. Wie komisch. Was haben Sie gekauft?« Mit ihren glänzenden schwarzen Augen musterte sie Hebe, den Inhalt des Wagens und die Papiertüte. »Es bedarf schon einiger Kühnheit, um in Salisbury einen Hutladen zu eröffnen. Sein Vater ist außer sich. Zeigen Sie mir, was Sie gekauft haben. Ich bin überrascht, daß Sie etwas Passendes gefunden haben.«

Hebe zog den roten Hut aus der Tüte.

»Aber das ist eine seiner Antiquitäten. Ich kenne ihn gut. Eine Freundin von mir hat ihn ihm gegeben.«

»Er hat ihn mir geschenkt.«

»Freut mich, daß Sie ihn angenommen haben. Kommen Sie rein und nehmen Sie einen Drink, ich werde Ihnen alles über den Garten erzählen. Seit Sie nicht da waren, sind ein oder zwei Mißgeschicke passiert. Bringen Sie Ihre Sachen rein. Platz!« schrie sie die Hunde an, die an Hebe hochsprangen und wedelnd um sie herumrannten. »Aber es gibt eine Menge Himbeeren, und die Tabakblüten duften köstlich.«

»Ich habe Sugo für die Pasta mitgebracht, ich dachte, das würden Sie heute abend mögen, und wenn Sie Himbeeren haben –«

»Reden Sie nicht gleich übers Essen, trinken Sie zuerst etwas. Sie schlafen im gleichen Zimmer, wie immer. Was möchten Sie? Wein?«

»Ja, bitte.«

»Im Kühlschrank steht eine Flasche. Wir trinken ihn auf der Terrasse. Kommen Sie.«

Diese Art von Häusern mag ich, dachte Hebe, als sie Louisa durch eine gepflasterte Halle folgte, wo die Schritte auf dem Steinfußboden klackten und von dem abgetretenen Teppich gedämpft wurden. Louisa führte sie durch den Salon auf die Terrasse. »Setzen Sie sich. Ich hole den Wein.«

»Kann ich das nicht machen?«

»Nein.« Louisa entfernte sich.

Hebe saß auf dem weißen Eisenstuhl und ließ den Blick über den Garten und die Wiese hinter den Zaun wandern, zum Fluß, in dessen flaschengrünem Wasser sich Wasserpflanzen bogen, wo die Kühe sich schwänzeschlagend der Fliegen erwehrten und der spitze Schrei des Bläßhuhns erschallte.

»Da wären wir.« Louisa brachte ein Tablett mit Wein und Gläsern, die Flasche war beschlagen. Sie schenkte ein, probierte. »Gerade richtig.« Sie reichte Hebe ein Glas. »Hier.«

Die Hunde legten sich seufzend nieder, stellten ab und zu ein Ohr auf, blickten hoch, wedelten ein wenig mit dem Schwanz, schlossen die Augen und schliefen.

Ihren Wein trinkend, musterte Louisa Hebe. Sie sah verletzlich und mißtrauisch aus.

»Ich freue mich, daß Sie diesen Hut haben«, sagte sie. »Rory braucht Ermutigung. Er macht reizende Hüte.«

»Ich fand sie ziemlich konservativ.«

»Auf den ersten Blick schon, aber haben Sie einen anprobiert? Nein? Hätten Sie es getan, hätten Sie festgestellt, daß jeder irgendeinen tückischen Kniff hat. Mit seinen Hüten macht er sich übers Establishment lustig. Er macht seine Kundinnen lächerlich.«

»Ziemlich grausam.«

»Nein, nie grausam. Sein Vater drängte ihn, zur Armee zu gehen. Er streikte.«

»Ich habe mich schon gewundert«, sagte Hebe lachend. »Der ganze Laden kam mir wie eine Art Protest vor.«

»Er kommt manchmal hierher, um im Fluß zu fischen. Er ist eine Art Neffe von mir. Ich kannte seinen Vater und Großvater.«

»Sind sie tot?«

»Für mich schon.« Würde Hebe jemals völlig unbefangen sein, dachte Louisa. Es schien unwahrscheinlich. »Rorys Großvater war einer meiner Kavaliere. Oder er dachte, er sei es«, verbesserte sie sich. »Schwer zu sagen, wer anstrengender war, er oder ein anderer. Ein entsetzlich langweiliger Bursche.«

Hebe warf ihrer Arbeitgeberin einen kurzen Blick zu. »Sie hatten es zweifellos nicht nötig, sich mit Langweilern abzugeben?«

»Viele in Frage kommende Männer waren langweilig. Rorys Großvater war einer davon. Sein älterer Bruder, dessen Witwe Rory übrigens den Hut gegeben hat, war alles andere als langweilig. Leider zählte er nicht zu meinen Kavalieren. Einmal hatte ich mit Rorys Großvater eine Verabredung im Ritz und gleichzeitig eine Verabredung mit einem anderen Mann im Berkeley. Damals«, Louisa lächelte Hebe verschmitzt an, »war das Berkeley gegenüber vom Ritz.«

»Das wußte ich nicht«, sagte Hebe höflich.

»Nicht Ihre Gegend?«

»Über meinem Stand.«

»Über meinem jetzt auch. Jedenfalls, beide Männer wollten mich heiraten. Ich sagte zu dem einen, ich würde mit ihm im Ritz dinieren, und zu dem anderen – er hieß übrigens Rutter und könnte ein Verwandter von Ihnen sein«, Louisa sah Hebe nicht an, »ich würde mit ihm im Berkeley essen. Und nachdem beide schachmatt gesetzt waren, traf ich mich mit einem dritten und verbrachte die Nacht mit ihm.«

»Haben Sie den geheiratet?« Sie gibt mir zu verstehen, daß sie meine Familie kennt. Hebe war in Alarmzustand versetzt.

»Er war nicht der Typ zum Heiraten. Sie waren beide eifersüchtig auf den Mann, mit dem ich dinierte, also habe ich sie warten lassen und damit außer Gefecht gesetzt. Später habe ich jemand anderen geheiratet.«

»Keinen Langweiler«, sagte Hebe grinsend.

»Ganz und gar nicht. Die beiden Langweiler leben hier im

Umkreis von zwanzig Meilen. Ich treffe sie nie. Ich vergesse, daß es sie gibt. Aber Rory mag ich zufälligerweise.«

»Weil er seinen Vater ärgert?«

»Das ist wahrscheinlich der Grund.« Louisa stellte ihr leeres Glas auf den Tisch und hoffte, Hebe würde sich ein wenig sicherer fühlen, wenn sie wußte, sie würde ihre Großeltern nicht treffen, wenn sie sich gemocht fühlte, so wie Rory gemocht wurde.

»Was geschah mit dem Mann, mit dem Sie die Nacht verbracht haben?«

»Wir telefonieren manchmal miteinander.«

»Besucht er Sie nicht?«

»Nein. Jetzt kommen Sie, wir wollen ein paar Körbchen holen und Himbeeren pflücken. Es ist herrlich für mich«, sagte Louisa auf dem Weg zu der Umzäunung mit den Himbeersträuchern, »wenn ich nicht von einem Tablett vor dem Fernseher zu Abend essen muß. Entweder kann ich nicht essen, weil ein Tierfilm läuft, in dem eine schöne Bestie eine andere verspeist, oder unser Premierminister hält eine Rede, die mich aufregt.«

»Sie sind doch sicher konservativ?« Hebe war überrascht. War Mrs. Fox eine Rebellin in dieser Tory-Gegend?

»Ich bin so erzogen worden wie Sie sicherlich auch?« Hebe nickte. »Aber es gibt Zeiten, wo ich mich frage, ob die Regierung nicht aus lauter Moskauer Maulwürfen besteht.«

Hebe kicherte. »Deswegen mögen Sie den Hutmacher?«

»Ja«, sagte Louisa. »Ich mag Rebellen und hasse Heuchelei.«

»Dann waren also die Langweiler Heuchler?« Hebe wollte Louisa aus der Reserve locken.

»Schreckliche Heuchler«, sagte Louisa. »Ach, du armer Vogel. Können Sie der Amsel aus der Umzäunung helfen?«

Hebe scheuchte die Amsel vorsichtig zum Gattertor, das von Louisa aufgehalten wurde. Sie war dankbar für Louisas Doppeldeutigkeit.

»Da!« rief sie aus, als der Vogel davonflog. »Danke.«

Hebe packte aus, wechselte die Kleider und kochte ein köstliches Mahl. Sie leerten die Weinflasche und Louisa, die bester Stimmung war, öffnete eine andere. Sie erzählte von ihrem Garten und war dankbar, als Hebe anbot zu jäten. Hebe ging früh schlafen, Louisa las bis spät, in der Hoffnung, das Telefon würde läuten und sie könnte lange plaudern – als R-Gespräch, damit er keine Münzen suchen mußte –, aber der Apparat schwieg. Obwohl ihre Ehe glücklich gewesen war, bedauerte sie, daß das Schicksal es ihr verwehrt hatte, Bernard zu heiraten. Er war ein wundervoller Liebhaber gewesen, als Ehemann hätte er vielleicht versagt, und, Louisa gestand es sich ironisch ein, Bernard hatte ihr nie die Ehe angetragen.

Den Geräuschen der Nacht lauschend – eine Eule schrie, ein Zug rauschte in der Ferne, auf der Weide muhte eine Kuh –, dachte Hebe an ihre Großeltern. Sie hatten alt und stolz ausgesehen, unangreifbar in ihren Vorurteilen. Sie verfluchte ihr Unvermögen, mit ihnen reden zu können. Ich muß mit Silas sprechen, sagte sie sich. Ich darf keine Angst vor ihm haben, sonst wiederholt sich die Geschichte. Schläfrig dachte sie über ihre Familie nach, gottesfürchtig und unverständlich wie sie waren. Zum Glück, dachte sie, war in ihrer Kindheit Amy eingestellt worden. Sie hatte sich als ihre Rettung erwiesen, hatte sie verteidigt, wenn die älteren Schwestern sie quälten und neckten, die älteren Schwestern, die sich der Familientradition angepaßt und sich dem vorgegebenen Muster unterworfen hatten. Da sie sechs, acht und zehn Jahre älter waren, erschienen sie Hebe als Riesinnen in Reitermontur, die mit herrischer Stimme Dienste forderten, ihre Großeltern manipulierten, beim Telefonieren nie die Stimme senkten und es für einen Witz hielten, wenn ihre Verlobten und späteren Ehemänner, betrunken von einer Party heimkommend, riefen: »Laßt uns die Sklavin bumsen«, während sie in Richtung von Amys Schlafzimmer torkelten. Hebe erinnerte sich an ihre Angst, wenn sie diese Stimmen und das Schlurfen der schweren Füße hörte, eine Angst, die sich in jubelnde Freude verwandelte, wenn Amy geschickt Tritte austeilte und ihnen einen letzten Stoß versetzte, der sie die Treppe hinuntertaumeln ließ.

Unerklärlicherweise hatten die jungen Männer bei den Großeltern Anklang gefunden, sie wurden wegen ihrer Kühnheit auf dem Rugbyfeld und bei der Jagd bewundert. Robert hielt jetzt eine konservative Mehrheit auf einem sicheren Parlamentssitz. Marcus war in einem Bankhaus gut untergebracht. Delian stellte in Brüssel Mikrochips her.

Hebe erinnerte sich an Amys Weigerung, auch nur noch einen Tag länger zu bleiben, an ihre eisige Höflichkeit. Sie hatte ihr beim Packen zugesehen, traurig über die bevorstehende Trennung hatte sie sich zum Abschied küssen lassen, worauf Amy mit ihrer hellen Stimme gesagt hatte: »Ich sehe dich eines Tages wieder, mein Schatz!« Sie hatte zugesehen, wie sie in das wartende Taxi stieg, hatte gesehen, wie sie plötzlich in Gelächter ausbrach, als das Taxi um die Kurve der Auffahrt bog.

Amy mußte damals mindestens fünfzig gewesen sein, dachte Hebe, das bedeutete, sie war heute gut über siebzig, ungefähr so alt wie Louisa Fox und Lucy Duff. Hätte Amy für eine der beiden gearbeitet, wäre nicht sie gegangen, sondern die jungen Männer hätten das Haus verlassen müssen. Hebe erinnerte sich, wie sie Jahre später vor Amys Haustür stand. Amy hatte gesagt: »Bei mir bist du gut aufgehoben«, und das traf sowohl für sie wie für Silas zu. Wenn ich Silas nur das sein kann, was Amy für mich war, dachte sie. Sie erinnerte sich, wie sie wieder Mut faßte, als Amy sie in ihr Haus hineinzog und wie sie endlich weinen konnte.

Während sie den nächtlichen Geräuschen lauschte, war sie froh über die zwei Wochen bei Louisa, in denen Silas sich beim Segeln vergnügte. Es war gut, daß er mehr von der Welt mitkriegte als nur diese häßliche Straße. Sie freute sich, daß er mit einer normalen Familie eine schöne Zeit verbrachte. Na ja, keine normale Familie, dachte sie, vor ihrem anerzogenen Snobismus zurückschreckend, sondern Leute, die das waren, was Lucy Duff als »Oberschicht« bezeichnete. »O Gott«, rief sie laut aus und erinnerte sich an Hannah, die sich einen Tee »genehmigte«. In Erinnerung an die Erziehung, die sie bei »ihnen« genossen hatte, zuckte sie zusammen; mit ihnen, dem alten Leithammel und dem Mutterschaf, deren Tochter sie geboren hatte, wollte sie nichts mehr zu tun haben. Plötzlich vermißte sie Terry mit seinen Höschen. Verglichen mit meinem Leben ist das seine unkompliziert, dachte sie, und erinnerte sich an seine schokoladenfarbene, seidige Haut.

11

Mungo Duff, alles andere als ein geduldiger Mann, wäre gern in dem Augenblick, als er Miss Thomsons Karte las, in seinen Wagen gesprungen, zu Louisa Fox gerast, hätte Hebe gepackt und wäre mit ihr nach Venedig gefahren. Oder in die Highlands? Aber wozu Zeit verschwenden mit Reisen? In England und Wales gab es wunderbare Landhotels. In Irland übrigens auch. Würde ihr Irland gefallen, fragte er sich, unentschlossen in der Halle stehend.

»Sag mal, Dad, hast du meinen Schnorchel gesehen? Ich habe ihn zusammen mit der Brille liegenlassen. Er ist verschwunden.«

»Zum Teufel mit dir!« schrie Mungo. »Kann denn ein Mann nicht einmal –« Er starrte seinen einen halben Meter von ihm entfernt stehenden älteren Sohn an, der seinen jüngeren Bruder neben sich hatte. Die beiden Jungen sahen verblüfft aus. »Was zum Teufel macht ihr?« schrie Mungo. In Gedanken an Hebe hatte er seine Kinder vollkommen vergessen.

»Packen, alles, was wir bei den Reeves brauchen.«

»O Gott!« Mungo wurde jäh aus seinen Träumen gerissen. Er verfluchte Alison, weil sie so unbekümmert nach Santa Barbara gefahren war. Alistair und Ian mußten auf die Scilly-Inseln verfrachtet werden. Bis sie fort waren, war er durch elterliche Verantwortlichkeiten gebunden.

»Hast du schlechte Nachrichten bekommen, Dad?« Alistair blickte auf die Postkarte in Mungos Hand.

»Natürlich nicht. Sei nicht so neugierig«, fuhr er ihn an. Warum belastete man sich mit Kindern, was für ein Wahnsinn, welche Beeinträchtigung des eigenen Glücks. Er sah wieder auf die Postkarte. Sie würde noch nicht dort sein, nicht vor dem vierzehnten. Genug Zeit, um Pläne zu schmieden. Dann kamen ihm plötzlich Zweifel. »Wann fahrt ihr beiden ab?«

»Übermorgen, Dad. Ma hat es dir gesagt.«

»Natürlich.« Welche Erleichterung.

»Sie sagte, wir seien alt genug, unsere Sachen zu packen, und du würdest uns zum Zug bringen. Stimmt doch, Dad? Ich meine, wenn es nicht anders geht, können wir auch ein Taxi nehmen.«

»Unsinn«, knurrte Mungo.

»Wir wollen bloß nichts vergessen. Ma hat gesagt, wenn wir etwas vergessen sollten, dürften wir dich nicht damit behelligen, es uns nachzuschicken.«

»Sehr vernünftig von ihr«, brummte Mungo.

»Also hast du meinen Schnorchel gesehen?«

»Nein, ich habe deinen Schnorchel nicht gesehen. Wenn du alt genug bist zum Packen, dann bist du auch alt genug, deinen verdammten Mistschnorchel zu suchen.«

Der jüngere Sohn bekam einen Lachanfall. So eine Redeweise erlaubte seine Mutter zu Hause nicht. Das gleiche galt für schmutzige Wörter. Als er Mungos Gesichtsausdruck sah, unterdrückte er ein Kichern. Mungo starrte seine Söhne an, die Frucht seiner Lenden, wie er annahm, obwohl es keinen Beweis dafür gab, dachte er mißmutig. Beide glichen Alison aufs Haar. »Macht weiter«, sagte er, »und macht kein Durcheinander.«

Ian und Alistair drehten sich um und rannten davon. Aus dem hinteren Teil des Hauses hörte er einen Ausbruch von Gelächter. Verdammte kleine Miststücke, sie hatten keinen Respekt. Mungo erinnerte sich an seinen eigenen Vater und grinste. Gewöhnlich bekam er eine Ohrfeige von ihm, und seine Mutter schrie jedesmal: »Denk an Mungos Trommelfell.« Er beugte sich hinunter, um die übrigen Briefe aufzuheben. Auf einem erkannte er die Handschrift seiner Mutter. Gereizt riß er den Umschlag auf.

»Mein lieber Mungo. Ich muß dich in einer privaten Sache sprechen. Wenn die Jungen zu den Scilly-Inseln abgefahren sind, wäre ich dankbar, wenn du mich besuchen kämst, damit wir miteinander reden können. Die Angelegenheit ist zu heikel, um sie am Telefon zu besprechen. Ich muß dich bitten, hierherzukommen. Es wird nicht lange dauern. Alles Liebe, Mutter.«

Alles Liebe. Was ist mit meiner Liebe? Mungo wäre vor Wut fast geplatzt, er warf den Brief zu Boden und trampelte darauf. Dann sah er sich um, um festzustellen, ob er beobachtet worden war, hob den Brief auf und steckte ihn in die Tasche.

Am Abend, nachdem sich der Schnorchel auf einem Regal im Gewächshaus gefunden hatte und die Jungen sicher im Bett lagen, rief Mungo seine Mutter an.

»Mutter, was ist los?«

»Ich habe es dir doch gesagt, mein Lieber, ich werde das nicht am Telefon besprechen.«

»Bist du sicher?«

»Vollkommen.« Er kannte den Tonfall; sie ließ sich nicht umstimmen.

»Also gut. Ich kann vor Abreise der Jungen am zwölften nicht kommen. Ich komme am dreizehnten.«

»Das paßt mir sehr gut.« Lachte sie?

»Ich werde nicht bleiben können«, sagte Mungo abwehrend.

»Darum habe ich dich auch nicht gebeten, mein Lieber. Wie du weißt, kann es Miss T. nicht leiden, wenn ich Besuch habe.«

Dachte sie etwa, wenn sie Miss Thomson als Miss T. bezeichnete, würde sie es nicht hören?

»Hört sie zu?«

»Sie hat so wenig Abwechslung«, sagte Lucy amüsiert. »Ich sehe dich dann am dreizehnten. Ich lege jetzt auf, du mußt an deine Telefonrechnung denken.«

Mungo dachte, daß sie von Rechnungen besessen war. Als er ihren Brief zerriß, bemerkte er, daß er nicht einmal per Eilboten geschickt worden war.

Am 12. August setzte Mungo Ian und Alistair in den Zug nach Penzance, von wo sie, dank Jennifer Reeves' Umsicht, zum Hubschrauber gebracht wurden. Im Laufe des Nachmittags machte er mit Alisons Zugehfrau aus, daß sie während seiner Abwesenheit die Katze füttern würde, und war dankbar, daß Alison es ablehnte, einen Hund zu halten. Einen Hund hätte er Alisons Zugehfrau nicht anvertraut. Die Katze konnte für sich selbst sorgen, falls man sie vergaß. Für Mungo gehörte die Zugehfrau immer zu Alison, nicht etwa zu ihm oder den Jungen. Wenn sie sich überhaupt die Mühe machte, ihn oder die Jungen zu beachten, dann in ausgesprochen widerspenstiger Form. Gegenüber Alison war sie unterwürfig und umgänglich.

Nachdem die Jungen fort waren, fuhr er im Wagen nach Norden; auf dem Weg machte er bei einem renommierten Speiselokal halt, um sich gegen mögliche schlechte Nachrichten seitens seiner Mutter zu wappnen. Gleichzeitig wollte er sich etwas Gutes tun, bevor sie ihm eröffnete, sie habe Krebs oder ihr ganzes Geld verloren. Während er sein Steak aß und seinen

Rotwein trank, gab sich Mungo seinen Gedanken hin. Wenn es Krebs war, mußte er seine Mutter in ein Sanatorium bringen, das wäre viel besser als das ganze Durcheinander, bis man ein anständiges Pflegeheim gefunden hatte. Sie war schließlich versichert, was die Sache erleichterte. Andererseits, wenn sie darauf bestand, zu Hause zu sterben, mußte Alison umgehend zurückkommen und sich um Pflegepersonal kümmern. Das war zwar schrecklich lästig, aber Alison würde es schon schaffen. Mungo bestellte eine weitere Flasche. Das war wirklich ein gutes Restaurant. Wenn er mit Hebe nach Schottland fahren würde, könnten sie auf dem Weg hier essen. Wenn seine Mutter aber nicht Krebs, sondern sich irgendwie in eine finanzielle Zwangslage manövriert hatte, wollte er lieber nicht darüber nachdenken, was dann zu tun wäre. Eines würde er jedenfalls nicht tun, und hier wäre er ausnahmsweise mit Alison ganz einer Meinung, er würde seine Mutter nicht zu sich nehmen. Keine Bange, dachte Mungo, trank seinen Rotwein und bestellte Stiltonkäse. Es war riskant genug, Zusammenkünfte mit Hebe zu arrangieren, ohne daß seine Mutter ihn mit scharfem Blick überwachte. Mungo seufzte in Gedanken an Hebes Augen, riesig wie die einer Haselmaus und von langen Wimpern umsäumt. Plötzlich stellte er fest, daß er beschwipst war, und bei dem Gedanken, die Polizei mit ihren schrecklichen neuen Kontrollinstrumenten könnte ihn auf dem Weg nach Norden aufhalten, brach ihm der Schweiß aus.

»Herr Ober?« Mungo bemühte sich um deutliche Aussprache, schon zwei Silben konnten ihn verraten –

»Ja, mein Herr«, antwortete dieser mit verlogener Unterwürfigkeit.

»Kann ich hier irgendwo übernachten? Mir ist nicht nach Weiterfahren zumute.«

»Hier, mein Herr, warum nicht hier? Das Restaurant gehört zu einem Hotel.«

»Tatsächlich. Gott sein Dank.« Er seufzte vor Erleichterung. »Bestellen Sie mir ein Zimmer.«

Er verbrachte eine schlaflose und sorgenvolle Nacht und erschien am nächsten Tag zur Mittagszeit eindeutig verkatert im Haus seiner Mutter.

Als Mungo seine Mutter bemerkenswert gutaussehend vorfand und sie wie eine Kampffregatte auf ihn zugesegelt kam, um ihn zu umarmen, sank ihm wider Willen das Herz. Alison müßte ein den beschränkten Mitteln angemessenes Häuschen finden, dachte er, bequem natürlich, oder eine Wohnung, eine Wohnung würde genügen, aber nicht näher als fünfzig Meilen.

»Fünfzig Meilen wovon?«

Er hatte nicht bemerkt, daß er laut gedacht hatte. »Ich sagte, ich müsse mich künftig mehr beeilen. Wirst du taub, Mutter?«

»Bestimmt nicht.« Auf ihrem Gesicht lag ein seltsamer Ausdruck, amüsiert und boshaft zugleich.

»Krank? Bist du krank?« Er musterte sie eingehend.

»Warum sollte ich krank sein? Ich bin stark wie ein Pferd.«

»Ist es dann das Geld, hast du alles verloren?«

»Bist du verrückt, mein Lieber? Mir geht es vollkommen gut, und wie du weißt, bin ich dank deinem Vater sehr wohlhabend. Komm zum Mittagessen. Deine Sorgen besprechen wir später.«

»Meine Sorgen?«

»Welche sonst? Komm, nimm einen Drink.« Sie ging ins Speisezimmer.

»O Gott, nein. Na ja, vielleicht einen Whisky.«

»So, nicht wahr? Mit viel Soda. Möchtest du auch ein Aspirin?« Mit durchdringendem Blick sah sie zu ihm auf.

»Ja«, antwortete Mungo kleinlaut. Seine Mutter hatte eine Schwäche für Hilflosigkeit, die von seinem Vater allerdings nicht befriedigt worden war. Aber ich tue ihr den Gefallen, dachte er deprimiert und trank seinen Whisky, während sie das Aspirin holte.

Beim Mittagessen, an dem Miss Thomson teilnahm, lauschte Mungo den Ansichten seiner Mutter über die Regierung: keine richtigen Tories, nicht der richtige Background; über das Wetter: recht schön; über die Auswirkungen des Wetters auf den Garten; über die Niederträchtigkeit der Industriellen, die die Luft mit den Abgasen aus ihren Fabrikschloten verpesten. Noch immer sprach seine Mutter mit ihm, als sei er ein Kind, dachte Mungo verdrießlich, während er sein gebratenes Hähnchen aß. »Abgase«, also wirklich.

»Und die Flüsse?«

»Mein Lieber, darum sollen sich andere sorgen. Meinen Pflanzen tun die Flüsse nichts.«

»Dein Einkommen stammt aus der Industrie.«

»O nein, Mungo, das stimmt nicht. Dein Vater hat nie in die Industrie investiert.«

»Frag deine Vermögensverwalter.« Mungo war eingeschnappt und nervös.

»Ich werde mich hüten.« Lucy wechselte auf ein weniger unsicheres Terrain. »Sollen wir den Kaffee draußen trinken?«

»Ich bringe ihn in den Patio hinaus, Mrs. Duff.« Miss Thomson stand auf und ließ sie allein.

»Die Frau macht einen rasend, sie besteht darauf, die Terrasse Patio zu nennen. Es ist so gewöhnlich. Komm, wir wollen in den Garten gehen. Sie spricht auch von manikürtem Rasen.«

Während er seiner Mutter auf die Terrasse folgte, dachte Mungo, sie müsse wohl eine der letzten sein, die es wagten, jemanden »gewöhnlich« zu nennen. Er wünschte, er besäße ihre entsetzliche Selbstsicherheit.

Schweigend saßen sie in der Sonne, blickten in die Ferne, wo ein Fabrikschlot zu sehen war, der Wolken von Abgasen ausstieß. Miss Thomson brachte das Kaffeetablett und zog sich zurück. Mungo betrachtete ihren Rücken, ihre dicke, Tüchtigkeit verheißende Taille, die starken, plumpen Schultern, die kräftigen Beine, die flachen, vernünftigen Schuhe, in denen einwärts gebogene Füße steckten.

»Also, was sind deine Sorgen, Mutter?« Wenn es weder Krebs noch Geld war, was konnte es dann sein?

»Nicht meine Sorgen, mein Lieber, das habe ich dir bereits gesagt.«

»Was?«

»Deine.«

»Erklär es mir.« Er schluckte den glühend heißen Kaffee. Was meinte sie? Worauf zum Teufel wollte sie hinaus. »Was ist los?«

»Alison hat dich verlassen, das ist los. Sie bat mich, es dir mitzuteilen.« Lucys Augen funkelten.

»Das glaube ich nicht.« Mungo brach in Gelächter aus, erfreut, daß seine Mutter weder Krebs hatte noch pleite war. Er mochte sie wirklich sehr gern.

»Sie hat offensichtlich beschlossen, mit diesen Freunden von euch in Santa Barbara eine Ménage à trois zu gründen.« Neugierig beobachtete Lucy das Gesicht ihres Sohnes. Manchmal war er etwas langsam von Begriff.

»Es sind nicht meine Freunde, sondern Alisons.« Langsam kam ihm die ganze Tragweite der Neuigkeit, die seine Mutter ihm eröffnet hatte, zu Bewußtsein. »Sie hat sie kennengelernt, als sie mit den Jungen in Mégève beim Skifahren war. Sie haben uns besucht.«

»Das habe ich gehört.«

»Willst du damit sagen, sie hat vor meiner Nase ein Verhältnis mit ihm gehabt?«

»Mit ihnen, das sagte ich dir doch, sie sind zu dritt. Ich frage mich, was dein Vater dazu sagen würde.« Armer Junge, dachte Lucy. Es läßt ihn so lächerlich erscheinen. Mit einem Mann durchzubrennen, ist verständlich, auch mit einer Frau kommt es häufig vor, aber mit einem Paar, das ist kaum begreiflich.

Mungo trank seinen Kaffee aus, saß da und dachte nach. Lucy kräuselte die Lippen und beobachtete ihn. Wer hatte vor ihrer Heirat mit Mungos Vater gesagt: »Er ist ein hinreißender Mensch, aber der Typus von Mann, der dumme Kinder hat«? Der schreckliche kleine Freund von Louisa, Bernard Quigley, der einst einen Annäherungsversuch bei ihr gemacht hatte, mehr als einen Versuch, wenn sie ehrlich war. In Erinnerung daran errötete Lucy vor Scham. Er war ziemlich lustig gewesen, brachte einen zum Lachen. Es war nur einmal geschehen, in Frankreich; das Hotel hatte ihr gefallen.

»Nun?« Sie unterbrach das Schweigen zwischen sich und ihrem einzigen Sohn. »Nun?«

Mungo registrierte die Röte in ihrem Gesicht. »Du bist vielleicht außer dir«, sagte er, »aber ich finde es absolut wunderbar.« Er stieß ein Lachen aus. Er sah sich die Autobahn entlang rasen, Hebe aus dem Haus von Louisa Fox entführen, auf einem Standesamt heiraten und immerwährendem Glück entgegenschreiten. Reizende, reizende Hebe. Da er die Miene seiner Mutter bemerkte, ohne sie aber deuten zu können, hörte

Mungo auf zu lachen und sagte: »Ich werde mich von ihr scheiden lassen.«

»Weswegen?«

»Ehebruch natürlich.«

»Mit wem?«

»Hm, mit beiden, denke ich. Ach, komm, Mutter, warum nicht wegen Verlassens, Unvereinbarkeit oder so? Heute gibt es alle möglichen Gründe für eine Scheidung.«

»Wer wird sich um die Jungen kümmern?« Tödliches Schweigen. Mungo überlief ein Schauder der Furcht. »Du wirst mir helfen, Mutter?«

»Nein.«

»Gütiger Gott, Mutter, du bist ihre Großmutter, du –«

»Ich weiß, daß ich das bin.«

»Also wirst du –«

»Nein, ich werde nicht.«

»Mutter!« Mungo war entgeistert, die Freude war verflogen, und Bestürzung trat an ihre Stelle. Während einer langen Pause starrten sich Mutter und Sohn an. Mungo sah als erster weg.

»Alison ist deine Frau«, sagte Lucy. »Wir sind vielleicht beide nicht sonderlich begeistert von ihr –«

»Mutter!« Ihre Aufrichtigkeit erschütterte ihn. Er durfte illoyal sein, aber nicht sie.

»Nach deiner Reaktion auf meine Neuigkeit denke ich, du solltest lieber zuhören. Ich sagte gerade, wir mögen vielleicht nicht begeistert sein, aber ich versichere dir, sie ist nützlich. Sie sorgt hervorragend für dich und die Jungen. Du wirst gefüttert, zur Gymnastik angehalten, sie arrangiert die Ferien und bezahlt deine Rechnungen. Sie kümmert sich um den Kundendienst für deine Wagen, sie plant dein gesellschaftliches Leben und das der Jungen, sie achtet darauf, daß sie die richtigen Schulen besuchen und die Ferien mit den richtigen Leuten verbringen.«

»Sie ist ein fürchterlicher Snob.«

»Genauso wie ich und du auch. Wenn dieses hübsche Mädchen, das zum Kochen zu mir kommt, keine Lady wäre, meinst du, du wärst so wild auf sie?«

»Woher weißt du das?« schrie Mungo wütend.

»Sei nicht albern, Mungo. Du magst vielleicht glauben, es sei ein Geheimnis, vielleicht glaubt sie das auch. Es gibt aber so etwas wie Klatsch. Maggie Cook-Pophams Junge hat dich zweimal mit ihr gesehen.«

»Weiß es Alison?«

»Vermutlich. Es würde sie aber nicht stören, sie würde sich nicht darum kümmern.«

»Oh.« Seine Mutter hatte ihm einen Schlag versetzt. »Wann ist das alles passiert?« fragte er kleinlaut.

»Ganz plötzlich. Alison rief mich an. Sie hat auch geschrieben. Sie war dir übrigens vorher nie untreu. Erst auf dem Hinflug hat sie sich dazu entschlossen. Alison rief mich nach ihrer Ankunft an. Ihr Brief kam gestern. Er war ziemlich eindeutig, sie benutzte das Wort ›endgültig‹.« Lucy seufzte kaum hörbar.

»Sie muß betrunken oder unter Drogen gewesen sein.«

»Ich glaube, keines von beidem. Sie hat mit einem solchen Schritt schon lange gespielt, und dieses amerikanische Paar bietet ihr exakt das Leben, nach dem sie sich schon immer gesehnt hat.«

»Was für ein totaler Blödsinn.«

»Lies ihren Brief.« Lucy reichte ihrem Sohn Alisons Brief. Eine praktische, klare Absage. Wenn Alistairs und Ians Ferien vorbei waren, mußte Mungo die Verantwortung übernehmen.

Alison würde, falls notwendig, von Santa Barbara aus Ratschläge geben, ansonsten war es Mungos Angelegenheit. Ihr Anwalt, der auch Elis und Patsys Anwalt war, würde sich bald melden. Die Adresse des Anwalts lag bei.

»Mein Gott, mein Gott!« Mungo wollten die Tränen kommen. »Sie kann nicht wissen, was sie tut. Sie kann sich doch nicht so schnell entschlossen haben.«

»Bei ihr hat es klick gemacht, nachdem sie dich zu Gesicht bekommen hat«, sagte Lucy trocken. »Dein Vater sagte, so flink habe er noch niemanden einrasten sehen. Sie hat dich gesehen, und wie ich sagte, es hat klick gemacht.«

»Ich dachte, bei mir sei es so gewesen.«

»Das solltest du glauben, mein Lieber.«

Es gibt Leute, die ihre Mutter lieben, dachte Mungo.

»Sind diese Leute, Eli und Patsy, reich?« fragte Lucy.

»Scheinen in Geld zu schwimmen.«

»Na, da hast du es.«

»Ich werde das Beste daraus machen.« Mungo ging in Gedanken schnell alles noch einmal durch. Jennifer Reeves würde ihm mit den Jungen helfen. Sie war eine tüchtige Frau mit einem eigenen Sohn; da würden zwei mehr auch nichts mehr ausmachen. Er konnte immer noch Hebe heiraten, immer noch bis an sein Ende glücklich leben. Seine Mutter redete weiter. »Was hast du gesagt?«

»Ich sagte, wir sollten uns lieber gleich an die Arbeit machen.«

»Und was tun?«

»Sie zurückholen natürlich.«

»Warum denn, um Himmels willen?«

»Meinetwegen, wenn schon nicht deinet- und der Jungen wegen. Ich komme ohne sie keinesfalls aus.«

Mungo starrte seine Mutter an. Wenn sie in diesem entschiedenen Ton sprach wie gerade eben, war jeder Widerstand vollkommen zwecklos.

Da sie die Bestürzung ihres Sohnes sah, erklärte Lucy: »Mein Liebster, eines Tages bekomme ich Krebs oder etwas ähnlich Schreckliches und brauche Betreuung.« Mungo zuckte zusammen. »Wer, außer Alison, käme damit zurecht? Du nicht, mein lieber Junge. Ich könnte eines Tages in finanzielle Schwierigkeiten kommen, müßte vielleicht umziehen und wäre zu alt, um das zu schaffen. Wen, außer Alison, kennen wir, der für mich sorgen könnte?«

Mungo vergrub sein Gesicht in den Händen. Seine Mutter war ein schreckliches altes Miststück, er verfluchte sie. Wie konnten Leute so entsetzlich selbstsüchtig sein? Es war abscheulich.

»Also was?« stieß er zwischen zusammengebissenen Zähnen hervor. »Also was oder wie?« Das sagten Alistair und Ian, wenn sie ungezogen sein wollten. »Also?« Natürlich nie zu Alison, das würden sie nicht wagen.

»Wir machen uns an die Arbeit«, sagte Lucy ruhig. »Du kriechst zu Kreuze, ich betätige mich erpresserisch. Wir benutzen das Telefon und scheuen keine Kosten. Laß mich sehen«, sie sah auf ihre Uhr, »wir fangen in einer halben Stunde an. Reiß sie aus dem Schlaf. Du redest mit Alison, ich mit diesem Eli und dieser Patsy.«

»Ich hielt sie für ziemlich langweilige Amerikaner, die nur auf Sehenswürdigkeiten aus waren.«

»Mein armer Unschuldsengel.« Lucy lachte Mungo aus, als wäre er zehn Jahre alt. »Komm jetzt, wir wollen versuchen, uns einen Spaß daraus zu machen. Kriechen, kriechen, kriechen, zumindest nach außen hin.« Sie genoß die Situation.

Mungo machte einen letzten verzweifelten Vorstoß. »Mutter, bitte, es muß doch eine andere Möglichkeit geben.«

»Ich, in meinem Alter, ich ändere mich nicht mehr, und du in deinem genausowenig. Meinst du etwa, ich hätte jemals ein Kind gehabt, wenn ich nicht sicher gewesen wäre, eine Kinderschwester zu haben, wenn es nicht sicher gewesen wäre, daß du in ein Internat kommst, sobald du dem Kinderzimmer entwachsen warst?«

»Ich war unglücklich in meinem Internat«, murmelte Mungo schmollend.

»Ich stelle fest, daß du deine Jungen ins gleiche schickst. Leute wie wir beladen sich nicht mit dem Horror, Kinder zu Hause aufzuziehen, worauf sich heutzutage allerdings schon recht nette Leute einlassen.«

Leute wie wir, nette Leute, mußte das sein? Mungo wand sich.

»Und du«, Lucy fixierte Mungo mit ihren klaren Augen, »du bist genau wie ich. Wenn du Alison nicht hättest, die sich um alles kümmert, alles regelt und deine Jungen aufzieht, hättest du dich nicht darauf eingelassen, eine Familie zu gründen.«

Mungo gab einen erstickten Protestlaut von sich.

»Nicht, daß ich dich nicht lieben würde, mein Schatz. Ich liebe dich sehr. Vielleicht würde ich das nicht tun, wenn ich deine Windeln hätte wechseln müssen und dich hätte pflegen müssen, als du Mumps hattest. Im Prinzip liebe ich auch meine Enkel.«

»Ich bin mir nicht sicher, ob ich es tue.«

»Unsinn, natürlich tust du das. Sie hatten noch nicht Mumps, oder?«

»Ich erinnere mich nicht. Alison –«

»Da haben wir es, du weißt es nicht. Masern? Windpocken?

Verstauchte Füße? Die kleinen Parasiten, die sich in deinen – ähm – du weißt schon wohin bohren.«

»Würmer. Mutter, muß das denn sein?«

»Bist du in der Lage, damit ganz allein fertig zu werden?«

Mungo schwieg, er dachte an Hebe. Er wollte nicht, daß Hebe die Sorge um Alistair und Ian aufgebürdet wurde, daß sie sich mit ihren Würmern abgeben mußte. Er wollte Hebe für sich allein, ihre ungeteilte Aufmerksamkeit. Tränen stiegen ihm in die Augen. Er schluckte.

Vielleicht liebt er Alison, dachte Lucy. Nein, das ist nicht möglich, es ist der Schock.

»Wann fangen wir an? Was machen wir?« Mungo gab nach.

12

Vom Hubschrauber aus, der zu den Scilly-Inseln abhob, erhaschte Silas einen Blick auf die kleiner werdende Gestalt seiner Mutter und fragte sich, was ein Hermaphrodit wohl sei; ob Giles, der unnütze Informationsfetzen sammelte, vielleicht irgendeine neue religiöse Sekte entdeckt hatte – oder ob Hermaphrodit eine geheimnisvolle Speise war, wie Moussaka, oder eine autonome russische Republik. Giles hatte eine Schwäche für ausgefallene Weisheiten im Stil von: »Es dauert drei Jahre, schwarzen Pfeffer zu verdauen«, und das, was Bernard über das Kratzen der Schweine gesagt hatte, hatte er begierig aufgenommen. Silas beschloß, der öffentlichen Bibliothek einen Besuch abzustatten, um die Lexika zu wälzen.

Er machte es sich auf seinem Sitz bequem, beobachtete, wie Land's End verschwand, und wandte dann den Blick nach vorn, den Inseln zu. Er freute sich auf Michael und darauf, die kurzen Hosen zu tragen, die Hebe ihm gekauft hatte. Sie hatten sich bisher immer nur in ihren Schuluniformen gesehen. Was sein Freund wohl anhaben würde? Auf die unruhige See hinuntersehend, hoffte er, das Wetter würde aufklaren und die Sonne würde mehr Begeisterung zeigen als in den vergangenen vierzehn Tagen. Die Mitreisenden im Hubschrauber trugen gelbes Ölzeug und Gummistiefel und schienen auf das Schlimmste vorbereitet zu sein. Nach der Landung schüttelte Silas den Kopf, um das Getöse des Hubschraubers aus den Ohren zu kriegen, folgte den anderen Passagieren in Richtung Flughalle und sah sich nach Michael um. Eine weibliche

Stimme rief seinen Namen, Mrs. Reeves winkte. Silas winkte zurück und ging mit dem Matchsack in der Hand auf sie zu.

»Hallo, Silas.« Sie hatte große Zähne, und beim Lächeln kam ihr Zahnfleisch zum Vorschein. Sie war groß, mit dichtem blondem, zu einem Knoten gebundenen Haar, wodurch der Südwester auf ihrem Kopf komisch wirkte. Ihr Gesicht war vom Wind gerötet, ihre Augen waren blau. Sie trug einen gelben Regenumhang mit lilafarbenem Samtkragen, einen alten Guernsey-Pullover und einen Jeansrock. Ihre Beine waren nackt. An den Füßen hatte sie blaue Socken und Turnschuhe. Ihr Händedruck war fest.

»Freut mich, dich kennenzulernen, Silas.« Sie war nicht bei den Schulsportfesten gewesen, wie er gemeint hatte. Er mußte sie mit der Mutter eines anderen Jungen verwechselt haben.

»Guten Tag. Hallo.« Silas sah sich nach Michael um.

»Sie sind alle beim Segeln. Ich mußte in St. Mary's ein paar Einkäufe machen, also habe ich gesagt, ich würde dich abholen.« Sie sprach mit lauter, durchdringender Stimme.

»Oh, vielen Dank.«

»Sie werden zum Abendessen zurück sein. Komm und hilf mir, meine Sachen ins Boot zu laden. Alistair und Ian sind erst gestern angekommen und wollten unbedingt gleich raussegeln. Sie waren überzeugt, es würde dir nichts ausmachen.«

»O nein, nein.« Michael, so ein Scheißkerl, dachte Silas. Es ist noch nicht mal Mittagszeit, was soll ich mit seiner Mutter bis zum Abendessen anfangen? »Natürlich nicht.«

»Kennst du Alistair und Ian, Silas?«

»Nein, nein. Wer –«

»Das dachte ich mir. Sie gehen auf eine andere Schule.

Aber vielleicht hast du sie in den Ferien kennengelernt.« Sie sah ihn erwartungsvoll an.

»Ich glaube nicht.« Wo sollte er sie denn kennengelernt haben? Silas folgte seiner Gastgeberin. Wer waren sie denn?

»Wäre es nicht besser, du würdest eine Regenhaut überziehen?«

»Ja, natürlich.« Er öffnete den Matchsack und holte seinen Anorak heraus.

»Nichts als Regen hier«, sagte sie.

Sie erschien beängstigend tüchtig und führte ihn zu einem Berg von Einkäufen, die er in große Körbe verstauen mußte. »Die werden von einem phantastischen Korbmacher in Totnes hergestellt. Ich kann Plastiktüten nicht ausstehen, du?«

»Äh, nein, ich auch nicht.« Silas hatte noch nie darüber nachgedacht.

»Kennst du Totnes? Ein reizender Ort. Die Körbe kommen von dort. Er stellt alle nur erdenklichen europäischen Formen her. Das ist kein Schund aus dem Osten.«

»Ziemlich schwer«, wagte Silas zu bemerken.

»Aber sie halten ewig. Daß sie schwer sind, sollte einen starken Jungen wie dich nicht kümmern.«

»Natürlich nicht.« Sie waren am Kai angekommen.

»Gut, verstau sie jetzt. Nicht so, nicht alle auf derselben Seite, sonst sinkt das Boot. Hier, so.« Sie ordnete die Körbe neu an, so daß sie in der Mitte des Bootes lagen.

»Tut mir leid.« Silas kam sich dämlich vor.

»Bist du schon viel gesegelt, Silas?«

»Äh, nein.« Blöde Frage.

»Alistair und Ian sind eine brauchbare Crew, sagt Julian. Julian ist mein Mann.«

»Aha.«

»Ich heiße Jennifer. Nenn mich Jennifer, das tun alle.«

»Danke.« Ich werde einfach »Sie« zu ihr sagen, dachte er voller Abwehr.

Das Boot war zu ihrer Zufriedenheit beladen. »Setz dich auf diese Ducht.«

Was ist eine Ducht? fragte er sich.

»Mach die Leine los, schaffst du das?«

Silas schaffte es.

Jennifer Reeves ließ den Motor an und steuerte das Boot durch die klatschenden Wellen in den Regen hinaus. »Wir sind bald da.«

Silas schwieg. Offensichtlich fuhren sie zu einer anderen Insel.

»Nachdem du mir geholfen hast, das alles ins Haus zu bringen, würdest du sicher gerne etwas zu Mittag essen und dann kannst du die Insel erforschen.«

»Danke, ja.«

»Kennst du die Inseln gut?«

»Ich war noch nie hier.«

»Mein Gott, dabei wohnst du so nah.«

»Na ja.« Er fühlte sich abgekanzelt.

»Natürlich gibt es auf dem Festland eine Menge zu tun. Sagte Michael nicht, du wohnst in der Stadt?« Sie klang, als wäre sie sich nicht ganz sicher.

»Ja.«

»Oh«, sie hatte begriffen. »Gefällt es dir dort?«

»Ja. Wir wohnen in einer Straße.«

»Tatsächlich?« Es klang wie »tat-säääächlich«.

»Sie wurde von einem verrückten alten Mann gebaut, der kornischen Granit nicht mochte und deshalb diese roten Ziegel aus Devon importiert und eine Straße aus Ziegelhäusern gebaut hat, dunkle Ziegel mit gelben Ziegelumrahmungen um die Fenster.«

»Huch!«

»Das findet meine Mutter auch, aber es ist so häßlich, daß es mir schon wieder gefällt. Es ist scheußlich, finster und geheimnisvoll, und die Straße ist einen sehr steilen Hügel hinaufgebaut.«

»Tat-säääächlich.« Er konnte ihr Gaumenzäpfchen sehen.

»Alle Häuser haben Nylongardinen und Gärten hinterm Haus, und zwischen den Gärten und der Rückseite der Häuser verläuft eine Allee zur nächsten Straße, deren Häuser aus Granit gebaut sind, wie die übrige Stadt. Unsere Straße heißt Wilson Street.«

»Tat-sächlich«, sagte Mrs. Reeves, an der Ruderpinne das Boot nach Tresco steuernd.

Silas blieb nach diesem Wortschwall still sitzen und lauschte dem Klatschen und Knirschen des Bootes, wobei er die schaukelnde Bewegung eigentlich genoß, nur der Geruch von verdorbenem Fisch mißfiel ihm. Er fragte sich, ob das ölige, stinkende Schlagwasser vielleicht hochspritzen und die Füße seiner Gastgeberin naß machen würde. Es geschah nicht.

»Da sind wir«, sagte sie und drosselte den Motor.

Silas half ihr, die Körbe zu dem Haus zu tragen, das die Reeves für die Ferien gemietet hatten. Jennifer Reeves vertäute das Boot und trug ihren Anteil der Körbe, ohne die geringste Anstrengung zu zeigen. Silas folgte ihr ins Haus; sie war mindestens zehn Jahre älter als Hebe, stellte er fest.

»Wenn du die Körbe auspackst, räume ich alles auf.« Mein Gott, welcher Arbeitseifer. Hebe war schließlich auch tüchtig, sagte sich Silas, sie zeigte es bloß nicht so demonstrativ.

»Stell die Körbe unters Vordach. Ich nehme mir einen Drink und mache uns etwas zu essen. Wäre das recht?«

»Vielen Dank.« Er stapelte die Körbe unterm Vordach.

»Nicht da, wie dumm, da fällt doch jeder drüber. Rauf, auf die Ablage.«

»Tut mir leid.« Er stellte sie auf die Ablage. Warum hatte sie das nicht gleich zu Anfang gesagt.

Jennifer träufelte ein paar Tropfen Angostura in ein Glas und schenkte ordentlich Gin nach.

»Mein Vater war bei der Marine«, sagte sie.

Silas sah sie verständnislos an.

»Rosa Gin, Silas, rosa Gin.«

Er sah zu, wie sie einen Schluck nahm, und fragte sich, wovon sie redete.

»Jetzt ist es besser. Nun zum Essen. Es gibt Gulasch – gebackene Kartoffeln und Obst. Magst du das?«

»Wunderbar.«

»Wie schrecklich. Ich habe dir nichts angeboten. Möchtest du eine Cola?«

»Nein, danke.«

»Die Jungen bedienen sich immer selbst. Möchtest du auf die Toilette gehen? Willst du dein Zimmer sehen?«

»Danke. Ja, bitte.«

»Ich zeig es dir.« Sie ging voran. »Ihr seid alle zusammen in dem großen Zimmer, das macht dir doch nichts aus, oder?«

»Natürlich nicht.« Genau wie in der Schule, dachte er. Hoffentlich mag ich sie. Zweifelnd blickte er auf die vier Betten.

»Wenn du fertig bist, komm zum Essen. Da ist das Badezimmer. Glücklicherweise gibt es unten noch eine Toilette.

Ich habe es nicht so gern, wenn Leute in den Garten pinkeln, vielleicht setzt man sich rein – außerdem macht es den Rasen kaputt.«

Silas ging wieder zu ihr hinunter. Schweigend verspeiste er ein sehr gutes Gulasch, gebackene Kartoffeln und Obst. Er half ihr, den Tisch abzuräumen und die schmutzigen Teller in die Spülmaschine zu stellen.

»In diesen Ferienhäusern hat man alle modernen Annehmlichkeiten.«

»Ja«, sagte er und stellte den letzten Teller hinein.

»Also gut. Du packst aus und machst dich auf einen Erkundungsgang. Ich werde mich hinlegen. Die anderen werden zum Abendessen zurück sein, wenn nicht schon vorher. Wirst du zurechtkommen?«

»Ja, danke.«

Jennifer Reeves ging nach oben. Er hörte, wie ihre Schuhe mit einem sanften Geräusch zu Boden fielen und sie ein erleichtertes »Aah« ausstieß. Sie stellte im Radio den Frauenfunk ein. Silas schlich nach oben zu dem angewiesenen Schlafzimmer. Drei Betten waren zerwühlt. Er stellte seinen Matchsack auf das vierte, suchte nach einem Pullover und Turnschuhen und zog sie an. Er sah aus dem Fenster. Es regnete immer noch, und er überlegte, ob er seine Jeans anbehalten oder die Shorts anziehen sollte. Er zog sich um.

Er folgte einem Pfad den Hügel hinauf, auf der Suche nach einem Ausblickspunkt. Tamarisken und Fuchsien säumten den Weg, die Luft war mild und salzig. Er begann, sich wohl zu fühlen.

Er stieß auf die Abtei von Tresco und setzte, benommen vom fremdartigen Reiz des Bauwerkes, seinen Weg fort. Über die Entdeckungen, die er machte, freute er sich, den Menschen jedoch ging er aus dem Weg. Dann verließ er das Gelände der Abtei und traf nach einem langen Marsch auf einen sichelförmigen Strand, der, abgesehen von Vögeln, leer war. Er setzte sich auf einen Felsen und sah auf das blaugrüne Wasser hinaus, das er von Cornwall nicht kannte. Ein Boot, von einem Mädchen gerudert, kam langsam in Sicht. Im Heck saß ein Mann und warf die Angel aus. Er beobachtete, wie der Mann die Schnur abspulte und schließlich eine Makrele fing, als würde er auf einem See Forellen fischen. Der Mann und das Mädchen unterhielten sich leise. Silas war nicht der einzige Beobachter, denn ziemlich nahe beim Boot streckten Seehunde neugierig die Köpfe aus dem Wasser. Silas hatte noch nie Seehunde gesehen. Das Boot glitt langsam außer Sichtweite, der Mann und das Mädchen sprachen immer noch leise miteinander. Silas beobachtete die Seehunde und sah sie wieder verschwinden. Der Regen hatte aufgehört. Er zog sich aus, ging zum Wasser hinunter und watete hinein. Er gab sich Mühe, die Seehunde nicht aufzuschrecken, die vielleicht immer noch in der Nähe waren. Er schwamm hinaus, hielt inne und genoß den Blick zurück auf den weißen Strand, die grauen Felsen und die mit purpurnem Heidekraut überwucherten Klippen. Nahe dem Wasser wuchsen überhängende Büschel von Grasnelken, deren Samenstände aussahen wie die wolligen Perücken von Lakaien. Das Wasser war kalt; er schwamm zum Strand. Er hatte kein Handtuch, aber es gefiel ihm, wie seine Kleider sich eng an seinen Körper schmiegten. Die Schuhe in der Hand, marschierte er ins Innere der Insel. Plötzlich brach die Sonne hervor. Er legte sich ins Heidekraut, lauschte den Möwen und beobachtete das Kreisen eines Turmfalken. Müde vom Geschrei der Möwen und dem Schlag der Wellen, die an der Landspitze gegen die Felsen schwappten, schlief er ein. Als er aufwachte, brannte ihm die Sonne ins Gesicht, und seine Haut spannte vom Salz des Meerwassers. Er rieb sich die Wangen, was ein leises, trokkenes Geräusch hervorrief, das ganz in der Nähe Widerhall fand; neben ihm auf einem flachen Felsen lag eine Natter. Silas lag da und beobachtete das schöne Geschöpf, das leise raschelnd im Heidekraut verschwand. Er schloß die Augen. Die Begeisterung über die Seehunde und jetzt auch noch die Natter war fast zu viel. Da er Hunger bekam, stand er auf und ging zum Haus zurück. Er war weiter fortgegangen, als er gedacht hatte; die Sonne schielte über den Horizont, und die Möwen kehrten zu ihren Nachtquartieren zurück.

Vom Hafendamm heraufkommend, traf er Michael Reeves und dessen Vater, zusammen mit zwei Jungen in seinem und Michaels Alter. Sie redeten laut und schleppten die Ausrüstung ihres Tagesausflugs vom Boot. Michael begrüßte Silas stürmisch.

Michaels Vater sagte: »Hallo, grüß dich. Schön, daß du hier bist. Wie ich sehe, hast du dich zurechtgefunden. Ich hoffe, meine Frau hat für dich gesorgt, dir zu essen gegeben und dergleichen. Du hast dich umgesehen, nicht wahr? Tut mir leid, daß du zurückbleiben mußtest, aber wir konnten nicht einen ganzen Tag mit dem Segeln aussetzen, wir wußten, daß es dir nichts ausmachen würde.« Seine Stimme war lauter und tiefer als die Michaels.

Niemand stellte ihn den beiden anderen Jungen vor, die er später als Alistair und Ian kennenlernte.

Michael und sein Vater trugen zerknautschte, schmutzige Leinenmützen, die einmal weiß gewesen waren. Ian und Alistair trugen Kappen aus blauem Köper, die schon einige Sommer hinter sich hatten und ihnen zu klein geworden waren. Michaels Vater trug rote bretonische Fischerhosen mit Flicken an den Knien und die Jungen sehr enge Jeans-Shorts, allerdings alte und schmutzige, was ihn verlegen machte. Die ganze Gruppe hatte Guernsey-Pullover an wie Mrs. Reeves und roch nach Booten und Schweiß. Silas wünschte, Hebe hätte nicht gesagt: »Deine Pullover sind in Ordnung, aber nimm meinen alten weißen, wenn du willst.« Der alte weiße war ein Guernsey-Jersey. Silas empfand vagen Haß gegenüber Hebe. Seine eigenen Pullover erfüllten ihren Zweck, waren aber keine Guernseys.

Michael und seine Freunde drängten sich laut redend in der Vorhalle, brüllten Jennifer in der Küche, die brüllend antwortete, etwas über die Segeltour zu, und über dem Stimmengewirr ertönte dröhnend Julian Reeves' Stimme, der schrie, er brauche vor allem einen ordentlichen Schluck Whisky.

»Dann nimm dir welchen, ich mache das Essen.« Jennifer klapperte mit Pfannen und ließ Wasser ins Abwaschbecken laufen. »Jungs, Jungs, stellt eure dreckigen Stiefel unters Vordach, heute morgen wurde der Boden geputzt.«

Michael und seine Freunde warfen gelbe Gummistiefel ab und kickten sie unters Vordach. Der Geruch von verschwitzten Füßen zog durchs Haus.

»Zieh deine Stiefel aus, Liebling«, sagte Jennifer zu ihrem Mann. »Mrs. Thing hat den Boden geschrubbt.«

»Schon gut, schon gut.« Julian Reeves schlüpfte aus seinen Stiefeln und schenkte sich Whisky ein. Schweigend hob Silas sie auf und stellte sie zu den anderen.

»Du hast doch Stiefel mitgebracht?« fragte ihn Michael.

»Nein, ich wußte nicht, daß ich welche brauchte.«

»Ich denke, wir können dir ein Paar leihen.«

»Zieh vor dem Essen deine dreckigen Shorts aus und wasch dich um Himmels willen«, schrie Jennifer Michael an, der dicht neben ihr stand. Michael murmelte etwas. Silas folgte ihm und den anderen Jungen nach oben. Sie begannen, in der Kommode herumzuwühlen.

»Ich bin ganz froh, mich umzuziehen«, sagte der Junge, den Silas anschließend als Ian kennenlernte, während er aus seinen Shorts stieg. »Diese Dinger quetschen mir meinen Schwanz ein.«

Alistair und Michael lachten.

»Große Schwänze liegen in der Familie«, fuhr Ian, kühn geworden, fort. »Vater sagt, seiner würde sehr bewundert.«

»Von wem?« fragte Silas, der sich ausgeschlossen fühlte.

»Unser Vater hat eine Geliebte, er denkt, wir wüßten das nicht. Keine Ahnung, was Mutter dazu meint, vermutlich nimmt sie sie, wie sie kommen.«

»Wie sie kommen.« Alistair, jünger als Ian, lachte dreckig.

»Meine Mutter glaubt immer, Pa hätte eine Geliebte. Das ist ihre ständige Angst«, sagte Michael, darauf bedacht, sich nicht unterkriegen zu lassen. »Er würde es aber nicht wagen. Er kriegt schon eines drüber, wenn er ein Mädchen nur anschaut.«

»Abendessen ist fertig«, rief Julian Reeves, dröhnend wie ein Nebelhorn, die Treppe hinauf. Die Jungen gingen barfuß hinunter. Silas streifte seine Schuhe ab und folgte ihnen.

Jennifer teilte riesige Portionen eines ähnlichen Gulaschs wie beim Mittagessen aus, und alle begannen zu essen.

Julian Reeves öffnete eine Flasche Wein, schenkte sich und seiner Frau ein und bot dann Silas die Flasche an.

»Danke.« Silas reichte ihm sein Glas. Julian schenkte es zu Dreivierteln voll. Die anderen Jungen nahmen sich Cola. Silas spürte, daß er einen Fauxpas begangen hatte und schlürfte verlegen seinen Wein.

Julian und die Jungen erzählten Jennifer von ihrer Segeltour, wobei sie sich ständig das Wort abschnitten und sich widersprachen.

»Wir dachten, morgen segeln wir um Bishop's Rock, wenn das Wetter hält. Würde dir das gefallen, Silas, was?«

»O ja, wunderbar.«

»Silas hat mir gesagt, er wohne in einer sehr interessanten Straße.« Jennifer schenkte sich nach. »Offensichtlich wohnt er in der Stadt. Davon hatte ich keine Ahnung.« Sie dehnte das Wort zu »Ahh-nung«.

»Wie heißt die Straße?« fragte Julian freundlich.

»Wilson Street. Früher hieß sie Kitchener Street, aber vor ein paar Jahren wurde sie in Harold Wilson Street umbenannt.«

»Donnerwetter! Unter der Labour-Regierung?«

»Er hat in St. Mary's einen Bungalow, weißt du«, sagte Jennifer mißbilligend.

»Wie kann man nur so was Komisches tun.« Ian hatte den Mund voller Gulasch.

»Ich möchte nur wissen, warum.« Jennifer reichte Käse und Cracker herum, während sie Silas forschend ansah, als wäre er für die Umbenennung verantwortlich.

»Er hat etwas für die Stadt getan. Die Stadtverwaltung wollte auf diese Art ihren Dank ausdrücken.« In der anschließenden Stille lehnte Silas einen Cracker ab und nahm sich Brot.

»Na ja, was es alles gibt.« Jennifer butterte einen Cracker, kaute und sah ihren Mann an. »Da heißt es früh ins Bett gehen, wenn ihr morgen zum Bishop's Rock wollt. Räumt bitte den Tisch ab, Jungs.«

»In Ordnung«, sagten Michael, Ian und Alistair. »In Ordnung.«

Silas öffnete den Mund und schloß ihn wieder.

Jennifer stand auf. »In den Pub?« fragte sie ihren Mann.

»Natürlich.«

Silas beobachtete, wie seine Gastgeber in die Dämmerung hinausspazierten.

»Bringen wir das hinter uns.« Michael begann, den Tisch abzuräumen. Silas half ihm. Ian und Alistair machten vage Anstalten, ohne mitzuhelfen.

»Ist deine Familie in der Labour Party?« fragte Ian.

»Labour?« Silas war verwirrt.

»Ja, Labour, nicht Tory. Du weißt schon, Wilson Street, meine ich. Du verstehst schon.«

»Was?«

»Kommunisten unterm Bett und so was.«

»Sei nicht dämlich, Ian«, sagte Michael ablenkend, sich an seine Gastgeberrolle erinnernd.

»Ich habe einen Topf unter meinem Bett«, sagte Alistair fröhlich. »Bin Bettnässer gewesen.« Er klang fast stolz.

»Also hört mal«, sagte Ian, der das Thema beenden wollte. »Was gibt's in der Glotze?«

Sie gingen ins andere Zimmer und streckten sich am Boden aus, um sich einen Western anzusehen. Ian drehte die Lautstärke höher, redete aber mit Michael zwanglos weiter. Zum Geräusch von schwingenden Saloontüren, Pistolenschüssen, dem Rattern einer Postkutsche und galoppierenden Pferden erfuhr Silas, daß die Familien der drei Jungen oft zusammen die Ferien verbrachten, daß sie regelmäßig in Mégève Ski fuhren, daß sie letzten Sommer in den kanadischen Bergen waren und daß es Pläne gab, im folgenden Jahr einen Treck durch Ladakh zu machen, obwohl man fand, daß Alistair dafür möglicherweise noch zu jung war.

»Du kannst immer zu Onkel H. in die Highlands fahren«, tröstete Ian seinen jüngeren Bruder.

»Scheiß auf die Highlands«, brüllte Alistair, die Hintergrundmusik des Films übertönend und den Ärger und Frust des jüngeren Bruders herausschreiend. Es klang alles sehr aufregend, verglichen mit den Ferien in dem dunklen Backsteinhaus in der Wilson Street und den gemeinsamen Ausflügen mit Giles zu Mr. Quigley.

»Warum zum Teufel seid ihr nicht im Bett?« rief Jennifer Reeves, als sie vom Pub zurückkam.

»Sie haben doch Ferien«, meinte Julian, vom Alkohol milde gestimmt.

»Los, rauf mit euch«, rief Jennifer, als redete sie mit aufsässigen Hunden.

Silas brauchte lange, bis er einschlief. Wie gern hätte er noch eine zusätzliche Decke gehabt. Er sehnte sich nach seinem Federbett und Trip, die sich weich und schnurrend an seinen Bauch schmiegte, an sein eigenes Bett im Haus seiner Mutter, in der absolut häßlichen Straße namens Wilson Street. Er fragte sich, ob das Gerücht, die Straße sei nicht aus Dankbarkeit, sondern aus Gehässigkeit umbenannt worden, vielleicht nicht doch stimmte. Zweimal schreckte er aus unruhigem Schlaf hoch und lauschte der grollenden See und dem Wind, der am Haus rüttelte.

13

Nach einem ordentlichen Abendessen nahm Rory Grant die Einladung Louisas wahr, bei ihr zu fischen; er holte seine Angelrute und fuhr die zehn Meilen bis zu der Stelle, an der ihr Flußabschnitt begann. Den Wagen parkte er dicht am Wegrand, schlüpfte in die Gummistiefel und zog in der Stille des Augustabends seine Angel auf. Während er einen Köder aus seiner Büchse auswählte, lauschte er dem gurgelnden Wasser unter der Brücke und den abendlichen Geräuschen: dem Schwirren der Fledermäuse, die wahrscheinlich über dem Wasser auf Jagd gingen, dem rhythmischen Widerkäuen einer Gruppe ruhender Kühe, die ihn gutmütig beobachteten, als er über einen Zauntritt kletterte, langsam den Fluß entlang marschierte und seine Schnur mit einer Bewegung aufs Wasser hinauswarf, die von angeborenem Talent zeugte. Mit dem Auswerfen der Angel warf er seine Sorgen ab. Das gleichbleibend fließende Wasser war Trost und Beruhigung für seine unstete Seele. Wenn eine Forelle anbiß und er anzog, überkam ihn Erregung, bis er sie herausgezogen, mit einem scharfen Schlag auf den Kopf getötet und in die Tasche gesteckt hatte. Fast haßte er es, daß sein Frieden unterbrochen wurde. Als er aufhörte zu fischen, war es fast dunkel. Vier gute Fische hatte er gefangen. Er sah zu Louisas Haus hinauf und überlegte, ob er, ohne sie zu besuchen, nach Hause gehen oder ob er bei ihr reinschauen sollte. Er entschied sich für letzteres.

Im schwindenden Licht putzte er die Fische, schlug sie in Blätter ein und ging durch den Garten zum Hintereingang. Er fand den Schlüssel in Louisas Versteck an der Hintertür und trat in die Küche. Während er im Dunkeln nach dem Lichtschalter tastete, sog er den köstlichen Essensgeruch ein, der die warme Küche durchzog. Die Hunde, die sich zusammengeknäult am Ofen räkelten, klopften zur Begrüßung mit den Schwänzen. Er drehte das Licht an.

»Ihr seid mir schöne Wachhunde.« Er kauerte sich nieder und streichelte freundliche Köpfe, tätschelte seidige Flanken. »Und wenn ich gekommen wäre, um Tante Louisa auszurauben? Was dann?« Die Hunde schien das leicht zu amüsieren. Der größte stand auf und schnupperte an dem Fisch, den Rory auf den Tisch gelegt hatte.

Rory streifte seine Stiefel ab, ging zum Schrank und holte einen Teller heraus. Säuberlich, Kopf an Schwanz gelegt, ordnete er die Fische darauf an und brachte sie zum Kühlschrank.

»Sie ist im Salon und schaut Fernsehen?« Die Hunde sahen ihn mit glänzenden Augen an. »Oder ist sie zu Bett gegangen?« Sie wedelten mit den Schwänzen, ihre Mäuler standen leicht offen. »Ich werde nachsehen, ihr bleibt hier.« Aber als er die Tür zum Gang öffnete, drängte sich Rufus an ihm vorbei und rannte voran. Wohl oder übel mußte er hinterdrein.

Die Diele lag im Dunkeln, in der Stille tickte eine Großvateruhr. Rory ging in den Salon, auch dort war es dunkel.

»Zum Teufel, sie muß zu Bett gegangen sein. Wo ist dieser Hund?« Lauschend stand er da, er wollte das schlafende Haus nicht stören. Er könnte eine Nachricht zurücklassen oder am Morgen anrufen, aber der Hund war die Treppe hinaufgegangen, gleich würde er an Louisas Tür kratzen. Er würde sie aufwecken, wenn sie schon eingeschlafen war. Rory schnippte mit den Fingern und pfiff leise. Der Hund wollte nicht hören. Rory drehte am Fuß der Treppe das Licht an und ging zum Schlafzimmer seiner Tante hinauf. Zu seiner Überraschung stand der

Hund nicht vor Louisas Zimmer, noch war er irgendwo zu sehen.

»Verdammt.« Rory schlich auf Zehenspitzen an Louisas Tür vorbei und machte sich auf die Suche. Kein Hund im ersten Stock. Er ging ins nächste Stockwerk hinauf.

Vor einem Schlafzimmer, das er als sein eigenes betrachtete, weil er darin viele glückliche Ferien verbracht hatte, saß der Hund, den Kopf erwartungsvoll erhoben. Rory schnippte mit den Fingern. Rufus wedelte noch kräftiger. Er sah Licht unter der Tür, klopfte, öffnete und ging hinter Rufus hinein.

Vor dem Drehspiegel, der ihm zeit seines Lebens vertraut war, vor dem er sich mit umgeschlungenem Badetuch als römischer Kaiser produziert hatte, als er acht war, stand das Mädchen, dem er Tante Calypsos Hut geschenkt hatte. Das Mädchen probierte den Hut auf und stellte sich vor dem Spiegel in Positur. Sie hatte keinen Faden am Leib.

»Oh, hallo«, sagte Hebe überrascht.

»Ich wollte –«, keuchte Rory. Himmel, was für ein Mädchen! »– den Hund – er rannte voraus –« Zog sie sich denn nichts über? »Ich befürchtete, Tante Louisa könnte vielleicht –«

»Was?« Hebe nahm den Hut ab, griff nach einem Slip, den sie vor sich hinhielt.

»Kopfweh haben.« Rory starrte sie fasziniert an.

»Nein, sie hat keines. Sie ist früh zu Bett gegangen. Sie hat den ganzen Tag im Garten gearbeitet.« Hebe legte den Hut in die gestreifte Tüte zurück. »Sie war müde. Wollen Sie den Hut zurückhaben?«

»O nein!«

»Was machen Sie dann hier?«

»Ich war nur – ich war fischen – ich habe ein paar Forellen –« Rory starrte sie immer noch fassungslos an.

»Wo?«

»Im Kühlschrank.« Sie streichelte den verdammten Rufus. Er betrachtete die Hände, die den Kopf des Tieres liebkosten.

»Gut.« Sie sah ihn an. Bemerkte er, daß er eine Erektion bekam?

»Könnten Sie den Hut noch einmal aufsetzen?«

»Natürlich.« Sie nahm den Hut aus der Tüte und setzte ihn wieder auf. Rory betrachtete ihren Rücken, ihre erhobenen Arme, ihr Spiegelbild. Sie drehte sich um.

»Warum tun wir es nicht?« Mit sanfter Geste deutete sie aufs Bett. Später erinnerte Rory sich nicht mehr, wie er die Hosen ausgezogen oder Hebe den Hut abgenommen hatte. Rufus schnüffelte im Zimmer herum, fand einen Sessel und legte sich schlafen.

Rory wurde von der Sonne geweckt, die durch halb aufgezogene Vorhänge schien, und sah zwei Augen, die ihn aus nächster Nähe betrachteten.

»Ich bin sehr kurzsichtig«, sagte Hebe.

»Oh, ah, ich war nie in der Lage zu –« Er versuchte zu sprechen. »Nicht richtig, so daß ich – äh – nicht wie –«

»Nun, es ist wunderbar, oder? Und du kannst doch, nicht wahr?«

»Ja, o ja, es war einfach –«

»Also noch einmal, bevor ich aufstehe? Wir wär's damit?« Sie lachte ihn nicht aus, sie machte sich nicht lustig über ihn wie die anderen.

»Herrlich. Herrlich. Herrlich«, jubilierte er.

Sie beruhigte ihn. »Geh es langsam an.«

»Ich konnte noch nie – dann plötzlich, als ich dich mit dem Hut sah –«

»Hat ihn deine Großtante im Bett getragen?«

Rory lachte, Hebe in den Armen haltend. »Meine Großtante brauchte keine Hüte, um auf Touren zu kommen.«

»Du auch nicht.«

Dann fragte Rory: »Wer bist du? Was machst du hier?«

»Ich bin eine Aushilfsköchin, eine der Annehmlichkeiten, die sich deine Tante leistet. Hat sie dir das nie erzählt?«

»Nein, na ja, doch. Ich hörte, wie sie manchmal –«

»Ich bin auch –« Hebe hielt inne.

»Was? Sag es mir.« Plötzlicher Trübsinn überfiel ihn.

»Ich bin zugleich Prostituierte. Ich mache das für Geld.« Jetzt würde er wie von der Tarantel gestochen aus dem Bett springen und flüchten. Hebe seufzte, wandte sich ab, aber Rory sagte: »Ich mag die Bezeichnung Kurtisane lieber.«

»Oh.« Sein Tonfall überraschte sie.

»Ich kann bezahlen. Ich bin ziemlich wohlhabend.«

»Das wollen wir später besprechen, wenn du willst. Ich muß aufstehen und Frühstück machen. Wir könnten Forelle essen. Mag deine Tante Forellen?«

»Das behauptet sie zumindest, wenn ich welche bringe.«

»Komm und unterhalte dich mit mir, während ich bade.« Hebe glitt aus dem Bett und verschwand im angrenzenden Bad, einem altmodischen Zimmer, früher ein Ankleideraum, der irgendwann vor einem der Weltkriege umgebaut worden war. Das Badezimmer hatte eine Mahagonitäfelung, die Toilette auch. Die Wände waren mit einem üppigen Rosenmuster tapeziert. In der Ecke befanden sich ein kleiner Kamin, eine Ottomane und ein Sessel, der mit einem zu der Tapete passenden Kretonne überzogen war. Ein herrlicher Hintergrund für Hebe, die das Bad einlaufen ließ, die Temperatur prüfte, hineinstieg und sich ausstreckte.

»Warum setzt du dich nicht?« Hebe deutete auf den Sessel, Rory, ein Handtuch um die Hüften, setzte sich.

Rufus kam, ließ sich an der getäfelten Wand nieder und starrte durch den Dampf in Hebes Gesicht; er wollte sie ablekken, wenn möglich, Seife schmecken. Hebe streichelte mit seifigen Fingern seine Schnauze.

»Du verwöhnst ihn.« Rory neidete dem Hund die Nähe, seine beiläufige Hinnahme von Hebes Freundlichkeit.

»Er ist ein lieber Hund, ich mag ihn.«

Rory sah zu, wie sie sich den Hals einseifte, das Gesicht mit dem Schwamm wusch, einen Fuß aus dem Wasser hob und die Zehen einseifte.

»Wie bist du hereingekommen?« fragte sie.

»Ich bin Louisas Neffe, ich weiß, wo sie den Schlüssel versteckt hat.«

»Ich verstehe.«

»Wann immer ich mich niedergeschlagen fühle, darf ich in ihrem Wasser fischen. Mein Name ist Rory Grant.«

»Ich weiß, er steht auf der Tüte, in der der Hut war.«

»Natürlich, wie dumm von –«

»Warum beendest du deine Sätze nie?«

»Ich nehme an, sie sind es nicht wert, beendet zu werden.«

»Es kann zu einer sehr irritierenden Angewohnheit werden.«

»Ich hätte nicht –«

»Gedacht. Sag ›gedacht‹. Sag es.«

»Du machst dich lustig über mich. Gedacht.«

»Gut. Mein Name ist Hebe.«

»Hebe, eine hübsche Kellnerin, ich meine –« Rory kam ins Schwimmen.

»Was?«

»Göttin, ich meinte Göttin.«

»Das hast du nicht gemeint.« Hebe stand in der Wanne auf. »Könntest du mir das Handtuch geben? Du hast es um dich geschlungen.« Sie streckte die Hand aus.

»Oh, tut mir leid.« Er entblößte sich. »Ich zieh mich lieber an.« Rückwärts ging er zur Tür.

»Gut. Ich sehe dich unten. Ich mache dir Frühstück.«

Im Türrahmen sah Rory auf Hebe zurück, die sich kräftig abtrocknete. »So wunderschön.«

»Nimm Rufus mit runter, er muß sicher schon ganz dringend.«

Rory zog sich die Kleider über, schnippte mit den Fingern dem Hund zu und eilte nach unten. Die Hunde in der Küche begrüßten ihn und Rufus mit heftigem Schwanzgewedel, mit Gähnen, vergnügtem Winseln und Jaulen. Rory ließ sie in den Garten hinaus, und sie verschwanden in dem vom Fluß aufsteigenden Nebel, einer weißen, wolligen Wand, durch die sich ein paar Sonnenstrahlen zwängten. Er stand da, schaute hinaus und fühlte sich mit neuem Leben erfüllt.

Im Haus stellte Louisa die Siebenuhr-Nachrichten an und schaltete sofort die Lautstärke herunter.

Die Hunde kamen fröhlich zurück, balgten miteinander und freuten sich auf einen weiteren glücklichen Tag. Rory war so fassungslos, daß er aufstöhnte. War es wirklich wahr? In der Küche, hinter ihm, stellte Hebe die Kaffeemühle an – ein mißtönendes Kreischen.

»Scheußlicher Lärm.« Sie trug ein rosafarbenes Baumwollkleid und eine weiße Schürze, ihr Haar war ordentlich zu einem tiefsitzenden Knoten gebürstet. Sie trug kein Make-up.

»Setz dich, Rory, steh nicht im Weg herum.«

»Kann ich helfen?«

»Nein. Setz dich einfach, während ich uns Frühstück mache.« Sie war erschreckend tüchtig; sie filterte den Kaffee, wählte einen Fisch zum Braten aus, breitete das Tischtuch aus, stellte drei Teller darauf, dazu Gabel, Messer, Löffel, Tassen, Untertassen, Salz, Pfeffer, Butter, Marmelade, alles wurde rasch auf den Tisch gestellt und der Toaster gefüllt.

»Du sagtest –« Aus Nervosität würgte Rory seinen Satz ab.

»Was?«

»Daß du – daß du – äh – daß –«

»Daß ich eine Nutte bin?«

»Äh, ja.«

»Ich schlafe mit Leuten für Geld. Verstanden? Ich muß meinen Lebensunterhalt verdienen. Ich habe gewisse Verpflichtungen wie Gasrechnungen und dergleichen.« Und Schulgebühren, dachte sie. »Die zwei Dinge, die ich gut kann, Rory, sind Kochen, deshalb übernehme ich Zeitjobs als Köchin, und, wie du selbst herausgefunden hast, Vögeln.«

»Lieben«, murmelte Rory protestierend.

»Nein, Rory, nicht Lieben. Es hat nichts mit Liebe zu tun, es ist –« Hebe hielt inne, um nach dem richtigen Wort zu suchen, das ihm genehm wäre.

»Was ist es denn, wenn es nicht Lieben ist? Du hast mich dazu gebracht, dich zu lieben.«

»Wir leben nicht im Jahr 1930.« Hebe goß ihm Kaffee ein. »Milch, Zucker?«

»Beides bitte. Was war dann das letzte Nacht?«

»Eine Probepackung. Wenn es dir gefallen hat und du Wiederholungen möchtest, mußt du zahlen.« Viel besser, den finanziellen Teil schnell hinter sich zu kriegen, dann konnte man sich entspannen und genießen. »Ich mache die Regeln«, sagte sie leichthin. »Ohne Geld kein Fick.«

»Nenn es nicht so!« Er wand sich.

»Köstlich.« Hebe lachte, aber ihr Spott war nicht verletzend. »Ich bin dir sehr zugeneigt«, sagte sie, Rorys lange Oberlippe und seine Hasenaugen über den Tassenrand hinweg betrachtend.

»Gibt es andere – äh – andere Männer?«

»Ja.«

»Viele?«

»Das ist meine Sache. Du wirst ihnen kaum begegnen, und das, was wir zusammen machen, hat nichts mit ihnen zu tun, in Ordnung?«

»In Ordnung«, antwortete Rory tapfer. »Also was – äh – passiert jetzt?«

»Ich plane dich mit ein, wenn ich kann.«

»Wie einen Termin beim Zahnarzt.«

»Mehr oder weniger.«

Beide lachten, als Louisa in die Küche kam. »Hallo, Rory.« Sie küßte ihn, als er sich erhob. »Du bist früh auf. Hattest du Glück am Fluß? Oh, ich sehe schon, du hattest einen guten Morgen.« Sie sah auf den Fisch, den Hebe bereits in der Pfanne hatte. »Wie köstlich, Forelle zum Frühstück. Mit Hebe hast du dich inzwischen bekannt gemacht. Habe ich nicht ein Glück, daß sie ein paar Wochen bei mir bleibt? All das herrliche Essen, ohne die Mühe, nach Frankreich fahren zu müssen.« Ein schneller Blick glitt über Rorys unrasiertes Gesicht. »Wann bist du hier angekommen? Die Hunde haben nicht gebellt?«

»Nein, das haben sie nicht.« Er sah verlegen aus.

»Kaffee?« Hebe hielt die Kanne hoch.

»Ja, bitte«, sagte Louisa zustimmend. »Es ist jemand an der Tür, glaube ich.« Rufus knurrte, und die anderen Hunde fielen mit lautem Gebell ein.

»Ruhe!« schrie Louisa. »Ruhe, ihr Biester.«

Hebe ging an die Hintertür. Ein Polizist in Uniform stand davor.

»Hat hier jemand einen Volvo mit dem Kennzeichen –« Er sah in sein Notizbuch.

»Ja, der gehört mir«, sagte Rory und stand auf.

»Sehr schlau geparkt, wenn ich so sagen darf. Guten Morgen, Mrs. Fox.« Er begrüßte Louisa.

»Guten Morgen, Wachtmeister. Eine Tasse Kaffee?«

»Nein, vielen Dank.«

»Ich fahre ihn weg.« Rory eilte an dem Polizisten vorbei.

»Ziemlich viel Verkehr auf der Straße, die Leute fahren zur Arbeit. Sie haben die Fenster offengelassen; der Tau während der Nacht hat der Inneneinrichtung sicher nicht gutgetan.«

»Hat auch nicht geschadet«, rief Rory über die Schulter.

»Komm zum Frühstück zurück, wenn du ihn weggefahren hast«, rief ihm Louisa nach. »Wiedersehen, Wachtmeister.« Sie sah ihm nach und ging dann wieder in die Küche zurück. »Nun, jetzt können wir in Frieden frühstücken.« Sie lächelte Hebe an, die die Forelle briet. Sie erwartete keine Antwort, und Hebe zog es vor zu schweigen, wodurch sie in Louisas Achtung um einige Grade stieg. Hatte nicht eine Maxime ihres geliebten Mannes geheißen: »Nie erklären, nie entschuldigen«?

14

»Ich habe mich gefragt«, sagte Louisa, ihre Serviette weglegend, »ob ich Sie bitten dürfte, meine Einkäufe zu erledigen, Hebe. Ich kann Salisbury nicht ausstehen, wenn es voller Touristen ist. Wäre es sehr egoistisch, das von Ihnen zu verlangen?«

»Natürlich nicht.« Hebe, die während des Frühstücks geschwiegen hatte, überlegte, ob ihre neue Bekanntschaft mit Louisas Neffen ihren Arbeitsplatz gefährden könnte. Sie fing Louisas Blick auf. »Brauchen Sie viel?«

»Ein oder zwei Sachen, die ich bestellt habe, und die Bücher aus der Bibliothek müssen umgetauscht werden.«

»Kann ich das? Ich kenne Ihren Lesegeschmack praktisch nicht.«

»Ich lese Thriller«, antwortete Louisa. »Krimis, je verworrener, um so besser. Ich verstehe die Handlung nie, aber ich finde, sie sind ausgezeichnete Schlafmittel, besser als Valium. Sie werden das sehr gut für mich aussuchen können. Allerdings mag ich keine Amerikaner.«

»Und keine Eier mit Speck.« Rory, der zu dem falschen Schluß gelangt war, seine Tante glaube, er sei bereits seit dem frühen Morgen auf den Beinen, sprach aus langjähriger Kenntnis. »Louisa haßt es, die Frühstücksspuren anderer Leute in Leihbibliotheksbüchern vorzufinden: Eierreste, Teeflecken, Brösel.« Sein Blick ging von Hebe zu Louisa.

»Ich mag auch die Prüden nicht, die Wörter wie ›Scheiße‹ und ›Fick‹ ausstreichen«, sagte Louisa reserviert, »ebensowenig diejenigen, die grammatikalische Fehler verbessern und die Ränder vollkritzeln.«

»Weißt du was«, rief Rory aus, »ich könnte –«

»Was könntest du?« Louisa entging nicht, wie verwundert Rory über seine Tollkühnheit war. Er wird anbieten, sie zu fahren.

»Ich könnte sie fahren – äh – könnte Hebe in – äh – könnte sie zurückfahren, wenn ich zum Fischen zurückkomme.«

»Wirst du heute abend fischen?« Louisa täuschte Erstaunen vor.

»Ja«, antwortete Rory. »Das Wetter ist – äh – günstig.«

»Herrlich. Wie gut, daß ich eine Tiefkühltruhe besitze. Wären Sie damit einverstanden, Hebe?«

Hebe nickte. »Vielleicht finde ich etwas Besonderes zum Abendessen«, sagte sie.

»Gut möglich.« Louisa erhob sich. »Mich wird dafür heute niemand im Garten stören. Viel Vergnügen. Keine Eile mit der Rückfahrt.« Sie verließ die Küche, gefolgt von den Hunden.

»Ich könnte dich zum –«

»Was?«

»Lunch einladen.« Rory würgte an dem Wort, als wäre es gefährlich.

»Dann sag Lunch. Laß den Satz nicht in der Luft hängen. Ich wette, dein Vater, der General, hat seine Sätze beendet. Wenn er das nicht getan hätte, wären die Kriege noch schlimmer gewesen.«

»Oder weniger schlimm.« Rory dachte an seinen Vater. »Er lebt noch. Hast du einen Vater?«

»Ich räume die Küche auf und mache mich fertig.« Hebe ignorierte Rorys Frage. Es war unwahrscheinlich, daß sie in Salisbury waren, dachte sie. Sie fahren nur einmal im Monat hin, dachte sie, und ich habe mich so verändert, daß sie mich nicht erkennen würden. »Während ich mich fertig mache, hol bitte die Bücher von Mrs. Fox und die Liste der Sachen, die sie haben möchte. Mach dich nützlich«, sagte sie abschließend ziemlich grausam, denn sie war irritiert, daß sie sich wegen Rory immer noch nicht im klaren war. Wenn er doch nur nicht Louisas Neffe wäre, könnte er die Lücke, die Terry hinterlassen hatte, perfekt ausfüllen.

Nachdem sie Rory mit Hebe hatte wegfahren sehen, machte sich Louisa daran, im Garten herumzuwerkeln, die Hunde in ihrem Gefolge. Sie hielten inne, um sich zu kratzen, nach Fliegen zu schnappen, ein wenig herumzutollen und auf ihre alten Tage die Sicherheit von Haustieren zu genießen, die sich ihres eigenen Wertes bewußt sind, die mit der Liebe für ihren Herrn nicht geizen und sich, wenn nötig, gegenüber Fremden die Seele aus dem Leib bellen, aber selten beißen. Während sie die verwelkten Rosenblüten abschnitt, dachte Louisa an ihre nächste Unterhaltung mit Bernard, bei der sie ihm von der Vereinigung der Nachkömmlinge seiner einstigen Rivalen Christopher Rutter und Algy Grant berichten würde. Die Stille wurde von den Hunden gestört, die einen ums Haus herumkommenden Mann wild ankläfften. Er schenkte den Hunden, die an ihm hochsprangen und um seine Beine rannten, keine Beachtung. Louisa sah, daß seine Lippen sich bewegten. »Ruhe!« schrie sie, und die Hunde gehorchten. Der Mann kam auf Louisa zu.

»Mrs. Fox? Ich bringe Ihnen ein Paket vom alten Bernard Quigley. Mein Name ist Jim Huxtable.«

Louisa schüttelte seine Hand. »Ist er wirklich so alt?«

»Nur so eine Redensart. Da ich gerade hier vorbeikam, dachte ich, es geht vielleicht schneller als mit der Post.« Er zog einen dicken Umschlag aus der Tasche und gab ihn Louisa. »Wollen Sie nachzählen?«

»Ich glaube nicht, daß das nötig ist.« Louisa gefiel das Aussehen von Bernards Boten. »Wollen wir in die Küche gehen, und ich serviere Ihnen einen Drink?«

»Danke.« Er ging neben ihr her.

»Oder einen Imbiß. Wir könnten eine Kleinigkeit essen, bevor Sie weiterfahren. Wie weit haben Sie es?«

»Cornwall.«

»Zu Bernard?« Ihr Gesicht leuchtete auf.

»Ja.«

»Sie müssen mir erzählen, wie es ihm geht. Es ist Jahre her, daß ich ihn gesehen habe, Jahrzehnte.«

»Ich glaube, es geht ihm gut.« Jim Huxtable schritt neben Louisa her. »Kennen Sie ihn schon lange?«

»Seit mehr als fünfzig Jahren.«

»Das ist eine ziemlich lange Zeit.«

»Kommt darauf an, wie man es betrachtet.« Louisa blickte auf die lange vergangenen Jahre zurück, versuchte, sich Bernard und sich selbst in ihrer Jugend vorzustellen, sie damals zwanzig, er um einiges älter. »Wie hält er sich? Sehen Sie ihn oft?«

»Wenn ich in Cornwall bin, wohne ich bei ihm. Kennen Sie sein Haus?«

»Nein. Erzählen Sie mir davon.«

»Es liegt sehr abgelegen. Dort lebt er mit seiner Katze und seinem Hund.«

»Feathers.«

»Ja, sein Hund heißt Feathers.« Jim betrachtete Bernards alte Freundin mit Interesse. »Er hat eine große Sammlung in seinem Haus. Manchmal kauft er von mir, gelegentlich verkauft er mir etwas.« Sie war einmal schön, dachte er.

»Also ist er immer noch aktiv im Handel?«

»So könnte man sagen. Manchmal bittet er mich, etwas für ihn zu verkaufen.«

»Dann vertraut er Ihnen.« Louisa sah Jim interessiert an.

»Ich hoffe.« Jim hielt ihrem Blick stand.

Sie gingen ins Haus.

»Wollen mal sehen, was wir zu essen finden. Ist es für Sie noch zu früh fürs Mittagessen? Meine Köchin ist in Salisbury.« Sie wartete nicht auf Jims Antwort, sondern huschte in der Küche herum und stieß kleine Freudenschreie aus: »Ah, Brot. Sie bäckt Brot – köstlich. Ah, Paté, hier, die macht sie auch. Und Wein, hier ist eine Flasche, und Salat, sie macht die wunderbarsten Dressings, hier, und wenn wir dann noch können, gibt es Obst und Kuchen. Wie wär's damit? Sind Sie hungrig?«

»Ich fange an, es zu werden«, antwortete Jim, der an Louisa Gefallen fand.

»Dann setzen Sie sich.« Louisa brachte Teller und Gläser und schenkte Jim ein Glas Wein ein. »Zum Abschluß können wir Kaffee trinken, wenn auch keinen so guten, wie meine Köchin ihn macht.«

»Vielleicht würden Sie mir das überlassen. Ich habe das Kaffeemachen in einer Bar in Italien gelernt«, bot Jim an.

»Sicher, das würde unseren Imbiß abrunden. Erzählen Sie mir mehr über Bernard. Was macht das Alter aus ihm?«

»Er hält es in Schach; er hat irgendeinen Trick.«

»Er marschiert über Land zum Telefon. Das hält ihn fit.«

»Es ist weit, bei schlechtem Wetter sehr weit. Ich habe ihn beschworen, sich ein Telefon installieren zu lassen.«

»Darauf wird er nicht eingehen«, sagte Louisa und verstrich Pastete auf dem knusprigen Brot. »›Rufen Sie uns nicht an, wir rufen Sie an.‹ Diesen Spruch hat Bernard erfunden. Seine Privatsphäre hütet er energisch, das hat er immer getan.«

»Es ist unpraktisch.« Jim erinnerte sich ärgerlich an Zeiten, in denen es unmöglich war, Bernard zu erreichen, so daß er die lange Fahrt nach Penzance machen mußte. »Er beantwortet keine Briefe. Schreibt er Ihnen jemals?« fragte Jim und wünschte, er hätte es nicht getan, als er ihren Schmerz spürte.

»Nein«, sagte Louisa ausdruckslos. »Noch etwas Pastete? Nein? Dann Obst?«

»Köstliche Pastete. Sie war ausgezeichnet. Ihre Köchin hat Talent.«

»Ich werde es ihr ausrichten. Sie ist nur vierzehn Tage hier. Zweimal im Jahr gönne ich mir eine Köchin. In meinem Alter ist Reisen eine Anstrengung, und, um ehrlich zu sein, ich mache mir nichts mehr daraus, deshalb halte ich mir dieses großartige Mädchen. Sie kocht göttlich, und wenn sie hier ist, füllt sie meine Tiefkühltruhe, damit ich noch lange von solchen Köstlichkeiten zehren kann. Finden Sie, daß das eine gute Idee ist?«

»Hervorragend.« Er versuchte, sich diese Frau und Bernard in ihrer Blütezeit vorzustellen.

»Hinzu kommt auch noch die Überlegung, daß ich meinen Garten und meine Hunde nicht allein lassen muß«, sagte Louisa. Sie sah auf die Hunde, die beim Feuer lagen. »Und wenn das Telefon klingelt, bin ich hier, um abzunehmen.«

Sie liebt Bernard immer noch, dachte Jim fasziniert. Wie funktioniert es im Alter? Ist es rein geistig? »Soll ich Kaffee machen?« fragte er. »Ich bin sicher, ich kann es mit Ihrer Köchin nicht aufnehmen, aber ich werde es versuchen.«

»Danke. Sie ist mit meinem Neffen nach Salisbury gefahren. Er war zum Fischen hier. Wir hatten Forelle zum Frühstück.« Louisa lächelte, als sie sich an Rorys unrasiertes Gesicht erinnerte. »Er muß sehr früh aufgestanden sein. Heute abend fischt er wieder.« In Gedanken an Rory lachte sie. »Tut mir leid, daß Sie sie verpaßt haben«, sagte sie, während sie Jim beim Kaffeemachen zusah. Dann fügte sie hinzu: »Vielleicht könnten Sie bleiben. Möchten Sie die Nacht hierbleiben? Es würde keine Umstände machen, weil ich meine Köchin habe. Sie bringt irgendeine Köstlichkeit aus Salisbury zum Abendessen.«

»Leider kann ich nicht, ich muß weiter.«

»Würden Sie Bernard ein oder zwei Sachen mitnehmen, da Sie in seine Gegend kommen?« Dem Mann kann ich vertrauen, dachte Louisa, außerdem ist er recht attraktiv.

»Natürlich.«

»Bernard verkauft Sachen für mich. Nachdem wir Kaffee getrunken haben, lassen Sie mich sehen, wovon ich mich trennen kann. Es ist eine Frage des Abwägens; Köchin gegen Wertsachen.«

»Ich verstehe.« Jim war bekümmert.

»Köchinnen sind teuer«, sagte Louisa. Dieser Mann wäre für Hebe viel besser als Rory, dachte sie und fragte sich, ob er verheiratet war.

»Ja.«

»Aber sie macht mir so viel Freude.« Sie sah ihm beim Kaffeemachen zu, lobte den Kaffee und fügte hinzu: »Sogar noch besser als der meiner Köchin.« Es machte ihr Spaß, von Hebe als »ihrer Köchin« zu reden. Dann führte sie ihn durchs Haus, und während er sie um ihre Möbel beneidete, öffnete sie eine Schublade und rief aus: »Ah, das«, und danach, »Ah, das und das«, wobei sie Schmuckstücke, eine Schnupftabakdose und eine Uhr hervorholte und in seine Hand legte. »Stecken Sie sie in die Tasche, damit ich sie nicht sehe«, und als sie sah, wie überrascht er war, erklärte sie: »Wenn ich die Sachen verstecke, kann ich sie verkaufen und vergessen, dann fühle ich mich nicht so miserabel. Ich denke, das sollte für den Augenblick genügen.«

»Ich gebe Ihnen eine Quittung«, sagte Jim.

»Nein, nein. Bernard vertraut Ihnen, das reicht.« Aber Jim schrieb eine Quittung, und sie sah ihm zu.

Als sie bei Jims Wagen stand, um ihn zu verabschieden, sagte sie: »Ich habe mich sehr gefreut, Sie kennenzulernen. Sagen Sie ihm, er soll mich anrufen.«

»Das werde ich.« Es ist wichtig. Für sie ist Bernard kein alter, verbrauchter Mann.

»Ich wünschte, Sie hätten hierbleiben und meine Köchin kennenlernen können.«

»Danken Sie ihr für den Lunch. Ich werde ihm sagen, daß er anrufen soll.«

Ein einsames altes Ding, dachte Jim im Wegfahren. Wozu sollte ich ihre Köchin kennenlernen? Er drehte das Autoradio an, stellte sich auf die lange Fahrt nach Cornwall ein, und während er das Nachmittagskonzert anhörte, überschlug er den Wert von Louisas »Sachen«. Wie teuer die Köchin auch sein mochte, Louisa würde sie sich noch einige Male leisten können.

Das Unkraut am Gartenrand jätend, während die Sonne ihr auf den Rücken schien und die Bienen zwischen den Blumen summten, dachte Louisa, daß Bernards Freund ein hübscher Mann war; groß – sie liebte große Männer –, schönes Haar, das diese seltene Farbe gehabt haben mußte, bevor es grau wurde – gute Augen, humorvoller Mund. Er war der Typ, den sie bewunderte, der Typ, den sie geheiratet hatte. Warum dann dieses Ziehen in ihrem Herzen, als sie von Bernard sprach, warum war Bernard, der klein und niemals gutaussehend war, nach fast fünfzig Jahren so etwas Besonderes? »Ach«, sagte Louisa, kauerte sich auf die Fersen und schob sich das Haar aus der Stirn, »er brachte mich zum Lachen.« Die Hunde wedelten mit den Schwänzen, froh, daß sie glücklich war. Als sie sich an das große Bett im Hotel d'Angleterre erinnerte, in Paris vor so vielen Jahren, an das Licht, das durch die Spalten der roten Plüschvorhänge drang, und an das Frühstück aus Croissants und Kaffee, grinste Louisa. »Er war ein Filou«, sagte sie zu Rufus, ihrem Lieblingshund, »ein Filou, aber er bringt mich immer noch zum Lachen.« Rufus duckte sich und forderte sie, mit seinem buschigen Schwanz wedelnd, zum Spielen auf. »Aber ich konnte doch kein Mitglied der Truppe werden, oder?« sagte sie zu Rufus. Damit sprach sie den Verdacht aus, dem sie nie nachgegangen war, den sie nie bestätigt haben wollte: daß sie keinesfalls das erste Mädchen war, das Bernard in diesen längst vergangenen Tagen in dieses Hotelzimmer gebracht hatte. Im Alter schien ihr dies deutlicher zu sein als damals, und unendlich viel wirklicher als die Gegenwart.

15

Jennifer Reeves fand, daß ihre Männer, wie sie ihren Angetrauten, ihren Sohn und dessen Freunde bezeichnete, den Tag mit einem guten Frühstück beginnen sollten. Silas aß, was man ihm hinstellte, einen Teller Porridge, danach Eier mit Speck, dazu Tee, und hörte zu, wie Michael und Julian über die Vorzüge ihres Bootes vom letzten Jahr debattierten, das sie mit dem verglichen, auf dem sie heute segeln wollten. Während sie sprachen, dämmerte ihm, daß seine Gastgeber nicht vorhatten, nach Frankreich oder Holland zu segeln. Julian und Jennifer waren vor den Sommerferien die Küste von Sussex heruntergesegelt und hatten mehrere Wochenenden gebraucht, das Boot auf die Scilly-Inseln zu bringen. Nach jeder Etappe waren sie wieder nach London zurückgekehrt. Soviel Anstrengung machte ihm Eindruck. Während er zuhörte, stellte sich heraus, daß Mrs. Reeves ihm für diesen Tagesausflug ihren Platz im Boot überließ. Als er höflich protestierte, rief Jennifer: »Nein, nein, Silas, es macht mir überhaupt nichts aus. Ich habe hier eine Menge zu tun, und du bist nie an Bishop's Rock gewesen. Du mußt mitfahren, es wird dir gefallen. Ich bin schon oft dort gewesen, weißt du.« Sie appellierte an ihren Mann und ihren Sohn, zeigte ihre herrlichen Zähne und ihr gesundes Zahnfleisch.

»Ma ist eine große Seglerin«, sagte Michael mit vollem Mund. »Gib die Marmelade rüber, Pa.« Julian schob die Marmelade seinem Sohn zu. »Nehmen wir unseren Lunch mit?«

»Mrs. Thing hat Teigtaschen gemacht. Die sind prima beim Segeln.«

Silas fragte sich, wie Mrs. Thing wohl heißen mochte.

»Denkt daran, reichlich Pullover mitzunehmen, es kann kalt sein da draußen. Hat jemand Silas Stiefel geliehen?« fragte Jennifer.

»Er kann meine haben«, sagte Michael, »ich habe zwei Paar.«

»Wann ist Abfahrt?« fragte Ian.

»In einer halben Stunde.« Bei der Aussicht darauf wurde Julians Stimme lauter. »Wenn ihr bis dahin nicht alle fertig seid, fahre ich ohne euch los.«

»Zeit unsere Teller zu leeren.« Alistair, der jüngere Bruder, stand vom Tisch auf. »Ich hau mich aufs obere Klo.« Niemand gab einen Kommentar dazu ab.

Mit den Stiefeln von Michael an den Füßen, die ihm zu groß waren und das Gehen erschwerten, seinen Lieblingspullover an, in der Hand Hebes Guernsey als Reserve, wartete Silas auf die anderen. Er bemerkte, daß der Wind während der Nacht nicht nachgelassen hatte und die See zwischen Tresco und St. Mary's rauh war. Als die Jungen und Julian versammelt waren, gingen sie mit den Lunchkörben und einer Reihe von Gegenständen, die auf dem Boot gebraucht wurden, Silas aber unbekannt waren, zum Landungssteg hinunter. Julian reichte ihm eine Schwimmweste, und Alistair zeigte ihm diensteifrig, wie man sie anlegte. Am Landungssteg bestiegen sie ein Schlauchboot und fuhren übers Wasser nach St. Mary's, wo das Boot der Reeves vertäut lag.

Silas war noch nie mit einem Schlauchboot gefahren und genoß die Überfahrt. Der Wind brachte seine Augen zum Tränen. Als sie das Segelboot erreicht hatten, stieg er hinter Michael ein und setzte sich auf den Platz, den ihm Julian anwies, auf dem er sicher war. Michael, Alistair und Ian machten sich im Boot zu schaffen, Julians Anweisungen gehorchend. Silas zog verstohlen Hebes Pullover über seinen eigenen, bewegte die Zehen in den zu großen Stiefeln, um sich warm zu halten, und rückte seine Schwimmweste zurecht.

Julian und die Jungen tauschten mit Leuten am Ufer Begrüßungen aus. Silas hoffte, man würde seine Unkenntnis beim Segeln nicht bemerken, und fragte sich, ob er jemals begreifen würde, welches Tau wozu diente. Zu spät fragte er sich, ob er wohl den Mut aufbrächte zu sagen, er würde lieber an Land bleiben und Vögel beobachten. Während er überlegte, machte Michael die Leinen los, und sie fuhren aufs offene Meer hinaus.

Von Zeit zu Zeit rief Julian, auf St. Agnes zeigend, Silas etwas zu. »Das ist St. Agnes. Teilt sich bei Ebbe in zwei Teile« und: »Krähenscharben, kennst du den Unterschied zwischen einem Kormoran und einer Krähenscharbe?«

»Ja.«

»Interessierst dich für Vögel, was?«

»Ja, schon.«

»Möchtest du die Ruderpinne übernehmen?«

»Oh, danke.« Silas verspürte zitternde Freude. War er jetzt für ihrer aller Leben verantwortlich?

Auf die Freude folgte Angst. Angenommen, jemand rief: »Backbord« oder »Steuerbord«, was sollte er dann tun? »Steuerbord zur Rechten auch in stürmischsten Nächten«, erinnerte er sich. Julian war nach unten gegangen. Er konnte sehen, daß er einen anderen Pullover anzog und mit gespreizten Beinen das Gleichgewicht hielt. Alistair und Michael befanden sich weiter vorn im Boot, in der Nähe des Mastes. Ian direkt im Bug. Seitwärts liegend, krachte das Boot über die Wellen. Ian rief etwas und zeigte irgendwohin. Silas blickte auf. Die »Scillonian« kam aus Penzance herein, ein vertrautes Schiff, das in Penzance ankerte, hier draußen aber die See aufwühlte und an seinem Bug eine bedrohliche, steile Woge aufwarf. Silas betrachtete interessiert, wie sie näher kam. »Paß auf, du verdammter Idiot!« Julian entriß ihm das Ruder, so daß Silas das Gleichgewicht verlor und mit gespreizten Beinen nach hinten flog. Bleich und wütend änderte Julian den Kurs, ohne auf die ärgerlichen Zurufe von der »Scillonian« zu achten.

»Wozu hast du ihm auch das Steuer überlassen? Er ist noch nie in seinem Leben gesegelt«, schrie Michael. »Ma würde einen Anfall kriegen«, brüllte er seinen Vater an. Julian schrie: »Halt's Maul!« und schlug nach seinem Sohn. Michael wich ihm aus. Ein scheußlicher, kalter, erbarmungsloser Regen begann auf sie herunterzuströmen. Silas, wieder auf den Beinen, fragte sich, wohin er gehen konnte, um aus dem Weg zu sein. Er fühlte sich überflüssig, beschämt und klein.

»Warum gehst du nicht nach unten?« schlug Michael vor, aber Silas schüttelte den Kopf. Man erwartete, daß er das alles genoß. Er würde nicht fragen, wie weit es bis Bishop's Rock war, wie lange es dauern würde, bis sie da waren. Er starrte auf die See, stemmte sich gegen das Schwanken des Bootes und wünschte, seine Füße in den beiden großen Stiefeln wären nicht so entsetzlich kalt gewesen.

Als sie angekommen waren, sah Bishop's Rock in seiner trotzigen Einsamkeit unheimlich aus. Julian, der nach dem Streit mit seinem Sohn schweigsam gewesen war, führte lachend das Steuer. Silas, der Michael beobachtete, vermutete, daß sie den Sicherheitsabstand weit unterschritten hatten und daß Julian Michael bestrafen wollte, als er das Boot nahe zu der Stelle brachte, wo die See wogend gegen die schwarzen Felsen brandete.

Ian schlug vor, etwas zu essen, und holte den Korb mit den Teigtaschen herauf. Sie waren jetzt auf dem Kurs nach Hause. Silas hatte Boote in Richtung Mount's Bay gesehen, sich aber nie klargemacht, welche Mühe das bedeutete. Es schien eine verrückte Idee, daß Julian, Michael, Alistair und Ian Teigtaschen essen wollten, während sie voll und ganz mit dem Boot beschäftigt waren. Der Wind hatte zugenommen, Julian schrie, sie müßten die Segel reffen. Silas fing Fetzen eines unverständlichen Jargons auf und bewunderte die Jungen, die flink gehorchten. Sie sahen jetzt ernst aus, und Silas beobachtete, daß Julian mit gerunzelter Stirn zum Himmel blickte.

Dicke Regenwolken zogen von Westen heran. Aus einer schwarzen Wolkenmasse ergossen sich plötzlich Wasserströme, wie er es auf einem Rembrandt-Druck in einem von Hebes Büchern gesehen hatte. Die Gewitterbö traf das Boot, und in den paar Minuten, die es dauerte, bis sie vorüberzog, wurden sie naß bis auf die Knochen. In seiner Angst verschlang Silas seine Teigtaschen, stellte dumpf wahrnehmend fest, daß sie schmierig und mit fettem Fleisch zubereitet waren, keinesfalls mit jenen zu vergleichen, die seine Mutter für ihn machte, wenn er mit Giles zum Picknick ging, außerdem hatte Mrs. Thing keine Möhren hineingetan.

Das Gefühl, ein Stein läge in seinem Magen, er würde nie mehr warm, dafür aber taub werden, packte ihn so plötzlich, daß er kaum noch Zeit hatte, sich zur Seite zu beugen, als er sich übergab. Zu allem Elend blies der Wind das Erbrochene auf seine Brust zurück, beschmutzte Hebes Pullover und floß in Michaels Stiefel hinunter. Teigtaschen, Porridge, Speck, Eier und Tee, ein fettiger, ekliger Schwall. O Gott! dachte er und wünschte, er könnte sterben.

»Er hat in meine Stiefel gekotzt«, schrie Michael, und Ian, der sich nie wie ein Freund verhielt, lachte.

16

Mit dem Mut, den viele schüchterne Männer hinter dem Steuerrad entwickeln, traute sich Rory mit Hebe zu sprechen, die in einem blitzblauen Baumwollkleid neben ihm saß, während ihr der Fahrtwind das schulterlange Haar zerzauste. Ihre langen Beine waren nackt. Mit Erleichterung stellte er fest, daß sie ihre Zehennägel nicht lackiert hatte und daß ihre ziemlich großen Füße wundervoll geformt waren.

»Als ich letzte Nacht in dein Zimmer kam«, begann er.

»Ja?« Sie sah vor sich auf die Straße.

»Als ich in dein Zimmer kam, warst du da überrascht?«

»Natürlich.«

»Mich wundert nur, daß du nicht geschrien hast.«

»Wozu wäre das gut gewesen?«

»Du hast dich nicht bedeckt.«

»Ich hatte nichts, um mich zu bedecken.« Hebe sah auf die Straße. Bald würden sie die Spitze der Kathedrale von Salisbury sehen, der höchsten in ganz England.

»Du – äh – die Worte, die du benutzt hast – ich –«

»Wäre es dir lieber gewesen, wenn ich gesagt hätte, daß sich unten in deiner Hose etwas bewegt hat? Meinst du das?«

»Nein, es ist nur –«

»Zu gut erzogen? Wie steht's mit deiner Tante und ihren Leihbibliotheksbüchern? Sie hat keine Angst vor schmutzigen Wörtern.«

»Sie schockiert meinen Vater und meine Mutter.«

»Laß es doch.« Hebe wandte sich zur Seite und sah ihn an. »Du brauchst ja nichts mehr mit mir zu tun zu haben, wenn ich dich schockiere. Für mich geht deswegen die Welt nicht unter.«

»Hebe, du weißt, ich –«

»Was?«

»Das möchte ich aber. Ich – äh – will – ich –«

»Bringst du *nie* einen Satz zu Ende?«

»Nur kurze.«

»Also sag mir, was du möchtest.«

»Dich. Ist das kurz genug?« sagte Rory in einem plötzlichen Anfall von Schlagfertigkeit.

»Du möchtest dem Syndikat beitreten?«

»So nennst du es also?«

»In Ermangelung einer besseren Bezeichnung.«

Rory schwieg. Er war erregt und geängstigt zugleich. »Es klingt so abgebrüht«, sagte er kurz darauf.

Hebe seufzte kurz und sagte: »Geschäftsmäßig.«

»Wie kannst du nur«, protestierte Rory gequält.

»Sieh mal«, sie wurde zunehmend ungeduldig. »Mein Körper ist mein Geschäft. Geschäft heißt kaufen und verkaufen – richtig? Du verkaufst Hüte.«

»Nicht viele.« Er seufzte.

»Unterbrich mich nicht. Ich verkaufe. Wenn du kaufen willst, dann tu es. Es besteht kein Zwang.«

»Oh – ich –«

»Mir gefällt mein Geschäft. Sicher ist dir das letzte Nacht nicht entgangen?«

»Durchaus nicht!« Rorys Ausruf kam von Herzen.

»Also dann.« Sie lächelte jetzt.

»Was muß ich tun? Wie kann ich beitreten?« Rory kapitulierte, betrachtete Hebe von der Seite, versuchte, ihre Augen zu sehen, und bemerkte, daß sie ihn aus großer Nähe beobachtete.

»Schau auf die Straße, mein Lieber, du wärst beinahe im Graben gelandet.«

»Oh.« Sein Blick schwenkte auf die Fahrbahn zurück. »Tut mir leid.«

»Es funktioniert so.« Ihre Stimme klang trocken. Innerlich krümmte sie sich, sie haßte diesen Teil des Geschäfts. »Ich sage dir, wann ich frei bin. Wir machen einen Treffpunkt aus, und dort sehe ich dich für ein Wochenende oder eine Woche.«

»Nicht länger?«

»Nicht länger. Wir machen im voraus ab, wieviel du bezahlst, du gibst mir einen Scheck oder Bargeld, wenn dir das lieber ist, und ich entscheide, wann ich komme.«

»Du entscheidest das, warum kann ich das nicht?«

»Ich würde sagen, das liegt auf der Hand.«

»Weil du mich im Rest des Syndikats unterbringen mußt.« Rory strotzte vor Eifersucht.

»Ja.«

»Warum gibst du ihnen nicht den Laufpaß und heiratest mich?«

»Heirat steht nicht zur Debatte, das mußt du dir hinter die Ohren schreiben.«

»Bist du schon verheiratet?« Rory entsetzte der Gedanke. Hebe, mit irgendeinem Scheusal verheiratet, gezwungen, sich nebenbei Geld als Köchin zu verdienen, als eine, o schrecklich, stöhnte er innerlich, als Nutte.

»Nein.«

Rory spürte, daß die Unterhaltung an ihr Ende kam, daß Hebe neben ihm saß, verschlossen wie eine weibliche Auster. In seinem verwirrten Kopf kam er mit den Sprachbildern nicht mehr zurecht.

»Habe ich die Wahl beim Austragungsort?«

»Ja, das ist möglich«, räumte sie ein.

Während der letzten drei Meilen zur Stadt fragte sich Rory, ob Hebe in seine Wohnung hinter dem Laden kommen sollte; dort war er glücklich; er besaß einen hübschen Garten, den man nicht einsehen konnte. Oder sollte er es wagen, sie in ein Landhaus mitzunehmen, das ihm seine Großtante Calypso manchmal zur Verfügung stellte, das inmitten ihres Waldes stand, der berühmt war für seine blühenden Kirschbäume, seine Narzissen und Glockenblumen. Nachdenklich steuerte er den Wagen durch das Straßenlabyrinth, durch das ärgerliche Gewirr aus Einbahnstraßen, zu der Stelle, wo er parkte. Mit stummer Wut bemerkte er, daß Hebe neben ihm ruhig ihre Einkaufsliste durchging.

Rory hatte Einkaufen noch nie Spaß gemacht. Zuerst gingen sie zum Fischhändler, wo Hebe Moorhühner entdeckte, die aus Schottland eingeflogen worden waren. »Warum nicht Moorhühner?« Sie betastete die Brust der toten Vögel und murmelte: »Die hatten ein bedauerlich kurzes Leben.« Rory erbot sich zu zahlen, was er als Entschädigung für Louisas Gastfreundschaft ansah. Sie standen da und besprachen die Angelegenheit, verärgerten den Fischhändler und hielten eine Schlange wartender Kunden auf. Hebe erklärte, sie kaufe immer zusätzlich für Louisas Tiefkühltruhe ein, die sie mit Pasteten und Eingemachtem fülle. Die Hühner wurden im Einkaufskorb verstaut. Sie gingen zum Feinkostladen, debattierten über Käsesorten, kauften deutschen Senf und eine Flasche griechisches Olivenöl. Sie trugen die Waren zu Rorys Laden, bevor sie zum Markt zurückkehrten, um Gemüse und Obst zu besorgen. Rory sah zu, wie Hebe auswählte, die unreifen oder leicht angegangenen Früchte beiseite legte, ungeachtet des Zorns der Standinhaber. »In Frankreich wird man nicht respektiert, wenn man einfach nimmt, was einem gegeben wird. Schauen Sie sich den Pfirsich an, er hat eine Druckstelle, und diese Banane ist matschig.« Nach beendetem Einkauf wandte sie sich an Rory. »Sollen wir die Bibliothek vor dem Lunch erledigen?« Sie holten Louisas Bücher aus dem Auto.

In der Bibliothek übernahm Rory die Führung. Er schleppte mehrere Arme voller Krimis aus den Regalen, setzte sich auf eine Bank und sah sie durch. »Hilf mit«, sagte er zu Hebe. »Sie kam schon oft nach Hause und stellte fest, es war ein Buch dabei, das sie bereits gelesen hatte. Schau, sie macht ein kleines Zeichen hinein, hier ist eines, einen Punkt in einem Kreis. Stell das weg, nimm die amerikanischen heraus, sie mag die Sprache nicht, genausowenig wie die Frühstücksspuren anderer Leute.«

»Wie steht es mit den ausgestrichenen Wörtern?«

»Die auch«, lachte Rory.

Die Bibliothekarin an ihrem Pult zeigte auf das Schild mit der Aufschrift »Ruhe«. Hebe flüsterte Rory zu: »Mir macht der Tag Spaß«, was ihn sehr erfreute.

Sie wählten vier Bücher aus und legten sie zu den aufgetürmten Einkäufen.

»Warum essen wir nicht hier? Was hast du in deinem Kühlschrank?« Hebe sah hinein.

»Möchtest du nicht in ein Restaurant gehen?«

»Nicht unbedingt. Hier ist ein ganz guter Wein.« Sie hielt eine Flasche Muscadet hoch. »Warum läufst du nicht zum Fischhändler und kaufst Garnelen oder so etwas? Braunes Brot und Butter sind da.«

Rory kam mit einem Hummer und einem Salatkopf zurück. Während er zusah, wie Hebe Mayonnaise machte, wußte er, daß er nie glücklicher war.

Beim Essen erzählte er Hebe von seinem Leben, seinen Eltern, seinen Schulen, seiner Weigerung, in die Armee einzutreten, wie sein Vater wünschte, seiner plötzlichen Eröffnung, daß ein Hutladen das sei, was er sich schon immer gewünscht habe – ein Einfall, der auf seine Ähnlichkeit mit dem verrückten Märzhasen zurückging, mit der seine Familie ihn immer geneckt hatte.

»Ich wette, das hat sie umgehauen?«

»Das stimmt. Dann mußte ich einfach einen Laden haben. So fing ich an. Ich hatte mir das nie richtig überlegt.«

»Und deine Tante Louisa hat dich unterstützt?«

»Ja. Sie mag meinen Vater nicht, und meine Großtante Calypso hat mir auch geholfen.«

»Die Tante, die dir meinen Hut gegeben hat? Die Tante?«

»Ja. Ihr Mann hat den Wald gepflanzt, zu dem ich dich bringen will, wenn – äh – wenn ich an der Reihe bin. Es steht ein Landhaus dort.«

»Was für ein langer Satz, Rory. Du hast ihn beendet, und einige andere dazu.«

»Du machst dich lustig über mich.«

»Nur ein bißchen. Laß uns ins Bett gehen, und du erzählst mir vom Wald deiner Großtante.«

»Oh, gerne.« Rory stand vom Tisch auf. Als sie nach oben gingen, sagte er: »Ich hoffe, du findest – äh – das Bett –«

»Bequem?«

»Ja, und äh –«

»Und du kannst mir von deinen anderen Mädchen erzählen.«

»Ich habe mit Mädchen nicht viel Glück. Sie – äh –«

»Sie wissen nicht, was sie verpassen.« Hebe nahm ihr Kleid beim Saum, hob es hoch und zog es über den Kopf, in einem einzigen Schwung, wie Rory glaubte. »Komm«, sagte sie, schon halb im Bett, »wir wollen uns vergnügen.«

Sollte er sich vergnügen? Sollte er nicht die puritanische Scham empfinden, die seine Eltern ihm eingeimpft hatten?

»Beweg dich, damit du Appetit fürs Abendessen bekommst«, drängte ihn Hebe fröhlich.

»Du bist so prosaisch«, rief er aus. »So –«

»Praktisch.«

»Perfekt.« Er war entzückt.

»Nicht das.« Plötzlich hielt sie ihn fest. Er spürte ihre Furcht, und weil er merkte, daß sie verletzlich war, hielt er sie eng umschlungen. Während sie schlief, betrachtete er sie, bis sie aufwachte. »Wir sollten zurückfahren, wenn ich Abendessen kochen soll. Das war ein recht schöner, langer freier Tag und eine herrliche Siesta.«

Rory wollte sie fragen, wie es dazu gekommen war, daß sie eine Nutte wurde, vermutete aber, sie würde es ihm nicht erzählen. Unter der Dusche stehend, sah er durch die offene Badezimmertür ihr Kleid und bemerkte, daß sie ihm nichts über sich erzählt hatte.

»Rory«, rief Hebe, »du hast dich noch immer nicht rasiert. Was wird deine Tante denken?«

»Meine Tante«, sagte Rory nachdenklich, »wird vielleicht nicht – äh – wird nicht –«

»Was wird sie vielleicht nicht?« Hebe kam herein, setzte sich auf den Rand der Badewanne und sah ihm beim Rasieren zu.

»Vielleicht erwartet sie nicht, daß ich bleibe.«

»Du darfst nicht bleiben.«

»Aber letzte Nacht – äh –«

»Letzte Nacht war eine Ausnahme. Wirklich, Rory. Meine Kochverpflichtungen und meinen Nuttenjob bringe ich nie durcheinander.«

»Sag nicht –«

»In Ordnung, aber es stimmt, beide haben nichts miteinander zu tun. Heute ist ein freier Tag.«

»Du meinst, ich muß warten?« Rorys mit Rasierschaum bedecktes Gesicht hatte einen fast irren Ausdruck.

»Ich muß sehen, wann ich dich einschieben kann.«

»Wann gehst du von Louisa weg?«

»Am einundzwanzigsten.«

»Dann könnten wir ja –«

»Ich habe andere Verpflichtungen.« Hebe hatte ein Bild von Silas im Kopf, wie er aus dem Zug stieg und sie begrüßte.

Diesmal jedoch würde er aus dem Hubschrauber steigen, wenn seine herrlichen Ferien vorbei waren. »Tut mir leid«, sagte sie sanft. »Ich habe wirklich andere Dinge zu tun.«

Enttäuscht rasierte sich Rory weiter, seine unruhigen Augen versuchten Hebes Spiegelbild festzuhalten.

»Ich könnte dich fahren.«

»Ich habe meinen eigenen Wagen.«

»Wo wohnst du?«

»Ich sage nie jemandem, wo ich wohne.«

»Zum Teufel!« schrie Rory. »Zum Teufel mit dir!«

»So ist es eben. Nur so komme ich damit zurecht. Du mußt dich damit abfinden.«

»Du gibst, um dann alles wieder zu nehmen«, jammerte er.

»Wenn es dir ein Trost ist, keiner meiner Kunden weiß, wo ich wohne. Auch deine Tante nicht.«

»Selbst sie nicht?«

»Selbst sie nicht. Ich rufe sie an, und sie schlägt verschiedene Termine vor. Du wirst mir einfach vertrauen müssen, und wenn du jemand besseren findest, auch gut.«

»Aber ich möchte wenigstens telefonieren können – äh – mit dir sprechen, dir schreiben.«

»Tut mir leid, Rory, das geht nicht. Ich habe eine Adresse in London, von wo aus mir die Post nachgeschickt wird. Die werde ich dir geben. Ich habe nichts dagegen, wenn du schreibst.«

»Ich ertrage es nicht!« schrie Rory durch den Rasierschaum. »Wirklich, ich –« Ungeschickt wischte er sich das Gesicht ab.

»Dann hör jetzt auf. Du mußt ja nicht mitmachen. Vergiß das Ganze.« Wie dumm von mir zu glauben, dieser Mann könnte Terrys Platz einnehmen, dachte Hebe. Er ist ein Klammerer.

»Aber ich – ich – will –« Rory greinte wie ein verlassenes Kind. »Ich möchte aber so sehr.«

»Denk darüber nach. Kein Grund zur Eile. Niemand drängt dich. Ich gebe dir keine Schuld, wenn du nicht weitermachen willst. Ich verstehe deinen Standpunkt. Leider ist mir meiner wichtiger.«

Schweigend nahmen sie die Pakete, schweigend fuhren sie zu Louisas Haus. Er begann zu schmollen, wurde fast verdrießlich. Hebe fühlte sich bedrückt, ihre Fröhlichkeit hatte sie verlassen. Sie machte sich Vorwürfe, weil sie ihn ermutigt hatte, weil sie sich vergnügt hatte, weil sie den Hut angenommen und ihn in ihr Bett eingeladen hatte. Sie war traurig.

Louisas Hunde begrüßten sie bellend und jaulend, hüpften an Hebe hoch, die mit dem Arm voller Pakete dastand, Rufus sprang hinauf und stieß ihr seine nasse Nase ins Gesicht.

»Platz!« rief Louisa, aus dem Haus kommend. »Platz, ihr Biester!« Sie nahm Hebe einen Korb ab. »Kluges Mädchen, Moorhuhn. Werden wir Moorhuhn zum Dinner bekommen? Ruhe!« schrie sie die Hunde an. Sie folgte Hebe in die Küche, wo sie die Einkäufe auf den Tisch stellte.

»Was ist –«, Hebe schnappte nach Luft. »Da ist ein –«

Louisa sah Hebe prüfend an; sie kam ihr merkwürdig vor. Rory, der ihr ins Gesicht sah, erschien sie wie bei ihrem ersten Besuch in seinem Geschäft, als er sich fragte, ob sie kurz vor einer Ohnmacht war.

»Hier.« Er schob sie auf einen Stuhl. »Ich hole ein Glas – legen Sie Ihren Kopf zwischen –«

»Es ist gut.« Hebe nahm seine Hand. »Ich werde nicht ohnmächtig, ich habe nur einen Moment lang gedacht, ich würde etwas riechen«, sie verbarg ihr Gesicht in seinem Ärmel, »das mich an etwas erinnert.«

»Woran?« flüsterte Rory.

O Gott, er hat sich in sie verliebt, dachte Louisa, die beiden beobachtend. Armer lieber Rory.

»Ich weiß nicht. Ich weiß nicht, woran es mich erinnert, das ist es ja, was mir Sorgen macht.« Sie versuchte zu lachen. »Ich bin einfach töricht. Es ist wie Kaffee oder Holzrauch, etwas in der Art.« Sie ließ Rory los. »Ich komme mir wie ein Idiot vor, wie wenn einem ein Wort nicht einfällt, das man sehr gut kennt.«

»Mir fällt oft ein Wort nicht ein«, tröstete Rory sie.

»Ich hatte heute Besuch. Nach dem Lunch habe ich Kaffee gemacht, vielleicht ist es das«, warf Louisa ein. »Der Freund eines Freundes brachte ein Paket für mich, das ich erwartete. Er machte den Kaffee. Er war sogar besser als Ihrer, Hebe.«

»Das muß es sein.« Hebe sah erleichtert, wenn auch immer noch verwirrt aus.

»Gerüche können oft Erinnerungen wachrufen.« Besorgt betrachtete Louisa Hebe. »Und es ist lästig, wenn man nicht weiß, woran sie einen erinnern«, plapperte sie weiter, während Hebe sich erholte.

Obwohl die Moorhühner köstlich waren, verlief die Unterhaltung bei Tisch angestrengt. Louisa war nicht überrascht, als Rory entschied, es sei doch kein so guter Abend zum Fischen, eine Lüge, die zu verbergen er keine großen Anstrengungen machte. Sie sahen sich im Fernsehen die Nachrichten an, und Louisa dachte an Bernard in seinem winzigen, abgelegenen Haus, als der Meteorologe Stürme vom Atlantik vorhersagte; sie wußte ja, daß Bernard bei Wind und Regen dazu verdammt war, zum Telefon über Land zu marschieren. Sie würde warten müssen, bis sie ihn über Jim Huxtable ausfragen konnte, bis sie ihm von Hebes Zusammentreffen mit Rory berichten konnte. Er interessierte sich immer für Hebes Besuche, sie waren fast noch wichtiger als die Gespräche über ihre Gärten. Ihre Gedanken trugen sie fort von den jungen Leuten, die kurz darauf die Hunde hinausführten. Sie versuchte sich Bernard vorzustellen, alt und im Garten herumwerkelnd, was ihr aber nicht gelang, denn sie sah ihn nur als jungen Mann vor sich; Blumen interessierten ihn nicht, es sei denn, er bestellte sie in Massen beim Floristen und verschickte sie mit einer Karte, auf der stand: »Louisa, meine Liebe, Bernard.«

Sie waren am Fluß entlangspaziert und zurück zu Rorys Wagen gegangen. »Wiedersehen.« Hebe streckte die Hand aus.

Rory beugte sich vor, um sie zu küssen. »Wann werde ich dich –«

»Ich habe dir meine Nachsendeadresse aufgeschrieben; hier ist sie. Ich werde mich melden, das verspreche ich. Bist du sicher, daß ich es tun soll?«

»Natürlich, ich –«

»Ich möchte dich nicht unglücklich machen.«

»Das Risiko gehe ich ein.« Er stieg ins Auto, und Hebe sah ihn wegfahren. Sie sah in den bedrohlichen Himmel hinauf, hoffte, der Sturm würde Silas den Spaß nicht verderben, und vergaß Rory, als sie sich Silas in der Gesellschaft von Fremden vorzustellen versuchte. Sie atmete den Duft des Jasmins und der Tabakpflanzen ein, betrachtete die Falter, die um die Blumen flatterten, und wünschte sich fort von Rory, den die Welt so leicht verletzen und verwunden konnte wie sie selbst, eine Welt, in die sie beide hineingeboren wurden, der sie aber beide entkommen waren. Und dennoch, dachte sie, einen Teil davon wünsche ich mir für Silas. Warum schicke ich ihn sonst auf diese Schule, ermutige ihn, mit diesen Leuten zusammenzusein? Glaube ich immer noch, daß er diese Chance bekommen sollte? fragte sie sich. Glaube ich an dieses zwanghafte Erziehungssystem, dem ich unbedingt entfliehen wollte? Bin ich nicht genauso heuchlerisch, wie sie es waren? Sie haben mich erzogen, damit ich so werde wie sie, damit ich einen Mann mit Geld heirate wie meine Schwestern. Gehe ich nicht mit Mungo und Rory nur deshalb ins Bett, damit ich Silas das ermöglichen kann, was ich selbst zurückgewiesen habe? Treibe ich Mißbrauch mit den Syndikat-Geldern?

Im Bett liegend las sie Rorys Exemplar des ›New Statesman‹, die Partnerschaftsanzeigen munterten sie auf. »Attraktiver Intellektueller – gut erhalten – unkonventionell – farbenblind – männlich/weiblich – leidenschaftlich – mager – glücklich – kurzsichtig – Nigerianer – nicht sexistisch – groß – Arbeiterklasse – an Jazz interessiert – gebildet – geschieden – Akademiker.« Keine vielversprechenden Aussichten. Einmal hatte sie auf die Anzeige eines einsamen Mannes aus Hampstead, der in einer Einzimmerwohnung lebte, geantwortet. Er brauchte ein Mädchen, das mit ihm durchs Grüne wanderte. Ich muß einmal nach ihm sehen, dachte sie, wenn ich bei Mungo arbeite. Es war ein angenehmes, sexfreies Zwischenspiel gewesen. Nach den Spaziergängen hatten sie Schokoladenéclairs gegessen und Kamillentee getrunken. Er hatte ihr jedesmal zehn Pfund gegeben. Sie blätterte um. Ah, das ist es! Sie las folgende Anzeige: »Liebes-Unterwäsche, absolute Spitzenslips, hauteng, reine Seide, umwerfender amerikanischer Mini-Schnitt.« Die Illustration zeigte eine Dame, deren Pussy in jene Art von Dreieckshöschen gehüllt war, die Leni Riefenstahl für die Nazi-Athleten anfertigen ließ, als sie ihren Film über die Olympischen Spiele drehte. Ich muß mir eines für Terry schicken lassen, ein Abschiedsgeschenk, dachte sie; sein hübscher kleiner Apparat würde in das Ding aus reiner Seide prima hineinpassen.

Durch freundliche Erinnerungen an Terry getröstet, schaltete sie das Licht aus.

17

Die Stürme, die Silas schon in seiner Kindheit krank gemacht hatten, nahmen in der Nacht selbst für den Südwesten schreckliche Ausmaße an. Das Unwetter brauste vom Atlantik heran, begleitet von Regen, der auf die Straßen peitschte und in die Rinnsteine strömte. Die bei Flut über die Ufermauern klatschenden Wellen warfen Steine und Tang auf die Promenade. Schiffe suchten in der Mount's Bay Schutz. Rettungsboote aus St. Ives und Sennen kämpften sich durch die Wogen, um einem französischen Trawler zu Hilfe zu eilen. Immer schneller spülte das abfließende Wasser Zigarettenstummel, Lutscherstiele und Cellophanverpackungen in die bereits verstopften Kanäle, die nichts mehr aufnahmen. In der Gasse hinter dem Haus stiegen die Wassermassen, fanden eine schwache Stelle in der Mauer, sickerten ein, bis sie einen Spalt fanden, durch den sie in Amy Tremaynes Garten brachen; die Fluten erreichten die Hintertür, ergossen sich durchs ganze Haus, so daß im Wohnzimmer die Teppiche schwammen, bis sie schließlich wieder den Weg auf die Straße hinaus fanden.

Von dem heftigen Sturm aufgestört, stieg Amy aus dem Bett, um das Fenster zu schließen. Als sie nach oben griff, um das Schiebefenster herunterzuziehen, packte sie ein wilder Schmerz in der Brust. Sie fiel auf einen Stuhl, ihr war übel und sie fühlte sich schwindlig. Wie zum Hohn standen ihre Pillen auf dem Nachttisch, wo sie sie nicht erreichen konnte. Das Telefon war im Erdgeschoß. Wie oft hatte Hebe sie gebeten, einen Nebenanschluß einrichten zu lassen. Sie versuchte zu atmen, den Schmerz zu vertreiben, wollte, daß die Zeit verging und mit dem Tageslicht Hilfe käme. Regen fegte durchs Fenster und benetzte ihre Knie. Wenn Hebe mich tot auffindet, wird sie sich aufregen, dachte sie. Ich kann noch nicht sterben. Zusammengekrümmt auf ihrem Stuhl sitzend, zwang sie sich zu leben. Allmählich fiel sie in Dämmerschlaf und vergaß, daß Hebe zur Arbeit bei Louisa Fox war.

Terry, auf dem Weg Trip zu füttern, eilte im Morgengrauen die Straße hinauf; das Kinn in seinen hochgeklappten Mantelkragen vergraben, sah er sich um, fasziniert von der Heftigkeit des Unwetters. Bei Hebes Tür angekommen, bemerkte er schlammiges Wasser auf der Straße, blickte zu Amys Fenster hinauf, sah, daß es offenstand, und entdeckte, als er genauer hinsah, eine zusammengekrümmte Gestalt auf einem Stuhl. Er versuchte die Vordertür zu öffnen, fand sie verschlossen und stellte fest, daß Wasser darunter hervorsickerte.

»Hallo, Miss Tremayne, Sie haben eine Überschwemmung«, rief er nach oben.

Die alte Frau erwachte ruckartig. Terry sah ihr Gesicht. »Jesus, sie stirbt.«

Er hüpfte über die niedrige Mauer, die ein schmales Blumenbeet von der Straße trennte, nahm all seine Kraft zusammen, sprang, erreichte den Fenstersims, zog sich hinauf und fiel mit dem Kopf voran ins Zimmer vor Amys Füße.

»Haben Sie keine Angst.« Er richtete sich auf. »Ich werde Sie ins Bett zurückbringen.« Er nahm die alte Frau auf die Arme. »Sie sind kalt.« Er legte sie aufs Bett, stopfte ihr Kissen unter den Kopf und zog die Bettdecke hoch. »Haben Sie Pillen? Ist es das Herz?«

»Ja«, flüsterte sie.

»Diese Pillen?«

»Ja.«

Er nahm eine Pille heraus. »Eine? Zwei?«

»Eine«, flüsterte sie.

Er steckte ihr die Pille in den Mund und hielt ihr das Glas zum Trinken an die Lippen. Sie ergriff seine Hand.

»Sie sind Hebes schwarze Rache.« Er konnte sie kaum verstehen.

»Was?«

»Hebes schwarze –«

»Sie brauchen etwas Heißes. Bewegen Sie sich nicht, ich sehe, was ich tun kann. Kann ich Sie einen Moment allein lassen?«

Er rannte nach unten und platschte ins Wasser. »Mein Gott!« Er eilte in die Küche, setzte Wasser aufs Gas, suchte nach Brandy, fand eine halbe Flasche Whisky, sah die Wärmflasche an der Rückseite der Tür hängen, füllte sie, machte Tee, träufelte ein paar Tropfen Whisky hinein und brachte beides hinauf.

»Versuchen Sie nicht zu sprechen.« Er packte die Wärmflasche an ihre Füße. »Ihnen wird bald wärmer werden. Trinken Sie das.« Er setzte sich neben sie und löffelte ihr Tee in den gehorsam geöffneten Mund. »Wird's besser?« Er zwang sie, am Leben zu bleiben.

»Ja.« Mit dem Tee und der Wärmflasche an den Füßen fühlte sie sich besser. Terry stellte die Tasse zur Seite und begann, ihre Hände zu reiben.

»Ich muß Ihren Arzt anrufen.«

»Nein.«

»Sicher –«

»Ich will keinen Arzt.«

»Also gut.« Er fuhr fort, ihre Hände zu reiben. Sollte er ihr sagen, daß unten alles überschwemmt war? Würde ihr Herz dann wieder aussetzen?

»Haben Sie Überschwemmung gesagt?« Ihre Stimme war kräftiger geworden.

»Ja. Es kommt von der Rückseite herein. Ich sollte –«

»Bleiben Sie bei mir.« Sie hielt seine Hände. »Hebes schwarze Rache.« Sie starrte in sein besorgtes Gesicht, die edel geformte Nase und der ausgeprägte Mund gefielen ihr.

»Ich verstehe Sie nicht.« Er war verwirrt.

»Hebes schwarzer Humor.« Was für ein Schlag ins Gesicht für Christopher. Sie hatte Terry nie von nahem gesehen, nur gelegentlich kurz aus der Ferne. »Hebe hat mir nie gesagt, daß Sie so schön sind.«

Terry sah verlegen aus. »Wir sind immer noch Freunde. Das andere ist vorbei.«

»Ich weiß.«

»Ich kam her, um die Katze zu füttern. Was meinen Sie mit schwarzer Rache? Mit schwarzem Humor?«

Amy begann zu lachen.

»Lachen Sie nicht, denken Sie an Ihr Herz«, rief Terry, aber sie sah besser aus, viel besser.

Amy grinste in Gedanken an Christopher Rutter, wie wütend er sein würde, seine schlimmsten Anschuldigungen waren wahr geworden. Warum hatte sie nie etwas von Hebes Unternehmungsgeist gehabt? Wo hatte sie ihn aufgegabelt?

»Woher kommen Sie? Was arbeiten Sie?«

»Ich habe Hebe auf dem Land getroffen. Ich stelle Einbrecherfallen her. Ich bin selbständig. Ich wurde von liberal denkenden Weißen adoptiert. Aus einer noblen Schule, in die sie mich schickten, bin ich abgehauen. Es ist meine eigene Erfindung.« Wenn er weiterredete, schlief sie vielleicht ein, dann konnte er einen Arzt holen. »Ich mache ein Gerät, das aussieht wie ein alter Abakus mit Marmorkugeln. Es wird unter ein

Stück Teppich gelegt. Wenn der Einbrecher darauf tritt, wird er verunsichert und verduftet.«

»Verkaufen Sie viele?« Er soll noch ein bißchen bei mir bleiben, dachte sie.

»Eine ganze Menge. Ein Freund von Hebe, ein alter Bursche namens Quigley, gab mir Empfehlungen und Namenslisten.«

»Oh, er.«

»Kennen Sie ihn? Auf seiner Liste standen Leute im ganzen Land. Einige haben gekauft.«

»Sagen Sie mir, zu wem er Sie geschickt hat.«

Terry sagte eine Litanei von Namen auf, seine angenehme Stimme schläferte sie ein, bis sie plötzlich hellwach wurde. Unter den Namen befanden sich die von Robert, Delian und Marcus. Wußte Hebe davon?

»Hat er Sie zu jemandem namens Rutter geschickt?« fragte sie scharf.

»Ja, zu einem alten Kerl namens Christopher Rutter, heißt genauso wie Hebe. Mr. Quigley sagt, jeder sei mit jedem verwandt. Er sagt, das sei ein weitverbreiteter Name.«

»Haben Sie Hebe davon erzählt?«

»Ich glaube nicht.«

»Wie sind Sie mit ihm zurechtgekommen, mit dem alten Christopher? Hat er gekauft?«

»Ja, er sagte, ich sei billiger als die meisten anderen.«

Amy begann zu lachen.

»He, lachen Sie nicht, jetzt ist nicht die Zeit dazu.«

»Ce n'est pas le moment.« Ihre Gedanken schweiften ab.

»Was?«

»Im Hotel d'Angleterre sagte er –«, Amy erinnerte sich an seinen Tonfall, »er wolle es nicht wissen, er dachte, in Französisch würde es einfacher klingen. Er ging fort und ich auch bald. Verdammter Bernard.«

Terry runzelte die Stirn. Wovon redete Amy? Er saß in der Falle. Sie hielt seine Hand umklammert. Er hätte sofort den Arzt holen sollen oder die Nichte, die Blondine von gegenüber. Hebe hatte nicht erwähnt, daß Amy nicht richtig tickte. Sein Blick wanderte, nach einem Ausweg suchend, im Zimmer umher und blieb an Amys Kleidern hängen.

»He! Tragen Sie diese Sachen?« Amy folgte seinem Blick.

»Sie halten mich warm.« Sie blickte auf ihre altmodischen langen Unterhosen. »Sie sind nach meinem Geschmack.« Sie drehte sich um, um ihn anzusehen. »Ihrer ist anders.«

Das hatte Hebe ihr gesagt. »Ja«, sagte er, Amy in die Augen sehend. »Höschen zum Trost, Röcke zum Spaß.«

»Guter Junge«, sagte sie, was ihn überraschte. »Und Sie und Hebe lesen Gedichte.«

»Sie erzählt Ihnen wohl viel.« Er wurde mißtrauisch.

»Sie muß mit jemandem reden. Rezitieren Sie etwas für mich, bevor Sie gehen.«

»Ich werde es versuchen. Was hätten Sie gern?«

»Das eine von dem Kastanienbaum, kennen Sie das? Tief verwurzelter irgendwas?«

»Blühender. Kastanienbaum. Yeats?«

»Das ist es. Dann holen Sie Hannah. Kennen Sie sie?«

»Ich würde sie gern kennenlernen.«

»Zuerst das Kastanienbaumgedicht«, insistierte Amy.

Terry räusperte sich und begann. Während er rezitierte, sah er, daß es aufgehört hatte zu regnen und die Sonne schien. »O Kastanienbaum, tief wurzelnd, blühend.« Amy hielt seine Hand und schloß die Augen. Als er an die Stelle kam, wo es hieß: »Was können wir einem Tänzer vom Tanz erzählen«, lag

Amy still da, ihre Hand ruhte in der seinen. Terry sah in ihr Gesicht, das nicht mehr von Schmerz verzerrt war. Während er neben ihr saß und sie betrachtete, verstand er, warum Hebe diese alte Frau liebte. Im Zimmer war es friedlich. Bald mußte er Hilfe holen, aber er war dazu verdammt, den Frieden zwischen sich und Amy zu stören. Sie öffnete die Augen.

»Jetzt ist es besser.«

Terry stand auf. »Kann ich jetzt gehen und Ihre Nichte aufwecken, ist das in Ordnung?«

»Ja.«

»Ich sollte den Arzt holen.«

»Nein. Ich hasse unnötigen Wirbel. Mir geht's gut.« Sie klang plötzlich eingeschnappt, als sie hinzufügte: »Sie wollen gehen. Danke, daß Sie gekommen sind. Holen Sie nur Hannah.« Sie ärgerte sich über sich selbst. Sie hatte Hebe hintergangen. »Ich bin Ihnen sehr dankbar«, sagte sie reserviert.

Verwirrt und verletzt ließ Terry ihre Hand los und stand unbeholfen auf. »Ich gehe jetzt.« Er verließ Amys Zimmer, rannte die Treppe hinunter und patschte unten wieder ins Wasser. Er hatte die Überschwemmung vergessen, sich nur auf Amy konzentriert. Jetzt, knietief im Wasser stehend, dachte er nicht mehr an sie. Das Wasser drängte mit verstärktem Druck nach. Er riß die Vordertür auf, und es schwappte auf die Straße. Dann rannte er zu Hannahs Haus und hämmerte gegen die Tür.

Hannah öffnete im Morgenrock und starrte Terry an. Sie war noch nicht ganz bei sich, fühlte sich aber durch eine unerwartete und seltsame Freude erregt. Wow! Terry redete mit eindringlicher Stimme auf sie ein; auch er war aufs höchste erregt. »Bei Ihrer Tante ist eine Überschwemmung, schlammiges Wasser kommt von hinten herein«, vernahm sie, aber seine Augen übermittelten eine andere Botschaft. Er schob sich an ihr vorbei ins Haus und überragte sie so weit, daß sie einen Augenblick lang nur seinen Hals sah.

Hannah kreischte: »Wer sind Sie? Was wollen Sie?« Sie starrte den ebenholzfarbenen jungen Mann an.

»Mein Name ist Terry, ich bin ein Freund von Hebe. Ziehen Sie sich um Himmels willen etwas an, Sie dumme Person. Bei dem alten Mädchen ist Überschwemmung.« Seine Aufregung wirkte ansteckend.

»Was gibt's, Ma?« rief Giles im Pyjama von oben.

Terry erklärte ihm, nach oben schreiend, was los war. Minuten später waren die beiden in Amys Haus. Giles wählte die Notrufnummer auf Amys Telefon. Terry ging zur Rückseite des Hauses, um festzustellen, wo das Wasser eindrang. Hannah kam dazu, sie trug gelbe Stiefel, Jeans und einen grünen Pullover.

»Wie steht's dort draußen?« fragte sie.

»Arbeit für den städtischen Notdienst. Wir haben angerufen. Haben Sie einen Spaten, dann können wir das Wasser ableiten.«

»Nein, haben wir nicht.«

»Ich hole einen von Hebe. Muß sowieso die Katze füttern.« Er schoß in den Regen hinaus.

»Wer ist das? Der ist aber autoritär«, sagte Hannah zu Giles.

»Ein Freund von Hebe. Ein Glück, daß er die Überschwemmung bemerkt hat. Beeil dich, Mum, hör auf zu glotzen.«

»Bist du da, Hannah?« ertönte Amys Stimme von oben.

»Ich komme rauf.« Hannah ging hinauf, darauf gefaßt, daß Amy ein ziemliches Theater aufführen würde.

»Geht's dir gut, Tantchen?« fragte sie, neben Amys Bett stehend.

Amy fühlte sich zwar krank, wollte es aber nicht zeigen und sagte wenig überzeugend: »Nur ein bißchen müde.«

»Du siehst nicht gut aus«, Hannah war besorgt.

»Ich bleibe hier oben, bis der Dreck weg ist. Der Junge kann dir helfen. Er hat mir Gedichte aufgesagt.«

Hannah sah aus dem rückwärtigen Fenster zu Terry hinunter, der, bis zur Taille nackt, einen Graben aushob, um das Wasser abzuleiten. »Ist er nicht ein Bekannter von Hebe?«

»Hübsch ist er, nicht wahr?«

»Hübsch?« Hannah blickte Amy an. »Wie ist er hereingekommen?« fragte sie mißtrauisch.

»Hochgesprungen. Er ist ein Springer.«

»Du machst Witze –«

Amy schloß die Augen. Hannah sah sich Terry genauer an. Er war hübsch. Er brachte auch Giles zum Lachen. Hannahs Stimmung hob sich beträchtlich. Hmm, dachte sie, warum nicht? »Ich gehe besser hinunter und kümmere mich ums Aufräumen, wenn es dir gut geht«, sagte sie.

»Mir fehlt nichts.« Als Hannah das Zimmer verlassen hatte, schmunzelte Amy, erfreut über die zukünftige Abwechslung, die sich ankündigte. Es ist Zeit, daß Hannah lockerer wird, dachte sie, und wer wäre für eine Auflockerung geeigneter als Hebes schwarzes Spielzeug. Sie wußte, daß Hebes Maßstäbe hoch waren, aber dieser Junge war superb. Sie verstand sehr gut, warum Hebe die ungeschriebene Regel, nie eine Beziehung am Ort einzugehen, durchbrochen hatte.

Als der Vormittag vorüber war, hatten Terry und Giles dem Wasser Einhalt geboten, und das Erdgeschoß des Hauses konnte gesäubert werden; die Männer von der Stadt hatten die Abflußrohre wieder frei gemacht. Hannah füllte den Kessel, um Tee aufzusetzen; ihr tat es fast leid, daß die Krise vorbei war. Während sie Terry den Tee reichte, sah sie ihn abschätzend an. Als er sie morgens weckte und mit Giles hinter Amys

Haus grub, hatte sie ihn für nicht viel älter als Giles gehalten. Der Blick, mit dem er sie jetzt ansah, war allerdings von einem anderen Kaliber. Ihre Augen weiteten sich, als er auf sie zukam und sie um die Taille faßte, daß die Tassen in ihren Händen zu zittern begannen.

»Passen Sie auf, Sie verschütten den Tee.« Sie zeigte ihre neuen Zähne, als er mit dem Gesicht näher kam.

»Wie wär's mit einem kleinen Quickie vor dem Essen«, schlug er vor.

Sie entwand sich ihm lachend. »Ich muß mich um meine Tante kümmern.« Sie versuchte, abweisend auszusehen.

»Dann danach«, drängte er.

»Und mich um Giles kümmern. Lassen Sie mich los.«

»Ich werde warten.« Er ließ sie los. »Ich werde dir etwas zeigen, das wird dir gefallen.«

»Unverschämtheit.« Sie konnte sich nicht helfen, sie mußte lachen. Dann sagte sie, etwas nervös: »Jetzt reicht es aber.«

»Es wird passieren.« Er grinste anzüglich und sah sie lasziv an.

»Kann mir jemand meine Schätze bringen?« ertönte Amys brüchige Stimme von oben.

»Ich hatte sie ganz vergessen. Was für Schätze hat sie denn? Nichts gegen deine, wette ich.« Er legte seine Hände auf ihre Brüste.

»He, Finger weg.«

»Meine Schätze«, ertönte Amys Stimme. »Meine Schätze«, diesmal schriller.

»Ich komme«, rief Hannah, sich von Terry zurückziehend. »Terry kann sie raufbringen.« Sie schob ihm ein Tablett in die Hände. »Bleiben Sie da stehen.« Sie öffnete den Schrank und begann, dessen Inhalt auf dem Tablett anzuordnen.

»Ist das echt?« Terry schaute voller Verwunderung.

»Sie glaubt das.«

»Baccarat, Clichy, St. Louis, mein Gott!« sagte er, überrascht auf die Herrlichkeiten starrend.

»Nicht fallen lassen. Bringen Sie ihr das rauf, damit Ihre Hände beschäftigt sind.«

»Die sind ein Vermögen wert, die sind echt.«

»Was?«

»Deine Titten, mein Schatz.« Er war nicht zu bremsen.

»Ich werde George anrufen und ihm sagen, was passiert ist.«

»Wer ist das?« In Terrys Augen, in denen sich die bunten Farben der Briefbeschwerer widerspiegelten, zeigte sich Eifersucht.

»George Scoop, er ist Zahnarzt, Kieferchirurg«, korrigierte sie sich.

»Kratzt er dir den Zahnstein von den Beißerchen? Packt er dich ins Bett, ja?« Ein höhnischer Ausdruck trat auf Terrys Gesicht. Er beugte sich über das Tablett, um sie zu küssen, seine Zunge strich über ihre Zähne.

»Weg da.« Hannah stieß ihn zurück. Das Tablett geriet in Schräglage, die Briefbeschwerer kamen ins Rutschen. »Passen Sie auf!« schrie sie. »Sie gehen kaputt.«

Terry brachte das Tablett wieder ins Gleichgewicht. »Ich bringe sie ihr, du rufst deinen Typen an.«

Hannah beobachtete ihn beim Weggehen. Er hatte einen wundervollen Rücken. Während sie die Nummer von George wählte, verglich sie diesen Rücken mit Georges weißlich teigigem Gegenstück.

»Kann ich bitte Mr. Scoop sprechen?« fragte sie Jean, die Sprechstundenhilfe.

»Möchten Sie einen Termin?« Jean erkannte Hannahs Stimme.

»Hier spricht Mrs. Somerton, ich möchte mit ihm sprechen.«

»Er ist gerade beschäftigt, Mrs. Somerton, möchten Sie eine Nachricht hinterlassen?« Jean kicherte.

»Sehen Sie einfach nach, ob er frei ist.«

»Nun, Mrs. Somerton –« Jeans impertinenter Ton brachte Hannah zur Weißglut.

»Probieren Sie es einfach, meine Gute.« Sie versuchte es mit Strenge. »Es ist wichtig.«

»Einen Moment, Mrs. Somerton.« Hannah lauschte, hörte die Sprechstundenhilfe sagen: »Evie, sag Mr. Scoop, Hannah Somerton möchte ihn sprechen, sie sagt, es sei wichtig – für sie.«

»Hallo?« George meldete sich, mißtrauisch. »Wer spricht?«

»George, meine Tante hat eine Überschwemmung, oh, George, das ganze Erdgeschoß steht unter Wasser.«

»Hast du den städtischen Notdienst angerufen?«

»Ja, aber ich –«

»Sind sie gekommen?«

»Ja, aber ich –«

»Sie kümmern sich um alles. Schau, ich bin beschäftigt, Hannah.«

»Ich dachte, du würdest mir helfen, ich dachte, es würde dich interessieren.«

»Aber du hast doch Hilfe, Schatz, was könnte ich da tun?«

»Ich dachte«, schrie Hannah, »daß du –«

»Ich bin Zahnarzt, Hannah, kein Arbeiter. Können die Nachbarn nicht helfen? Die ganze Straße ist voller Arbeitsloser.«

»Nur weil sie keine Arbeit finden können.«

»Ich hingegen kann das sehr wohl. Hannah, ich bin gerade bei einer schwierigen Extraktion. Ich kann nicht meine Zeit mit dir verquasseln.«

»Ich quaßle nicht«, schrie Hannah.

»Doch, das tust du. Ich habe zu tun. Ich habe es nicht gern, wenn man mich während der Behandlung stört. Ich rufe dich ein andermal an.«

»Ein andermal!« brüllte Hannah.

»Schau, Schatz, tut mir leid, es ist ein festsitzender Weisheitszahn, es ist –«, aber Hannah hatte schon aufgelegt.

»Eilt dir Scoop nicht zu Hilfe?« Terry war zurückgekommen. »Dein Tantchen sagt, sie hätte gern ein Sandwich. He, du weinst ja.« Er legte den Arm um sie. Hannah lehnte den Kopf an seine Schulter. Er roch nach warmem Fleisch und frischem Schweiß. Plötzlich haßte sie Georges Deodorants, seinen aseptischen Körper. Terry bog ihren Kopf zurück und leckte ihre Tränen fort.

18

Jim Huxtable stellte seinen Wagen auf den Parkplatz des Pubs, ging in die Bar, bestellte ein Glas Bier und trank es stehend, froh, nach der langen Fahrt die Beine ausstrecken zu können. »Haben Sie Sandwiches?« fragte er den Wirt.

»Dunkles Brot mit Krabben, dunkles Brot mit Roastbeef oder mit Truthahn.«

Beim Essen hörte er den Gesprächen über den Sturm zu. Oben an der Straße, auf dem Hügel, hatte es Überschwemmungen gegeben. Er spitzte die Ohren. Bernards Freundin mit den Briefbeschwerern war also in Schwierigkeiten. Nachdem er sein Sandwich gegessen hatte, beobachtete er einen schwarzen und einen weißen Jungen, die mit dem Barmann stritten.

»Ja, ja, er ist minderjährig. Das Bier ist nicht für ihn, es ist für die Hilfskräfte«, wies der Schwarze den Barmann zurecht. »Für die Typen von der Stadt, die bei Miss Tremayne halfen. Seine Mutter möchte ihnen ein Bier ausgeben.«

»Du weißt ganz gut, daß an Minderjährige nichts ausgegeben werden kann.«

Der Schwarze brach in Lachen aus. Mit dem Kopf wies er auf Jim. »Das ist ein Händler, kein Bulle. Komm, Giles.« Er packte Giles Bierdosen auf den Arm. »Bis dann.«

»Ich muß vorsichtig sein«, sagte der Barmann zu niemand bestimmtem.

Jim ging den Hügel hinauf. Der Wind trocknete die Straßen. Eine Elster aus dem nahe gelegenen Park hüpfte, nach Leckerbissen suchend, am Rinnstein entlang und flog seitwärts davon. Jim hielt vor Hebes Haus, zögerte, dann klingelte er. Wenn sie zur Tür käme, würde ihn genau jene Enttäuschung packen, die er immer häufiger erwartete. Er drückte den Daumen auf die Klingel, sah einen Vorhang sich bewegen. War sie nervös? Wovor hatte sie Angst? Er drehte den Kopf. Der Vorhang bewegte sich wieder. Eine Schildpattkatze spähte heraus, fixierte ihn mit grünem Blick. Jim gab auf.

Gegenüber stand die Tür der Besitzerin der Briefbeschwerer offen. Jim klopfte. Eine schwache Stimme rief von oben: »Wer ist da?«

»Jim Huxtable. Ich habe Sie vor einiger Zeit besucht. Bin ein Freund von Bernard.«

»Kommen Sie rauf.«

Sie lag im Bett, die Briefbeschwerer auf dem Tisch neben sich. Sie sah zerbrechlich aus.

»Ich sehe, Sie hatten eine Überschwemmung.«

»Die Jungen und Hannah haben aufgewischt. Ich warte auf etwas zu essen. Setzen Sie sich.«

Jim setzte sich neben das Bett. »Noch immer nicht verkäuflich?« Er betrachtete die Briefbeschwerer.

»Unverkäuflich.« Sie lächelte und sah ihn an.

»Das nächste Mal kennen Sie mich«, sagte er. »Sind Sie krank?« Es erschien seltsam, daß sie bei dem Chaos im Erdgeschoß so ruhig im Bett lag.

»Nur ein bißchen. Jetzt geht es besser. Der schokoladenbraune Junge ist heraufgeklettert und hat mich gerettet. Ein kleiner Herzanfall, das ist alles.«

»Kommt der Arzt?«

»Ich will ihn nicht, meine Nichte –«

»Das dunkelhaarige Mädchen?«

»Nein, Hannah, die Blonde. Dann kennen Sie also Hebe?« Amys Stimme wurde plötzlich scharf.

»Nein. Ich wollte nur wissen, ob sie Antiquitäten zu verkaufen hat. Ich habe in all den anderen Häusern gefragt. Ich dachte, ich würde –«

»Hebe hat keine Antiquitäten. Sie würde jetzt nichts verkaufen, nicht jetzt.« Amy war etwas aggressiv.

»Hat sie es einmal getan?«

»Ich bringe das Sandwich, Tantchen.« Auf der Treppe waren Schritte zu hören, Giles kam ins Zimmer gerannt. »Mum fragt, ob du sonst noch etwas willst.« Er erblickte Jim. »Hallo, ich habe Sie im Pub gesehen.« Er stellte den Teller mit den Sandwiches neben Amy. »Sie wird gleich rüberkommen. Reicht das?«

»Hebe heißt sie also«, fuhr Jim fort, ohne Giles zu beachten. Amy sagte zu Giles: »Ja, mein Lieber, das ist genug, sag ihr das und danke ihr.«

Giles war auf dem Sprung. »Du bist also versorgt?« Mißtrauisch sah er Jim an.

»Ja, mein Lieber«, versicherte ihm Amy.

»Ein paar von uns gehen am Strand zum Treibholzsuchen, es ist Ebbe.«

»Viel Spaß.«

»Bis dann.« Giles sprang davon, seine Turnschuhe erzeugten auf der Treppe ein dumpf tappendes Geräusch.

»Also hat Hebe einmal etwas verkauft.« Jim versuchte sie einzuordnen. Camden Passage? Irgendein Antiquitätenladen in der Provinz? Portobello Road?

Amy kaute ihr Sandwich. »Sie hat ein paar Sachen an einen alten Gauner verkauft, das ist alles.« Warum erzählte sie ihm das, fragte sie sich, ihr Sandwich kauend. Weil er mir gefällt, deswegen. »Aber man muß sagen, er hat ihr einen guten Preis gemacht.«

»Bernard?« fragte Jim auf gut Glück. »Kennen Sie ihn?«

»Hebe ist Köchin.« Amy ignorierte seine Frage. »Haute cuisine. Hannah, die dieses Sandwich gemacht hat, ist keine Haute-cuisine-Köchin, aber sie kocht auch recht gut. Ich habe Sie mit ihr sprechen sehen.«

»Ja, sehr hübsch. Grüne Augen.«

»Das ist richtig, Hannah Somerton. Sie hieß früher Krull, aber sie hat ihren Namen geändert. Ihre Zähne sind auch neu«, sagte Amy leicht verächtlich.

»Herrliche Zähne, ich erinnere mich.« Jim war höflich. Wie kam man nur wieder auf das dunkelhaarige Mädchen zu sprechen?

»Sie standen wie Kraut und Rüben durcheinander«, sagte Amy, beugte sich vor und sah Jim an.

»Oh.«

»Trotzdem hat sie sich Krull eingefangen. Er ist reich. Aber jetzt will sie einen anderen.«

»Ich bin nicht reich.« Jim wich der alten Frau aus, die Krümel spuckte.

»Dann sind Sie sicher. Nehmen Sie das Tablett mit runter, wenn Sie gehen, das wäre nett. Ich mache jetzt ein Nickerchen.« Sie sah alt und krank aus, sie wollte, daß er ging.

Jim nahm das Tablett. »Stellen Sie es hinten in die Küche. Nett, daß Sie vorbeigekommen sind.« Sie zog die Decke hoch, kräuselte die Lippen, eine Bewegung, die zu den Falten des Lakens paßte, entließ ihn und war wieder für sich.

Jim trug das Tablett hinunter. Er konnte berichten, daß die Briefbeschwerer in Sicherheit waren, und er würde, falls Bernard interessiert sein sollte, wiederkommen. Auf der Straße fragte er sich, ob er die Bekanntschaft mit Hannah erneuern sollte; er schaute zu der Tür hinüber, beschloß, es nicht zu tun, und ging zu seinem Wagen zurück. Die alte Frau hatte ihm das Wort abgeschnitten. Warum?

»Na denn.« Terry zog die Vorhänge in Hannahs Schlafzimmer zu. »Kommen wir zur Sache.« Er räusperte sich, drückte Hannah sanft aufs Bett. »Magst du es auf dem Federbett oder darunter?« Seine Stimme klang rauh. Er räusperte sich wieder. »Wie wär's, wenn du dein Höschen ausziehst, dann ziehe ich meins auch aus.«

»Höschen!« keuchte Hannah. »Trägst du –«

»Hübsch, nicht, und das auch.« Er lag auf ihr.

»Ich wußte nicht, daß Männer so etwas anhaben.« Es interessierte sie.

»Reine Seide. Ich werde dir ein paar kaufen. Jetzt paß auf.«

Sie war halb amüsiert und betastete den Stoff. »Ist das echt?« Das war ungewöhnlich, aufregend.

»Ich bin auch seidig.«

»Tatsächlich.« Sie berührte ihn. Ein sehr junger Mann war schon etwas Besonderes. George dagegen, sie vergaß, was sie über George dachte. »Normalerweise gehe ich nicht –«, begann sie.

»Pscht. Komm, leg los, es müssen schon beide mitmachen.«

Kurz darauf betrachtete Hannah den schlafenden Terry, der still durch die Nase atmete, und erinnerte sich an George, der immer schnarchte. George hatte Geld. Sie rüttelte Terry leise.

»Was machst du?« fragte sie.

»Ich bin selbständig.«

»Als was?« Aber Terry wollte schlafen. Ihr fiel ein, daß sie Amys schmutzigen Boden schrubben mußte. Sie blieb noch ein paar Minuten liegen und dachte über George nach. Ob er wohl kommen und ihr helfen würde? Einen Dreck würde er. Er würde sagen, seine Hände wären zu schade dafür. Mist, dachte sie wütend, er könnte Handschuhe überziehen. Der Ausdruck »quasseln« nagte an ihr. Sie drehte sich um und griff nach Terrys Hand: glatte, feste, hübsche Nägel. George kaute Fingernägel unter Streß.

»Terry?«

»Ja?« Terry wachte auf, blitzte sie mit einem dunklen Auge an. »Hallo, Gänseäuglein.«

»Sag ›Regatta‹.«

»Regattah.«

Er lächelte. »Ist die Aussprache in Ordnung? Ich regatte, du regattest, er begattet. Nimmst du die Pille?« Ein Anflug von Angst.

»Ja«, gab sie errötend zu. George hatte darauf bestanden.

»Ah – ah –« Er streichelte zärtlich ihr Gesicht.

»Ich muß Tantchens Boden putzen.«

»Ich helfe dir.« Er sprang auf. »Wo ist denn mein Höschen?«

»Auf dem Boden.«

Sie sah ihm zu, wie er es anzog. Es stand ihm wirklich gut. Viel hübscher als Georges ausgebeulte Boxershorts.

19

Nach dem Abendessen führte Hebe Louisas Hunde am Fluß spazieren und war mit ihrem Leben zufrieden. Die Arbeit bei Louisa gefiel ihr, ebenso die Landschaft, die so verschieden war von der dunklen Backsteinstraße, in der sie wohnte. Wenn Silas hier wäre, wäre es perfekt, dachte sie, aber wenn er hier wäre, könnte ich Rorys Aufnahme in die Truppe nicht arrangieren. Sie dachte über Rory nach. Er war liebenswert, aber daß er Louisas Neffe war, sprach gegen ihn, denn daraus konnten sich peinliche Verwicklungen ergeben. Da Rory so nahe bei Louisa wohnte, könnte es schwierig werden, die Sache in den Griff zu kriegen. Aber warum nicht, redete sie sich zu. Meine alte Heimat ist ganz nah, und meine Großeltern mit ihrem neuen Hund wissen nicht, daß ich hier bin. Amy würde er gefallen. Hebe lächelte über sich. Rory war nicht verheiratet und gehörte der Gesellschaftsschicht an, die Amy für Hebe als passend erachtete. Amy, eine Romantikerin, würde in Rory den ersehnten Ritter sehen, den sie sich heimlich für sie erhoffte. In Gedanken an Amy überkam sie eine Woge von Liebe und Dankbarkeit. Es war undankbar, die häßliche Straße zu hassen. Amy hatte dort ein liebevolles Heim geschaffen. In dieser Straße hatte sie Zuflucht gefunden, als sie, mit Sorgen beladen, Silas erwartete, dessen Geburt eine überschwengliche Freude für sie bedeutete; hier ordnete sie ihr Leben neu und zerstörte die Person, als die man sie erzogen hatte; hier plante sie ihr zukünftiges Leben, ihre Karriere als Köchin; hier begann die Freundschaft mit Bernard, und durch ihn lernte sie Hippolyte und die Formel fürs Überleben kennen. Sie spazierte am Ufer entlang, hielt inne, um die Hunde Stöcke apportieren zu lassen; sie hörte eine Wasserratte eintauchen, beobachtete, wie sie nahe ans Ufer schwamm und verschwand, sah, wie Forellen in dem flaschengrünen Wasser verstohlen herumwirbelten und auftauchten. Sie schätzte sich glücklich und gratulierte sich zu dem einträglichen Beruf, der ihr bei ausgewogener Planung in der Zeit, in der sie Silas aufzog, ein so gutes Leben ermöglichte. Den leise nagenden Zweifel, der sie gelegentlich befiel, ob sie wirklich die richtige Erziehung für ihr Kind gewählt hatte, schob sie beiseite.

In dem dunklen Wasser betrachtete Hebe ihr Spiegelbild und das von Rufus. Hippolyte, Gründungsmitglied des Syndikats, hatte sie gedrängt, sich teuer zu verkaufen, und ihr alles übers Bett beigebracht. Nachdem sie das »Soufflé-System« gelernt hatte, hatte sie ihren Horizont erweitert, wenn die Gelegenheit sich ergab, und wurde so eine Köchin und eine Hure zugleich. Mungo war der profitabelste ihrer Liebhaber, Hippolyte, sowohl Freund wie Liebhaber, der konstanteste. Bis vor kurzem hatte es Terry gegeben, eine reizende Neuheit, und nun Rory. Sie streichelte den nassen Hals des Hundes. »Alles ist in Ordnung«, sagte sie zu dem schwanzwedelnden Rufus. »Ich mag meine Arbeit. Ich gebe Silas die Chance, alles zu werden, was er will. Noch ein paar einträgliche Arbeitsjahre, mein alter Rufus, und ich kann mich zur Ruhe setzen.« Sie beugte sich vor, um eine Forelle zu beobachten, die mit so eleganten Bewegungen unter den Wasserpflanzen dahinglitt, daß Hebe den Atem anhielt. »Was für ein herrlicher Abend«, sagte sie zu den Hunden. »Lauft, lauft, ihr müßt trocken werden, lauft.« Hebe rannte zusammen mit den Hunden am Fluß entlang, leichtfüßig und froh, denn bald würde sie mit Silas für den Rest der Ferien zu Hause sein.

Die Sonne war untergegangen. Aus den Terrassentüren von Louisas Wohnzimmer strömten Lichtstrahlen in den Garten, Falter tanzten darin, man hörte die Nachrichten aus dem Fernseher, und der Duft von Jasmin und Tabakpflanzen erfüllte die Luft.

»Was für ein perfekter Abend«, sagte Hebe, als sie von den Hunden begleitet, mit Blumen in der Hand, aus dem Garten in den Salon trat.

Louisa saß auf dem Sofa gegenüber vom Kamin; obwohl es August war, glühte ein Scheit darin. Sie blickte auf und lächelte.

»Wir sehen uns gerade die Nachrichten an«, sagte sie.

In Sesseln, zu beiden Seiten des Kamins, saßen Mungo und Rory. Beide sahen Hebe erwartungsvoll an.

Der Nachrichtensprecher sagte – »wird von Ihrer Majestät eingeweiht … glücklicherweise hat der Regen … Zwanglosigkeit vermischt mit Pomp … Regenschirme billiger geworden … von Generationen repräsentiert … die Königin nun … man könnte fast sagen … am Pulsschlag der Geschichte … der Gotha … – Inspiration … Stolz … die Königin ging herum … Unglück, Hoffnung … Zuneigung … großer Mann … Prinz und Prinzessin von Wales … groß …«

»Ein großer Menschenfreund, angeblich soll er eine Menge Affären gehabt haben. Ich finde nicht, daß das große Ähnlichkeit hat.« Auf dem Bildschirm hatte Ihre Majestät an einer Schnur gezogen, und der Staatsmann in Bronze wurde enthüllt. Louisa redete weiter: »Rory haben Sie ja schon kennengelernt, und ich glaube, Sie kennen auch Mungo.« Sie genoß die Situation.

»Natürlich. Wie geht's? Hi!« sagte Hebe, die niemals »Hi« sagte. »Haben Sie noch einen Wunsch?« fragte sie Louisa. »Ich bin auf dem Weg ins Bett.«

»Nein, danke, meine Liebe.«

Mungo und Rory hatten sich erhoben.

»Ich dachte, ich nehme Rufus heute nacht mit in mein Zimmer«, sagte Hebe, ihrer Arbeitgeberin in die Augen blickend. »Er war letzte Nacht sehr laut.«

Rory schnappte nach Luft.

»Das stimmt. Gute Idee. Gute Nacht, meine Liebe.« Louisa war übertrieben fröhlich.

»Also dann, gute Nacht. Kommt, Hunde.« Hebe verließ den Raum, gefolgt von den Tieren.

»Stell den Fernseher ab, Mungo. Würdest du die Vorhänge zuziehen, Rory, wenn du schon stehst?« Und zu Mungo gewandt, sagte Louisa: »Jetzt sag mir, wie es Lucy geht, deiner Mutter, Mungo. Hör mir doch bitte zu.«

Mungo hielt inne und starrte auf die Tür, die sich hinter Hebe geschlossen hatte. »Meiner Mutter geht's gut«, murmelte er.

»Und Alison, wie geht's der lieben Alison, ist sie nicht nach Amerika gefahren, oder so etwas Ähnliches?«

»Oder so was Ähnliches«, antwortete Mungo schwerfällig. »Durchgebrannt ist sie und hat einen flotten Dreier aufgemacht.«

»Gütiger Himmel!« rief Louisa aus. »Aber du wirst sie zurückholen?« bohrte sie nach.

»Leider ja«, rief Mungo. »Meine Mutter –« Er starrte auf die Tür. Warum zum Teufel war Hebe auf diese Art fortgegangen und hatte die Hundemeute mitgenommen, als würde sie Schutz brauchen? Rufus kannte er, von ihm war er einmal gebissen worden. Glaubte sie etwa, er würde hinaufrennen und sie vor versammelter Mannschaft vergewaltigen? Natürlich hätte er sie gern vergewaltigt, war er nicht deswegen gekommen? Was zum

Teufel hatte der dämliche Rory hier überhaupt zu suchen? Warum benahm sich Louisa so komisch?

»Deine Mutter, sagtest du?« fragte Louisa neugierig.

»Sie hat etwas gesagt, irgend etwas angedeutet. Ach, ich weiß nicht, aber Alison kommt zurück.« In seinem Zorn und seinem Schmerz schrie Mungo fast. »Sie kommt mit dem ersten Flugzeug zurück, das sie kriegen kann.«

»Was hat deine Mutter zu ihr gesagt?«

»Ich weiß nicht«, stöhnte Mungo schwach.

»Ich nehme an, sie hat ihr gesagt, der Mann hat Aids. Das würde Alison nicht gefallen.«

»Jesus! Glaubst du, das hat sie getan?« Mungo war schokkiert.

»Das würde mich nicht überraschen, aber ich kann mir nicht vorstellen, wie deine Mutter ohne Alison zurechtkommen würde. Sie ist abhängig von ihr.« Louisa grinste. Sie fügte nicht hinzu: »Und du auch.«

Rory, der gleichzeitig mit Mungo angekommen war und wegen der Ankunft seines Cousins vor unterdrückter Wut bebte, brach in schallendes Gelächter aus. Er hatte Mungo, der zehn Jahre älter war, aus wohlhabenderem Haus stammte und ihm von seinem Vater immer als leuchtendes Beispiel vorgehalten worden war, noch nie leiden können. »Dein Cousin Mungo arbeitet im Familienbetrieb, er tritt in die Fußstapfen seines Vaters. Warum kannst du nicht in die Armee eintreten? Mein altes Regiment würde dich mit offenen Armen aufnehmen.« Rorys Zögern, zur Armee zu gehen, wurde durch Mungos Bereitschaft, in die Firma seines Vaters einzutreten, zum unwiderruflichen Entschluß. Wäre er auf Mungo nicht so wütend gewesen, hätte er ihm für den negativen Einfluß dankbar sein können. Aber nun war es so, daß der Eindruck, den Mungo seit seiner

Ankunft in Louisas Haus erweckte – seine offensichtlich suchend umherwandernden Augen, die fadenscheinige Ausrede, er wolle Wasser aus der Küche holen, die ruhelose Unaufmerksamkeit für Louisas Small talk –, Rory zu dem Schluß führte, daß Mungo ein Mitglied von Hebes Syndikat war. Als Hebe, umgeben von Hunden, mit Blumen in der Hand, durch die Terrassentür hereingekommen war, hatte sie in ihrem leichten Baumwollkleid wie eine neuzeitliche Diana ausgesehen; Rorys Herz hatte höher geschlagen und Mungos ganz offensichtlich auch. Hebe hatte ihnen beiden kaum einen Blick geschenkt, sondern war mit der eiskalten Lüge, sie sei müde, verschwunden. Zweifellos hatte sie sich in dem Schlafzimmer, das Rory als das seine betrachtete, eingeschlossen; dort, wo er erst kürzlich in ihren Armen gelegen hatte und sie braun, sanft und warm ... Rory schloß die Augen, bemüht, das aufkommende Bild von Hebe in Mungos Armen zu verscheuchen. O Gott, o Gott! rief Rory seinen Schöpfer an, ich ertrage es nicht. Sein Zorn ging von Mungo auf Louisa über. Sie quälte Mungo wegen Alison, seiner Mutter und seinen schulpflichtigen Söhnen, Ian und Alistair. Rory vernahm Worte, die nicht viel Sinn für ihn machten, aber als er sich zwang aufzupassen, wurde er hellhörig.

»Nicht wirklich, Mungo, keines der Betten ist zurechtgemacht.« Es schien, Mungo hatte sich selbst zum Übernachten eingeladen. »Ich kann Hebe nicht bitten, Hausarbeiten zu übernehmen. Sie kommt zum Kochen her, zu sonst nichts. Sie ist müde, wie du zweifellos bemerkt hast.« Dabei sah sie aus wie die personifizierte Kraft und Stärke, dachte Rory. »Ich schlage vor«, Louisa kam richtig in Fahrt, »daß du Rory bittest, dich für die Nacht aufzunehmen. Das würdest du doch gerne tun, nicht wahr, Rory?«

»Was?« Konnte man an einer Gefühlswallung tatsächlich ersticken, fragte sich Rory.

»Du bringst deinen Cousin Mungo heute nacht bei dir unter. Er muß früh raus, damit er zu Hause ist, wenn Alison ihre Ankunft aus Kalifornien durchtelefoniert. Von der amerikanischen Westküste«, fügte Louisa hinzu, als wäre Rory ein Kind, das von Geographie keine Ahnung hatte.

»Ich glaube nicht –«, begann Rory.

»Da habt ihr endlich einmal Zeit für einander. Ihr seid schließlich Cousins, selbst wenn ihr nicht viel gemeinsam haben solltet.«

»Ich – äh –«

»Vielleicht habt ihr mehr gemeinsam, als ihr glaubt.« War sie einfach nur bösartig? »Ihr gehört zur gleichen Generation. Ich bin sicher, ihr findet gemeinsame Interessen.«

»Ich hatte gehofft –«, begann Mungo nörgelig.

Louisa stand auf. Mungo brauchte seine Hoffnungen erst gar nicht zu äußern. »Es war reizend, daß du mich auf der Durchfahrt besucht hast, auch von dir, Rory. Komm zum Fischen, wann immer du willst. Jetzt müßt ihr mich entschuldigen, ich spüre mein Alter – ich habe die Gartenarbeit ziemlich übertrieben, seit Hebe hier ist. Was für eine Köchin, was für ein Essen! Es tut mir leid, daß ich euch nicht einladen kann. Aber Alison ist natürlich auch eine wundervolle Köchin und außerdem prächtig im Organisieren. Wenn du das nächste Mal kommst« – Louisa ging zur Tür, so daß Mungo und Rory ihr folgen mußten –, »rufst du mich vorher an und sagst mir Bescheid. Das wäre sehr nett.« Möglicherweise, dachte Rory bewundernd, konnte man daraus schließen, daß es jetzt nicht nett war.

»Ich freue mich immer, wenn mich junge Leute besuchen kommen.« Louisa öffnete die Salontür und führte sie durch die

Diele. »Du mußt deine Jungen mitbringen, wenn du mich besuchst, Mungo. Für Lucy ist es ja so reizend, Enkel zu haben.« Lag in ihrer Stimme etwa Boshaftigkeit? Sie hatte Mungos Arm ergriffen. Glaubte sie, er würde Hebe die Treppe hinauf nachlaufen, fragte sich Rory. »Hattest du etwas dabei?« fragte Louisa. »Nein?«

»Nein«, antwortete Mungo, der seinen Koffer im Auto gelassen hatte, und er dachte verbittert: Eigentlich habe ich Tante Louisa geliebt. Die alte Viper.

»Dann gute Nacht. Alles Gute.« Louisa hob den Kopf, um sich küssen zu lassen. »Und gute Nacht, Rory. Wie nett, dich zu sehen, ganz reizend.«

Mungo und Rory schritten zu ihren Autos.

»Du kannst heute nacht bei mir schlafen«, sagte Rory mit unerwartetem Mitleid für seinen Cousin.

»Ach, scher dich zum Teufel.« Mungo stieg in seinen Jaguar und knallte die Tür zu.

Rory stieg in seinen Volvo und schloß leise die Tür, bevor er den Motor startete.

Louisa sah die Wagen die Hauptstraße hinunterfahren. »Was für ein Auftritt!« sagte sie und brach in Gelächter aus.

Rufus neben sich, lehnte sich Hebe aus dem Fenster und grinste. Louisa stand auf den Stufen, bis die Geräusche der Autos verklungen waren, ging dann hinein und schloß die Vordertür. Hebe sah, daß das Licht in der Diele ausgeschaltet wurde. Sie lauschte den leisen Geräuschen der Augustnacht. Im wilden Wein machte sich ein Vogel seinen Schlafplatz zurecht, aus der Ferne drang Motorengeräusch, auf der Wiese muhte eine Kuh. »Komm, Rufus.« Sie ging ins Bett, die Hunde hinter ihr drein. »Eure Herrin ist eine reizende Dame.« Sie legte einen Arm um Rufus, der vor Wohlbehagen stöhnte. »Heute nacht werde ich mir keine Sorgen machen«, sagte sie zu dem Hund und hoffte auf Schlaf, ohne die Stimmen, die von schmutzigen Fingernägeln, von Kommunisten, Ohrringen, Abtreibung und nackten Füßen redeten. Sie dachte an andere Momente, die auch nicht ganz glatt verlaufen waren: die peinliche Szene im Clarence in Exeter; an Rorys Eintreten, als sie den Hut aufprobierte; an Hippolyte, der, von seiner unerwartet zurückkehrenden Frau überrascht, aus dem Bett sprang, sich in die Hosen stürzte und »Il faut sauver les convenances« rief, bevor er aus dem Fenster hüpfte. »Du kümmerst dich nicht um *les convenances*«, sagte Hebe zu dem neben ihr liegenden Hund. Rufus stemmte die Beine gegen die Wand und preßte den Rücken an Hebe. »Du brauchst mehr Platz als jeder Liebhaber«, sagte sie.

Da sie nicht gewillt war, über das Durcheinander nachzudenken, mit dem ihr sorgsam geordnetes Leben konfrontiert war, schlief sie überraschend gut.

20

»Sei doch kein solcher Esel, Michael, wasch sie aus, neben der Hintertür ist ein Hahn … doch, da *ist* einer, mach die Augen auf, du Schwachkopf … ich gebe dir etwas Waschpulver, das vertreibt den Gestank … *doch*. Je schneller du es machst, um so besser … sei nicht so *frech*. Wie kannst du es wagen, so mit mir zu sprechen?« Das Geräusch einer Ohrfeige, ein wütender Schmerzensschrei von Michael. »Ich habe noch nie jemanden gesehen, der so ein Theater macht, jeder wird einmal seekrank …«

»Aber nicht in meine Stiefel.« Ein Wimmern.

»Schluß jetzt mit deinen verdammten Stiefeln, hör auf mit der Meckerei.« Wieder ein Schlag.

»Das tut weh«, jaulte Michael auf.

»Das sollte es auch«, ertönte Jennifer Reeves' Stimme, vor Gift sprühend. »Er ist dein Gast, du hast darauf bestanden, ihn einzuladen.« Man vernahm das Geräusch einer weiteren Ohrfeige, und Jennifer sagte etwas, was Silas nicht verstand.

Während er seine nassen Kleider auszog, spähte Silas aus dem Fenster: Michael, die Stiefel mit seinem Erbrochenen in der Hand, ging gerade zum Wasserhahn unter dem Fenster, gab etwas Waschmittel in jeden Stiefel und drehte das Wasser an. Silas sah, daß Michaels Wange feuerrot war und daß er weinte. Er zog sich trockene Socken über und empfand Mitleid mit Michael, obwohl er sich auf dem Boot gemein und wenig mitfühlend verhalten hatte. Ian und Alistair hatten gequietscht vor Lachen, bis sie einen Blick auf Julian warfen, um festzustellen, ob auch er sich amüsierte; abrupt hielten sie inne, weil sie bemerkten, daß es um mehr als nur die Seekrankheit von Silas ging. Julian ärgerte sich über seine eigene Unbesonnenheit. Das Wetter, wesentlich rauher, als er bei der Abfahrt von St. Mary's erwartet hatte, machte dem Boot schwer zu schaffen. Auf der Rückfahrt würde er all sein Können brauchen; ein seekrankes Kind, das ihm dabei in die Quere kam, hatte ihm gerade noch gefehlt. »Geh nach unten«, schrie er Silas an, »geh aus dem Weg.«

Silas kletterte schwankend nach unten und kroch in eine Ecke der Kajüte. Es schien endlos zu dauern, bis das Stoßen, Knallen, Aufbäumen und Rütteln aufhörte. Er hörte, wie Julian Michael, Alistair und Ian Befehle zurief, und war froh, daß er keinen Vater hatte, wenn Väter so waren. Und jetzt war Mrs. Reeves (weniger denn je konnte er sie als Jennifer bezeichnen) außer sich.

Silas griff nach einem trockenen Hemd und zog es über. Nur mit Socken und Hemd bekleidet, sah er zu Michael hinunter. Die Stiefel waren mit bläulich-weißem Wasser gefüllt. Michael rührte mit einem Stock darin herum und leerte den Inhalt in den Abfluß. Silas reckte den Hals, um zu sehen, ob sich irgendwelche undefinierbaren Stücke von Teigtaschen darin befanden, dann begann er, nach trockenen Unterhosen, Jeans und dem einzigen trockenen Pullover zu suchen.

»Bring deine nassen Kleider mit runter, wenn du dich umgezogen hast, Silas. Ich werde sie waschen«, rief Jennifer.

Silas rief zurück: »Vielen Dank« und ging, einen Pulloverärmel übergestreift, zum Fenster zurück. Nachdem er den Pullover übergezogen hatte, beugte er sich aus dem Fenster und fragte: »Sind die Stiefel völlig ruiniert?«

Michael sah hinauf. »Bloß völlig naß«, antwortete er widerwillig.

»Ich stopfe sie mit Zeitungspapier aus«, schlug Silas vor. »Das macht meine Mutter auch so.«

»Gute Idee.«

»Es tut mir furchtbar leid.«

»Vergiß es.« Michaels rote Backe verblaßte langsam.

»Deine Mutter ist –«

»Sie ist furchtbar aufbrausend«, murmelte Michael. »So sind sie beide.«

»Heißer Tee«, rief Jennifer verlogen-fröhlich die Treppe hinauf. »Heißer Tee, Silas.« Dann in verändertem Ton: »Um Himmels willen, Michael, geh dich umziehen, trödel nicht rum, du erkältest dich. Sag Alistair und Ian, sie sollen sich auch umziehen. Ihr braucht doch kein Kindermädchen mehr, in eurem Alter.«

»Meine Nanny hat mich nie geschlagen.« Michael kam die Treppe heraufgerannt, als hätte er noch eine Ohrfeige eingefangen. »Bring deine nassen Sachen zu ihr runter«, fuhr er Silas an. »Gib ihr was zu tun. Sie kann sie in die Maschine stecken.«

»Danke.« Silas sammelte seine Sachen ein. Hebes weißer Guernsey-Pullover roch nach Erbrochenem. »Ich wollte nicht –«

»Niemand übergibt sich gern.« Michael zog seinen Pullover über den Kopf. »Brüllt deine Mutter auch rum?«

»Nein.« Hebe schien von den Scilly-Inseln sehr fern zu sein. »Nein, das tut sie nicht.« Er versuchte sich Hebe vorzustellen, herumschreiend wie Mrs. Reeves. Die Vorstellung war absurd.

»Unsere schon.« Ian und Alistair waren dazugekommen und zogen ebenfalls die Pullover über die zerzausten Köpfe. »Unsere Mutter kriegt die Wutanfälle, unser Vater macht den Lärm dazu.«

»So sind alle«, sagte Alistair weise.

»Heute ist an allem mein Vater schuld«, sagte Michael, nach trockenen Kleidern suchend. »Er wußte, daß Silas bei der Fahrt um Bishop's Rock Angst kriegen würde. Er wollte angeben.«

»Ach.« Silas stand, seine nassen Sachen in der Hand, im Türrahmen.

»Tee«, rief Jennifer von unten. Silas rannte in die Küche hinunter. Jennifer nahm ihm sein Bündel ab. »Uhh!« Auf dem Weg durch die Küche zum Vorraum hielt sie es auf Armeslänge von sich gestreckt. Silas hörte, wie sie die Waschmaschine öffnete und wieder »uhh« sagte.

Julian, bereits umgezogen, saß am Küchentisch. »Tee?« fragte er Silas.

»Danke.« Silas sah zu, wie Julian Tee in eine große Tasse goß. Er blickte ernst und finster drein.

»Milch? Zucker?«

»Ja, bitte.«

Julian tat Milch und ein paar Zuckerstücke hinein. Aus seiner Tasche nahm er einen Flachmann und träufelte ein paar Tropfen Whisky dazu. »Das bringt deinen Magen in Ordnung.« Er zwinkerte Silas zu. »Trink es aus und du fühlst dich besser.«

Silas trank, er fand die Mischung scheußlich. Er haßte es, wenn man ihm zuzwinkerte, und fragte sich verdrossen, ob er sich wohl wieder erbrechen müßte. Julian schien bloß darauf zu warten. Statt dessen spürte er belebende Wärme. Nachdem er die Tasse geleert hatte, hielt er sie hoch und bat um mehr.

»Na, geht's wieder?« Julian sah nicht mehr so finster drein. Jennifer kam zurück, schloß die Tür und damit verstummte das Geräusch der Waschmaschine. »Also wirklich, Julian«, sagte sie gespielt vorwurfsvoll. Dann setzte sie sich an den Tisch, trank Tee und aß Krapfen. Julian stellte das Radio an und murmelte: »Ich möchte den Wetterbericht hören.«

»Den hättest du gestern abend hören sollen«, meinte Jennifer sarkastisch. Ihr Mann zog resigniert die Augenbrauen hoch. Ein Politiker wurde interviewt.

Man vernahm irgendein Gemurmel.

»Das ist eine sehr gute Frage«, sagte der Politiker.

»Mist. Die verfluchte Uhr ist stehengeblieben. Verpaßt.« Julian drehte das Radio ab, zog die Uhr auf und erhob sich. Der Bauch hing ihm über die Hose. »Wann gibt's Abendessen?«

»Zur gleichen Zeit wie immer.« Jennifer sah nicht auf.

»Das gleiche alte Gulasch?« fragte Julian gehässig.

»Mrs. Things Repertoire ist begrenzt«, antwortete Jennifer schnippisch.

»Zeit für einen Drink. Ich werde im Pub fragen, ob sie die Wettervorhersage gehört haben. Kommst du mit?«

»Bring mir Zigaretten mit, ich habe keine mehr. Nein, ich komme nicht mit. Wenn du dir gestern abend den Wetterbericht angehört hättest, statt mit dem Mädchen im Pub anzubändeln, dann –«

»Ach Jesus!« schrie Julian.

»Da haben wir's wieder«, murmelte Michael.

»Sie hat dich kaum angesehen, sie ist in den Flitterwochen.« Jennifers Stimme wurde lauter.

»Du dumme Kuh, halt's Maul.« Julian verließ das Haus, die Tür hinter sich zuknallend. Jennifer begann, den Tisch abzuräumen. »Zieht Regenmäntel an, wenn ihr rausgeht«, sagte sie. Es war ein Befehl.

»Ich helfe Ihnen, die Kleider aufzuhängen.« Silas hatte gehört, daß die Waschmaschine zum Stehen gekommen war.

»Danke, Silas«, sagte Jennifer.

Michael, Ian und Alistair zogen unterm Vordach Stiefel und

Ölzeug an und gingen hinaus. Silas ließen sie mit Jennifer zurück.

»Also, dann komm.« Sie klang gequält.

Der Regen hatte fast aufgehört. Silas legte die feuchten Kleider in einen Korb und trug ihn zur Wäscheleine. Jennifer schüttelte jedes Stück aus und klammerte es fest. Silas half ihr und stellte fest, daß ihre schweren Brüste beim Hochrecken schaukelten und daß sich an der Stelle zwischen Rock und Pullover ein weißer Hautwulst zeigte. Er verglich ihren Körper mit dem braunen, straffen Leib seiner Mutter. Jennifers blonder Knoten löste sich und fiel seitlich über ihren Nacken. Silas dachte an Hebes braunen Knoten.

»Ich werde mich vor dem Essen hinlegen. Machst du einen Spaziergang?«

»Ja.« Silas zog die Schuhe aus und ging barfuß den Hügel hinauf, in der Hoffnung, den Weg wiederzufinden, den er am ersten Tag gegangen war. Vielleicht würde er wieder Seehunde sehen, vielleicht die kleine Bucht wiederfinden.

Er stieg hinauf, bis er übers Wasser nach Bryher sehen konnte. Der Wind hatte sich gelegt, die See war ruhiger geworden. Zwischen den Inseln erschien das Wasser im Abendlicht zinngrau, es lag still und glatt da. Er beobachtete das einsetzende Schauspiel des Sonnenuntergangs. Gelbes Licht sickerte unter den Sturmwolken hervor, als wäre goldener Honig zwischen den Inseln übers Meer gegossen worden. Während er zusah, wechselten die Farben von Gold zu Rosa. Das Heidekraut zu seinen Füßen war mit Spinnweben überzogen, Regentropfen reflektierten das rötliche Lila der Blüten und gelegentlich das Blau des Teufelskrauts. Alles war still, man hörte nichts als das Rauschen des Windes, die Möwen und die See, die gegen die Felsen klatschte. Den Stimmen seiner Gastgeber entronnen, fühlte sich Silas erleichtert. Doch dann schwand die Hochstimmung, die der Whisky in seinem Tee hervorgerufen hatte. Es war ein schrecklicher Tag gewesen. Er haßte Segeln. Er verfluchte die Familie Reeves. Auch Ian und Alistair waren schrecklich, aber er nahm sich fest vor, eine Postkarte zu kaufen und Hebe zu schreiben: »Verbringe eine wunderbare Zeit. Wünschte, du wärst hier.«

Unter ihm spazierten zwei Leute den Pfad entlang und unterhielten sich leise. Er erkannte das Paar, das er am ersten Tag im Boot gesehen hatte. Silas neidete ihnen ihr Glück, die ruhigen Stimmen, den gemächlichen Gang, der so ganz anders war als der aggressive Schritt der Reeves'. Er beobachtete sie, bis sie außer Sichtweite waren, dann betrachtete er wieder den Sonnenuntergang. Den Strand, an dem er die Seehunde hatte eintauchen sehen, wo er geschwommen war und später die Natter beobachtet hatte, fand er nicht mehr, aber hier war der Sonnenuntergang. Er sah die Wolken fortziehen und den Himmel auflodern; morgen würde herrliches Wetter sein. Seine Füße waren kalt. Er stand auf. Würde er zu spät zum Essen kommen?

Silas rannte zurück, keuchend und außer Atem kam er beim Haus an.

»Tut mir leid, ich habe mich verspätet.«

»Macht nichts, wir haben ohne dich angefangen.«

»Ein Glas Vino?« Julian schenkte Silas ein Glas Wein ein und schob es ihm hin. Jennifer reichte ihm mit zusammengepreßten Lippen einen Teller Gulasch. Michael sah seine Mutter ängstlich an. Ian und Alistair grinsten blöde. Das Gulasch war das gleiche wie am Abend zuvor.

»Das Essen ist verdammt eintönig«, sagte Julian aggressiv. Mit schweren Schultern, die sich unter seinem Pullover wölbten, saß er da, tief über den Teller gebeugt, und schaufelte mit dem Löffel das Gulasch in sich hinein; seine grüne wattierte Weste stand offen.

»Das Gulasch ist sehr gut«, wagte Silas vorzubringen.

Julian blickte auf und starrte Silas an. Silas nippte zaghaft etwas Wein und sah auf seinen Teller.

»Ich sagte nicht, daß es schlecht ist, sondern eintönig, monoton«, gab Julian zurück.

»Ja.« Silas nahm noch einen Schluck Wein.

»Monoton. Kommt aus dem Griechischen. Heißt keine Vielfalt, immer das Gleiche. Lernt ihr kein Griechisch in eurer Schule?«

»Nein.« Silas war verwirrt.

»Kein Griechisch? Was für eine Schule ist das denn?«

»Wir lernen kein Griechisch«, sagte Michael.

»Wir lernen auch kein Latein«, mischte sich Ian in die Unterhaltung.

»Du weißt, daß sie kein Latein haben«, sagte Jennifer. »Sie haben moderne Sprachen.«

Julian beachtete seine Frau nicht.

»Wir haben Deutsch gewählt«, sagte Alistair.

»Was hat das mit dem Gulasch zu tun? Warum kannst du Mrs. Thing nicht bitten, uns etwas Abwechslungsreicheres zu kochen?« Julian funkelte Jennifer an.

»Das habe ich. Es nützt leider überhaupt nichts.« Jennifer nahm sich Brot. Julians Blick wanderte von seiner Frau zu den Jungen; wütend stierte er sie an, sie sahen in ihre Teller. Silas beschloß, um keinen Nachschlag zu bitten. Er zerkrümelte sein Brot und trank weiter von seinem Wein.

»Bekommst du Gulasch zu Hause?« Mit offenem Mund kauend, glotzte Julian Silas an.

»Manchmal.«

»Nicht so gut wie das von Mrs. Thing, nehme ich an. Mrs. Thing ist eine Gulasch-Künstlerin. Nimm dir noch etwas. Nachdem das heute passiert ist, mußt du wieder was in den Bauch kriegen.« Julian stieß ein abruptes Lachen hervor.

»Nein, danke, Sir.« Das »Sir« war ihm über die Lippen geschlüpft. Die Atmosphäre war der Schule so ähnlich.

»Der Junge nennt mich jetzt ›Sir‹. Nimm dir noch etwas Gulasch, sage ich. Gib dem Jungen noch etwas, Jennifer, gib uns allen noch etwas.« Julian hob seinen Teller hoch. Jennifer löffelte Gulasch darauf. »Glaube nur nicht, du bekämst zu Hause so ein Gulasch. Halt dich dran, solange was da ist. Mrs. Things ausgezeichnetes Gulasch. Hah!«

»Silas' Mutter ist Köchin«, sagte Michael.

Es entstand eine Pause, während Silas Wein trank, Julian kaute und Ian und Alistair ihre Teller zu einem Nachschlag weitergaben und verstohlene Blicke austauschten.

Jennifer Reeves löffelte Gulasch auf die ihr entgegengestreckten Teller und sagte leichthin: »Einer meiner Onkel hat seine Köchin geheiratet.«

»Hat die Familienehre besudelt, was? Sie war nicht mal schwanger, oder? Aber immerhin, wenn man bedenkt, was er an Lohn eingespart hat. Prima Idee, wenn man es recht bedenkt. Heirate eine Köchin, erstklassiger Einfall, ganz toll.« Julian aß weiter.

»Mußt du unbedingt mit dem Löffel essen?« schrie Jennifer.

»Ja, das muß ich. Messer und Gabel sind in Ordnung, aber für Mrs. Things Gulasch ist ein Löffel angebracht.« Julians Gehässigkeit trat immer deutlicher zutage.

»Du bist betrunken«, zischte Jennifer mit zusammengebissenen Zähnen.

»Nicht mehr. Mrs. Things Gulasch wird den überschüssigen

Alkohol aufsaugen. Also, Silas' Mutter ist Köchin? Na ja. Wie gibt's denn das? Ich meine, heutzutage findet man doch sehr selten eine Köchin. Gefährdete Spezies. Ganz schön clever von deinem Vater, daß er sie gefunden hat.« Julian starrte Silas an. Silas trank seinen Wein, leerte das Glas, streckte die Hand in Richtung Flasche aus, um sich erneut einzuschenken.

»Laß mich das machen.« Julian nahm die Flasche und goß ihm ein. Jennifer seufzte. Michael, Ian und Alistair saßen gespannt da. »Also diese gefährdete Spezies hat dein Vater geheiratet. Was macht dein Vater?«

»Julian.«

»Alles, was ich frage, ist, was sein Vater macht. Kein Grund, in diesem Ton ›Julian‹ zu sagen.«

»Silas' Mutter ist sehr schön.« Michaels Stimme zeigte das erste Anzeichen pubertären Stimmbruchs.

»Schön ist sie? Hah! Eine schöne gefährdete Spezies. Sie muß was gewesen sein, bevor sie Köchin wurde.« Mit der Sturheit des Betrunkenen quälte Julian sein Opfer.

»Meine Mutter ist ein Hermaphrodit«, sagte Silas stolz, »und Sie sind widerlich.« Er schüttete den Wein in Julians Gesicht, sprang auf, warf seine Serviette hin und rannte aus dem Haus.

21

Auf der Uhr am Armaturenbrett sah Mungo, wie spät es war. Zu spät jedenfalls, um ein Bett für die Nacht zu finden. Nachdem er Louisas Haus verlassen hatte, war er verärgert und frustriert aufs Geratewohl herumgefahren. Meine Träume sind zerbrochen, dachte er mürrisch. Wo zum Teufel bin ich hier? Mit hoher Geschwindigkeit war er über unbekannte Straßen gefahren; der Benzinanzeiger neigte sich gefährlich auf Null. »Das fehlte noch«, murmelte Mungo. Er fuhr jetzt langsamer und hielt nach einem Wegweiser Ausschau.

Kurz darauf las er auf einem: »Salisbury 5 Meilen«. Dort würde es sicherlich eine Tankstelle geben, die die ganze Nacht offen war. Er fuhr benzinsparend und blickte auf den Anzeiger, der bei der roten Linie angekommen war. Es schien Stunden zu dauern, bis er in den Außenbezirken der Stadt ankam und eine geschlossene Tankstelle nach der anderen passierte. Bald befand er sich mitten im Einbahnstraßengewirr, das clevere Stadtväter als Touristenfalle ersonnen hatten. Nahe beim Zentrum kam der Motor seufzend zum Stehen. Mungo lenkte den Wagen an den Randstein. Er war müde, hatte die Nase voll und war weit entfernt von zu Hause. Er stieg aus, warf einen Blick auf den Wagen und begann loszumarschieren. Als er um eine Ecke bog, sah er an einem kleinen georgianischen Haus ein Erkerfenster, eine weiße Eingangstür mit Oberlicht und einem glänzend polierten Türklopfer in Form eines Delphins. Durch das Oberlicht schimmerte Licht. Über dem Erkerfenster stand »Rory Grant, Hutmacher«. Wenn ich nur einen Backstein hätte, um ihn durch das verdammte Fenster zu werfen, dachte Mungo. Er benutzte den Türklopfer – peng, peng, peng.

»Ja, ich komme schon. Was ist denn –« Rory öffnete die Tür. »Ach, du bist es.« Er fuhr zurück.

Mungo drängte sich an seinem Cousin vorbei. »Mir ist das Benzin ausgegangen.«

»Dann komm rein.« Rory sah Mungo besorgt an. »Ich könnte – einen –«

»Hast du was zu trinken? Ich bin völlig fertig.«

»– einen Kanister in der Garage haben. Ja, natürlich. Kaffee? Whisky? Komm in die –«, aber Mungo war bereits in der Küche und lümmelte sich an den Küchentisch.

»Du bist früh auf«, sagte er verdrießlich.

»Ich war gar nicht schlafen, ich war zu –«

»Aufgewühlt. Ich auch. Ich bin im Kreis herumgefahren.«

»Hier ist etwas –« Rory brachte eine Flasche Whisky zum Vorschein, schenkte ein halbes Glas ein und schob es Mungo über den Tisch hin zu, dann bediente er sich selbst. Mungo trank und sah seinen Cousin an. Was den Alkoholpegel anbelangte, schien er ihm einiges voraus zu haben.

»Bist du betrunken?« fragte er.

»Noch nicht. Möchtest du etwas Suppe haben?«

»O Gott«, sagte Mungo. »Suppe.«

»Du siehst hungrig aus.« Rory machte sich daran, nach Brot und Butter zu suchen und die Suppe aufzuwärmen.

»Ich bin nicht gekommen, um hierzubleiben.« Mit aggressivem Knall stellte Mungo sein Glas ab.

»Natürlich nicht.« Rory schob seinem Cousin einen Teller Suppe hin und reichte ihm einen Löffel. »Wir können uns besser hassen, wenn wir etwas im Magen haben.«

Mungo aß seine Suppe und butterte sein Brot. »Hast du Käse?«

»Ja, ich, ja, das habe ich.« Rory erhob sich, warf einen Blick in die Speisekammer und kam mit einem Becher Stilton zurück. Mungo stocherte gierig mit seinem Messer darin herum; Rory fand die Verbindung von Suppe und Käse abstoßend.

»Sie ist ein absolut verdammtes Miststück. Ich wollte sie heiraten. Ich *werde* sie heiraten. Ist der von Fortnum's?«

»Ich auch«, sagte Rory und schob mit einem Ruck seinen Suppenteller zurück. »Ja, da ist er her.«

»Ich war erster, ich habe die erste Wahl«, sagte Mungo grollend.

»Du bist mit Alison verheiratet.« Rory warf einen weisen Blick auf Mungo. »Während du, äh – noch mal: Während du zusiehst, wie du die schreckliche Alison los wirst, heirate ich Hebe. Ich zuerst.«

»Nenn meine Frau nicht schrecklich«, brüllte Mungo.

»Da haben wir's.« Rory brach in jubelndes Gelächter aus. »Schreckliche Alison«, und einen funkelnden Blick auf Mungo werfend, »und du hast zwei schreckliche kleine Jungen.«

»Richtig.« Mungo löffelte seine Suppe. Sie war köstlich, weckte die Lebensgeister, vermutlich auch von Fortnum's. Junggesellen konnten sich solchen Luxus leisten.

»An sie mußt du denken.« Der Whisky hatte Rory Auftrieb gegeben.

»Das ertrage ich nicht. Schaff dir bloß keine Kinder an«, riet Mungo Rory. »Mühlsteine, absolute Mühlsteine.« Er starrte Rory an. »Was findet sie bloß an dir? Du bist so ein komischer Kauz.«

»Ich bin gut im Bett«, erwiderte Rory großspurig, »und sie,

o Mungo, sie ist so, so, so –«, Tränen stiegen ihm in die Augen.

»So wundervoll«, sagte Mungo, ebenfalls bewegt. »So weich und warm. Nicht die Spur schwammig. So zart, gerade das richtige Gewicht. Ich könnte sie auffressen.«

»Du redest, als wäre sie ein Filetsteak«, schrie Rory zornig und weinerlich zugleich.

»Ich vernasche sie, wann ich will, sie ist meine Geliebte.« Mungo versuchte, seine Wut wieder anzustacheln.

»Wir sind einfach nur Mitglieder in ihrem Syndikat.«

»In ihrem *was*?« Er stierte Rory an.

»Syndikat. So nennt sie es.«

»O heiliger Gott, oh, die Kuh, was für eine absolute Kuh!« schrie Mungo.

Rory beugte sich über den Tisch und gab seinem Cousin eine Ohrfeige. »Das habe ich seit Jahren tun wollen, seit –«

»Wann?« Mungo sah seinen jungen Verwandten interessiert an.

»Seit du sagtest, ich sähe aus wie das Weiße Kaninchen.«

»Das hast du doch selbst gesagt. Ich glaube nicht, daß es bluten wird, oder?« Er befühlte seine Nase.

»Ich fürchte nicht. Noch Whisky?«

»Warum nicht? Besser, wir leeren die Flasche, bevor sie schlecht wird.« Mungo schob sein Glas zur Flasche, Rory schenkte schielend ein.

Mungo spürte, wie sich unvermutet freundschaftliche Gefühle in ihm regten.

»Was sollen wir tun?« rief Rory aus, einen Verbündeten erahnend.

»Wenn du das Mädchen so gut kennen würdest wie ich, würdest du wissen, was Hebe tun wird«, sagte Mungo düster. »Ist noch Suppe da? Sie ist gut. Was ist das überhaupt für eine Suppe?«

»Wildsuppe. Sie hat sie gemacht. Wir haben beim Fischhändler Moorhuhn aufgetrieben. Tante Louisa gab mir eine Thermoskanne mit nach Hause.« Rory schüttete den Rest der Suppe in Mungos Teller.

»Wir sollten keinen Whisky dazu trinken. Hast du keinen Rotwein?« fragte Mungo aufgebracht.

»O Gott.« Rory stand auf und verschwand durch eine Türöffnung. Mungo lauschte auf seine unsicheren Schritte auf den Steinstufen und auf das vage Gemurmel aus dem Keller. Mit einer Flasche tauchte Rory wieder auf. »Ich habe sie aufgehoben für, für –«

»Hebe.« Mungo nahm die Flasche, kramte in einer Schublade, fand einen Korkenzieher und entkorkte die Flasche. »Ich könnte sie erwürgen.« Er stellte die Flasche auf den Tisch zwischen sie beide.

Rory sah entsetzt aus. »Womit hat sie das verdient?«

»Sie hat mich betrogen.«

»Nein, nein, sie ist absolut –«

»Fair«, knurrte Mungo. »Warum bringst du deine verdammten Sätze nicht zu Ende?« Er griff nach der Flasche und goß Wein in sein leeres Whiskyglas.

»Das sagt Hebe auch. Ach, Hebe, ach zum Teufel.« Rory schenkte sich auch ein. »Er hat seine Blume nicht –«

»Entfalten können«, ergänzte Mungo mürrisch. Fast kameradschaftlich saßen sie im Morgengrauen zusammen.

»Wie lange?« fragte Rory.

»Sechs Jahre«, erwiderte Mungo. »Sechs Jahre. Sechs Wochen im Jahr, sechs Jahre lang. Dreimal zwei volle Wochen, immer wenn es *ihr* gepaßt hat. Ich habe eine Mietwohnung in

London, da kommt sie hin. Ich führe sie ins Theater, in beschissene intellektuelle Filme, in Ausstellungen. Ich lasse sie einkaufen. *Sie* schickt mich ins Büro oder in meinen Club, wenn es *ihr* langweilig wird, spielen wir Backgammon.«

»Du stellst sie hin wie einen feministischen Drachen.«

»Sie ist eine Nutte ohne Zuhälter, eine Solistin. Ich wollte sie in einer eigenen Wohnung unterbringen, aber nein, davon wollte sie nichts wissen, dazu ist sie zu verdammt unabhängig. Sechs Jahre habe ich versucht herauszufinden, wo sie wohnt. Weißt du, wenn ich Verbindung mit ihr aufnehmen will, muß ich an einen beschissenen kleinen Laden in Earl's Court schreiben, der ihre Briefe weiterleitet.«

»Sagen sie nicht –«

»Sie halten dicht. Eine pakistanische Familie, sie lachen bloß.«

»Wo hast du sie äh – wo –«

»Kennengelernt? In der Küche meiner Mutter. Sie kommt zum Kochen, wenn die Haushälterin Ferien hat. Alison hat das arrangiert, darf denn das wahr sein?«

»Deine Mutter, Tante Lucy – enge Freundin von Tante –«

»Louisa. Ja.«

»Weiß deine Mutter, weiß Tante –«

»Keine von beiden weiß, wo sie wohnt«, erwiderte Mungo, seltsam stolz.

»Das kann nicht wahr sein.«

»Es ist verdammt wahr«, sagte Mungo und fügte hinzu: »Das hoffe ich zumindest.«

Die Cousins saßen zusammen, tranken ihren eisigen Rotwein, dic Suppenteller waren zur Seite geschoben. Mungo tauchte sein Messer in den Becher mit Stiltonkäse, fischte ein paar Krümel heraus und führte sie nachdenklich zum Mund. Rory, zu niedergeschlagen, um zu protestieren, beschloß, die

Überreste des Käses auf den Futterplatz der Vögel zu streuen. Er ekelte sich vor Mungos Spucke.

»Was für eine Regelung hast du?« fragte Mungo in drohendem Ton.

»Ich werde sie zu Tante Calypsos Landhaus im Wald bringen, wenn die Kirschen blühen.« Rory wollte nicht zugeben, daß es noch gar keine Abmachung gab. »Natürlich ist sie sehr glücklich – äh – glücklich –«

»Glücklich?« Das Messer voller Stilton halb zum Mund geführt, wiederholte Mungo: »Glücklich?«

»Glücklich hier«, formulierte Rory tapfer. Er hatte seinen Cousin im Visier, bereit, außer Reichweite zu springen, sollte er angreifen.

»Sie ist teuer.« Mungo schob den Käse in den Mund. »Sie kostet.«

»Ich kann mir sie leisten – ich –«

»Bist ein reicher Junggeselle«, sagte Mungo verächtlich, aber auch neidisch. »Ich habe dich für einen Schwulen gehalten.«

»Muß ganz schön auf deine Ersparnisse schlagen; wie steht's mit Alison und den Jungen«, sagte Rory gehässig, »eine ziemliche –«

»Ich verrechne einiges als Spesen.«

»Guter Einfall. Ich könnte sagen, sie –«

»Was?« Mungo war sofort hellwach.

»Entwirft meine Hüte.« Beide Männer lachten. Rory füllte erneut die Gläser.

»Weißt du, wer die anderen Mitglieder des Syndikats sind?« fragte Mungo, sorgfältig artikulierend.

Rory antwortete: »Nein, ich kann es nicht ertragen –«

»Ich auch nicht. Lohnt sich nicht, darüber nachzudenken.«

Mungo ließ sein Messer klappernd auf den Tisch fallen. »Wie stellen wir es an, sie in der Familie zu behalten?«

»Sie teilen?« Rory war verblüfft.

»Ja. Gehen wir und schlagen es ihr vor. Du die Hälfte, ich die Hälfte, das ist doch fair, oder?« Plötzlich empfand er freundliche Gefühle gegenüber seinem jungen Cousin mit den Hasenaugen. »Und wenn die Jungen größer werden, können sie dem Syndikat beitreten. Sie werden jetzt eingeschrieben, wie in Eton. Das ist brillant. Das machen wir.«

»Abscheulich!« schrie Rory.

»Findest du?« Mungo war immer noch liebenswürdig. »Ich dachte ein Familiensyndikat – ahm – wie die Rothschilds oder so was Ähnliches, Juniorpartner, Marks & Spencer.«

»Auf keinen Fall«, erwiderte Rory schockiert.

»Also gut, dann nur du und ich.«

»Ich werde sie heiraten«, erklärte Rory.

»Nicht das schon wieder. Hör zu, wenn ich etwas über Hebe weiß, dann, daß sie uns nicht heiraten wird.«

»Vielleicht dich nicht.«

»Dich auch nicht.«

»Warum hast du dann gesagt –«

»Was man sich wünscht und was man bekommt, sind zwei Paar Stiefel«, erwiderte Mungo abgeklärt.

»Sieh her.« Rory hob die Flasche hoch. »Leer.«

»Ich sage dir was.« Mungo stand auf und begann torkelnd durch die Küche zu gehen. »Ich sage dir was, wir sollten lieber zurückfahren und sie stellen.«

»Bei Tante Louisa? Wozu?«

»Bereinigt die Luft«, sagte Mungo. »Wie spät ist es?«

»Fünf.«

»Zuerst sollte ich mich rasieren.« Mungo ging in Richtung

Treppe. »Ein Bad nehmen.« Er ergriff das Geländer. »Ist das dein Schlafzimmer?« Er war auf dem Absatz angelangt und ging taumelnd die Treppe hoch.

»Ja – ähm –«

»Dein Bett? Wo du und Hebe?«

»Ja, wir –« Rory folgte seinem Cousin.

»Wie wär's, wenn wir vorher ein bißchen schlafen würden?« Mungo erwischte Rorys Arm, und sie fielen zusammen aufs Bett.

»Ich finde –« Rory merkte, daß er nicht wußte, was er sagen wollte. Ihm war schwindlig.

»Zuerst ein Schläfchen, dann baden, rasieren, dann regeln wir das mit dem verdammten Syndikat und mit Hebe. Kannst du nicht still liegen?« Mungo kickte seine Schuhe weg.

»Ich mag nicht mit dir im Bett liegen.« Rory schnupperte in der Hoffnung auf eine zarte Erinnerung an Hebe am Kopfkissen, dann fiel ihm ein, daß er die Überzüge gewechselt hatte, er fühlte sich verlassen. Es war schrecklich, diesen riesigen Brocken von einem Cousin im Bett liegen zu haben. Es war auch unmöglich, sich aufzurichten, aus dem Bett zu kommen, aufzustehen. Rory kapitulierte vor der Erschöpfung, der Trunkenheit und Mungos Sturheit.

Als Mungo zu schnarchen begann, ließ Rory erneut seine Träume Revue passieren. Er sah sich mit Hebe durch den Wald spazieren, die Kirschen blühten, zu ihren Füßen wuchsen Glockenblumen, späte Primeln und frühe Feuernelken; die Vögel trällerten ihre Frühlingslieder, die Sonne schien schräg durch die zarten Blätter der Eichen, der Buchen und der Eschen, und aus der Tiefe des Waldes ertönte der Ruf des Kuckucks ... o Gott: der Kuckuck! Er wandte sich von Mungo und dem Licht ab, das jetzt von draußen hereinströmte. Wie konnte er Mungo schlagen, welche Argumente konnte er vorbringen? Alison, Ian und Alistair schienen kein Gewicht zu haben. Wie wäre es mit dem Spruch seiner Eltern – »Was würde die Familie dazu sagen?« –, würde das irgend etwas nützen?

22

Auf dem Heimweg vom Helikopterflugplatz übte Silas, was er zu seiner Mutter sagen würde. Über dem Arm trug er Hebes Guernsey-Pullover. Er zog die Kapuze seines Parkas hoch, um sein Gesicht vor den vorbeifahrenden Autos zu verbergen, denn er wollte nicht, daß jemand ihn erkannte, zur Mitfahrt einlud und ihn mit freundlicher Neugier fragte, ob es beim Segeln schön gewesen sei. Tang, den der Sturm vom Meeresboden aufgewühlt hatte, markierte am Ufer den Höchststand des Wassers. Lärmende Kinder rannten daran entlang, sammelten Treibholz, das sie zu einem Freudenfeuer aufschichteten, in dem von den untergemischten Teerklumpen blaue Flammen hochzüngelten. In die Flammen warfen sie Plastikbehälter, die in der Hitze explodierten, wodurch das Vergnügen etwas Gefährliches bekam. Leute beklagten sich über den landeinwärts ziehenden Rauch, der ihre Nylongardinen schwärzte. Silas sah zu. Auch er hatte oft Treibholz gesammelt und Arme voll nach Hause getragen, um den Wohnzimmerkamin damit zu heizen. Er verspürte den brennenden Wunsch, bei den Mädchen und Jungen mitzumachen. Dann sah er, daß Giles unter ihnen war. Ihm wollte er unter keinen Umständen begegnen.

Seine Gedanken wanderten zurück zu Hebe, und er sagte sich vor: »Es war herrlich. Sie haben mich eingeladen, wiederzukommen. Ich bin früher nach Hause gekommen, weil Mrs. Reeves' Vater krank wurde. Sie fahren alle zurück. Sie schicken dir die besten Grüße – das Essen war sehr gut – ich hatte genau die richtigen Kleider dabei – ich fürchte, ich habe etwas auf deinen Guernsey geschüttet. Wir sind um den

Leuchtturm von Bishop's Rock gesegelt – nein, es war überhaupt nicht gefährlich, es war aufregend – die anderen Jungen mochte ich gern – eine tolle Familie – es war wunderbar.« Totaler Mist, sagte er sich. Mist war ein bevorzugter Ausdruck von Alistair. Sie wird bemerken, daß es Mist ist, wenn sie das Erbrochene auf ihrem Pullover riecht. Was soll ich erzählen, fragte er sich zum hundertstenmal. Vielleicht betrachtet sie es als selbstverständlich, daß der Aufenthalt gut verlaufen war, genauso wie sie mir glaubt, was ich ihr von der Schule erzähle. Das einzige, was mir von den Scilly-Inseln geblieben ist, ist das Wort Mist, die Seehunde, die Natter und die Farbe des Meeres. Sollte er Hebes Guernsey-Pullover »verlieren«, ihn über die Strandmauer werfen? Dann würde sie das Erbrochene nicht riechen. Nein, das ging nicht. Er erinnerte sich, daß er sehr teuer war und sie sich für den Preis gerechtfertigt hatte, indem sie sagte: »Du wirst ihn tragen können, er wird sich als nützlich erweisen, wenn du ein bißchen größer bist.« Gott, wie er das Ding haßte. Und was sollte er über seinen Matchsack sagen, wie sollte er dessen Verlust erklären? Silas zwang sich weiterzugehen. Sie würde sich so sehr freuen, ihn zu sehen, und vergessen, Fragen zu stellen. Sie fragte ihn nie viel, das war einer ihrer wunderbaren Züge. Silas rannte plötzlich los.

Er bog um die Ecke, begann den beschwerlichen Anstieg die dunkle Backsteinstraße hinauf, beschleunigte den Schritt und faßte neuen Mut. Bald würde er bei Hebe sein. Sie würde aussehen wie auf dem Bahnsteig, wenn er von der Schule nach Hause kam: große Augen, leicht verrückter Ausdruck im Gesicht. Sie würde ihn umarmen, er würde vor Erleichterung, wieder bei ihr zu sein, die Arme um sie schlingen, sich an ihre Brust schmiegen, sie würden lachen. Alles wird wieder gut, sagte er sich kurz vor dem Haus. Er rannte und kam in plötzlicher Hochstimmung vor der Tür an.

Sie war verschlossen.

Silas war verblüfft. Trip spähte aus dem Fenster, öffnete das Maul zu einem stummen Miauen, zeigte ihre spitzen Zähne und den rosafarbenen Gaumen. Silas rannte zur Rückseite des Hauses. Die Hintertür war ebenfalls verschlossen. Er rüttelte an der Klinke. Trip kam durch die Katzentür heraus, schmiegte sich schnurrend an seine Beine, stupste ihn an, schlängelte sich um ihn herum und streichelte ihn mit dem ganzen Körper, einschließlich ihres Schwanzes. Silas hob sie hoch und drückte sie an sein Gesicht. Da fiel es ihm wieder ein. Er sollte drei Wochen auf den Inseln verbringen. Sie wollte während seiner Abwesenheit einen zweiwöchigen Job in Wiltshire annehmen. Silas setzte sich auf die nassen Türstufen. Als Hebe ihm von dem Job erzählte, hatte er vermutet, sie würde nur deshalb gehen, weil er ihr einen Teil seiner Ferien raubte. Er war vollkommen vernagelt gewesen. Ihn hatte sonst gar nichts interessiert, er wollte nur auf die Scilly-Inseln fahren. Ihm war vollkommen klar gewesen, daß sie nur die Zeit seiner Abwesenheit überbrücken wollte. Die Katze ans Gesicht gepreßt, weinte er. Das Schuldgefühl, das er zusätzlich zu Scham und Kränkung empfand, war zuviel. Die Tränen liefen ihm herunter, seine Nase triefte, was die Katze abscheulich fand; sie sprang herunter und rannte durch ihre Tür wieder ins Haus zurück. Silas legte den Kopf zwischen die Knie und schluchzte. Er beschloß, sich über die Klippen zu werfen und Schluß zu machen.

»Kann ich irgendwie helfen?«

Silas sah Füße, Hosenbeine, ein Tweedjackett über einem dunklen Pullover, darüber ein Gesicht, das er noch nie gesehen hatte. Er rappelte sich hoch, von dem Kauern auf den Türstufen kalt und steif geworden. Der Mann trug einen alten Filzhut, von dessen Rand der Regen tropfte. »Wer sind Sie«, fragte er und schämte sich wegen seiner verheulten Stimme.

»Ich heiße Jim Huxtable«, sagte der Fremde. »Ich wollte eigentlich das Mädchen besuchen, das hier wohnt.«

»Sie ist nicht da.« Silas begann wieder zu weinen. Ihm war kalt, er war müde, hungrig und naß. Er wünschte, der Mann würde fortgehen. Er wollte sterben. Da das nicht ging, wollte er seine Mutter.

»Und du bist ausgesperrt?«

»Sie ist fort.«

»Wer hat die Schlüssel?«

»Terry oder Hannah oder Amy, aber ich –«

»Du willst sie nicht fragen.«

»Ich *kann nicht*.«

»Wer füttert die Katze?«

»Terry oder Hannah.«

»Wann kommt sie zurück, deine Mutter?« Was für ein durchnäßtes Kind.

»Tagelang nicht«, klagte Silas.

Jim schätzte die Lage ab. Wenn der Junge Leute kannte, die den Schlüssel hatten, war es ihre Aufgabe, ihm zu helfen. Das Vernünftigste wäre, ihn zu ihnen zu bringen, und sie sollten sich um ihn kümmern.

»Kennst du zufällig jemanden namens Bernard Quigley?« fragte er unbestimmt, weil er dachte, Bernard könnte helfen, wenn er hier wäre.

»Ja!« Etwas in den Augen des Jungen, die Art, wie sie aufleuchteten, rührte ihn. »Meine Mutter kennt ihn und ich auch, aber ganz unabhängig davon bin ich mit ihm befreundet, es ist schön –« Wie sollte er es ausdrücken, wie erklären, daß es schön war, den alten Quigley allein zu besuchen, ohne daß Hebe dabei war?

Jim dachte: Also wirklich, diese Schlüsselkinder, wie unverantwortlich die Leute sind. »Ich wohne bei Bernard Quigley«, sagte er, das Gesicht des Jungen betrachtend. »Ich habe Einkäufe für ihn erledigt. Möchtest du mitkommen und ihn besuchen? Vielleicht könntest du ihm von deinen Schwierigkeiten erzählen.«

»Ja, bitte«, erwiderte Silas und fügte hinzu: »Es gibt nichts zu erzählen.«

»Dann komm.« Jim führte ihn zu seinem Wagen. Silas folgte ihm. Jim fragte sich, warum er ärgerlich war, warum er sich so unsinnig verhielt. Dieser Junge ging ihn nichts an. Aber als er mit Silas neben sich aus der Stadt hinausfuhr, dachte Jim: Das wird mir helfen, die Frau kennenzulernen. Wenn ich den Jungen kenne, kann ich später vorbeigehen und mich nach ihm erkundigen. Sie zu sehen, würde ihn von der quälenden Vorstellung befreien, die ihn nicht mehr losließ, seit er sie zum erstenmal zu Gesicht bekommen hatte. Wieder einmal die Falsche, und diese hier war offensichtlich ein Miststück erster Güte.

Während der Fahrt schwiegen sie. Jim hielt Small talk für überflüssig. Silas war in nervöse Schwermut verfallen. Als sie die einsame Telefonzelle erreichten, bat Jim Silas, ein Gatter zu den Feldern zu öffnen. »Die Bauern erlauben mir, meinen Wagen hier abzustellen.« Er verschloß das Auto.

Im Gänsemarsch gingen sie über die Felder, Jim voran, in den Händen die Einkäufe. Silas folgte ihm. Wenn ich renne, dachte Silas, ist es nur eine halbe Meile bis zu den Klippen. Ich könnte springen, Erklärungen wären nicht nötig. Er grübelte über diese dramatische Vorstellung nach. Der gesunde Menschenverstand sagte ihm, der Mann vor ihm würde schneller laufen als er, würde ihn einfangen, und er würde noch idiotischer, noch dämlicher dastehen. Schmollend folgte er Jim durch das nasse Feld. Auf der Hälfte des Weges begegnete ihnen Feathers, sprang an ihnen hoch, tollte herum, wedelte mit dem Schwanz und jaulte vor Freude.

»Ich habe dir einen Freund zum Lunch mitgebracht.« Jim begrüßte Bernard, der unter dem Vordach stand und sie durch den Regen auf sich zukommen sah. »Er hat sich ausgesperrt.«

»Kommt rein und trocknet euch.« Bernard zeigte keine Überraschung. Er legte die Hand auf Silas' Schulter und führte ihn ins Wohnzimmer. Das Aussehen des Jungen bewegte ihn. Jemand hatte ihn verletzt.

»Wir müssen trockene Sachen für dich finden«, sagte er. »Du solltest dich lieber umziehen. Aber trink zuerst etwas. Nur einen Löffel voll Brandy. Du magst keinen Sherry, das wird dir auch nicht schmecken, aber es wärmt die Eingeweide.« Bernard goß ein wenig Brandy ein und reichte Silas das Glas. »Schütte es nicht auf den Teppich, trink es.«

Silas errötete und schluckte gehorsam den Brandy. Bernard ließ die Hand auf seiner Schulter. Silas hatte nicht mehr das Gefühl, er müsse sich die Klippen hinunterstürzen. Bernard wartete, bis sich Silas' Schultern nicht mehr anfühlten wie eine gespannte Feder. Jim ging in der Küche umher, packte die Einkäufe aus und sprach mit Feathers, der mit Knurren und Brummen antwortete. Bernard sagte: »Jetzt geh nach oben, erste Tür links, und zieh deine nassen Sachen aus. Jim«, rief er, »such Kleider für Silas, bis seine eigenen trokken sind.«

Jim brachte ein Handtuch. »Das hält dich warm.« Er reichte ihm ein T-Shirt und einen schweren Pullover. »Zieh das an und Socken.« Er gab ihm welche. »Mit Hosen sieht es schlecht aus. Probier das hier, wickle es um dich herum.« Er nahm einen Schal vom Bett.

»Danke.« Silas zog die klammen Kleider aus, streifte das T-Shirt und den Pullover über, der ihm bis zu den Knien reichte. Er war warm und roch köstlich. Den Schal schlang er wie einen Sarong um die Taille und zog die Socken an.

Bernard rief die Treppe herauf. »Du solltest lieber hierbleiben, bis deine Mutter zurückkommt.«

»Kann ich?« fragte Silas erstaunt.

»Natürlich. Komm runter und setz dich mit Feathers vors Feuer, wenn du fertig bist.«

Jim winkte aus der Küche. Bernard ging zu ihm hinein.

»Da stimmt etwas nicht«, flüsterte Jim dem alten Mann zu. »Was sind denn das für Leute? Ich habe gehört, was mit Kindern passiert, die ausgesperrt waren, und wozu das führt.« Seine Stimme wurde lauter. »Was macht der Vater des Kindes? Man sollte ihn verklagen –« Er glühte vor Rechtschaffenheit.

»Es gibt keinen Vater. Sprich leiser.«

»Und die Mutter ist eine Prostituierte, vermute ich«, sagte Jim höhnisch.

»Ja, das stimmt.«

»Dann sollte man *sie* verklagen. Es ist kriminell, ein Kind allein zu lassen. Zitternd und weinend habe ich ihn gefunden, ausgesperrt und zu verängstigt, um zu den Nachbarn zu gehen. Was für ein Dreckstück ist sie?«

Bernard schnaufte schwer, um sein bekanntes gackerndes Lachen zu unterdrücken.

»Was zum Teufel ist daran witzig?« stieß Jim wütend hervor.

»Silas sollte eigentlich bei einem reichen Schulfreund die Ferien auf den Scillys verbringen. Seine Mutter hat sich über seine

Abwesenheit hinweggetröstet, indem sie bei meiner Freundin Louisa als Köchin arbeitet.«

»Mrs. Fox, zu der du mich geschickt hast? Die?«

»Ja.« Bernard benutzte sein vom Schnupftabak beflecktes Taschentuch. »Der Junge hat eine hingebungsvolle Mutter, die sich abrackert, um –«

»Sich prostituiert, meinst du«, fiel ihm Jim gehässig ins Wort.

»Wenn du so willst. Um ihn auf eine beklagenswert teure Privatschule zu schicken. Wenn sie sich nicht prostituiert, wie du es nennst, übernimmt sie Kochstellen bei alten Damen. Ich versichere dir, was immer Silas geschehen ist, es passierte auf den Scillys, und noch wahrscheinlicher ist, daß er es selbst heraufbeschworen hat. Seit wann bist du so puritanisch?«

Jim war entwaffnet. »Wird er dir erzählen, was passiert ist?«

»Das bezweifle ich, schließlich kenne ich seine Mutter. Verglichen mit ihr ist eine Auster ein offener Safe. Silas ist ihr darin sehr ähnlich.«

»Was willst du machen?«

»Ihn hier behalten und später Louisa anrufen.«

»Da kommt er.« Jim hörte, wie Silas die Treppe herunterkam.

»Es war unverzeihlich von mir, daß ich dir das gesagt habe.« Jim sah, daß sich Bernard wegen seiner Indiskretion große Sorgen machte.

»Auch ich kann verschlossen sein wie eine Auster«, sagte er und lauschte, wie der Junge sich näherte.

Als Silas die letzte Treppenstufe erreicht hatte, sprang Feathers, ein Hund mit Gespür für Situationen, auf und legte ihm die Pfoten auf die Schultern; Silas fiel auf den Hintern, blieb sitzen, und der Hund leckte sein Gesicht ab. Silas lachte. Der alte und der jüngere Mann lächelten sich erleichtert an.

Mit Blick auf Silas' Füße sagte Bernard: »Du brichst dir den Hals in diesen Socken. Sieh mal, was du da machen kannst, Jim. Setz dich, Silas.«

Silas setzte sich ans Feuer, und Jim zeigte ihm, wie man die Socken einschlug, damit man nicht stolperte. Feathers schnaufte und schnüffelte um ihn herum, weil die Gerüche von Jim und Silas plötzlich vermischt waren.

»Lunch«, rief Bernard. Sie folgten ihm ins andere Zimmer. »Setz dich zu mir.« Silas setzte sich neben Bernard. Ihm knurrte der Magen. Jim stellte einen Teller Suppe vor ihn. »Fang an«, sagte Bernard. Silas gehorchte.

»Warte einen Moment«, sagte Jim. »Sie ist aus einer Büchse, laß mich einen Tropfen Sherry reintun.«

»Ich –«

»Sie ist dann viel besser.« Jim träufelte ein wenig Sherry in Silas' Suppe. Silas probierte.

»Schmeckt's?«

»Ja, danke.« Silas hatte noch nie einen Freund von Bernard kennengelernt, in seiner Vorstellung war Bernard immer allein. Er aß seine Suppe und fühlte sich, die Füße in Jims Socken, mit Feathers' Schnauze auf seinem Knie, vollkommen sicher.

Danach gab es gebackenen Fisch mit Fenchel. »Heute abend«, sagte Bernard, »essen wir Moorhuhn, das der schlaue Jim in Salisbury aufgetrieben hat. Hast du schon mal Moorhuhn gegessen?« fragte er Silas.

»Noch nie.«

»Ich hätte mehr gebracht. Es war nur noch ein Paar übrig, irgendeine gierige Person hat fast den ganzen Vorrat aufgekauft. Der Fischhändler sagte, sie würde eine Gefriertruhe damit füllen. Aus den Knochen koche ich eine Suppe.«

»Du siehst dich wohl gern als Koch«, sagte Bernard neckend. »Silas' Mutter ist eine Spitzenköchin, ihn kannst du nicht überraschen.«

Silas sah vor sich hin. Seine Stimmung war gedrückt. Jims und Bernards Blicke trafen sich. Nur durch sein reifes Alter ermutigt, riskierte Bernard die Frage: »Hast du mit dem Gedanken gespielt, dich umzubringen, als Jim dich fand?« Ohne Silas' Antwort abzuwarten, wandte er sich an Jim. »Wann wolltest du das letztemal Schluß machen, Jim? Ich kann mich nicht erinnern, wann ich es das letztemal tun wollte. Mit dem Alter läßt das nach. Es muß dreißig Jahre her sein, daß ich es ernstlich erwogen habe. Na, komm«, sagte er Jim ansehend, »sag es uns.«

Da er den starken Appell, der in der Bitte lag, empfand (hoffte Bernard, Silas' Wunden auszubrennen?), fühlte sich Jim der Situation gewachsen.

»Vor ziemlich langer Zeit glaubte ich, ich sei verliebt.«

»Du!« sagte der alte Mann höhnisch, um ihn zu ermutigen. »Verliebt?« fügte er spöttisch hinzu.

»In Italien«, sagte Jim. »Ich wurde zu einer Party mitgenommen. Es war ein Feiertag, ihr wißt schon, Prozessionen, Heiligenbilder werden schwankend vorbeigetragen, Ministranten mit Weihrauchkesseln, die Leute singen und beten, es riecht nach Knoblauch, Wein und Räucherwerk, Kinder schreien, weil sie völlig aus dem Häuschen geraten, und die Mütter verteilen Ohrfeigen.«

»Italiener schlagen ihre Kinder nicht«, unterbrach ihn Bernard. »Aber erzähl weiter.«

»Ich sah bei der Prozession zu. Es war abends, habe ich das erwähnt? Die Blechmusik dröhnte.«

»Sprich weiter.« Bernard beobachtete Silas' interessiertes Gesicht.

»Die dunkle Stadt war von Kerzen erleuchtet, auf allen Fenstersimsen der Stadt waren Kerzen festgemacht. Es war in Lucca. Bist du schon mal in Lucca gewesen?«

»Nein.«

»Ich habe von einem Balkon aus zugesehen. Die Prozession wand sich durch die engen Gassen, die die Häuser so hoch erscheinen lassen, obwohl sie gar nicht so hoch sind. Im Licht dieser vielen Kerzen erschienen sie hoch ...«

»Wo war das Mädchen?«

»Welches Mädchen?«

»In das du dich verliebt hast?«

»Sie war unten auf der Straße mit einer Gruppe Hippies. Da waren Stände, an denen Halsketten aus Haselnüssen verkauft wurden. Ich sah, daß sie eine haben wollte. Ich rannte hinunter und holte sie ein. Wir gingen zusammen weiter. Ich habe ihr die Kette gekauft und sie ihr um den Hals gelegt.«

»Wie sah sie aus?«

»Sehr lange braune Haare, langes Kleid, ich konnte ihr Gesicht kaum sehen. Ihr wißt, wie es damals war, man sah die Gesichter der Leute nicht, weil sie so viel Haar hatten. Ich hatte einen Bart.«

»Ich erinnere mich an dich, ein trauriger Anblick.«

»Es war die Zeit der langen Haare und Bärte«, sagte Jim abwehrend. »Flower power und so weiter, riesige Mähnen bei beiderlei Geschlecht.«

»Erzähl weiter.«

»Wir verbrachten den Abend zusammen. Sie war hinreißend.«

Silas war völlig gefangengenommen. Zusammen mit Jim war

er in Lucca, er marschierte mit der Prozession durch die kerzenerhellten Straßen und konnte das Singen der Leute und die Kapelle hören. Es war wunderbar.

»Sie hatte braune Augen, einen herrlichen Gang. Wir waren glücklich. Dann wurde sie ganz ausgelassen, man konnte kaum Schritt mit ihr halten, so schnell ging sie.«

»Und dann?«

»Dann«, sagte Jim wütend, »ging alles schief. Es gab irgendeine Schlägerei. Ich habe sie verloren. Jeder rannte davon, um sich in Sicherheit zu bringen.«

»Dann hast du also nicht mit ihr geschlafen –«

»Doch, vor dem Durcheinander, vor der Schlägerei und dem allgemeinen Davonrennen. Sie verschwand. Es war, als hätte es sie nie gegeben. Versteht ihr? Vielleicht war sie eine Illusion«, sagte Jim.

»Ja«, seufzte Bernard, »vielleicht war sie das.«

»Als ich sie nicht finden konnte, hätte ich mich am liebsten umgebracht.«

»Ach«, seufzte Bernard. »Du hattest sie vor dieser Nacht noch nie gesehen?«

»Nein, das habe ich doch gesagt.«

»Und seitdem hast du sie immer gesucht?«

»Manchmal glaube ich, sie zu sehen«, sagte Jim, »für einen flüchtigen Augenblick.«

»Aber sie ist es nie.« Bernard schnippte mit den Fingern. »Ich hätte nie gedacht, daß du zu solchen Phantastereien fähig wärst. Sollen wir den Kaffee am Kamin trinken?«

»Es ist leicht, sich darüber lustig zu machen.« Jim stand auf, um Kaffee zu kochen. »Es gibt eben Romantiker, dich ausgenommen natürlich.«

»Das ist mir auch schon passiert«, sagte Bernard würdevoll.

Silas brach in Lachen aus. Sich Bernard in einer romantischen Situation vorzustellen, war höchst lächerlich.

Bernard blickte zufrieden drein. »So dumm, daß ich sie verloren hätte, war ich nie«, sagte er, beugte sich hinunter und legte Holz aufs Feuer. »Wenn ich in ein Mädchen nicht mehr verliebt war, habe ich die Dinge so arrangiert, daß aus Liebe Freundschaft wurde. Auf diese Art habe ich fast mit all meinen Amouren die Beziehung aufrechterhalten.«

»Und wie hast du das gemacht?«

»Wenn es bei dir – ähm – nachläßt, drehst du es so hin, daß sie meint, sie würde abkühlen. Sie behält ihre amour propre, du die deine, und die Freundschaft bleibt bestehen. Es funktioniert«, sagte Bernard selbstgefällig. »Jedesmal hat es funktioniert, außer einmal, und selbst dabei – na ja, wir sprachen über dich. Wie hieß das Mädchen?«

»Ich weiß nicht. Ich habe die Leute gefragt, mit denen sie zusammen war. Sie sagten, sie würde nicht zu ihnen gehören. Das wunderte mich nicht, das waren nicht die Leute, die zu ihr paßten – Drogentypen, würde ich sagen.«

»Sie hatte also keinen Namen. Welche Nationalität?«

»Wir sprachen französisch. Ihr Italienisch war schlecht. Sie fragte: ›Sprichst du Französisch?‹ Daran erinnere ich mich. Vielleicht war sie Französin.«

Bernard lachte. »Ein Mädchen ohne Namen und Nationalität. Du hast sie erfunden.«

»Ich hätte mich wohl kaum wegen einer erfundenen Geschichte umbringen wollen«, sagte Jim pikiert.

»Du hast noch nicht einmal ihr Aussehen beschrieben.«

»Ich sagte doch, sie hatte lange Haare, braune Augen, braune Haut. Wenn ich sie heute wiedersehen würde, würde ich sie vielleicht gar nicht mehr erkennen. Wir haben uns nachts kennengelernt, bei Fackellicht. Ich habe sie im Dunkeln geliebt. Es war still in der Nähe der Kirche, weil dort der Lärm der Prozession verstummte. In dieser Kirche hängt ein schwarzer Christus.« Jim war wieder in Lucca.

Silas sah in Jims Gesicht, das von den plötzlich auflodernden Flammen der frischen Scheite erhellt wurde. »Was ist dann passiert?« flüsterte er.

»Ich habe sie tagelang gesucht. Ich habe in einer Bar gearbeitet, um Geld zu verdienen. Niemand wollte sie gesehen haben. Ich beschrieb, wie sie davonrannte. Man antwortete mir, in dieser Nacht seien eine Menge Leute gerannt. Eine Prügelei am Fest des Heiligen war eine Schande. Es war die Schuld der ausländischen Hippies. Ich nehme an, sie verließ die Stadt.«

Jim schenkte Kaffee in die Tassen, eine reichte er Bernard, die andere bot er Silas an.

»Silas?« Zum erstenmal nannte er den Jungen beim Namen. Silas nahm an und bediente sich mit Milch und Zucker. Bernard nieste. »Es ist recht aufmunternd festzustellen, daß sich die Menschen immer noch verlieben. Was ist dann geschehen?«

»Ich habe mich gegen Selbstmord entschieden, hatte eine Affäre mit einer amerikanischen Blondine und wurde ein Schürzenjäger«, sagte Jim ausdruckslos.

»Aber du hältst noch immer Ausschau nach ihr«, behauptete Silas.

»Stimmt.« Jim sah den Jungen an. Er erholt sich, dachte er, er fühlt sich jetzt sicher, noch nicht sicher genug, daß wir ihn fragen könnten, was geschehen ist, vermutlich wird er es nicht einmal seiner Hurenmutter erzählen. Vielleicht wird er es niemandem erzählen, bis sich eine Gelegenheit ergibt so wie heute, als ich ihm von meiner Liebe in Lucca erzählte, um ihn abzulenken. »Manchmal sehe ich eine Frau, die mich an das Mädchen erinnert. Aber sie ist es nie.«

»Das muß quälend sein.« Bernard zeigte sich fast anteilnehmend.

»Es hält mich jung.« Und ich bleibe für mich, dachte Jim überrascht.

»Vielleicht sucht sie dich auch noch«, meinte Silas, dem die Vorstellung gefiel.

»Das bezweifle ich. Als ich sie kennenlernte, war sie auch gerade auf dem Sprung«, sagte Jim. »Sie war eine von der schnellen Truppe.«

Sie saßen da, tranken Kaffee, Bernard, am Feuer, in seinem Schaukelstuhl, Jim ihm gegenüber, Silas, Feathers und die Katze zu ihren Füßen. Draußen prasselte erbarmungslos der Regen herunter, die atlantischen Wolken entluden ihre Fluten über der Halbinsel. Feathers leckte sich im Traum die Lefzen. Bernard stellte klappernd seine Tasse ab.

»Ich habe noch nie jemandem von dem Mädchen erzählt.« Jims Blick traf sich mit dem des alten Mannes.

Ich soll annehmen, es sei nie geschehen, dachte Bernard. Er ist so verletzlich wie der Junge. »Es war nobel, daß du uns davon erzählt hast«, sagte er. Kurz darauf dachte er, er sollte über die Felder zum Telefon marschieren und Louisa wegen Silas Bescheid sagen. Sie wird Hebe informieren. Damit muß ich so lange als möglich warten; ich habe nicht die Kraft, mich zweimal über die Felder zu schleppen. Wir müssen zusehen, daß Hebe sich nicht ängstigt und auf dem Heimweg unvorsichtig fährt.

23

In der Telefonzelle bei der Bushaltestelle wählte Bernard Louisas Nummer und lauschte dem Klingeln, das sie in ihrem Haus in Wiltshire wachrütteln würde.

Vor vielen Jahren, als er wußte, daß sie mit ihrem Mann in London war, hatte er das Haus besucht, hatte herumgeschnüffelt und den Garten erkundet, indem er sich als jemand von der Feuerversicherung ausgab. Er hatte das Hausmädchen gebeten, ihn durchs Haus zu führen, damit niemand Verdacht schöpfte. Wenn er mit ihr telefonierte, konnte er sich deshalb vorstellen, wie ihre Umgebung aussah: damals, als der Schmerz sie niederdrückte, nachdem ihr Mann tot umgefallen war (ein ziemlicher Schock), als sie sich ins Witwendasein schicken mußte, mit Geldnöten, aber auch mit Freude an ihrem Garten, an den Hunden und in letzter Zeit dem Vergnügen an Hebes kulinarischer Betreuung. Er sah sie vor sich in ihrem Salon, dessen Terrassentüren den Blick auf den Garten freigaben. Da er sie nachts anrief, sah er sie in ihrem Bett, mit Bibliotheksbüchern, Uhr, Pillen und Brille auf dem Nachttisch. Manchmal vergaß er, daß sie alt geworden war, und er stellte sich das Mädchen vor, das mit solcher Leidenschaft das Zimmer im Hotel d'Angleterre mit ihm geteilt hatte.

»Hallo?« Louisas Stimme klang klar. »Bernard?«

»Ja.« Sie riet immer richtig.

»Mein liebster Bernard, ich habe dir so viel zu erzählen, was dich zum Lachen bringen wird.« Sie bebte vor Vergnügen.

»Ist Hebe bei dir?« schnitt er ihr das Wort ab.

»Natürlich. Was ist los?«

»Ihr Junge. Du weißt, daß sie einen Jungen hat?«

»Sie weiß nicht, daß ich es weiß. Du weißt, ich bin diskret.«

»Louisa, der Junge ist hier bei mir.«

»Bei dir? Warum? Wie seltsam.«

»Hebe hat ihn mit vornehmen Schulfreunden auf die Scilly-Inseln geschickt.«

»Ich weiß. Du hast mir gesagt, deshalb komme sie zu mir. Was ist passiert?«

»Jim Huxtable, unser Bote –«

»Ja, ich mochte ihn. Gefiel mir, wie er aussah. Auch nette Manieren.« Sie hätte gerne über Jim gesprochen.

»Er hat den Jungen zitternd auf der Haustreppe gefunden, er war ausgesperrt. Er wußte nicht, was zu tun war. Der Junge wollte ihm nicht sagen, was geschehen ist, also hat er ihn mit zu mir gebracht. Er ist hier in meinem Haus.«

»Aber was ist passiert? Was –?«

»Das Kind sagt nichts. Genau wie seine Mutter, verschlossen wie eine Auster. Ich habe nicht gefragt.«

»War es etwas Schlimmes? Ist er vergewaltigt worden? Man liest ja so schreckliche Dinge in den Zeitungen.«

»Nein, nein, nichts Physisches. Er ist davongelaufen, das ist alles, was ich weiß, und daß er seine Mutter braucht.«

»Natürlich«, rief sie aus.

»Also, mein Schatz, dann sag Hebe, daß sie schnell nach Hause kommen, aber vorsichtig fahren soll.«

»Natürlich werde ich das. Kein Grund, in diesem Ton mit mir zu sprechen.«

»Weiß nicht, wozu Leute Kinder haben, machen nichts als Sorgen«, brummte Bernard.

»Komm jetzt, Bernard, bloß weil wir –«

»Bleiben wir beim Thema.«

»Bitte.« Louisa schwieg.

Ich habe sie verletzt, dachte Bernard. Sie wollte immer Kinder haben. Angenommen, wir hätten geheiratet – »Bist du noch dran?« fragte er.

»Ja. Ich dachte gerade, auch wenn sich Hebe Sorgen macht, wird sie froh sein, von mir wegzukommen.«

»Warum? Sie kommt furchtbar gerne zu dir.«

Louisa erzählte ihm die Geschichte von Mungo und Rory, die gleichzeitig bei ihr aufgekreuzt waren, eine Geschichte, die sich während des Erzählens immer mehr ausweitete. »Wenn du früher angerufen hättest, hätte ich dir von Rory erzählt. Auf dem Weg hierher kam sie zufällig in seinen Hutladen. Er ist begeistert, alles läuft bestens, und dann taucht plötzlich Mungo auf, und, ach Bernard, sie war hervorragend, eine Sicherheit des Auftretens, einfach vorbildlich für ein Mädchen in ihrer Situation, total beherrscht.«

»So kann man es auch sehen.«

»Ich werde es ihr morgen früh sagen. Sie braucht etwas Schlaf.«

»Wenn das wahr ist, was du mir gesagt hast, schläft sie nicht, sondern macht sich Sorgen.«

»Ich habe mein Bestes getan, ich habe die beiden rausgeworfen.«

»Sie werden zurückkommen, Louisa, sie werden sich nicht fernhalten. Einer vielleicht, aber nicht beide zusammen. Einer wird denken, der andere könnte ihm zuvorkommen.«

»Glaubst du? Würdest du so handeln?« Sie war amüsiert.

»Geh und weck sie auf, Louisa. Sie muß zurückkommen, das Kind braucht sie. Beeil dich.«

»Sicher, sicher.«

»Ich kann ihn nicht auf unbestimmte Zeit hier behalten.«

»Wie eigennützig du bist. Wie steht es mit Amy Tremayne und dieser Hannah?«

»Jim sagte, der Junge habe es abgelehnt, zu ihnen zu gehen. Vermutlich hatte er Angst, man würde ihn auslachen.«

»Also gut, ich wecke sie auf. Bernard, mein Schatz?«

»Ja, Louisa?«

»Melde dich wieder, sag mir –«

»Daß ich dich liebe?« Bernard lachte. »Das weißt du doch. Ich liebe dich«, sagte er.

»Ja, das auch, aber halt mich auf dem Laufenden, erzähl mir, was den Jungen aufgeregt hat.«

»Das werde ich, sollte ich es jemals herausfinden. Gute Nacht, Louisa.«

»Gute Nacht, mein Liebster.« Sie hängte ein. Bernard legte den Hörer auf. Es gab eine Zeit, in der wir es auch so meinten, wenn wir uns auf diese Weise verabschiedeten. Hat die Zeit meine Gefühle zerstört? Wie diese Telefonzelle stinkt. Bernard stand bei offener Tür da, atmete die feuchte Nachtluft ein, nahm eine Prise Schnupftabak und machte sich, ausgiebig niesend, auf den Weg über die Felder.

Beim Gehen sah er Louisa vor sich, wie sie aus dem Bett stieg, den Spitzenmorgenrock mit der Seideneinfassung anzog, den sie zusammen ausgesucht hatten, wie sie den Gang entlang lief, die Treppe hinaufstieg (wo recht interessante Drucke hingen, wie er sich erinnerte), an Hebes Tür klopfte und sie weckte. Was würde sie sagen, wie würde sie es ausdrücken? Bernard lachte bitter. Sie war alt, der Morgenmantel war sicher aus Wolle, Louisa hatte sich verändert. Früher mochte sie andere Frauen nicht; sie hatte Angst vor potentiellen Rivalinnen. Nicht zu Unrecht, wie er einräumte, denn einmal, als sie sich unvermutet trafen, war er mit einer anderen Frau zusammen gewesen. Sie hatte durchaus Grund zur Eifersucht gehabt. Aber sie hatte ich immer am liebsten, dachte er, durch das nasse Gras stapfend, oder fast am liebsten. Sie hätte wegen dieses Mädchens kein solches Theater zu machen brauchen; ich habe nur einmal mit ihr geschlafen, ich kann mich noch nicht einmal mehr an ihren Namen erinnern. Jetzt mag sie andere Frauen, dachte er, als er sein Haus im Mondlicht vor sich liegen sah. Sie hat sich mit Hebes Liebhabern angefreundet, mit Mungos Mutter – von meinem Techtelmechtel mit ihr hat sie nie etwas erfahren –, und sie liebt Hebe. Als er durch den Spalt in der Gartenmauer schlüpfte, war er froh, daß sie sein Haus nie gesehen hatte, obwohl ihm ihres genau vor Augen stand. Das hatte er ihr voraus. Als er, Feathers' seidigen Kopf streichelnd, eintrat, dachte er, es gab eine Zeit, in der wir die ganze Nacht von Liebe sprachen, aber jetzt unterhalten wir uns über unsere allseits beliebte Prostituierte. Hoffentlich fährt sie vorsichtig. Es ist eine lange Fahrt. Sie wird sich Sorgen machen. Hätte ich Jim schicken sollen, um sie abzuholen? Vielleicht habe ich keine eigenen Kinder haben wollen, dachte er und schob mit dem Fuß die Katze zur Seite, damit er ein frisches Scheit auf das herunterbrennende Feuer legen konnte, aber ich liebe Hebe wie ein Vater oder ein Großvater. Gott sei Dank bin ich kein alter Lustgreis, der in Hinterteile zwickt und unter Röcken herumfummelt. Zu meiner Zeit habe ich mich ausgelebt. Meine Erinnerungen reichen, bis ich ins Grab sinke. »Bist du noch wach?« rief er leise zu Jim ins nächste Zimmer.

»Ja. Der Junge schläft. Kommt seine Mutter?«

»Ja, Louisa sagt ihr Bescheid.«

»Wirst du dem Jungen sagen, daß sie kommt?«

»Nein. Er regt sich vielleicht auf, wenn sie sich verspätet.«

»Ich gehe ins Bett. Gute Nacht.« Jim ging die Treppe hinauf.

Bernard saß in seinem Schaukelstuhl und starrte ins Feuer, Feathers zu seinen Füßen spitzte die Ohren, als das frische Scheit aufflammte und Funken sprühte. Bernard lauschte dem knisternd brennenden Holz, beobachtete die Flammen. Er dachte an Louisa. War sie glücklich gewesen? Wäre sie glücklicher gewesen, wenn er darauf bestanden hätte, daß ihre Liebe groß genug war, um sich über die Konventionen hinwegzusetzen? Der Widerstand war nicht unbezwingbar gewesen; er hatte ihm als Ausrede gedient, um den unabhängigen Status, den er genoß, zu erhalten. Sie hatte sich konventionell verheiratet. Er wußte, sie hatte ihren Mann geliebt. Aber nicht so wie mich, dachte er eifersüchtig. Bernard streichelte die Katze, die auf seinen Schoß gesprungen war. »Sie liebt mich immer noch am meisten«, sagte er leise zu dem gleichgültigen Tier. »So wie es ist, ist es am besten. Wir sind alt, ich bin reich, ich helfe ihr.« Bernard gefiel sich in seiner Rolle. Er dachte, ich werde ihr Geld schicken. Sie hat keine Ahnung, daß die Sachen, von denen sie sich getrennt hat, als sie knapp bei Kasse war, hier sind, daß ich sie für sie aufgehoben habe und nur vorgab, sie verkauft zu haben. Eines Tages, wenn ich sterbe, soll sie alles zurückhaben – die Ringe, das lächerliche, aber wertvolle Diadem. Ich vermache sie ihr; eine Abschiedsüberraschung. In Gedanken an Louisa verfluchte er das Alter; sein Gedächtnis spielte ihm Streiche, ließ Worte und Menschen zunehmend verschwimmen, unwichtig werden. Wer zum Beispiel war das Mädchen gewesen, von dem Louisa erfahren hatte, daß er mit ihr zum Essen ausgegangen war, obwohl er angeblich Grippe hatte – hinterher hatte er mit dem Mädchen die Nacht in einem Hotel verbracht. Mit ihr war nicht viel los gewesen, daran erinnerte er sich, aber weder an ihren Namen noch an ihr Gesicht. Louisa hatte Theater gemacht. Es war nicht die einzige gewesen.

»Man hatte oft die Grippe«, sagte Bernard zu Feathers, der den Kopf auf die Knie seines Herrn gelegt hatte. »Ach, leider, jetzt kriegt man sie nie mehr.«

Feathers brummte anteilnehmend.

»Ich habe sie so sehr geliebt«, Bernard liebkoste die Schnauze des Hundes. »Dennoch bekam ich immer wieder Grippe. Ihr würde das nicht gefallen, auch heute nicht.«

24

Sie dort in ihren Partykleidern ihrem Schicksal zu überlassen, bis jemand sich ihrer erbarmte, war nicht nett gewesen. Ganz und gar nicht nett. Das Steuerrad fest umklammernd, fuhr Hebe nach Westen, zurück zu Silas. Sie verfluchte sich, daß sie bei Louisa gearbeitet hatte, wo sie doch hätte zu Hause bleiben müssen, um ihm notfalls beizustehen. Sie war leichtfertig gewesen. Abgelenkt durch die Selbstvorwürfe, verpaßte sie die Abzweigung zu der schnelleren, weniger kurvenreichen Straße nach Exeter. Sie hatte bereits mehrere Meilen hinter sich, als sie das Mißgeschick bemerkte. Umzukehren hätte noch mehr Zeit gekostet, es war besser, weiterzufahren und zu beten, daß der Urlaubsverkehr nicht allzu schlimm sein würde. Er wird bei Amy oder Hannah und Giles sein, sagte sie sich. Sie werden sich um ihn kümmern, bis ich komme. Versuch ruhig zu bleiben, beschwor sie sich. Sie saß aufrecht, der Sicherheitsgurt schnitt ihr in die Schulter, sie war angespannt. Sie versuchte, sich zu entspannen und weniger schnell zu fahren. Ein Unfall wäre alles andere als nett.

Nett, nun das war ein Wort, das im Moment überhaupt nicht paßte. Von dem Treffen, das sie gerade hinter sich hatte, fühlte sie sich aufgewühlt und geschockt.

Sie haben sich nicht verändert; sie sind nicht netter geworden. Was für einen schrecklichen Hut sie aufhatte, und er, in Schale geworfen für irgendeinen Auftritt. Sie sind immer noch meine Großeltern, dachte sie, mit jener Mischung aus Liebe und Verletztheit, die sie lange unterdrückt hatte. Habe ich nicht die Todesanzeigen in der ›Times‹ verfolgt, in der Hoffnung, sie würden sterben? Die Intensität ihrer Gefühle überraschte sie. Was für ein lachhafter Zufall, daß auch sie die Abkürzung genommen hatten. Hätte ich das nicht getan, wäre ich längst näher bei Silas. Das hat mir gerade noch gefehlt. Sie hielt bei einer Telefonzelle an, lehnte sich aufs Steuerrad und vergegenwärtigte sich noch einmal die Szene, die sie gerade erlebt hatte.

Der Rover der alten Leute, verkeilt in einen Jeep. Der Farmer ausfällig, ihr Großvater wütend. Sie hatte gefragt, ob sie helfen könne. Sie hatten sie nicht erkannt. Er sagte: »Wir könnten die junge Frau bitten, eine Werkstatt anzurufen.« Wie pompös seine Stimme klang, wie verändert. Hatte er ein neues, besser passendes Gebiß? Und der neue Hund. Wedelnd war er hergekommen. Sie hatte nach seinem Namen gefragt, gesehen, wie der Kopf des alten Mannes herumfuhr, und sie wußte, daß er sie erkannt hatte. Sie hörte, wie er den Hund in einem Ton zurückrief, als wollte er ihn abhalten, sich im Dreck zu wälzen. Als glaubte er, ich würde ihn anstecken, dachte sie entsetzt. Sie hatte gesagt: »Ich werde die Straßenwacht für Sie anrufen.« Sie war höflich gewesen. »Ich mag Ihren Hund«, hatte sie hinzugefügt. »Auf Wiedersehen.« Warum, dachte sie verärgert, hatte sie nicht gesagt: »Ich werde einen schwarzen Herumtreiber für Sie auftreiben, einen Drogensüchtigen mit schmutzigen Fingernägeln, der wird Ihren Wagen reparieren.« Sie sah auf die Telefonzelle, drehte den Zündschlüssel und startete den Motor. Sollten sie doch jemand anderen finden. Ich vergeude nur meine Zeit, ich muß zu Silas zurück. Das Telefon haben vermutlich sowieso Rowdys zerstört, redete sie sich ein, trat aufs Gaspedal und raste davon.

Sie haben mich als hilfsbereiten Menschen erzogen, dachte sie. Sie dort sitzenzulassen, war nicht nett. Ich wette, sie vertrauten darauf, ich würde die Straßenwacht anrufen. Es wird jemand anderer, jemand netterer vorbeikommen. Unwillkürlich mußte sie lachen. Louisa Fox war nett gewesen, als sie sie aufweckte, nachdem sie gerade zu Bett gegangen war. Wirklich nett. Hebe lächelte, als sie an Louisa dachte.

»Tut mir leid, Sie aufzuwecken, Hebe. Es kam eine Nachricht, Ihr Sohn sei allein von den Scilly-Inseln zurückgekommen. Es geht ihm gut. Natürlich braucht er Sie. Nein, natürlich müssen Sie zu ihm.« Panische Furcht hatte sie ergriffen.

Als Hebe aus dem Bett stieg, um sich anzuziehen und zu packen, hatte Louisa ihr Geld gegeben, viel mehr, als sie ihr schuldete. Die Proteste hatte sie beiseite gewischt und etwas gemurmelt wie: Es sei vielleicht letztlich ein Segen, daß sie ihren Aufenthalt abkürzte. Natürlich war das ein Hinweis auf das Mungo-Rory-Duo, die ganze Unordnung innerhalb des Syndikats. Sie schien amüsiert zu sein, murmelte etwas, sie hätte jetzt zwar weniger kulinarische Genüsse, aber größeren Spaß.

Ja, Louisa war sehr nett gewesen. Nicht nett wie »sie«, sondern von innen heraus. Sie hatte sie gezwungen zu frühstükken, stand im Morgenmantel auf den Vorderstufen und hielt Rufus fest, der allem Anschein nach auch mitkommen wollte. Er war in den Wagen gesprungen und mußte herausgezerrt werden. Louisa hatte ihn am Halsband gehalten, mit der freien Hand gewinkt und gerufen: »Lassen Sie mich wissen, wie es ihm geht. Kommen Sie wieder. Fahren Sie vorsichtig in dem Urlaubsverkehr. Nehmen Sie die Abkürzung zur Hauptstraße.«

»Verdammte Abkürzung. Wenn ich sie nicht genommen hätte, wäre ich mit ihnen nicht zusammengetroffen. Sie hielten sich vermutlich auch für schlau, daß sie sie genommen hatten.« Hebe sprach mit sich selbst. »Es war nicht nett, sie zu treffen. Nett – nicht nett. Nette Leute. Die richtigen Leute.« Sie konnte ihre Stimmen hören.

Louisa war nett und gehörte zu den richtigen Leuten. Sie mag meinen Großvater nicht. Hebe erinnerte sich an eine beiläufige Bemerkung Louisas. Die Existenz von Silas hatte sie ganz selbstverständlich hingenommen und keine neugierigen Fragen gestellt.

Hätte sie Amy oder Hannah anrufen sollen? Warum hatte sie das nicht getan? Es wäre so einfach gewesen, eine von beiden anzurufen. So benimmt man sich, wenn man wahnsinnig vor Sorge ist, dachte Hebe. Alles, was ich möchte, ist, zu ihm zu fahren. Ich werde nicht aufhören, mich verrückt zu machen, bevor ich ihn sehe. Warum hat er mir diese Postkarte geschickt? »Verbringe eine wunderbare Zeit. Wünschte, du wärst hier.« Was bedeutete das? Versuch an etwas anderes zu denken, beschwor sie sich.

Woran denn? Was könnte das Bedürfnis, die braunen Augen, die gebogene Nase, das kastanienbraune Haar von Silas zu sehen, auslöschen, das Bedürfnis, ihn festzuhalten, ihn zu umarmen? Ich werde einen Unfall verursachen, wenn ich mich nicht ablenken kann. Sie war den Tränen nahe.

Ganz bewußt zwang sie sich, an ihre Großeltern zu denken, an ihre Kindheit, ihre Erziehung. Sie erinnerte sich an die unerträgliche Langeweile der endlosen Mahlzeiten, während derer sie sich fragte, worüber man reden könnte, welches Thema neutral genug wäre, um keinen Streit vom Zaun zu brechen. In der Politik zählten nur die Torys. Literatur war gefährlich, weil zu viele Schriftsteller Linke waren, kein anständiges Privatleben führten oder über unanständige Leute schrieben. Gartenbau war zwar ein sicheres Gesprächsthema, es konnte allerdings bei der Aufforderung enden, Unkraut zu jäten oder Glockenblumen einzupflanzen, was ausnehmend langweilig war. Pferde hatten sie nicht interessiert. Pferde. Pferde waren während dieser Mahlzeiten das nahezu ausschließliche Thema ihrer Schwestern gewesen, bevor sie heirateten: Jagden, Rennen und Rennergebnisse. Hunde, Tennis, Golf und Bridge waren ebenfalls ungefährlich, allerdings nur in Form von Plattheiten. Parties? Waren in Ordnung, wenn es sich um die Feste »netter« Menschen handelte, wo man die richtigen Leute traf – die schönfärberische Umschreibung für angemessene Heiratskandidaten, der Nutzen, den man aus der angemessenen Erziehung zog. Also habe ich die Cordon-bleu-Kochschule vorgeschlagen, nachdem ich in der Schule versagt hatte, weil ich dort mit »netten« Mädchen zusammen sein würde. Nie wäre ihnen in den Sinn gekommen, ich könnte Kochen als meine Rettung ansehen. Sie waren so gütig, mich dorthin zu schicken; ich sollte dankbar sein. Warum hat ihm niemand gesagt, daß er Kohl zwischen den Zähnen hatte? Hebe fuhr, so schnell sie es verantworten konnte, vielleicht zu schnell, und murmelte: »Und die Verwandten! Wer war mit wem verwandt, durch wen, und immer waren sie potentiell ›nett‹ oder mit den richtigen Leuten verschwägert. Wenn nicht Landadel, dann ein Titel.« Hebe grinste und drückte aufs Gaspedal. Warum war ich dann so erstaunt, als sie wegen schmutzigen Fingernägeln, Bärten, Gitarren, bloßen Füßen, Schwarzen, Ohrringen, Kommunisten und langen Haaren explodierten? Warum war ich erstaunt, fragte sich Hebe beim Fahren. Hatten sie etwa keinen Horror vor der permissiven Gesellschaft gehabt? Wie naiv, was für eine selbstgefällige Kuh sie doch mit sechzehn gewesen war, dachte sie höhnisch. Ich glaubte, sie würden mich mögen. Nicht so sehr wie meine Schwestern, aber genügend, um zu mir zu stehen, als ich schwanger wurde. Ich dachte, ich würde unabhängig bleiben, meine Jungfräulichkeit bewahren. Oh, welche Ironie. Während ihrer gereizten Selbstgespräche geriet sie in eine lange Wagenkolonne, die sich hinter drei Lastwagen staute; unmöglich sie zu überholen, weil genauso viele Wagen nach Osten wie nach Westen unterwegs waren. Der Verkehr kroch dahin und kam schließlich ganz zum Stehen. Mit den Fingern trommelte sie aufs Steuerrad und sang: »Jungfräulichkeit, Jungfräulichkeit, wann, wo, wie hab ich sie verloren?« Auch der nach Osten strömende Verkehr kam zum Erliegen. Hebe sang: »Jungfräulichkeit, wo hab ich dich verloren? Man verliert sie doch nicht wie einen Geldbeutel, um Gottes willen.«

»Hat's weh getan?« fragte ein Mann in einem Ford Cortina neben ihr, der in Richtung London unterwegs war.

Hebe kurbelte das Fenster hoch. Das fehlte mir gerade noch, ein Aufriß. Ich bringe mich noch in den Knast. Der Verkehr floß weiter. Er hat mich eine Hure genannt, dachte sie, so hat er mich genannt. Vielleicht erinnert er sich jetzt, in Stresemann und Zylinder am Straßenrand sitzend, vielleicht erinnert er sich an seine Worte; und sie in ihrem geblümten Kleid, vielleicht erinnert sie sich auch. Damals waren sie nicht nett gewesen. Bei der Erinnerung an ihre Großeltern weinte Hebe und leckte die salzigen Tränen mit der Zunge ab. Der Verkehr wurde zügiger, man konnte die Lastwagen überholen. Die Fahrbahn war jetzt glücklicherweise zweispurig. Schnell fuhr sie weiter; sie mußte unbedingt zu Silas nach Hause.

Als sie die Autobahn entlangraste, war Hebe froh, daß sie sich gezwungen hatte, an ihre Großeltern zu denken. Viel zu lange hatte sie die Erinnerung an sie unterdrückt. Ich hätte den Mumm haben sollen, ihnen zu sagen, daß sie einen wundervollen unehelichen Urenkel haben. Später dachte sie, ich bin eine Närrin, weil ich ihn so erziehe, wie sie mich erzogen haben. Ich bin auch ein Snob. Ich verachte Hannah wegen ihres Dialekts; ich wollte nicht, daß Silas so spricht wie Giles. Ich schicke ihn in eine Schule, wo er sich mit den richtigen Leuten anfreundet, die ihn auf die Scilly-Inseln einladen, und ihm ist etwas passiert, etwas Scheußliches. Während der langen Fahrt erlebte sie eine Läuterung, die sie schwächte, aber ihren Kopf klärte. Sie erholte sich sogar so weit, um Mungo und Rory sarkastisch als die angemessenen »netten« Männer für ihr Syndikat einzustufen und Lucy Duffs und Louisa Fox' Häuser als die angemessene Art von Häusern, in denen man arbeitete.

Müde und besorgt, auf dem letzten Stück vor Penzance von Ungeduld überwältigt, fühlte sie sich dennoch erleichtert, als sie den Verkehrsstrom hinter sich ließ und in die steile, häßliche Backsteinstraße einbog; mit aufheulendem Motor fuhr sie zu ihrem Haus hinauf, bremste scharf und sprang aus dem Wagen. Sie sperrte die Haustür auf und rief: »Silas, ich bin zurück, Schatz.«

Trip sah aus einem Sessel auf, mißmutig, weil sie gestört wurde. Keine Spur von Silas. Das Haus war ein bißchen staubig, alles exakt so, wie sie es verlassen hatte; im Schlafzimmer eine Kuhle im Bett, wo Trip geschlafen hatte. Das Zimmer von Silas war aufgeräumt und leer. Sie öffnete die Fenster, um die Augustluft hereinzulassen. Wahrscheinlich war er bei Amy. Sie füllte den Napf der Katze mit frischem Wasser, beugte sich hinunter und streichelte sie. Trip verzog sich mit abwesender Miene in den Garten. Hebe rannte über die Straße zu Amys Haus und trat ein.

»Hallo, Amy.« Amy ruhte in ihrem Sessel.

»Du bist früh zurück.« Amy küßte sie und streckte die Arme aus, um sie zu umarmen.

»Ist Silas nicht bei dir?« fragte Hebe zurückweichend.

»Silas?«

»Er ist bei Hannah, oder?«

»Er ist auf den Scilly-Inseln und wird noch nicht zurückerwartet. Warum bist du so früh von Louisa weg?« Amy erhob sich aus ihrem Sessel. »Du magst doch ein Täßchen.« Dann mit eindringlicherem Blick auf Hebe: »Etwas nicht in Ordnung?«

»Du hast angerufen. Ich bin heimgeeilt. Ist er bei Hannah und Giles?«

»Ich habe nicht angerufen.«

»Dann muß es Hannah gewesen sein, dort muß er sein. Ich gehe zu ihr rüber.«

Amy ergriff Hebes Hand. »Weswegen soll ich dich denn angerufen haben? Was soll ich gesagt haben? Was ist nicht in Ordnung?«

»Mir wurde ausgerichtet, Silas sei zurückgekommen und brauche mich. Natürlich dachte ich, du seist das gewesen. Er muß bei Hannah sein.« Hebes Panik begann sich zu steigern.

»Hannah wußte nicht, wo du warst. Außer sie hat den sechsten Sinn.«

»Ich gehe und frage sie.« Hebe rannte aus dem Haus, ließ Amys Tür offenstehen, rannte die Straße hinauf zu Hannah, voller Sorge, die sich tückischerweise in blinde Angst verwandelte. Sie betrat Hannahs Haus. Wohnzimmer, Küche und Garten waren leer. Sie nahm zwei Stufen auf einmal, aus Hannahs Schlafzimmer ertönte Musik – Bach. »Hannah« rufend, platzte Hebe ins Zimmer. Die Vorhänge waren zugezogen, jubilierende Klänge erfüllten den Raum. Hannah und Terry lagen zufrieden im Bett und hörten Radio.

»Ist er bei Giles?«

»Ist wer bei Giles?« Hannah drehte das Radio ab.

»Hi, Hebe.« Terry, den Kopf auf Kissen gebettet, einen Arm um Hannahs Schulter geschlungen, lächelte Hebe an. Sie bemerkte kaum ihre glücklichen Gesichter, ihre Nacktheit, die am Boden verstreuten Kleider. »Du stehst auf meinem besten Höschen.« Hebe kickte das Höschen fort, und während sie das tat, verfing sich ihr Absatz darin und es zerriß. »Siehst du, jetzt hast du es kaputt gemacht.«

»Wo ist Silas?« Hebe stand vor ihnen. »Du hast mir eine Nachricht zukommen lassen. Ich bin zurück. Er braucht mich.«

»Setz dich.« Terry streckte den Arm aus und zog Hebe aufs Bett hinunter. »Du siehst aus, als hätte es dir die Petersilie verhagelt.«

»Ich muß ihn finden. Du hast mir eine Nachricht geschickt«, flehte sie Hannah an.

»Nein, meine Liebe«, sagte Hannah, sich aufsetzend mit beginnender Sorge.

»Wer dann?« Hebes Stimme wurde lauter.

Terry hielt sie am Handgelenk fest. »Warum erzählst du uns nicht, was das soll?«

Hebe berichtete von der Nachricht und ihrer Fahrt.

»Ob sich da jemand einen Spaß erlaubt hat?« meinte Hannah.

»Das ist nicht möglich. Ich dachte, es sei Amy gewesen, aber sie sagt nein. Sie ist die einzige Person, die meine Nummer hatte.«

»Hatte Silas sie nicht?«

»Natürlich, aber die Nachricht kam nicht von ihm, sie war über ihn.« Hebes Stimme schwankte.

»Wir sollten uns lieber anziehen.« Hannah stieg aus dem Bett. »Ja, schau nur genau her, Terry.«

Hebe saß auf dem Bett und beobachtete sie.

»Es macht dir doch nichts aus, Hebe?« Hannah zog den Reißverschluß ihres Rockes zu.

»Was soll mir nichts ausmachen?«

»Terry und ich.«

»Warum sollte es? Oh, tut mir leid. Ich habe es nicht registriert. Ich freue mich für euch.«

»Ich sagte dir, es würde ihr nichts ausmachen.« Terry sprach über Hebe hinweg zu Hannah. »Sie hoffte, du würdest eifersüchtig sein«, sagte er zu Hebe.

Hebe lächelte matt.

»Seid ihr beide da oben? Ich habe Tee gekocht«, rief Amy die Treppe herauf.

»Tee!« schrie Hebe fast auf. *»Tee!«*

»Ja, Tee.« Terry nahm sie am Arm. »Gehen wir zu Amy und überlegen wir uns, was als nächstes zu tun ist. Amy ging es nicht gut, ihre Pumpe.« Hebe schien nicht zu verstehen, was er sagte. Amy machte ihm ein Zeichen, still zu sein.

Als sie bei Amys Haus angekommen waren, erschien Giles am Ende der Straße, den Arm voll von Treibholz.

»Vielleicht weiß Giles etwas«, sagte Hebe.

Sie warteten, bis Giles langsam die Straße heraufkam. Terry lief ihm entgegen und nahm ihm etwas von dem Treibholz ab. Die Frauen sahen, wie Terry Giles fragte und der Junge den Kopf schüttelte.

»Komm, setz dich, du siehst mitgenommen aus.« Amy führte Hebe ins Haus. »Setz dich.« Sie goß Tee ein und reichte ihn Hebe. »Trink das.«

Sie sahen ihr zu, wie sie trank.

»Besser jetzt?«

Hebe schüttelte den Kopf. »Nicht viel.«

»Warum rufst du nicht diese Mrs. Soundso auf den Inseln an?« schlug Giles vor. »Sie weiß, warum er fortgegangen ist, wenn das stimmt.«

»Wie blöd ich bin.« Hebe sprang auf. »Ich telefoniere von zu Hause, das ist einfacher.« Sie rannte aus dem Haus.

»Sollten wir nicht lieber –« Hannah stand auf, bereit, ihr zu folgen.

»Nein, laß sie«, sagte Amy bestimmt. »Das ist ein Privatgespräch.«

»Hier Jennifer Reeves.« Die Verbindung zu den Inseln war klar. Die unsichtbare Jennifer Reeves hörte sich an, als stünde sie neben Hebe.

»Hier spricht Hebe Rutter.«

»Aha.« Die Stimme klang eisig. »Wird aber auch Zeit«, sagte sie unverständlicherweise.

»Ich habe eine Nachricht erhalten, daß Silas –«

»Will er sich entschuldigen?« kam es scharf und eisig zurück.

»Ich verstehe nicht«, sagte Hebe verwundert.

»Dann hat er Ihnen also nichts erzählt? Das überrascht mich nicht. Welche Entschuldigung hat er dafür? Wir reißen uns normalerweise nicht darum, merkwürdige Knaben bei uns aufzunehmen.«

»Merkwürdige Knaben?« Hebe spürte, wie ihr das Blut zu Kopf stieg.

»Sehr merkwürdig, und das ist noch gelinde ausgedrückt. Der arme Michael bat, ihn mitbringen zu dürfen, da wir bereits zwei sehr nette –«

»Nette?« Hebe spürte Ärger und Mißtrauen in sich aufsteigen.

»Sehr nette Jungen. Aus gutem Haus, nicht von der gleichen Schule wie Michael und Ihr Junge, natürlich, aber dennoch –«

»Aus gutem Haus?« Sprach diese Frau wirklich so?

»Natürlich werden alle bald die gleiche Schule besuchen. Ich spreche von Ian und Alistair, nicht von Ihrem Sohn. Ich weiß nicht, welche Schule ihn aufnehmen wird – Eton bestimmt nicht.«

»Ich –«

»Ich würde vorschlagen, Sie bringen ihm Manieren bei, lassen ihn schreiben und sich entschuldigen –«

»Wofür?« Hebe unterdrückte einen Schrei.

»Für sein Benehmen, seine Ausdrucksweise, die Ungelegenheiten, um es milde auszudrücken. Seine Unhöflichkeit mir und meinem Mann gegenüber –«

»Was wollen Sie damit –«

»Ich will damit sagen, daß wir uns ziemliche Sorgen gemacht haben, bis der Hafenmeister in St. Mary's uns sagte, er sei gesehen worden, wie er das Boot aus Tresco verließ und zum Hubschrauberlandeplatz hinaufging. Wir dachten, ihm könnte etwas zugestoßen sein.«

»Das ist offensichtlich auch geschehen«, sagte Hebe voller Ingrimm.

»Was sagten Sie?« fragte Jennifer verblüfft.

»Das ist offensichtlich geschehen. Etwas Unangenehmes.«

»Mrs. Rutter –«

»Haben Sie mir eine Nachricht geschickt?«

»Natürlich nicht. Der Junge selbst ist Nachricht genug.« Jennifer Reeves lachte, stolz auf ihre Schlagfertigkeit. »Übrigens, er hat das meiste Gepäck zurückgelassen. Er kann auch nicht besonders gut packen.«

Bei dem Wort »auch«, das so grausam eingeworfen wurde, stieg in Hebe der Zorn hoch.

»Wenn Sie am Donnerstag am Hubschrauberlandeplatz sein wollen, können Sie es abholen, wir verkürzen unsere Ferien. Ich gehe davon aus, daß Sie dort sein werden.«

Hebe legte den Hörer auf. Sie zitterte.

»Von wem war die Nachricht?« Terry umarmte sie.

»Hast du gelauscht?«

»Das brauchte ich gar nicht, von ihr?« Er küßte sie aufs Haar.

»O Gott!« Hebe lehnte sich an ihn. »Was kann passiert sein? Wo kann er sein?«

»Wir sollten lieber zum Ausgangspunkt zurückgehen, die alte Dame anrufen, für die du gearbeitet hast, und sie bitten, es dir noch einmal zu wiederholen.«

Louisa ging nicht ans Telefon, als es klingelte. Sie war unten im Garten, die Beine auf einen Gartenstuhl gelagert, umringt von ergebenen Hunden genoß sie die Nachmittagssonne und lauschte dem Bach-Konzert aus dem Transistorradio.

25

Beim Klang der Kathedralenglocken kam Mungo zu sich: Licht drang durch geschlossene Vorhänge, der Raum war ihm unbekannt. Er schloß den vom Schnarchen offenstehenden Mund. Ein Versuch, durch die Nase zu atmen, war teilweise erfolgreich. Der Geruch von Haar weckte seine Neugier und korrespondierte mit seinem Zustand halbwacher, sinnlicher Erregung. Der Geruch stammte weder von Alison – an den war er gewöhnt, bevor sie in getrennten Betten schliefen –, noch stammte er von Hebe. Schockiert erinnerte er sich, daß er in Rorys Haus war und in dessen Bett lag. Und hier lag Rory, schlafend, mit dem Kopf auf Mungos Schulter, ruhig, entspannt und friedlich atmend. Als wäre er sich Mungos Blick bewußt, kuschelte er sich enger an, wandte sich ihm vertrauensvoll zu und schmiegte sich an ihn.

Während er den Glocken lauschte, erinnerte sich Mungo an den letzten Abend und die letzte Nacht. Es mußte ziemlich spät sein. Es galt zu handeln, Pläne zu machen, aber was war zu tun, welche Pläne waren zu machen? Seine Mutter fiel ihm ein, ihr erschreckend direktes Vorgehen hinsichtlich Alisons Durchbrennen, wie sie es nannte. Während ihres Telefonats mit Santa Barbara hatte sie ihn aus dem Zimmer geschickt und gesagt: »Überlaß mir das. Ich rede verkrampft, wenn du zuhörst. Ich rufe dich, wenn ich dich brauchen sollte.« Er war hinuntergegangen, um auf der Nebenleitung mitzuhören, aber Miss Thomson hatte neben dem Apparat gesessen. Sein einziger Trost war, daß sie, solange er im Zimmer war, auch nicht lauschen konnte. Mungo beneidete seine Mutter um ihre Offenheit. Sie hat recht, dachte er, sie kommt ohne Alison nicht zurecht, und ich genausowenig. Vierzehn Jahre unter Alisons umsichtiger Herrschaft hatten ihn hilflos werden lassen. Die Fahrt über Land, die Vorstellung, Hebes Herz im Sturm zu erobern, um danach bis ans Ende ihrer beider Tage glücklich zusammenzuleben, war totaler Quatsch. Er konnte von Glück sagen, wenn sich das Arrangement mit Hebe aufrechterhalten ließ, das bis jetzt so gut funktioniert hatte.

Rory bewegte sich, im Schlaf murmelnd. Mungo versuchte sich vorsichtig von Rory zu befreien, ohne ihn aufzuwecken. Wenn er ohne Rory zu Louisa gelangte, konnte er Hebe treffen und etwas für die nächste Zukunft mit ihr ausmachen. Aber davor – dank seiner Mutter – mußte er Alison treffen, dafür sorgen, daß sie wieder die Rolle der Gattin, Mutter und Schwiegertochter in ihrem Heim übernahm. Er würde ein wenig Zeit mit ihr verbringen müssen. Mungo versuchte auszurechnen, wieviel Zeit. Da Alison zuvor noch nie abtrünnig geworden war, handelte es sich um eine theoretische Frage. Er schielte auf seine Uhr. Fünf nach halb zwölf. Langsam rückte er von Rory weg, dessen Haar ihm in der Nase kitzelte. Rory erwachte.

»Hallo.« Er lächelte fröhlich. »Guten Morgen.«

Gut war daran gar nichts. Mungo schwang die Beine aus dem Bett und trottete ins Badezimmer. Sein Kopf hämmerte, sein Mund schien mit Gips ausgekleistert zu sein, ihm war schwindlig. Rory folgte ihm. »Ich mache Tee.« Gemeinsam schlugen sie Wasser ab. Rory zog die Spülung. Seine Augen waren klar, er sah munter und gesund aus. »Du siehst abstoßend aus«, sagte er. Er schien sich Sorgen zu machen.

»So fühle ich mich auch«, grunzte Mungo.

»Geh ins Bett zurück, während ich mich anziehe, danach werde ich Frühstück machen.« Rory führte Mungo ins Bett zurück. »Ich hole dir ein Aspirin.« Mungo legte sich aufstöhnend nieder. Rory brachte ein Glas Wasser und Aspirin. »Nimm zwei, komm, runter damit.« Er hatte die Sache in die Hand genommen.

In der Hoffnung, das Aspirin werde wirken, lag Mungo da und hörte voller Abscheu, wie sein Cousin sich rasierte, duschte, pfiff, sang, die Zähne putzte und gurgelte. Rory hatte ihn letzte Nacht geschlagen und jetzt das. Mungo hatte das Gefühl, seine besten Jahre lägen hinter ihm, er war zornig und eifersüchtig. Rory brachte starken indischen Tee, saß neben dem Bett und überredete ihn, zwei große Tassen zu trinken. »Du bist ausgetrocknet, du mußt –«

»Ich muß zu Louisa«, murmelte Mungo.

»Wir fahren zusammen«, sagte Rory entschieden.

Mungo war zu schwach, um zu protestieren.

»Kein Grund zur Eile.« Rory sah noch immer besorgt aus. »Wir essen etwas und fahren zu – ähm – zusammen. Ich werde mich nicht – ähm – allein davonstehlen, ohne –«

»Mich?«

»Nein.«

Mungo spürte den verwerflichen Wunsch, Rory wegen seiner Fairneß etwas Schlimmes anzutun. Hatte er nicht die Absicht gehabt, genau das zu tun, nämlich Hebe als erster zu treffen? Seinen Tee schlürfend, warf er einen verstohlenen Blick auf seinen Cousin, der jung und – o Gott – munter aussah, in sauberen Jeans und weißem T-Shirt, das ihm gut stand zu seinen haselnußbraunen Augen. Sein frisch gewaschenes Haar, das sich an der Stirn zwar lichtete, kräuselte sich schwungvoll im Nacken. Er sah jung aus, und das war er schließlich auch.

»Laß dir Zeit«, sagte Rory in dem Tonfall, den man Invaliden gegenüber anschlägt. »Nimm ein Bad, nimm dir alles, was du dazu brauchst.«

»Meine Tasche ist in meinem Wagen«, antwortete Mungo brummig.

»Gib mir deine Schlüssel, ich hole sie für dich. Wenn du dich gebadet und umgezogen hast, wirst du dich besser fühlen.«

»Ich bin nicht krank«, schrie Mungo.

»Nein, nein.« Rory nahm die Wagenschlüssel und verschwand mit dem Teetablett, kurz darauf kehrte er mit Mungos Tasche zurück. »Es ist ein herrlicher Tag. Wir essen im Garten, wenn du fertig bist. Nur keine Eile.«

Wie kann er es wagen, so freundlich zu sein? Mungo verzehrte sich vor Selbstmitleid. Der Versuch, sich in Haß hineinzusteigern, endete mit nichts als einem alkoholbedingten Schweißausbruch. Wie man es auch nahm, während der letzten Tage hatte er die Sauferei übertrieben. Ich bin kein wirklicher Trinker, sagte er sich.

Als Mungo herunterkam, hatte Rory unter einem Baum den Tisch gedeckt. »Brunch«, begrüßte er Mungo herzlich.

Sie ließen sich nieder zu Orangensaft, Nierchen und Speck, frischen Brötchen, Butter, Orangenmarmelade und starkem Kaffee. Schweigend aßen sie, von einem Rotkehlchen beobachtet, das sich auf den Tisch vorgewagt hatte und die Krümel aufpickte. Die Lebensweise seines Cousins rief in Mungo brennenden Neid hervor.

»Du lebst sehr komfortabel«, sagte er mißgünstig. Rory sah ihn an, räusperte sich nervös und sagte:

»Allein.«

»Aber du machst, was du willst.«

»Bis zu einem gewissen Grad.«

Sie hatten ihr Mahl beendet. Mungo fühlte sich fast wieder

wie ein Mensch. Sie saßen da, sahen dem Rotkehlchen zu, das zwischen den Tellern herumhüpfte, in die Bäume zurückflog und wiederkam, als Rory ein Stück Toast zerkrümelte.

»Erzähl mir«, begann Rory, »mhm, erzähl mir von –«

»Hebe?«

»Ja.« Rory errötete. Er war selbstsicher, solange Mungo verkatert war, aber nachdem Mungo sich erholt hatte, wurde er unsicher. »Sechs Jahre?« Der Gedanke ließ ihn zurückschrekken.

»Alison«, begann Mungo, »suchte jemanden, der für meine Ma kochte, wenn der Drachen von Haushälterin in Ferien war. Sie fand Hebe, die ihr ein altes Mädchen empfohlen hatte, die früher einmal für Tante Louisa gearbeitet hat. Ich lernte Hebe als Köchin kennen. Ich habe mich in sie verliebt.«

»Verliebt.« Beim besten Willen, konnte man sich Mungo verliebt vorstellen? Rory bezweifelte das.

Mungo goß sich Kaffee nach. Rory wartete.

»Ich stellte fest«, fuhr Mungo fort, »daß sie bereit war, mit mir zu schlafen, wenn ich bezahlte, daß ihre Bedingungen die gleichen waren wie bei jeder Nutte.«

»Sie ist keine Nutte.«

»Das *ist* sie. Bedingungen, Geld im voraus. So weit, so gut, sagte ich mir, aber die anderen Bedingungen unterscheiden sie. Ich will sie gar nicht so nennen, wie ich jedes andere Callgirl nennen würde –«

»Ich wüßte nicht, wie«, sagte Rory pikiert.

»Ich tatsächlich auch nicht«, gab Mungo zu. »*Sie* legte die Termine fest. *Sie* fand die Wohnung, in die wir gingen. *Sie* sagt mir, wann und wie lange wir zusammenbleiben dürfen. *Ich* habe nicht die blasseste Ahnung, wo sie wohnt, es gibt da nur diesen pakistanischen Laden, der ihr –«

»Klingt, als wäre sie genauso bestimmend wie –« Rory zögerte.

»Alison. Ich weiß, aber nicht in der Vorgehensweise. Ich brauchte drei Jahre, bis ich bemerkte, daß sie mir eigentlich immer suggerierte, was sie machen wollte, daß es immer ihre Ideen waren. Wenn *sie* nach Griechenland fahren wollte, stellte ich fest, *ich* wollte sie dorthin einladen. Meine Firma hat Verbindungen, also war es einfach. Das gleiche mit Venedig und Rom. Aus irgendeinem Grund hat sie nie Paris vorgeschlagen. Ich habe Paris vorgeschlagen, aber nein, sie wollte nicht.« Mungo seufzte. »Ich fahre allein nach Paris, oder mit Alison.«

»Schön für Alison.« Rorys Stimme klang deprimiert.

»Alison ist nicht so scharf auf französisches Essen. Und Hebe kann man mit Essen nichts vormachen.«

»Sie ist eine Köchin, sie –«

»Ich weiß, ich weiß, aber sie kennt sich wirklich aus, sie spricht über Essen wie ein Restaurantbesitzer.«

»Vielleicht stammt sie aus einem –«

»Nein, nein, Hebe ist, was meine Ma eine Lady nennt. Eine von uns, du weißt doch, was für ein Snob sie ist.«

»Fast so schlimm wie meine.«

Einen Moment abgelenkt, dachte Rory an seine und Mungos Mutter. Mungo dachte an die Freuden mit Hebe in London, Rom, Venedig und auf jener griechischen Insel. Er seufzte. »Ich liebe das Mädchen«, sagte er dumpf.

»Ich auch«, erklärte Rory eigensinnig.

»Wir lesen uns vor«, sagte Mungo. »Wir spielen Backgammon.«

Diese Eröffnung beunruhigte Rory schrecklich, weil sich darin eine Innigkeit ausdrückte, die wesentlich beängstigender war als Sex.

Mungo verrückte seinen Stuhl und störte das Rotkehlchen. »Man sollte Geld und Liebe nicht miteinander verbinden«, sagte er, »aber wenn man es doch tut, dann warne ich dich, Rory: Sich Hebe zu halten ist, als hätte man einen dritten Sohn auf der Schule. Sechs Wochen im Jahr. Dafür könnte ich mir noch einen Sohn leisten.«

»Möchtest du noch einen Sohn?«

»Da sei Gott vor.«

»Ich habe keine Söhne. Ich bin nicht geplagt. Außerdem behauptest du, sie über dein Spesenkonto abzurechnen. Das ist ganz schön knauserig und moralisch verwerflich.« Rory war in Angriffslaune.

»Letzte Nacht warst du vollkommen dafür.«

»Letzte Nacht hatte ich ein paar Drinks zu viel, und letzte Nacht hast du vorgeschlagen, deine Söhne, deine wohlerzogenen Söhne, sollten sich –«

»Dem Syndikat anschließen? Nennt sie es wirklich Syndikat?« Hatte ihn Rory hochgenommen?

»Ja«, gestand Rory betrübt.

»Ich frage mich, wer die anderen Mitglieder sind?«

»Vielleicht kennen wir sie.« Rory gefiel der Gedanke nicht.

»Vergeuden wir nicht unsere Zeit? Wollen wir sie nicht besuchen, wie letzte Nacht geplant?«

»Letzte Nacht wollten wir sie beide heiraten, heute scheinst du zufrieden zu sein, sie als Geliebte zu behalten. Ich will sie immer noch heiraten.« Rory begann, den Tisch abzuräumen. »Hilf mir dabei«, fuhr er seinen Cousin an.

Mungo half, die Überreste ihres Mahles auf ein Tablett zu stellen, das Rory ins Haus trug.

»Wie wär's, wenn ich dir ein Angebot machte, dich auskaufte?« stieß Rory hastig hervor. Könnte er vielleicht Geld von der Bank borgen, eine sexuelle Hypothek?

»Du machst wohl Witze«, erwiderte Mungo hochnäsig.

»Sie könnte vielleicht – ähm – vielleicht –«

»Was?« fragte Mungo knurrend.

»Froh sein«, sagte Rory, die Teller in die Spülmaschine stellend, »dich loszuwerden.«

Mungo versuchte ein sarkastisches Lachen. Das war ein schrecklicher Gedanke, der nicht ausgesprochen werden durfte.

»Was ist mit den sechsundvierzig Wochen des Jahres, in denen sie nicht bei dir ist?« Rory nahm allen Mut zusammen. Wenn er nur Mungos Selbstvertrauen erschüttern könnte.

»Sie kocht.«

»Gelegentlich für deine Ma und Tante Louisa, das sagte mir Louisa. Sechs Wochen bei deiner Mutter, dann bleiben noch vierzig übrig, und drei bis vier Wochen bei Tante Louisa, dann bleiben noch sechsunddreißig für die andern.«

»Für wen?«

»Für das Syndikat, du Idiot«, schrie Rory wütend. »Denk doch, sie –«

»Sie muß Millionärin sein«, sagte Mungo bewundernd.

»Du denkst an nichts anderes als an Geld.« Außer sich vor Wut starrte Rory seinen Cousin an.

»Alles, woran ich denke«, sagte Mungo und sah Rory an, »alles, woran ich denke«, sagte er ruhig, »ist, was ich verlieren könnte.«

Die beiden Männer sahen sich an, durch ihre Köpfe spukten Erinnerungen an Hebes Haut, ihre Augen, ihren Mund, ihre Schenkel, ihr Lachen, ihre Art sich hinzugeben, ihre Stimme und ihre Begabung, ihnen das Selbstbewußtsein von Supermännern zu verleihen.

»Los, komm«, sagte Mungo.

»In Ordnung«, erwiderte Rory.

Schweigend fuhren sie aus Salisbury hinaus. Der unaussprechliche Gedanke, sein unbeholfener Cousin vögelte Hebe, war für Mungo quälend. Da er in Gegenwart von Alison nie fluchen oder schmutzige Wörter benutzen durfte, benutzte er sie in Gedanken oder außerhalb ihrer Einflußsphäre. Für Rory war die Vorstellung, daß Mungo auf Hebe lag und sein … sein … o Gott, sein Ding in ihr stecken hatte, eine obszöne Vorstellung, die nicht verschwinden wollte. Beim Fahren dachte er vage, ob es wohl vorsätzlicher Mord wäre, wenn er Mungo umbrächte, vorausgesetzt, er hätte den Mumm dazu und wüßte, wie er es anstellen sollte.

»Auf dieser Straße ist ein verdammter Verkehr«, sagte Mungo, womit er nur feststellte, was offensichtlich war – der Verkehr staute sich.

»Die Rennen. Die Salisbury-Rennen.«

»Sieht mehr nach einer Flug-Show aus. Was auch immer, können wir nicht von dieser verdammten Straße runter? Du wohnst doch hier, du solltest dich auskennen.«

»Es gibt keine Abkürzungen, nur sehr –«

»Sehr was?« Was will Hebe bloß mit diesem Esel. Es ist verrückt, ich muß ihr sagen, daß das Wahnsinn ist, er kann noch nicht mal einen einzigen vollständigen Satz rauswürgen.

»Nur sehr lange Umwege. Du weißt schon, eng und – äh – kurvenreich.«

»Ist dort viel Verkehr?«

»Nein – keiner, weil man nicht –«

»Kommen wir auf diesem Weg zu Louisa?«

»Ja, aber –«

»Dann fahr von dieser Straße ab. Siehst du nicht, der Stau reicht meilenweit. Hier kommen wir nie durch.«

»Man kann niemanden überholen auf der engen –«

»Du hast doch gesagt, dort sei kein Verkehr. Dann muß man ja auch niemanden überholen.«

»Ist ja gut.« Rory bog in einen schmalen Weg ein, der sich reizend ein flaches Tal entlangwand. Das Sträßchen verlief im Zickzack und führte immer wieder über einen hübschen Fluß. Wiederkäuende Kühe blickten überrascht auf, und Rory drosselte das Tempo, um einen Fasan passieren zu lassen. Es war ein Weg, an dem sich seit der Zeit der Pferdekutschen nichts geändert hatte.

»Was sagen wir zu Tante Louisa? Normalerweise tauche ich erst am – ähm –«

»Was?«

»Am Abend auf. Zum Fischen.«

»Bei vollem Sonnenlicht ist nicht gut Fischen, das weiß doch jeder Depp. Die alte Louisa ist nicht blöd.«

»Sie wird es – äh – riechen ...«

»Sie hat es schon gerochen«, schnarrte Mungo. »Sei doch kein Hornochse. Letzte Nacht war sie auf Hebes Seite, sie hat uns praktisch rausgeworfen, sie hat uns behandelt, als wären wir gekommen, um das Mädchen zu vergewaltigen.«

»War das nicht, was du, was du –« Rory am Steuer sah kurz zur Seite und warf Mungo einen Blick aus seinen Hasenaugen zu.

»Paß doch auf, wo du hinfährst«, brüllte Mungo. Rory trat auf die Bremse und brachte den Wagen zum Stehen. Der Weg wurde durch einen glänzenden Rover blockiert, dessen Kotflügel in den eines Jeeps verkeilt waren; die Motoren waren ineinander verhakt wie zwei sich raufende Hunde.

»Unfall«, sagte Mungo, das Offenkundige feststellend. Er öffnete die Wagentür und stieg aus. Rory folgte ihm.

Der Jeep enthielt einige Heuballen, Düngersäcke und eine Mistgabel. Keine Spur von dem Fahrer. Neben der Straße saßen ein altes Paar und ein Labrador im Gras. Der Labrador mit dem für seine Rasse üblichen Ausdruck: Sag einfach, was du willst, und ich werde mich bemühen, gefällig zu sein, wenn es in meinen schwachen Kräften steht. Das Paar erhob sich; Wut, Ärger und Ungeduld verschwanden von ihren Gesichtern, als sie Mungo und Rory mit dem reserviert-verhaltenen Lächeln der ländlichen Oberschicht begrüßten. Sie waren für einen feierlichen Anlaß gekleidet. Die Frau trug ein langes geblümtes Seidenkleid, darüber einen dicken, marineblauen Seidenmantel, weiße Schuhe, weiße Handschuhe und einen Hut, der Rory zurückschrecken ließ. Wenn es etwas gab, das ihm gegen den Strich ging, dann Plastikkirschen. Sie hatte eine doppelreihige Perlenkette um, eine Diamantenbrosche angesteckt und trug wertvolle Ringe. Der Ehemann trug einen Cut von altertümlichem Schnitt.

»Sie hatten einen ganz schönen Zusammenstoß«, sagte Mungo und ging auf sie zu.

Nachdem sie Mungos makellosen Oberklassenakzent vernommen hatten, lächelte das ältere Paar weniger reserviert.

»Sie fahren immer zu schnell, haben es immer eilig, diese Burschen«, sagte der alte Mann.

»Verstehe. Holt jemand Hilfe?«

»Eine ähm – eine junge Frau holt Hilfe«, sagte der Mann. Seine Hände zitterten, als er ein Taschentuch aus seiner Tasche zog, dann glättete er seine Hosen, die beim Sitzen verknittert worden waren. Mungo fragte sich, ob der altmodische Ausdruck »seine Kleider richten« immer noch in Gebrauch war. Mit Interesse stellte er fest, daß der Hosenladen des alten Mannes mit Knöpfen, nicht mit einem Reißverschluß geschlossen wurde.

»Wo ist denn der Fahrer von dem hier?« Rory versetzte dem Jeep einen kameradschaftlichen Schlag.

»Wir warten seit Stunden.« Die alte Frau sah auf ihre Uhr. »Seit dem Morgengrauen sind wir hier.«

»Es wird sie nicht interessieren, wie lange wir hier sind«, fuhr ihr Mann sie an. »Der Fahrer dieses Dings hier wurde es müde zu warten«, sagte seine Frau mit zitternder Stimme.

»Sie sagte, sie würde der Straßenwacht Bescheid sagen«, fuhr der Mann fort. »Sie sind schrecklich unzuverlässig.«

»Aber *sie* war das nie«, warf seine Frau bitter ein.

»Also holt eine Freundin Hilfe?« Rorys Gesicht hellte sich auf.

»Sie sagte, sie würde der Straßenwacht Bescheid sagen.«

»Na ja, sicher kommt bald jemand.« Mungo war ungeduldig weiterzukommen.

»Ich habe dir gesagt, auf diesem Weg kann man nicht überholen«, schrie Rory Mungo wütend an.

»Den benutzen also bloß die Einheimischen. Ich nehme an, der Jeep ist von hier?« Allmählich dämmerte es ihm.

»Ja«, gaben sie beide zur Antwort. »Das ist er.«

»Ich muß den ganzen Weg bis zur Hauptstraße rückwärts fahren«, sagte Rory zornig. Dann erinnerte er sich an seine gute Erziehung und sagte: »Wir sagen der Straßenwacht, daß sie Ihnen helfen soll.«

»Wir sollten lieber die Wagennummer aufschreiben«, meinte Mungo, in einem Versuch praktisch zu erscheinen, »obwohl Ihre Freundin dort schon Bescheid gesagt haben wird.« Er fand einen Stift, ging um den Wagen und den Jeep herum und schrieb die Nummern auf die Rückseite eines Kuverts.

»Ich nehme an, Ihr Hund möchte sein Fressen.« Rory machte einen schwachen Versuch liebenswürdig zu sein.

»Sie ist weggefahren und hat uns hier absichtlich zurückgelassen«, sagte die Frau durch zusammengepreßte Zähne. Rory war überrascht, Tränen in ihren Augen zu sehen. »Sicher hat sie der Straßenwacht nichts gemeldet.« Dann fing sie sich wieder und sagte: »Er bekommt am Abend sein Fressen.« Sie lächelte höflich. »Ich habe es im Wagen für ihn. Wir werden unseren Lunch verpassen. Mein Mann sollte eine Rede halten.«

»Wohin sind Sie unterwegs?« Rory machte Konversation.

»Ledbury. Deswegen sind wir so früh weggefahren. Eine Hochzeit.«

»Ich habe Freunde in der Nähe von Ledbury. Sie ähm – sie heißen –« Rory quetschte die Namen eines betitelten Onkels und einer Tante heraus. »Er ist – ähm – mein Pate.«

»Das ist in der Nähe, wohin wir fahren. Ich werde ihm sagen, Sie hätten uns gerettet. Mein Mann ging mit ihm zur Schule.«

»Machen Sie sich keine Mühe.« Der Onkel mochte Rory nicht; Rory hatte gehört, daß er ihn als den schwulen Hutmacher bezeichnete. »Wir fahren jetzt zurück und rufen die Straßenwacht für Sie an.«

Rory und Mungo stiegen in den Wagen und begannen rückwärts zur Hauptstraße zu fahren. »Ich werde mir den Hals ausrenken.«

»Warum schleimst du dich an diese Leute ran?« fragte Mungo. »Gibst mit deinem verfluchten Paten an.«

»Du hast damit angefangen, die Straßenwacht benachrichtigen zu wollen. Ich war nur normal höflich. Du hast die Autonummern aufgeschrieben – ganz schön übereifrig.«

»Wer, glaubst du, waren sie? Man hatte den Eindruck, sie seien aus einer Pantomime entsprungen.«

»Arme alte Teufel, sie wollten zu einer Hochzeit.« Rory zeigte einen Anfall von Gutherzigkeit. »Der Hund war recht nett.«

»Du kannst doch Leute nicht nach ihren Hunden beurteilen«, erwiderte Mungo aggressiv. »Bei Katzen wäre das schon was anderes.«

»Ich werde dich nicht zu meiner Hochzeit einladen«, schrie Rory haßerfüllt und drehte den Kopf, als er den Wagen wendete, »mit – äh – Hebe.«

Mungo versagte es sich, Rory zu schlagen, was möglicherweise einen weiteren Unfall und weiteren Aufschub verursacht hätte.

26

Eileen Rutter entfernte sich. Sie befürchtete, Christopher würde die Beherrschung verlieren. Sie versuchte, nicht auf das Geräusch von brechendem Metall zu hören, als der verdrießliche Besitzer des Jeeps mit wenig Respekt für ihren Wagen die Autos auseinanderriß. Alles, was er sagte, nachdem er mit einem Mechaniker und einem Abschleppwagen gekommen war, beschränkte sich auf den Satz: »Muß die Dinger auseinander kriegen, bevor es Zeit zum Melken ist.« Der Mechaniker hatte mit der Arbeit weitergemacht.

Ihre Schuhe drückten. Ihr war klar, daß sie sich in dieser Umgebung lächerlich ausnahm und daß Christopher wie ein alter Hanswurst aussah. Sie war froh, daß der Hund ihr Gesellschaft leistete. »Sie hat uns erkannt«, sagte sie zu dem Hund. »Das war die einzige Chance, die wir jemals hatten, und wir haben sie vertan.« Vor dreizehn Jahren hatte Christopher es abgelehnt, nach Hebe zu suchen. Dreizehn Jahre lang war sie ein Tabu gewesen. »Sie sieht hübsch aus«, sagte Eileen zu dem Hund. »Ich frage mich, wie ihr Kind aussieht.« Sie führte jetzt immer Selbstgespräche, seit Christopher genauso taub wie sie selbst geworden war. »Er hat die Hupe von dem schrecklichen Ding überhaupt nicht gehört. Er sollte eigentlich gar nicht fahren.« Der Hund trottete anteilnehmend neben ihr her. »Sie ist so verschieden von den anderen Mädchen«, rief Eileen aus. »Das war sie immer.« Der Hund blickte auf. Man hätte sie fragen können, ob die Gerüchte, die einem zu Ohren gekommen waren, der Wahrheit entsprachen. Beata hatte sie in Wimbledon mit einem männlichen Begleiter gesehen, Marcus in einem

Restaurant, ebenfalls mit einem Mann; bei einem Spaziergang an der Knightsbridge war sie wiederum von Beata gesichtet worden; Robert sah sie mit einem Mann im Theater, den er angeblich ganz gut kannte; Delian sah sie kurz im Westen mit einem schwarzen Jungen, der zu alt war, um ihr Sohn zu sein. Bewies das irgend etwas? Man traf Schwarze nun einmal, ob man wollte oder nicht. Christopher hatte der tüchtige junge Mann gefallen, der diese teuflischen Einbrecherfallen aufstellte. Nichts davon machte Christophers Überzeugung glaubhafter, daß Hebe im Schwarzenviertel von Brixton lebte. »Wenigstens wissen wir, daß sie am Leben ist«, sagte Eileen zu dem Hund. »Sie trug gute Kleider, fuhr einen ordentlichen Wagen. Vielleicht geht es ihr gut. Uns hat sie das kaum zu verdanken«, fügte Eileen bitter hinzu. Der Hut drückte ihr auf die Stirn. »Sie hat gelogen, getäuscht und betrogen, sie ging ihren eigenen Weg«, sagte Eileen mit versagender Stimme. »War das so schlimm?« sagte sie zu dem Hund. »Hätte ich nicht irgend etwas tun können, um ihr zu helfen ...« Wie damals während der traurigen schlaflosen Nächte spürte sie leisen Zweifel. Sie sah auf den Hut in ihrer Hand. »Ich glaube nicht, daß sie hiervon viel gehalten hat«, sagte Eileen zu dem Hund und schleuderte ihn mit aller Kraft in die Hecken. Der Hut segelte in der leichten Sommerluft über die niedrige Hecke und fiel dann, vom Gewicht der Kirschen niedergedrückt, herunter. Mit fröhlichem Gebell sprang der Hund los, um ihn zu apportieren.

»Was macht ihr denn da, um Himmels willen?« Christopher fuhr in dem zerbeulten Rover heran. »Du bringst ihm schlechte Angewohnheiten bei. Steig ein, steig ein«, sagte er ärgerlich und öffnete die Tür. »Dieser junge Mann hat einen Hutladen in Salisbury. Du hättest lieber seine Modelle ausprobieren sollen.« Er war sarkastisch.

Eileen setzte sich neben ihren Ehemann. »Du hättest ihr wenigstens den Namen des Hundes sagen können«, schrie sie, damit er sie hörte, »statt ihn zurückzurufen.«

Christopher Rutter fuhr mit einem Ruck los, daß es den Hund vom Rücksitz auf den Boden schleuderte. »Vorsicht, wir machen noch einen Unfall.«

»Halt den Mund, Frau«, brüllte Christopher mit brüchiger, alter Stimme. »Halt den Mund!« Eileen begann zu weinen, Tränen liefen über ihre eingefallenen Wangen.

»Wenn du ihr seinen Namen gesagt hättest –«

»Halt den Mund!« schrie ihr Mann.

Eileen hörte auf zu weinen. Aus dem Nichts stieg eine versunkene Erinnerung auf. Mit wem hatte sie Christopher damals bei diesem seltsamen, aber höchst erfreulichen Anlaß betrogen? Irgendein Freund von dieser Louisa. Wie hieß sie heute? Man vergaß die Namen. Er war klein, aber sehr attraktiv gewesen. Er hatte sie zum Lachen gebracht. Eileen durchforstete ihr Gedächtnis nach seinem Namen. Mit freudiger Überraschung stellte sie fest, daß sie sich nicht mehr schuldig fühlte.

»Sie hatte nie vor, der Straßenwacht Bescheid zu sagen.« Eileen Rutter verspürte einen Anflug von Bewunderung für ihre Enkelin. »Du hättest sie den Hund streicheln lassen sollen«, stichelte sie weiter. »Paß auf, du fährst uns in den Straßengraben.«

»Halt den Mund!«

»Wenn uns diese jungen Männer nicht auch vergessen haben, kann uns die Straßenwacht ja rausholen.«

»Halt den Mund!«

»Du hättest sie den Hund anfassen lassen sollen, ihr seinen Namen sagen sollen –«

»Gott!«

Er war ein reizendes kleines Wiesel gewesen. Eileen setzte sich zurück, und sein Name fiel ihr ein. Bernard Quigley hieß er. Ob er wohl noch lebte, fragte sie sich. Sie blickte auf das Profil ihres Mannes. Gutes Aussehen ist nicht alles. Sie lehnte sich in ihrem Sitz zurück und befestigte den Sicherheitsgurt.

27

Sie hatten sich in Amys Haus versammelt, um Giles auszufragen. Hatte Silas ihm eine Nachricht geschickt? Nein. Hatte Silas ihm vor seiner Abreise irgend etwas gesagt, woraus man schließen konnte, daß er Kummer hatte? Nein. Hatte Silas …

»Hör mal, Mum, ich bin hungrig. Kann ich Tee haben?« Giles fühlte sich von der Flut der Fragen bedrückt. Sollte er Silas schützen? Gab es etwas, was Silas geheimhalten wollte?

»Ich mache dem Jungen Tee.« Amy machte eine Mahlzeit zurecht und bemühte sich sehr, nicht ängstlich zu wirken. Sie fühlte sich schlecht. Seit dem Morgen, als ihr Haus überschwemmt wurde, hatte sie sich elend gefühlt. Aber dafür war jetzt keine Zeit. Es war nichts Schlimmes, redete sie sich ein, sie hatte nur Angst gehabt, weil sie allein war. Nachdem Terry aufgetaucht war, kam alles in Ordnung; der Schmerz hatte mit dem Einnehmen der Pille nachgelassen.

»Er freute sich aufs Wegfahren. Für mich klang das okay.«

Giles stopfte sich dick mit Marmelade beschmierte Butterbrote in den Mund.

Hannah stand über ihn gebeugt, in der Hoffnung, irgendeinen Krümel an Information aus ihm herauszuholen. Terry, an die Wand gelehnt, betrachtete sie wohlwollend. Was für ein Mädchen. Herrlicher Rhythmus. Ganz anders als Hebe. Man konnte sie eigentlich gar nicht miteinander vergleichen. Er mochte es, wie ihre Augen grau wurden, wenn sie kam. Die gute alte Hebe hatte vor Angst Flecken im Gesicht.

»Du bist einen Tag vor seiner Abreise mit ihm zusammen

gewesen, ist da irgend etwas passiert?« Hannah stand neben ihrem Sohn.

»Wir sind naß geworden.« Giles kaute und erinnerte sich an das Grünkohlfeld, wie Silas ihn geschlagen hatte, so daß er in den Schmutz fiel und noch nasser wurde. Das konnte man ihr nicht sagen, nicht vor all diesen Leuten.

»Nein, Mum.«

»Hattet ihr Streit?«

»Nein.« Giles schüttelte den Kopf. Seine Vorstellung von einem Streit waren fliegende Teller, die Hannah auf seinen Vater schleuderte. Er erinnerte sich, unter Tischen und hinter Stühlen Zuflucht gesucht zu haben, bis der Sturm sich gelegt hatte.

»Kein Streit? Bist du sicher?«

Giles erinnerte sich, daß er Silas zuletzt gesehen hatte, als er ihm von der anderen Straßenseite aus zuwinkte. »Er hat mich einen Dreckfink genannt.« Wenn er das zugab, konnte er keinen Schaden anrichten.

»Also hattet ihr Streit«, bohrte Hannah nach.

»Es war ein Scherz.« Giles nahm sich Kuchen. »Er lachte, als ich ihn das letztemal sah.«

»Jedenfalls hatte das nichts mit den Scilly-Inseln zu tun«, warf Terry ein, in der Hoffnung, wieder zum Thema zurückzukommen.

»Ich gehe und versuche, noch einmal zu telefonieren.« Hebe ging hinaus. »Vielleicht ist sie jetzt zurück.«

Als Hebe das Haus verließ, stieß sie mit George Scoop zusammen, der auf der Suche nach Hannah war.

»Jemand zu Hause?« flötete er. »Hallo, Amy.« Unaufgefordert trat er ein.

»Hallo, Mr. Scoop«, sagte Amy, die ihn nicht George nennen wollte. »Setzen Sie sich. Tasse Tee?«

»Danke. Ich hätte gern eine Tasse. Ich dachte, du würdest hier sein«, sagte George zu Hannah gewandt, die ohne die übliche Begeisterung einfach mit »ja« antwortete.

»Hebes Sohn Silas wird vermißt.« Terry sah George von oben bis unten an. Also das war George. »Ich bin Terry.« Er streckte lächelnd die Hand aus. George schüttelte ihm die Hand und nahm Terrys herrliche Zähne zur Kenntnis: gleichmäßig, keine einzige Plombe. Bei Schwarzen war das oft so.

»Ist die Polizei informiert?« George sah sich im Raum um. Er war noch nicht in Amys Haus gewesen. Er stellte fest, daß nur noch wenige Anzeichen der Überschwemmung zu sehen waren. Hannah mußte den Schaden übertrieben haben. Es war ein Trick gewesen, um ihn herzulocken.

»Das ist kaum ein Fall für die Polizei ...«, sagte Hannah.

»Hören wir doch die Lokalnachrichten.« Ohne um Amys Erlaubnis zu fragen, drehte George den Fernseher an. »Vielleicht geben sie in den Nachrichten etwas durch.« Er setzte sich vor das Gerät. Amy holte tief Luft.

»Sie möchten bloß die Fußballergebnisse wissen«, erriet Giles richtig; er war feindselig gestimmt.

George überkam plötzlich ein Gefühl, das er bereits kannte. Giles' Stiefvater zu werden, wäre eine heikle Sache. Er betrachtete den Ansager. »Ich kenne seinen Zahnarzt«, sagte er. »Er hat eine Praxis in der Wimpole Street.«

Amy beobachtete George, ihr Urteil über ihn fiel nicht zu seinem Besten aus. Terry lächelte breit.

Die überregionalen Nachrichten waren beendet, der Sprecher der Lokalnachrichten erschien. »Der ist ein Patient von mir. Leidet an lästigem Zahnbelag. Letzten Monat habe ich ihm drei Zähne plombiert«, sagte George. »Und einen Backenzahn gerettet.«

Terry fing Hannahs Blick auf. Sie grinste. Amy sagte unverbindlich: »Na ja«, und dann noch einmal ziemlich niedergeschlagen: »Na ja.«

»Wenn ich es recht verstehe und Silas die Nachricht geschickt hat, dann ist das keine Polizei –«

»Nein, nein, Hebe bekam die Nachricht. Wir wissen nicht, ob sie von Silas kam«, sagte Hannah.

»Mein Gott, ich wünschte, ich würde ihn zwischen die Finger kriegen.« George beugte sich vor und starrte auf einen Mann, der in einem Fischerboot interviewt wurde. »Für diesen Burschen könnte man eine Menge tun.«

Hannah brach in Lachen aus. »Du schaust nicht Fernsehen, du schaust dir Zähne an. Was hat der Mann gesagt, George, ich wette, du hast es nicht gehört.« Sie fing Terrys Blick auf und krümmte sich vor Lachen, dann drehte sie sich zu Amy um, die ein Lächeln unterdrückte. Über Besucher sollte man sich nicht lustig machen, nicht einmal dann, wenn sie sich selbst eingeladen hatten. George schaute verwirrt drein und begann ernsthaft an einer Zukunft mit Hannah zu zweifeln, obwohl sie im Bett umwerfend war. Wer war eigentlich dieser Terry? Ein bißchen jung für Hannah, farbig, schwarz, wirklich tiefschwarz. Ein Freund von Giles? Nicht gerade passend. In der Ehe zählten außer dem Bett noch andere Dinge. Er wandte sich um, um Hannah anzusehen. Nein, verdammt, so wie sie Terry angrinste, mußte sie etwas mit ihm haben. Hinterhältiges Miststück, wie konnte sie nur?

Giles hob seine Tasse, um sich nachschenken zu lassen, und dachte: Keiner macht sich Gedanken um Silas. George ist wegen Terry beunruhigt. Mum foppt George. Terry ist aus irgendeinem Grund mit sich selbst sehr zufrieden. Ach du heiliger Besenstiel, Mum hat sich Terry geschnappt, das ist es, und

Amy ist auf Beobachtungsposten. Sie bemerkten nicht, daß Giles den Raum verließ und die Straße zu Hebes Haus überquerte. Hebe saß am Telefon, sie sah auf. »Giles.«

»Bist du durchgekommen?«

»Sie muß draußen sein. Ich rufe alle fünf Minuten an. Ich weiß, was sie macht, sie arbeitet im Garten. Sie kommt ins Haus, wenn sie müde ist. Ich muß Geduld haben.«

Trip spähte um die Ecke und kam herein, sich wohlig an der Türkante reibend. Sie spazierte zu Hebe hinüber, sprang auf ihren Schoß und stieß mit harten kleinen Stößen schnurrend an Hebes Kinn.

»Sie hat mich nicht beachtet, als ich heimkam.« Hebe streichelte Trip.

»Katzen sind leicht beleidigt. Wir hatten eine in den Staaten. Furchtbar nachtragend.« Giles sah auf die Uhr. »Wann sind die fünf Minuten vorüber?«

Hebe sah auf den Minutenzeiger. »Jetzt gleich.« Sie wählte. »Ich versuche es immer und immer wieder.« Sie lauschte dem Klingeln in Louisas Salon in Wiltshire. »Immer noch draußen.« Sie legte den Hörer auf. »Ach, Giles.« Sie begann zu weinen. »Was um alles in der Welt kann ihm passiert sein?«

»Soll ich Mum holen?« Giles war selbst den Tränen nahe.

»Nein, ich muß es einfach weiter versuchen, bis Louisa sich meldet. Wenn sie mir dann sagt, von wem die Nachricht stammt, habe ich vielleicht eine Idee, wo er sein kann.«

Giles holte aus der Küche eine Rolle Papierhandtücher und reichte Hebe ein Stück. Hebe wischte sich die Augen; sie empfand Zuneigung für Giles, weil er so aufmerksam war, und dachte: Kein Wunder, daß Silas mit ihm so dick befreundet ist. Giles schneuzte sich, während draußen auf den Dächern schreiend die Seemöwen stritten.

»Ich muß mich zusammenreißen«, sagte sie; dabei fiel ihr ein, daß sie als kleines Kind gehört hatte, wie ihr Großvater zu einem Krüppel, dem beide Beine fehlten, sagte, er solle sich gefälligst auf die Hinterbeine stellen.

»Es ist ziemlich schwierig«, sagte sie und griff nach einem weiteren Papiertuch von Giles. »Ich spüre, daß ich durchdrehe.«

»O nein«, sagte Giles, den Atem anhaltend.

»Meinst du, er ist tot?«

»Natürlich nicht«, erwiderte Giles tapfer. »Er kann irgendwo sein. Er hat kein Gefühl für Zeit.«

»Du weißt, daß das nicht wahr ist.«

»Was hältst du von Mum und Terry?« Ließ sie sich ablenken?

»Was hältst du davon? Auf dich kommt es an.«

»Mir gefällt es.« Giles grinste und dachte: Niemand kann sagen, Terry sei langweilig. »Probier die Nummer noch mal«, schlug er vor.

»Ich darf nicht hysterisch werden.« Sie begann zu wählen.

Louisa saß in ihrem Gartenstuhl und beobachtete Mungo und Rory, die die verblühten Rosen abschnitten. Der Besuch der beiden und die fadenscheinige Demonstration von Besorgnis und Zuneigung, die sie vorführten, amüsierten sie. Sie genoß die Spätnachmittagssonne und schloß Wetten mit sich ab, wie lange der Aufenthalt der beiden wohl dauern würde.

Sie waren mit Rorys Wagen angekommen und sichtlich außer Fassung, als sie Hebe nicht vorfanden. Von Bernard zum Schweigen verpflichtet, konnte Louisa ihnen nicht sagen, daß Hebe fortgeeilt war, um ihrem Kind beizustehen. Weder Mungo noch Rory wußten, daß sie ein Kind hatte. Beide dachten offensichtlich, Hebe sei entweder ausgegangen, um ihnen nicht zu begegnen, oder Louisa wußte, obwohl sie das Gegenteil behauptete, wo Hebe wohnte, und würde sich die Adresse entlocken lassen. Da sie nur zufällig durch Bernard davon erfahren hatte, sagte Louisa: »Sie hat eine Nachsendeanschrift in London, aber sie ruft immer an, wenn sie frei ist und kommen möchte. Ich kann euch die Adresse geben.« Aus der Art, wie Mungo sich wand und zögerte, schloß Louisa, daß zumindest er von dieser Adresse Kenntnis hatte und wußte, daß sie nicht weiterführte.

Da sie keine Absicht zu gehen zeigten, deckte Louisa sie mit Gartenarbeit ein. Rory widmete sich wenig effektiv dem Jäten, und Mungo band ein paar stachlige Kletterrosen auf. Nun sah sie ihnen zu, wie sie mit der Gartenschere hantierten. Mit hochgelagerten Beinen, die Hunde um sich herum, genoß Louisa das Spektakel: ihre mit dem Tageslicht schwindenden Hoffnungen, ihr Sträuben, aufzugeben, das gegenseitige mißtrauische Beäugen. Sie übte bereits, was sie Bernard sagen würde, wenn er das nächstemal anrief: »Keiner wagte, den anderen aus dem Auge zu lassen«, würde sie berichten und hoffte, es würde ihm Spaß machen. Rory kam und setzte sich neben sie ins Gras.

»Ich dachte, Mungo müßte Alison abholen«, sagte er brummig. »Was kann Hebe schon an ihm finden? Er ist viel zu alt für sie, fast fünfzig.«

»Fünfundvierzig, gutaussehend und reich«, murmelte Louisa.

Mungo beobachtend, murmelte Rory etwas vor sich hin. Dann sah er auf und zischte leise: »Er sagt, sie sei eine – na ja, sie sagt es auch, aber ich kann nicht – es ist nicht möglich, es ist –«

»Was ist nicht möglich?« Armer Junge, er sah so gepeinigt aus. Louisa hatte Mitleid mit Rory.

»Was er sagt – was sie – daß sie eine Nutte ist«, flüsterte Rory.

Louisa zog die Augenbrauen hoch. »Ich kenne sie nur in ihrer Eigenschaft als Köchin«, sagte sie vornehm. »Das macht sie hier.« Louisa zögerte, da ihr einfiel, daß sie mit Rory etwas anderes getan hatte als zu kochen.

»Könnte es vielleicht –«

»Stimmen?«

»Ja.«

»Was hat sie dir gesagt?«

»Daß sie eine ist, aber ich – ich kann es nicht –«

»Du hättest es lieber glauben sollen.« Louisa hob den Kopf und sah, wie Mungo sich näherte. »Was unternimmst du wegen Alison?« fragte sie.

»Ich werde anrufen. Ich sagte, ich würde sie in Heathrow abholen, aber vielleicht ist sie inzwischen schon angekommen. Die Sache hier hat mich alles vergessen lassen.«

»Handelt es sich bei der Sache um Hebe?« fragte Louisa.

»Die Sache ist Hebe, ja«, schrie Mungo wütend auf. »Ach, hol's der Teufel!«

»Beruhige dich, be –«, triumphierte Rory.

»Sei still, du verdammter Trottel«, schrie Mungo.

Louisas Hunde begannen zu bellen, wie üblich begann Rufus und die kleineren Hunde fielen kläffend ein. Louisa rief: »Ruhe!« Die Hunde und die Männer schwiegen. Nachdem sich der Lärm gelegt hatte, sagte Louisa: »Ich denke, ihr Lieben, es ist besser, wenn ihr aufgebt. Hebe ist fort, und du, Mungo, mußt die Sache mit Alison ins Lot bringen.«

»O mein Gott!« Mungos Widerstand war spürbar.

»Komm, Mungo, bring es hinter dich. Du mußt an deine Jungen denken. Hör auf, Chimären nachzujagen.«

»Hebe ist keine Chimäre«, stieß Mungo protestierend hervor.

»Los, ruf an. Nimm Rory als moralische Stütze mit.«

»Da sei Gott vor!« Außer sich wegen des frivolen Vorschlags schlurfte Mungo ins Haus.

Nachdem Hebe Louisas Nummer gewählt hatte, hörte sie das Besetztzeichen.

»Vielleicht ist es kaputt«, gab Giles zu bedenken. »Ruf die Störungsstelle an.« Die Nummer wurde überprüft und sie erhielt die Auskunft: »Die Leitung ist belegt. Möchten Sie, daß ich unterbreche? Ist es dringend?«

»Ich warte.« Verzweiflung kam in ihr auf. Sie hatte oft bemerkt, daß Louisa, ungeachtet ihrer Telefonrechnung, mit Lucy Duff und sogenannten Freundinnen wie etwa Maggie Cook-Popham, die sie nach eigener Aussage nicht leiden konnte, stundenlang tratschte.

Als es an Hebes Haustür klingelte, öffnete Giles für Jim Huxtable, aber Hannah, die angerannt kam, schob ihn zur Seite.

»Schnell, Hebe, komm. Tante Amy ist ohnmächtig geworden, ich glaube, es ist ihr Herz. Terry ruft den Arzt an.«

Jim sah die beiden Frauen zu Amy Tremaynes Haus rasen. Bald darauf hielt ein Arztwagen davor. Von George empfangen, eilte der Doktor ins Haus. Der Junge, der Hebes Tür geöffnet hatte, kam heraus und stand unentschlossen auf dem Gehsteig. Da sich Jim in der häßlichen Straße nicht wohl fühlte, spazierte er zu der Bank hinauf, die man für die alten Leute errichtet hatte, die zu kurzatmig waren, den Hügel in einem Stück heraufzusteigen. Er setzte sich und lehnte sich gegen eine liebevoll eingeritzte obszöne Inschrift. Er wünschte, er hätte

Feathers, den Hund, mitgebracht. Er wartete und behielt die Häuser im Auge.

Nach zwanzig Minuten kam der Doktor heraus und redete noch kurz mit dem Mädchen mit den grünen Augen, bevor er abfuhr. Fast sofort darauf stieg George in seinen Wagen und fuhr weg. Der Junge auf dem Gehsteig machte mit zwei Fingern ein Zeichen. George sah sich nicht um. Jim wartete weiter. Ein schwarzbrauner Hund mit geringeltem Schwanz kam geschäftig die Straße herunter, blieb stehen, beschnupperte die Bank, hob das Bein, schaute aber zweifelnd, als er Jims Blick auffing.

»Hallo.« Jim streckte die Hand aus. Der Hund legte die Ohren an, ließ sich streicheln, schaute mit einem Blick des Einverständnisses auf und setzte seinen Weg munteren Schrittes fort. Wäre Feathers dagewesen, hätte er zu raufen angefangen. Jim betrachtete die Straße, ließ ihre bemerkenswerte Häßlichkeit auf sich wirken, versuchte seine Gedanken zu ordnen und sich mit dem, was er gesehen hatte, abzufinden. Sollte er die dreißig Meter zu Amys Haus hinuntergehen, eintreten und sich Hebe selbst vorstellen? Wollte er das? Was sollte er sagen? Würde sie ihn erkennen, würde sie ihn für verrückt halten?

»Ihr Name ist Hebe«, sagte er laut in der häßlichen Straße.

Dadurch änderte sich auch nichts. Konnte er sagen: »Ich bin der Mann, den Sie in Lucca getroffen haben. Ich habe mit Ihnen geschlafen?« Damals in Lucca, bei Kerzenlicht, konnte er mit ihr sprechen. Er versuchte sich zu erinnern, worüber sie gesprochen hatten. Sie hatten nicht viel gesagt, es war zuviel Lärm gewesen, zuviel zu tun. Auf der harten Bank, deren Sitzfläche ihm in die Schenkel schnitt, durchfuhr ihn ein Zittern. Angenommen, sie war nicht das Mädchen? Angenommen, er täuschte sich? Sie hatte nicht mit einem Traum gelebt – wie lange? Dreizehn Jahre. »Scheiß drauf, zum Teufel, was soll ich machen?« murmelte Jim. An ihm nagte der Verdacht, daß er sich der Realität gar nicht stellen, daß er seine Suche gar nicht beenden wollte. Er hatte so lange damit gelebt, daß er sich davor fürchtete, die Suche aufzugeben. Sie war Teil seines Lebens geworden, sie zu beenden, war ein furchtbares Risiko.

Aus dem Haus von Amy Tremayne kamen das blonde Mädchen, ein schlanker schwarzer junger Mann, der sie an der Hand hielt, danach Hebe. Der Junge, der zu der Gruppe gehörte, hinterdrein. Den Gehsteig entlang gingen sie zu Hannahs Haus. Der schwarzbraune Hund kam den Hügel herauf. Jim ging auf ihn zu. Sie trafen sich vor Amy Tremaynes Haus. Könnte sie helfen? »Ich wünschte, ich wüßte, was ich tun soll«, sagte Jim zu dem selbstsicher aussehenden Hund. Der Hund wedelte mit seinem geringelten Schwanz und legte die Ohren an. Einer plötzlichen Eingebung folgend, versuchte Jim, die Tür zu öffnen; sie hatte ihn doch eingeladen wiederzukommen, redete er sich ein. Die Tür ging auf, er trat ein. Den Hund neben sich, stand er lauschend in dem engen Flur und ging dann langsam nach hinten zur Küche, wo er sich vor nicht allzu langer Zeit mit Amy unterhalten hatte. Auf dem Tisch stand Teegeschirr, die Stühle waren zurückgeschoben. Zusammen mit dem Hund stieg er zu Amys Schlafzimmer hinauf. Ausgestreckt lag sie mit geschlossenen Augen auf dem Bett, das Gesicht war wächsern.

Der Hund trat nahe ans Bett und hob neugierig die Schnauze. Jim bemerkte die Briefbeschwerer auf dem Fensterbrett, die in der Nachmittagssonne so lebendig funkelten und blitzten, daß es eine Freude war. Verlegenheit überkam ihn. Er bekreuzigte sich. »Es ist nur eine Geste«, sagte er zu dem Hund, Panik und Überraschung niederkämpfend. Ich bekreuzige mich, wenn ich eine Elster sehe. Er erinnerte sich an eine Frau, mit der er eine Affäre hatte. Sie hatte sich in der Normandie über ihn lustig gemacht, denn dort gab es Elstern im Überfluß. Der Hund furzte. Der widerliche Gestank erreichte Jims Nase. »Komm«, sagte er zu dem Hund, »hier haben wir nichts zu suchen. Sie ist tot.« Der Hund folgte ihm die Treppe hinunter und ging die Straße hinauf, ohne zurückzublicken.

Jim rannte die dunkle Backsteinstraße hinunter zum Parkplatz. Er fühlte sich benommen. Erst als er wieder in Bernards Haus war und Silas sah, fiel ihm ein, daß er seinen Auftrag nicht erfüllt hatte.

28

Bei ihrer Ankunft in Heathrow rief Alison ihre Schwiegermutter an, die sie begrüßte, als hätte es nie eine Krise gegeben.

»Ich hoffe, du hattest schöne Ferien. Du bist früher zurück, als ich erwartet hatte.«

Alison begriff, daß ihr Fehltritt ignoriert werden sollte. »Ich wollte wissen, ob Mungo bei dir ist. Er ist nicht zu Hause.« Sie versuchte es auf die beiläufige, unbekümmerte Art.

»Er besucht Louisa. Ich habe vorhin mit ihr telefoniert. Er scheint sich mit Rory angefreundet zu haben. Ich hätte nicht gedacht, daß sich die beiden etwas zu sagen haben, du etwa?«

»Nein, ich auch nicht. Aber eigentlich mag ich ihn ganz gern«, verbesserte sich Alison, die nicht in der Position war, andere herabzusetzen. »Was macht Mungo dort?«

»Fischen?« sagte Lucy und dachte dabei an Hebe, die er eigentlich angeln wollte.

»Das bezweifle ich. Zu Hause hat er besseres Fischwasser.«

»Seine Arbeit vernachlässigen«, erwiderte Lucy boshaft.

»Er macht inzwischen wahrscheinlich Ferien, wobei mir einfällt, daß wir die Jungen bald abholen sollten. Sie sind auf den Scilly-Inseln.« Es gilt, das vereinte Elternpaar zu mimen, dachte Alison.

»Sie hatten schreckliches Wetter.« Lucy ließ sich nicht täuschen.

»Ich muß Jennifer anrufen –«

»Warum triffst du dich nicht bei Louisa mit Mungo«, schlug Lucy vor. »Es wäre ein neutraler Ort.« Weiter wagte sich ihre Schwiegermutter auf das tückische Gelände, auf dem sie sich im

Moment befand, nicht hinaus. »Nimm ein Taxi und überrasche den guten Burschen, das erspart ihm die Fahrt zum Flughafen.«

»Das könnte ich machen«, erwiderte Alison dankbar. »Ich dürfte nicht allzu lange brauchen bis dorthin.«

Lucy Duff trat auf die Terrasse hinaus, die vom kürzlich gefallenen Regen naß war. Miss Thomson brachte das Tablett mit dem Tee und setzte sich neben sie. »Werde ich Mutter?« fragte sie mit ihrer tonlosen Stimme.

»Nein«, antwortete Lucy. »Nein, danke.« Mit schlecht verhohlener Mißbilligung sah sie Miss Thomson an. Zuerst »Patio« und jetzt: »Werde ich Mutter?« Die unersetzliche Alison mußte wieder ans Werk, um Miss Thomsons Platz einzunehmen. Sie schenkte Tee ein. »Mrs. Mungo ist aus den Vereinigten Staaten zurück«, sagte sie, wohl wissend, daß Miss Thomson Alison beim Vornamen nannte und diese Ausdrucksweise sie beleidigen würde. »Mrs. Mungo trifft Mr. Mungo bei Mrs. Fox in Wiltshire. Ich glaube, Mrs. Fox hat im Moment die Köchin bei sich. Oh, Sie müssen weg?« Lucy sah Miss Thomson ins Haus gehen, vermutlich um einen Kündigungsbrief aufzusetzen. (»Ich weiß, wann ich überflüssig bin.«) Lucy trank ihren Tee, stellte sich das Leben ohne Miss Thomson und die kurz bevorstehende Ankunft von Alison bei Louisa vor. Es wird sie überraschen, wenn sie herausfindet, daß das, was Rory und Mungo gemeinsam haben, Hebe ist, dachte Lucy erfreut. »Wie ich dich vermisse«, murmelte sie, ihres verstorbenen Mannes gedenkend, der sich genauso amüsiert hätte. Steifgliedrig erhob sie sich, um Miss Thomson, der gegenüber sie sich verabscheuungswürdig benommen hatte, um Vergebung zu bitten; unterwegs warf sie einen Blick auf das Foto ihres Mannes, der Mungo so ähnlich, aber souveräner gewesen war. Während sie das Bild des lange Verstorbenen betrachtete, erinnerte sie sich an seine Theorie, daß nur diejenigen seiner Freunde mit Frauen in die Patsche gerieten, die keine Selbstsicherheit besaßen. Wenn das zutraf, dann war Mungo unsicher, und stellte man in Rechnung, was Louisa sagte, sein Cousin Rory ebenso. Auf dem Weg, sich mit Miss Thomson zu versöhnen, entschloß sich Lucy, Louisa von Alisons bevorstehender Ankunft nicht zu unterrichten. Damit hätte Alison eine faire Chance, Mungo dabei zu überraschen, wie er wegen Hebe einen Narren aus sich machte. Lucy wußte nicht, daß ihre Freundin sie aus ähnlichen Überlegungen nicht davon unterrichtet hatte, daß Hebe am Morgen abgefahren war.

Als Alison in Louisas Auffahrt das Taxi bezahlte, war sie von bellenden Hunden umringt. Der Fahrer fuhr davon, und sie konnte sich allein mit Rufus abplagen, der an ihr hochsprang und um sie herumhüpfte, in der Hoffnung, ihr Gesicht ablekken zu können. Alison wehrte die unerwünschten Aufmerksamkeiten des Hundes ab, indem sie ihre Tasche im Kreis wirbelte und schrie: »Platz! Leg dich, runter mit dir!«, und das mit einer Stimme, die immer schriller wurde, je mehr Angst sie bekam. So eine Hundemeute, und dieser brutale Taxifahrer ließ sie allein damit fertig werden. Da trat Mungo aus dem Haus, stürzte im Flug die Treppen herunter, gab Rufus einen Tritt, packte Alison um die Taille und küßte sie. Alison schlang die Arme um seinen Hals und küßte ihn wieder, dann lehnte sie sich zurück, hielt ihn von sich und sah ihn überrascht an.

»O Mungo«, ihre sorgfältig präparierte Rede war vergessen. »Mein Schatz«, sagte Alison, »mein Schatz.«

»Liebling«, sagte Mungo, sie wiederum küssend. »Wie wundervoll, dich zurückzuhaben.« Es erstaunte ihn, daß er sich freute, sie zu sehen. Er war verblüfft. »Himmel«, sagte er, »du siehst hübsch aus.« Entzückt betrachtete er seine Frau. In ihrem blaßroten Haar leuchtete die Nachmittagssonne, ihre blauen Augen waren umwerfend. Was hatte sie mit ihren Wimpern gemacht? »Was ist mit deinem Haar passiert?« Er küßte sie erneut. »Hattest du eine schöne Zeit?«

»Nein, das hatte ich nicht. O Mungo, mein Liebling.« Sie umklammerte seine Arme.

»Du siehst aus wie ein Botticelli-Engel«, sagte er. »Warum habe ich das nie bemerkt?«

Alison erwiderte: »Du hast vergessen, wie ich aussehe. Laß mich dich ansehen.« Sie sah zu ihm hinauf, bewundernd blickte sie auf sein dichtes Haar, seine dunkle Erscheinung. Er schien mehr Falten bekommen zu haben, seitdem sie ihn zuletzt angesehen hatte. »Ich ließ in Santa Barbara mein Haar machen.«

»Es ist reizend.« Wird sie zugeben, daß sie ihre Augenwimpern färben ließ, fragte er sich.

»Und meine Wimpern behandeln.« Ihr Blick blieb fest.

»Behandeln«, murmelte Mungo lächelnd. »Behandeln.«

»Wir müssen die Jungen abholen, wenn sie von den Scilly-Inseln zurückkommen.« Alison sah zu Mungo auf. »Ich habe von Heathrow aus mit Jennifer gesprochen. Sie kommen alle am Donnerstag zurück, weil das Wetter so miserabel ist.«

»Übermorgen.« Er musterte ihr Gesicht. Was hatte sie außerdem verändert?

»Ich habe mit deiner Mutter gesprochen. Sie sagte, du seist hier.«

»Gut.« Mungo begann zu lachen.

»Worüber lachst du?« Sie fiel in sein Gelächter ein. Wenn sie lachte, sah sie sogar noch hübscher aus.

»Wir können uns die vorbereiteten Reden schenken. Komm

mit zu Louisa. Rory ist hier. Erinnerst du dich an ihn? Rory Grant, mein Cousin.«

»Natürlich.« Sie gingen ins Haus, Mungo trug ihr Gepäck.

»Welche Reden wolltest du halten?« fragte sie unerschrokken.

»Darüber können wir uns unterhalten, wenn wir die Jungen abholen, falls das nötig sein sollte. Es ist ziemlich lähmend. Sollen wir Rory mitnehmen, wenn wir fahren?«

»Als Schiedsrichter? Warum nicht?« Alison fühlte sich wie ein Schwimmer, der zu weit hinausgeschwommen war und sich erschöpft zum Ufer zurückkämpfte. Mit ein wenig Glück hätte sie bald wieder festen Boden unter den Füßen, würde bald wieder zu Atem kommen (d. h. ihre Ehe wieder in den Griff kriegen).

»Alison, meine Liebe.« Louisa kam, von den gutmütig wedelnden und gar nicht mehr bedrohlichen Hunden begleitet, aus dem Garten. »Wie reizend. Du bleibst doch über Nacht, oder? Wir wollten gerade nach dem Tee sehen. Das ist Rory, du erinnerst dich an ihn? Stell alles auf ein Tablett und trag es raus unter den Baum. In der Küche ist Teegebäck, Rory. Hebe hat welches gemacht.«

»Hebe?« Alison spürte einen Anflug von Bedrohung.

»Das reizende Mädchen, das für Lucy kocht. Du warst die Schlaue, die sie gefunden hat. Sie kommt auch zu mir. Unglücklicherweise mußte sie heute fort. Jetzt komm, Rory, mach dich nützlich.«

Grinsend verzog sich Rory in die Küche, und Louisa rief ihm hinterher: »Da ist Devonshire-Sahne für das Gebäck und Erdbeermarmelade.«

»Die haben ich und die reizende Hebe in Salisbury gekauft«, sagte Rory zu Rufus, »wie sie sehr gut weiß, und sie sorgt dafür, daß auch Alison es erfährt, mein guter Alter. Jeder weiß was, keiner sagt was, alle reden.«

Rory stapelte Tassen und Untertassen auf das Tablett, stellte den Teekessel auf, fand das Gebäck, ließ ein Stück hinunterfallen und fand schließlich auch die Sahne und die Erdbeermarmelade. »Alison wird Mungo nicht gehen lassen«, sagte er zu Rufus, der dankbar fraß, wobei ihm vor Gier dünne Speichelfäden von den Lefzen hingen. »Und außerdem«, sagte Rory zu dem Hund, während er Tee machte und das Tablett in den Garten trug, »wenn mich meine Nase nicht täuscht, ist irgend etwas geschehen, das Alison für Mungo aufgewertet hat.«

Rory stellte das Tablett neben Louisa auf den Gartentisch, die amüsiert zu ihm aufblickte. Sie genoß die ungeklärte Situation zwischen Mungo und Alison und freute sich auf ihre nächste Unterhaltung mit Bernard. Sie würde die unvorhergesehene Entwicklung einer Kameradschaft zwischen ihren Neffen schildern. Sie würde andeuten, daß Mungo, so sehr er Hebe liebte, auch seiner Frau zugeneigt war, man könne darauf wetten, daß Hebe einen Kunden verlieren würde. Während sie Tee einschenkte und die Tassen herumreichte, taxierte sie Alisons neue Aufmachung – die neue Frisur, das Make-up, die Kleider. Alisons Unverfrorenheit war beachtenswert. Von Rechts wegen hätte sie verlegen, ängstlich, reumütig und verunsichert sein müssen, nachdem ihre Schwiegermutter sie von ihrem Fluchtversuch zurückgepfiffen hatte. Aber nichts dergleichen. Sie trank Tee und beschrieb angeregt ihren Aufenthalt in Santa Barbara, sowohl ihr Mann wie Rory waren hingerissen. Über ihre Gastgeber lieferte sie nur wenige Einzelheiten, stellte Louisa fest, schilderte aber das Haus, dessen Lage, die Einrichtung und den Pool. Mehrmals ergab sich die Situation, daß die anstehenden Probleme fast ausgesprochen worden wären, aber Alison, sich Sahne und Marmelade auf das Teegebäck häufend, fand jedesmal den Absprung zu einem näherliegenden Thema und beschloß das Gespräch tapfer mit der Frage: »Sollen wir runterfahren und die Jungs abholen, Liebling, wie ich vorgeschlagen habe? Es wäre nett, Jennifer und Julian zu sehen. Und außerdem ersparen wir den Jungs diese langweilige Fahrt, die sie so hassen.«

»Ich habe nie gehört, daß sie Einwände dagegen hatten.« Kurzfristig verfiel Mungo wieder in die streitbare Stimmung, mit der er sich üblicherweise gegen Alisons Herrschsucht wehrte.

»Mein Lieber! Sie müssen in Exeter umsteigen. Es wäre doch lustig, wenn wir sie abholten. Warum kommst du nicht mit, Rory?« Sie bezweifelte, ob Mungo den Vorschlag mit Rory ernst gemeint hatte.

Rory fing ihren Blick auf und erkannte eine Bitte darin. Sie war wirklich viel hübscher, als er sie in Erinnerung hatte. »Gerne«, erwiderte er.

»Ihr könnt früh los«, warf Louisa ein. »Komm und hilf mir ein Bett zurechtmachen, Alison. Du mußt früh schlafen gehen, damit du dich von deinem Jet-lag erholst.«

Alison sprang auf.

»Mungo schlief letzte Nacht bei Rory«, sagte Louisa mit Blick auf Mungo. »Wäre es dir recht, wenn du noch einmal bei ihm bleiben würdest? Das würde mir die Mühe ersparen, ein weiteres Bett zurechtzumachen.« Ohne eine Antwort abzuwarten, führte Louisa Alison ins Haus. »Du kannst ihm alles erzählen, was du willst, wenn du weniger müde bist«, sagte sie.

»Danke«, erwiderte Alison, eine Verbündete witternd.

»Warum trennt sie uns?« fragte Mungo verärgert.

»Ich denke, sie will euch – ähm – euch wieder zusammenbringen.« Rory begann zu lachen. »Sie haben keine Ahnung, wie wir – äh – wie –«

»Die letzte Nacht verbrachten«, beendete Mungo Rorys Satz. »Ich möchte nicht unbedingt, daß du nach Cornwall fährst«, sagte er eisig.

»Aber ich werde fahren«, sagte Rory mit ungewöhnlicher Entschiedenheit. »Ich – äh – will –« Er sagte nicht, daß er sich an Hebes Autonummer erinnerte, daß er festgestellt hatte, daß sie eine Nummer aus Cornwall besaß. »Ich möchte mich in Penzance etwas umsehen. Dort gibt es hübsche Antiquitätenläden«, fügte er entschuldigend an.

»Wenn Louisa mit ihren Betten geizt, werde ich in einem Hotel übernachten«, sagte Mungo zunehmend mißtrauischer. »Die beiden Frauen haben irgendein Komplott geschmiedet.«

»Dann bleib bei mir, und wir können – äh – können – äh –«

»Zusammenhalten.« Automatisch beendete Mungo den Satz. »Alison ist voller Schwung«, sagte er nachdenklich, »absolut voller Schwung.«

»Vielleicht fand sie dich – äh – fand sie dich auch schwungvoll, wenn du vom – äh – Syndikat zurückgekommen bist.«

»O Gott!« sagte Mungo. »Meinst du, Alison weiß Bescheid?«

»Möglich.« Rory verfütterte den Rest des Teegebäcks an Rufus. »Möchtest du – äh – heute nacht mit ihr schlafen?«

»Das hatte ich nicht vor«, erwiderte Mungo muffig.

»Mann!« Rory begann, das Teegeschirr auf das Tablett zu räumen. »Du hättest lieber etwas in dieser Art planen sollen. Sei lieber – äh – spontan«, riet er.

Mungo versagte es sich, Rory einen Tritt zu versetzen, Louisa niederzuschlagen, Alison Gewalt anzutun – alles spontane Reaktionen. Er nahm sogar Abstand davon, seine Mutter anzurufen und sie zu beleidigen. Hebe, dachte er, hatte nie die üblen Seiten in ihm geweckt.

Wieder zurück in Rorys Haus, fühlte Mungo erneut die Wut in sich aufsteigen. Voller Verachtung blickte er auf Rorys Besitztümer. Daß nichts Vulgäres darunter war, brachte ihn total außer sich. Gutes Silber, hübsches Glas, beneidenswerte Bilder, eine Sammlung guter Bücher. Das ganze Arrangement war nach Hebes Geschmack. Rory beobachtete ihn, wie er sich mit stierem Blick umsah.

»Was ist – äh – los?«

»Nichts«, sagte Mungo verdrossen. »Das ist dein Problem.«

»Meine üble Laune lasse ich an den Hüten aus«, sagte Rory. »Du findest in dem Laden nichts, das – äh – Alison stünde. Sieh dich um.« Hebe hatte den einzigen Hut, der einer hübschen Frau angemessen war, dachte er. »Für Louisa habe ich einen ganz schönen gemacht«, sagte er.

»Louisa.« Mungo stand unentschlossen herum. Rory ließ ihn nicht aus den Augen. »Louisa treibt ihr Spiel mit mir.«

»Ja – äh – das tut sie.« Rory versuchte sich das Lachen zu verkneifen.

»Sie trennt mich von Alison.«

»Ja – äh –«

»Warum?«

Rory zuckte mit den Schultern. »Damit sie sich ausruht?« schlug er vor.

»Ich fahre zurück.« Mungo drehte sich auf dem Absatz um und verließ das Haus. Rory hörte Mungos Wagen abfahren, ging dann zu Bett und schmiedete Pläne, wie er Hebes Auto und sie selbst finden könnte; Cornwall war schließlich ziemlich groß.

Mungo betrat Louisas Haus und beruhigte die Hunde. Er

ging nach oben. Im Gästezimmer sah er Licht durch den Türspalt. Er ging hinein. Alison lag im Bett, das hellrote Haar umrahmte ihr Gesicht, in den dunkelblauen Augen lag Erstaunen.

»Mungo«, zirpte sie.

»Halt den Mund.« Mungo zog sich aus. Er fühlte sich dominant, maskulin und geil.

»Mungo!« flüsterte Alison.

Mungo stieg in das schmale Bett. »Rück rüber.«

»Ich kann nicht. Ich falle heraus. Was willst du?«

»Dich vögeln.«

»Sag nicht so ein Wort. Du weißt, ich kann es nicht ertragen –«

»Ach, halt den Mund«, grunzte Mungo. »Laß uns weitermachen.«

Kurz darauf hielt Mungo Alison fest und sagte: »Wir machen das nicht oft genug.« Und Alison begann auf eine Art zu lachen, wie sie lange nicht mehr gelacht hatte, so daß er sagte: »So ist's recht, meine Liebe, man sollte lachen. Jetzt werde ich dich lieben.«

Alison verbiß sich die Frage, mit wem er gelacht hatte, und flüsterte: »Ich bin froh, zurück zu sein.« Mungo schlief ein und beanspruchte mehr Platz, als ihm in dem schmalen Bett eigentlich zukam. So weit, so gut, dachte Alison, die Unbequemlichkeit hinnehmend. Vielleicht kann ich ihn von der anderen, mit der er lacht, entwöhnen. Könnte es diese Köchin sein? Sie versuchte sich zu erinnern, wie das Mädchen aussah.

Als sie am nächsten Tag bei der Fahrt hinter Mungo und neben Rory saß, empfand Alison ein Gefühl der Unbeschwertheit, das ihr gewöhnlich fremd war. Rory, dem ihre gute Laune nicht entgangen war, wagte vorzuschlagen: »Erzähl uns – ähm – erzähl uns von deinen Gastgebern – ähm – deinen Freunden –«

»Ja, mach das«, sagte Mungo, der am Steuer saß. »Was tun Eli und Patsy so, wenn sie zu Hause sind? Komm, erzähl es uns.«

»Wann kommt der Hubschrauber an?« Alison machte einen schwachen Versuch, die Attacke abzuwehren.

»Alison!« protestierte Rory. »Los.«

»Wie war denn diese Ménage à trois?« Mungos und Alisons Blicke trafen sich im Rückspiegel. »Dieses Dreiergespann.«

»In Ordnung.« Alison holte tief Luft. Sie spannte die Schultern an und preßte die Zähne zusammen.

»Sprich weiter«, sagte Rory und legte seine Hand über ihre verkrampften Finger.

»Zuerst war ich mit ihm im Bett«, fuhr Alison mit ziemlich hoher Stimme fort. »Dann kam Patsy und sah zu. Mir gefiel das nicht. Schließlich stieg sie auch herein und legte sich auf der anderen Seite neben mich. Ich glaube, man nennt das eine Orgie.«

»Sprich weiter«, sagte Mungo, starr auf die Straße blickend. »Sprich weiter.«

»Nun«, Alisons Stimme wurde noch höher, »es gefiel mir mit ihm, es war anders, eine Abwechslung ...«

»Nette Abwechslung«, platzte Rory dazwischen.

»Na ja, das stimmt. Wenn ich mit Eli allein gewesen wäre, wäre ich vielleicht jetzt noch dort.«

»Ach«, sagte Mungo mit umwölkter Miene, aber Alison war im Geiste zurück in Santa Barbara. »Er war viel schlimmer als du, Mungo.« Sie sah nicht, wie ihr Mann die Augenbrauen hochzog. »Er benutzte Wörter, die ich noch nie gehört habe. Deine Ausdrucksweise ist gar nichts dagegen. Das hat mich ein wenig abgestoßen.«

»Nur ein wenig.« Rorys Stimme klang gleichmütig.

»Aber Patsy hat es nicht gefallen. Ihr gefiel die Kombination von Eli und mir nicht.«

»Stell dir vor«, murmelte Rory und fragte: »Was ist dann passiert?«, denn er sah Mungo an, daß er nicht fragen konnte oder nicht fragen wollte.

»Und dann«, sagte Alison – ihre Worte überstürzten sich beinahe –, »und dann schlug Eli vor, er und ich sollten ohne Patsy nach Mexiko fahren. Ich sagte: Gut, gerne. Patsy ging mir auf die Nerven; entweder fummelte sie an mir herum, oder sie war gemein zu Eli. Ich packte, und als ich zum Wagen hinuntergehen wollte, hörte ich auf der Treppe ein Handgemenge. Sie hatte alle Knöpfe von seinem Hemd abgerissen und zerrte an seiner Hose. Und dann«, sagte Alison nach Luft schnappend, »beugte sie sich runter und biß ihn ins Bein.«

»O Mann!« sagte Mungo. »Wie schockierend.«

»Ah«, sagte Rory. »Und dann, was ist äh –«

»Ich stieg in Elis Wagen und fuhr allein zum Flughafen. Ich hatte mit deiner Mutter gesprochen, wie du weißt. Ich habe natürlich gelogen. Ich hatte damals nicht die Absicht, nach Hause zu kommen.«

»Du hast uns angelogen«, sagte Mungo.

Alisons Stimme klang müde. »Natürlich habe ich gelogen. Deine Mutter war leicht zu durchschauen. Eli hat kein Aids, aber deine Mutter kommt ohne mich nicht zurecht.«

»Ich auch nicht«, platzte Mungo, rot im Gesicht, heraus.

Rory bemerkte, daß Mungo und Alison den Tränen nahe waren. »Ich habe noch nie gesehen, wie ein Mann von einer Frau gebissen wurde«, sagte er. Dann lachten sie mit jener haltlosen Fröhlichkeit, die gewöhnlich nur ganz jungen Leute vorbehalten ist.

29

Hebe setzte die Brille auf die Nase, rannte zu ihrem Wagen, startete und brauste mit aufheulendem Motor zur Hauptstraße hinunter, wo sie sich mit gefährlichem Schwung in den Verkehrsstrom einordnete. Die Höllenqualen, seit Louisa ihr die Nachricht durchgegeben hatte, die Angst um Amy, die Wut über ihre Großeltern, die zunehmende Sorge, während sie auf Neuigkeiten von Silas wartete, alles zusammen vergrößerte die Panik, die in Amys Haus begonnen hatte. Sie holte aus dem Motor das Letzte heraus, schlängelte sich halsbrecherisch durch den Verkehr und war so angespannt, daß sie fast zu atmen vergaß. Jim, der ihr folgte, zuckte zusammen angesichts der Risiken, die sie einging, und hoffte, sie würde in ihrem Wahnsinn nicht mit einem anderen Wagen zusammenstoßen, er müßte keinen Leichnam zum Krankenhaus transportieren und Silas keine Schreckensmeldung überbringen.

Auf dem Land verlor er Hebe aus den Augen. Bei der Telefonzelle, deren Tür weit offenstand, holte er den Wagen, der mit laufendem Motor dastand, wieder ein, und er sah Hebe über die Felder zu Bernards Haus rennen.

Er parkte seinen Wagen, rannte zu Hebes Auto, schloß die Tür, steckte die Schlüssel ein und rannte hinter ihr her. Zweimal sah er sie über einen Graben springen. Einmal fiel sie hin, war aber schnell wieder auf den Beinen und rannte weiter. Während er lief, murmelte Jim: »Diesmal, diesmal, diesmal.« Als er über den letzten Graben in Bernards Garten sprang, stieß er mit Feathers zusammen, stolperte, stürzte und fluchte. Feathers ließ sich mit seiner Begrüßung Zeit, er beschnupperte Jims Gesicht, glücklich, daß es ihm so nahe war.

»Hau ab.« Jim schob den Hund beiseite. »Aus dem Weg, verdammt.« Auf allen vieren stützte er sich im nassen Gras auf.

Bernard stand über ihm. »Hast du dir weh getan?«

»Nein.« Jim rappelte sich auf. »Aus dem Weg«, sagte er zu Feathers.

»Halt«, rief Bernard, als Jim zum Haus laufen wollte. Er erwischte Jims Arm, aber der drehte sich mit solchem Schwung um, daß er den alten Mann fast niederriß.

»Warum?« schrie Jim wütend. »Warum?«

»Sie müssen allein sein.« Bernard hielt Jim am Ärmel fest. »Wir gehen weg.«

»Ich muß sie sehen«, keuchte Jim. »Ich muß.«

»Später«, erwiderte Bernard. »Wir gehen zusammen ins Kino. Du gehst nach Hause«, sagte er zu Feathers. »Du kannst ruhig hierbleiben.« Und zu Jim: »Komm, wir müssen fort, damit Silas mit seiner Mutter reden kann.«

»Ich muß dieses Mädchen sehen«, schrie Jim.

»Nicht jetzt. Sie muß allein mit ihm sein, es ist wichtig.«

»Wichtig ist, daß ich sie sehe«, beharrte Jim.

»Nur für dich.«

Jim starrte den alten Mann ernüchtert an. »Daran habe ich nicht gedacht.«

Bernard, alt und zusammengesunken, sah zu Jim auf. »Sie wird nicht weglaufen«, sagte er.

»Ich habe ihre Wagenschlüssel.«

»Wir werden sie in ihren Wagen zurücklegen.« Er führte Jim zur Straße. »Hat sie dich erkannt?«

»Ich glaube nicht. Als ich zu ihrem Haus ging, telefonierte sie. Ich habe ihr gesagt, Silas sei bei dir, und sie rannte davon.

Ich glaube nicht, daß sie mich erkannt hat, sie hat nur die Nachricht registriert.«

Langsam gingen sie nebeneinander her. Jim half Bernard über die Gräben. »Das ist nichts für einen Mann meines Alters«, fand Bernard, »aber wir sitzen gleich im Kino, da haben wir es warm und trocken.«

»Warum ins Kino?« fragte Jim aufrührerisch.

»Es ist dunkel«, sagte Bernard stoisch. Fast hatten sie Jims Wagen erreicht. »Ich kann dasitzen und trauern.«

»Worum trauern?« fragte Jim schlecht gelaunt.

»Du scheinst zu vergessen«, sagte Bernard beim Einsteigen und Anschnallen des Sicherheitsgurtes, »daß du zweimal in der Stadt warst. Zuerst hast du die tote Amy gesehen und vergessen, Hebe zu sagen, daß ihr Junge bei mir in Sicherheit ist. Ich habe dich zurückgeschickt. Daß ich ins Kino gehe, heißt nicht, daß mich Amys Tod nicht erschüttern würde.«

»Tut er das? Warum?« Unwillig startete Jim den Wagen.

»Wir haben uns einmal geliebt. Und das war tatsächlich sehr angenehm.«

Jim, dessen Gedanken bei Hebe waren, wußte nichts zu sagen.

»Wenn wir einen rührseligen Film finden, könnte ich so tun, als wäre ich davon ergriffen.«

»Ja.« Jim war langsam wieder bei der Sache.

»Wir waren im Hotel d'Angleterre. Es hat schlimm geendet«, sagte Bernard. »In Paris, vor langer Zeit.«

»Warum«, fragte Jim.

»Sie hat herausgefunden, daß ich mit Louisa schlief. Warum nehmen Frauen bloß immer an, es gebe jeweils nur eine? Das gibt doch keinen Sinn. Darüber hat sie sich am meisten aufgeregt.« Im hohen Alter weigerte sich Bernard, an Amys Schwangerschaft zu denken.

»In all den Jahren«, sagte Jim, für einen Augenblick seinen eigenen Kummer vergessend, »in all den Jahren habe ich nie gehört, daß du sie besucht hättest.«

»Wir haben nicht mehr miteinander gesprochen«, sagte Bernard. »Später, als sie sich mit Hebe anfreundete und ich das Mädchen kennenlernte, versuchte ich, es wieder gutzumachen. Louisa und ich blieben einander verbunden. Amy war verbittert. Da half nichts.«

»Vielleicht hatte sie Grund, verbittert zu sein.« Jim hatte seinen alten Freund nie für einen besonders liebenswerten Charakter gehalten.

»Hebe braucht dich nicht«, sagte Bernard gehässig, womit er Jims Einschätzung nur bestätigte. »Sie kommt allein sogar noch besser zurecht als Amy.« Als Jim nicht antwortete, fügte er hinzu: »Heutzutage leben die Frauen allein. Das dürfte doch selbst dir nicht entgangen sein.«

»Warum selbst mir?« fragte Jim, aber Bernard gab vor, nichts gehört zu haben, und erzeugte in Jim das Gefühl, er habe sich auf irgendeine Weise lächerlich gemacht.

30

Silas klammerte sich an Hebe und sie sich an ihn. Nach dem Laufen war sie so außer Atem geraten, daß sie in der Freude der Erleichterung meinte, es sei genug, ihn festzuhalten. Er war am Leben, er war gesund. Sie fürchtete, das Falsche zu sagen, wenn sie sprach. Silas hielt seine Mutter umschlungen und spürte, wie ihr Herz klopfte. In dem kleinen dunklen Raum kuschelten sie sich in Bernards Schaukelstuhl aneinander. Das Feuer flakkerte, und Feathers ließ sich seufzend zu ihren Füßen nieder.

Das Gesicht an ihre Brust gedrückt, sagte Silas: »Ich war seekrank. Ich hatte keine Stiefel. Sie alle kannten sich gut. Mrs. Reeves sieht aus wie ein Pferd. Ich kam mir dumm vor, weil alle segeln konnten. Ich habe Seehunde und eine Natter gesehen und Leute in einem Boot. Da waren noch zwei andere Jungen. Die haben mit der Geliebten ihres Vaters angegeben. Na ja, der Jüngere jedenfalls und mit der Größe seines ... Und dann sagte er, er mache ins Bett, als wenn das besonders toll wäre. Zu jeder Mahlzeit gab es Gulasch, und Mr. Reeves, er heißt Julian, hat an Mrs. Reeves rumgenörgelt. Sie sagte, ich solle sie Jennifer nennen. Das konnte ich nicht. Er nörgelte wegen dem Gulasch, und sie nannten die Frau, die zum Kochen und Putzen kommt, Mrs. Thing. Auf mir hat er wegen der Schule herumgehackt. Warum wir kein Latein lernen, und er und Mrs. Reeves haben sich gestritten, ohne etwas zu sagen – sie sind furchtbare Snobs –, so war es die ganze Zeit. Er gab mir Wein, bevor ich bemerkte, daß die anderen nur Cola tranken. Ich kam mir dumm vor. Ich habe auf deinen Pullover gekotzt. Wir vier mußten uns ein Zimmer teilen. Das Haus war hübsch, sehr hübsch, aber ich wünschte – ich habe dir eine Postkarte geschickt, ich wollte nicht, daß du erfährst, daß es mir nicht gefällt – wenn ich jetzt zur Schule zurückgehe, wird es furchtbar werden – ich habe in Michaels Stiefel gekotzt und über die Vorderseite deines Pullovers. Sie redeten sehr laut – er hat deinetwegen herumgestichelt und gefragt, was mein Vater macht. Mrs. Reeves hat sich daran beteiligt und gesagt – und es hat sie gestört, daß wir in einer Straße wohnen. In London ist es in Ordnung, in einer Straße zu wohnen, aber sonst muß man auf dem Land leben – und Michael sagte, du seist Köchin, und Mrs. Reeves sagte, sie habe einen Onkel gehabt, der seine Köchin geheiratet hat – Mr. Reeves sagte, Köchinnen seien eine aussterbende Spezies – er war betrunken – er hat mir immer mehr Wein gegeben, und es herrschte dicke Luft im Raum – dann fragte er, was mein Vater macht, und ich haßte ihn und sagte, meine Mutter sei ein Hermaphrodit, und habe ihm meinen Wein ins Gesicht geschüttet.« Hebe hielt ihn fester umschlungen. Silas holte Atem. »Ich habe in Mr. Quigleys Lexikon nachgesehen, was Hermaphrodit heißt, und jetzt komme ich mir noch blöder vor als zuvor. Nachdem ich ihm den Wein ins Gesicht geschüttet hatte, rannte ich raus – ich riß deinen Pullover von der Leine, an der ihn Mrs. Reeves aufgehängt hatte, sie hat ihn gewaschen, aber er riecht immer noch – ich wußte nicht, was ich tun sollte, aber ich hatte Glück, weil die Leute, die ich beim Fischen beobachtet hatte, nach St. Mary's rüberfuhren. Sie haben mich mitgenommen – tut mir leid, ich habe alles zurückgelassen, außer deinem Pullover – die Leute haben keine Fragen gestellt – am nächsten Tag habe ich es zum Hubschrauber geschafft, die Besatzung erinnerte sich, daß ich ein Rückflugticket hatte. Als du nicht zu Hause warst, habe ich geweint – tut mir leid. Amy oder Hannah hätten Fragen gestellt – Jim fand mich und brachte mich hierher – er und Mr. Quigley sind nett gewesen. Es war herrlich mit Feathers und der Katze – sie hat keinen Namen, er sagt, Katzen brauchen keinen Namen, er nennt sie nicht einmal »Thing« wie die Reeves ihre Putzfrau. Sie sagten – nein, sie sagten es nicht, aber ich spürte, sie meinten, ich hätte keinen Mumm. Aber sie haben auch nicht so viel. Michael weinte, als seine Mutter ihn schlug, und ich hatte den Eindruck – ich hatte den Eindruck, Hermaphroditen schlagen ihre Kinder nicht – Giles hat damit angefangen, er fragte, ob ich ein Retortenbaby sei, und ich sagte, das könne nicht sein, weil es die zum Zeitpunkt meiner Geburt noch nicht gab – wir hatten Streit – ich habe ihn geschlagen – er ist in den Grünkohl gefallen, und seine Nase hat geblutet. Mr. Quigley hat gesagt, sein Vater sei langweilig, was schrecklich für Giles war, er hat einen Zettel durch die Tür geschoben, auf dem stand ›Vielleicht ist deine Mutter ein Hermaphrodit‹ – ich war stolz darauf, bis das Lexikon – es war alles so schrecklich – habe ich einen Vater?«

»Nein.« Hebe empfand schreckliche Kälte.

»Kennst du ihn nicht?« Silas umklammerte sie fester.

»Nein.«

Die Arme um sie geschlungen, sah Silas zu ihr auf, hob eine Hand und nahm ihr sanft die Brille ab.

»Sie ist beschlagen.« Er legte die Brille auf den Tisch neben dem Stuhl und fuhr sich mit der Hand durchs Haar. »Es ist naß von deinen Tränen.« Er betrachtete seine Hand. Dann sagte er: »Nicht einmal ein Hermaphrodit?«

»Silas.« Jetzt gibt es kein Zurück mehr, dachte sie.

»Mach dir nichts draus«, sagte Silas. Er fühlte sich angenehm erleichtert, mit ihr zusammenzusein, und war zufrieden, sein Herz ausgeschüttet zu haben. Er schlang die Arme um sie. Sie begann zu sprechen, jetzt oder nie.

»Ich habe nie mit dir sprechen können, weil ich nicht wußte, wo ich anfangen sollte. Ich war in Italien, und nachdem ich zurück kam, fühlte ich mich merkwürdig, also schickten sie mich zum Arzt, und der sagte, ich sei schwanger. Sie – ich habe dir nie gesagt, daß mich meine Großeltern aufgezogen haben. Als sie das herausfanden, waren sie wütend, schrecklich wütend. Ich habe immer noch Alpträume. Ich kann ihre Stimmen hören, die fragen: ›Wer war der Mann?‹ und Dinge wie: ›Langhaariger Faulenzer, Halbstarker‹ oder ›Schwarzer‹ oder ›barfuß und schmutzige Fingernägel‹. Sie fragten immer wieder ›Wer war der Mann?‹, und ich konnte nicht antworten, weil ich es nicht wußte. Sie glaubten mir nicht. Ich wollte dich haben. Sie wollten eine Abtreibung. Weißt du, was das heißt?«

»Natürlich. Aber du hast keine machen lassen.«

»Ich kam zu Amy, sie hat für mich gesorgt. Ich habe einige Sachen, die ich besaß, an Bernard Quigley verkauft, wir wurden Freunde. Ich lernte, Geld zu verdienen. Ich versuchte mich zu erinnern, wer dein Vater sein könnte, aber ich weiß es nicht. Alles, was dabei herauskommt, ist diese Panik, ich höre immer wieder diese Stimmen, die eine Abtreibung fordern, mich eine Hure nennen und fragen, wer der Mann gewesen sei.« Hebe holte bebend Luft. Silas preßte sich enger an sie. Im Feuer bewegte sich ein Scheit; Feathers stöhnte. »Wenn ich diese panischen Anfälle bekomme, höre ich ihre Stimmen, gleichzeitig ist da ein Gerenne durch dunkle Straßen, ich laufe und laufe, und die Häuser um mich sind höher als Wolkenkratzer, und Leute starren aus blinden Fenstern herunter. Ich höre immer wieder: ›Wer war der Mann?‹« Hebe sprach gehetzt weiter. »Ich muß es dir sagen, sonst wird es jemand anderer tun. Ich bin sowohl Köchin wie Gelegenheitsnutte, um das Geld für uns zusammenzukriegen.« Jetzt, dachte sie, ist es heraus.

»Ist dir nicht klar«, sagte Silas, sich in ihren Armen umdrehend, »daß das, was dir passiert ist, ein schlechter Trip war, vermutlich LSD.« Er hörte sich älter an als zwölf. »Ziemlich faszinierend.«

»Ich habe nie in meinem Leben Drogen genommen.« Sie war entsetzt. »Was weißt du davon?« Sie setzte sich auf und starrte ihn an.

»Man kann dir LSD in ein Getränk tun. Es gibt Leute, die das lustig finden.«

»Lustig!«

»Du weißt nichts und gehst auf einen ›Trip‹. Ein Lehrer in der Schule gab uns eine Lektion über Drogen. Mit wem warst du zusammen? Es passiert auf Parties. War es ein Fraumaphrodit?«

Hebe begann zu lachen.

»Und dann«, sagte Silas und lachte auch, »hat er dich verführt.«

»Ach, Silas, ich weiß es nicht, ich weiß es ehrlich nicht.«

»Nur diese Alpträume?«

»Nein, noch etwas. Da ist ein Geruch.« Hebe richtete sich auf. »Mein Gott, Silas, du riechst im Moment so, wie verrückt, und außerdem habe ich dir etwas nicht gesagt. Ich habe es ganz vergessen. Amy ist krank. Wie konnte ich das nur vergessen?«

Silas seufzte tief auf. »Wird sie sterben?«

»Sie hatte einen Herzanfall. Sie liegt im Bett und ruht.«

»Ich kann dein Herz hören. Amy wird uns nicht verlassen.«

Hebe küßte seinen Kopf, der an ihrer Brust lehnte. Über Amy konnte man sich später Sorgen machen, im Augenblick fühlte sie sich unbeschwert, Silas hatte sie glücklich gemacht.

»Dieser Pullover, den Jim mir geliehen hat, er riecht«, sagte er.

Hebe hörte nicht zu. Ihre Erleichterung, Silas gefunden und ihm alles erzählt zu haben, schloß alle anderen Gedanken aus. Tief sog sie den Geruch von Bernards Haus ein: Holzgeruch, Knoblauch, Paraffin, Kräuter, Kaffee und die feuchtsalzige Luft, die über die Felder von der See her kam. Alles atmete sie ein und stieß ein erschöpftes Seufzen aus. Silas hatte vielleicht recht mit dem LSD. Sie konnte sich einfach nicht erinnern.

»Was ist überhaupt der Unterschied?« begann Silas.

»Welcher Unterschied?«

»Daß man wegen Geld heiratet oder«, er zögerte, »eine Nutte ist? Ich glaube, es gibt keinen Unterschied, außer –«

»Außer?«

»Außer daß du glücklicher zu sein scheinst als die Mütter der meisten Jungen in der Schule.«

»Ach.«

»Giles und ich sind glücklicher als meine Schulkameraden. Mr. und Mrs. Reeves machen keinen glücklichen Eindruck. Muß ich in diese Schule zurückgehen?«

»Ich –«

»Weißt du, Giles spricht wie wir, wenn er will, und wenn ich mit ihm zusammen bin, spreche ich wie er.«

Hebe antwortete nicht.

»Giles spricht nur so, um Hannah zu ärgern, und weil es einfacher ist, so zu sein wie andere Leute. Hannahs Sprachlektionen sind rausgeschmissenes Geld. Wer möchte sich denn so anhören wie Mrs. Thatcher?« Silas lachte. »Worum geht es bei deinem Alptraum, was meinst du?«

»Meine Großeltern wollen herausfinden, wer dein Vater ist.«

»Was haben sie gesagt? Sag es mir noch einmal.«

Hebe flüsterte: »Wer war der Mann? Langhaariger Faulenzer, schmutzige Füße, vielleicht ein Ausländer, wer war der Mann, eine Abtreibung, vielleicht ein Schwarzer, Ohrringe, Haschisch, schmutzige Fingernägel, vielleicht vorbestraft, wer war der Mann –«

»Mir macht das nichts aus«, sagte Silas.

31

»Bring mich in die Wilson Street«, sagte Bernard, der während der Fahrt zusammengekrümmt und schweigend dagesessen hatte.

»Ich dachte, du wolltest ins Kino gehen.« Auch Jim hatte geschwiegen; er war einer unangenehmen Mischung aus Ärger, Angst und freudiger Erregung zum Opfer gefallen und achtete so wenig auf seine Fahrweise, daß er mehrmals fast mit einem anderen Auto zusammenstieß.

»Ich habe es mir anders überlegt. Halt an der Ecke. Ich möchte Blumen für Amy kaufen.«

Jim fuhr an den Randstein. »Wäre es nicht vernünftig, bis zur Beerdigung zu warten?«

»Vernünftig!« schnaubte Bernard, als er die Wagentür öffnete. »Ich brauche nicht lange.« Er eilte über den Gehsteig in den Blumenladen.

»Wir stehen im absoluten Halteverbot«, schrie ihm Jim hinterher. Er beobachtete, wie eine Politesse sich unerbittlich näherte. »Das fehlt mir gerade noch.« Ungeduldig trommelte er mit den Fingern aufs Steuerrad und verfluchte Bernard. Die Politesse ging die Straße hinunter und befestigte Strafzettel an den Scheibenwischern. »Nun komm schon, Bernard.« Warum bin ich so außer mir, was macht es schon aus, fragte sich Jim. »Beeil dich!« rief er dem alten Mann zu. Mit einem Arm voller Rosen war Bernard aus dem Blumenladen getreten.

»Hallo.« Bernard und die Politesse trafen sich neben dem Wagen. »Karen, stimmt's?« Bernard entblößte seine alten Zähne. »Sie sehen sehr hübsch aus. Wie geht's Ihrer Mutter?

Ich glaube, ich habe Sie nicht mehr gesehen, seit Sie aus der Schule sind. Sie gleichen ganz Ihrer Mutter.«

»Ich bin jetzt verheiratet, Mr. Quigley«, zirpte Karen.

»Mein Gott, wie die Zeit – ach, wollten Sie eines Ihrer Billetdoux an unsere Windschutzscheibe heften?«

Die Politesse lachte und hielt die Wagentür für Bernard auf. »Sind Sie auf Freiersfüßen, Mr. Quigley?« fragte sie mit Blick auf die Rosen. Bernard bleckte wieder seine Zähne. Die Politesse ließ die Tür zufallen. »Vergessen Sie nicht, sich anzuschnallen, Mr. Quigley.« Bernard lehnte sich in seinem Sitz zurück. »Ich liebe Frauen, ich kann nicht leben ohne sie.«

Jim fuhr weiter und fragte sich, warum Bernard nicht schon vor langer Zeit Selbstmord begangen hatte.

Bei Amys Haus hielt er an und beschloß, an keinem geschmacklosen Theater teilzunehmen, das Bernard geplant haben mochte.

»Komm.« Bernard schnallte sich aus dem Gurt los. »Diese Dinger sind ein idiotischer Eingriff in die persönliche Freiheit. Mach schnell. Folge mir.«

Widerstrebend kam Jim mit.

Bernard ging über den Gehsteig und stieß Amys Tür auf. »Nie schließt sie die Tür ab. Eines Tages wird man sie vergewaltigen, die alte Närrin.« Er stieg die Treppe hinauf und öffnete Amys Schlafzimmertür. Jim hörte einen schwachen Aufschrei, und Bernard sagte: »Der dumme Esel sagte mir, du seist gestorben, ich habe dir Rosen gebracht. Erzähl mir nicht, du hattest einen Herzanfall.«

Jim hörte Amys scharfe Erwiderung: »Nicht nur Louisa hat ein schwaches Herz.«

»Immer noch eifersüchtig nach all den Jahren«, triumphierte Bernard. »Laß dich anschauen. Du siehst gar nicht so schlecht aus, gib mir einen Kuß.« Und dann mit erhobener Stimme: »Jim, komm rein.«

Jim ging hinein. Amy lag da, den Rosenstrauß in einem Arm, mit der anderen Hand hielt sie Bernards alte Klaue fest. Sie lächelte Jim an.

»Sie haben gedacht, ich sei tot, was? Wo ist der Hund?«

»Es war nicht mein Hund.« Jim fühlte sich in eine peinliche Lage versetzt. »Ich muß mich entschuldigen, daß ich so ins Haus eingedrungen bin. Ich wollte –«

»Setzt euch.« Amy deutete auf Stühle. Bernard ließ Amys Hand nicht los. Jim saß beklommen am Fenster. »Sie sind gekommen, um meine Briefbeschwerer anzusehen«, sagte Amy zu Jim. »Jetzt habe ich echte Blumen.« Ihre Hand umklammerte den Strauß in der Cellophanhülle fester.

»Nur weil ich dachte, du seist tot, deswegen ändert sich gar nichts«, sagte Bernard laut.

»Ich bin weder taub noch tot«, erwiderte Amy ärgerlich. »Daß du dich ändern würdest, ist mir nie in den Sinn gekommen.«

Jim kam es so vor, als würde hier ein alter Streit aufgewärmt werden. Amy fuhr fort: »Du kriegst die Briefbeschwerer nicht. Ich habe sie Hebe vermacht.«

»Ich will deine Briefbeschwerer nicht«, schrie Bernard mit brüchiger Stimme.

»Warum bist du dann hier?« Amy sah Bernard eindringlich an. Jim spürte Haß in ihrem Blick.

»Verträgt dein Herz eine Neuigkeit?« Bernard starrte Amy ins Gesicht.

»Natürlich. Spuck's aus.« In der unterschwelligen Fehde hatte Amy die Oberhand.

»Eine Überraschung?« fragte Bernard ermuntert.

»Sprich weiter«, antwortete sie.

»Mein Freund hier hat Grund anzunehmen, er sei der Vater von Silas.« Bernard sah Amy mit leicht geöffnetem Mund an, als hätte ihn die eigene Eröffnung verblüfft.

»Er sieht ihm sehr ähnlich«, sagte Amy ungerührt. »Die gleiche Nase. Ihr Haar war kastanienbraun, bevor es grau wurde, nehme ich an«, sagte sie zu Jim gewandt. »Aber Silas hat Hebes Augen.«

»Verdammt, Amy, mußt du so gelassen sein?« schrie Bernard.

»Der Arzt sagte mir, ich solle ruhig bleiben.«

»Er hat sie *jahrelang* gesucht.«

»Will er sie heiraten? Wollen Sie sie heiraten?« Amy versuchte Jims Gesicht zu erkennen, der mit dem Rücken zum Licht saß.

»Ich bin«, begann Jim, »ich habe –«

»Er ist in sie verliebt«, erlaubte sich Bernard einzuwerfen.

»Hoho«, sagte Amy. »Liebe! Du bist in mich verliebt.« Bernard gab ein glucksendes Geräusch von sich. »Und in Louisa. Bei Lucy und sogar bei Eileen wurde auch von Liebe gesprochen. Das ist Hebes Großmutter«, sagte Amy zu Jim, »und bei einer Menge anderer. Er hat uns alle ins gleiche Hotel nach Paris gebracht. Er sprach von Liebe. Es hat überhaupt nichts bedeutet.«

»Blödsinn«, schrie Bernard. »Bin ich nicht mit Rosen hier?«

»Du wolltest nur sichergehen, daß ich tot bin, und meine Briefbeschwerer klauen.«

»Das ist nicht fair«, brüllte Bernard. »Ich bin gekommen, weil ich dich liebe.«

»Da schau her«, sagte Amy.

In der darauffolgenden Stille stand Jim auf; diese grotesken alten Leute verstörten ihn.

Amy sagte anklagend: »Du bist weiterhin in Verbindung mit Louisa.«

»Ich telefoniere mit ihr«, gab Bernard zu, »manchmal.«

»Warum auch nicht?« sagte Amy großmütig. »Aber du läßt dich nicht bei ihr sehen, du armes verschrumpeltes Männchen.«

»Nein.« Bernard schloß die Augen. »Das stimmt.«

»Er wollte keine von uns heiraten.« Amy wandte sich wieder Jim zu. »Nicht, daß es jetzt noch wichtig wäre. Möchten Sie Hebe heiraten?«

»Ich –«, Jim war verwirrt. Wie kam die alte Schachtel dazu, ihn auszufragen?

»Es bleibt Hebe überlassen, oder?« sagte Amy.

Bernard öffnete die Augen. »Nur Hebe?«

»Soweit es mich angeht, zählt nur Hebe«, meinte Amy. Ihre Augen wanderten rasch zu Bernard zurück. »Und Hebe steht für Silas, denn er ist es, der für sie zählt. Wo immer er sein mag, er ist im Moment abgängig.«

»Silas ist in meinem Haus, und Hebe ist bei ihm«, sagte Bernard selbstgefällig. »Deshalb ist Jim hier. Ich habe ihn taktvollerweise weggebracht, damit Silas erklären kann, warum er von den Scilly-Inseln abgehauen ist, ohne daß ein problematischer Vater ihm dabei in die Quere kommt.«

»Ich dachte, du wolltest der Toten einen Besuch abstatten. Geht es Silas gut?«

»Absolut. Wir sorgten so liebevoll fur ihn, wie ich für dich sorge«, sagte Bernard und drückte Amys Hand.

Amy stieß ein Lachen aus.

»Denk an dein Herz.«

»Tatsächlich«, sagte Amy, »geht es meinem Herzen besser.«

»Weil ich da bin?« fragte Bernard verschmitzt.

Diese abscheulichen alten Leute flirten miteinander, dachte Jim. Er fragte sich, ob sie es bemerken würden, wenn er hinausschlüpfte. Sie brauchten keine Zuschauer für ihre Wiedervereinigung.

»Eigentlich«, das Wort schien Amy zu amüsieren, »eigentlich schon.«

In diesem Moment kam Hannah mit funkelnden Augen und blitzenden Zähnen herein, hinter ihr Terry und Giles.

»Mein Gott! Findet hier eine Party statt?« Sie sah von Jim zu Bernard. »Wir haben gute Nachrichten zu verkünden.«

»Zu verkünden?« fragte Amy, Bernards Hand haltend.

»Eine von Terrys Ausdrucksweisen. Wir wußten nicht, ob dein Herz das schon mitmacht.«

»Mein Herz ist in Ordnung.«

Als Jim den Raum verließ, dachte er, bei der guten Nachricht wird es sich darum handeln, daß das weiße Mädchen und der schwarze Junge ineinander verliebt sind; ein besseres Wort fiel ihm dafür nicht ein. Als er die Treppe hinunter zu seinem Wagen eilte, haßte er das allzu offenkundige glückliche Strahlen dieser schlecht zusammenpassenden Paare. Er mußte sich Hebe erst noch stellen.

Jim parkte seinen Wagen neben dem von Hebe. Schnell ging er über die Felder und kämpfte gegen den Drang, nach London zurückzufahren und den Schutzschild wiederaufzurichten, der ihn dreizehn Jahre vor ernsthaften Beziehungen bewahrt hatte. Während er an den Grünkohlfeldern entlangging und über die Gräben kletterte, ließ er die Mädchen seiner Vergangenheit Revue passieren: lustige, hübsche, kluge und dumme. Die Erinnerung an das perfekte Mädchen in Lucca, das ihn verlassen, das schnellfüßig Reißaus genommen hatte und in der Menge verschwunden war, hatte ihn vor jedem tiefer gehenden Gefühl bewahrt. Als er daran dachte, wie Hebe heute über die Felder gerannt war, fand er, daß sie immer noch ganz schön schnell auf den Beinen war. Er biß die Zähne zusammen und zwang sich weiterzugehen. Sie ist dort in Bernards Haus. Ich muß auf die eine oder andere Art ein Ende damit machen, dachte er, als er über den letzten Graben in Bernards Garten kletterte. Ich muß Schluß machen mit meinem Traum, dachte er ärgerlich, mich irgendwie der Wirklichkeit stellen. Es ist zerstörerisch, sagte er sich, als er die Tür öffnete und ins Haus trat. Er fühlte sich verlassen und bedauerte den Verlust seines Traums, aber jetzt war es zu spät, um wegzulaufen. Wäre ich bei Verstand gewesen, hätte ich die Suche vor Jahren aufgegeben. Wenn ich sie nicht gefunden hätte, wäre mir dennoch etwas geblieben.

Hebe saß in Bernards Stuhl, die Arme um den an sie geschmiegten, schlafenden Silas geschlungen.

Jim setzte sich auf einen Stuhl bei der Tür. Feathers kam wedelnd und brummend herbei, um Jim zu begrüßen; Aufmerksamkeit erheischend drückte er den Kopf an sein Knie. Jim streichelte den Hund und sah zu Hebe hinüber, die ihn über Silas' Kopf hinweg anblickte.

»Geht es ihm jetzt gut?« fragte er auf Silas deutend.

»Ja«, sagte sie ruhig.

Feathers ging zurück und ließ sich zu Hebes Füßen nieder. Jim fühlte sich wehrlos. Hebe hatte Silas und jetzt auch den Hund zu ihrem Schutz. Er räusperte sich und hatte keine Ahnung, was er hätte sagen können. Minuten vergingen. Hebe und Jim sahen einander an. Hebe flüsterte irgend etwas.

»Was?« fragte Jim.

»Es ist der Geruch«, sagte sie. »Ich glaube, ich erkenne den Geruch, es ist ... dieser Pullover, den Sie ihm geliehen haben.«

»Sie meinen *mich*? Ich rieche?«

»Ja.«

»Ich rieche nach Kaffee. Ich habe ein Kaffeehaus, meine Kleider sind durchtränkt von dem Geruch. Warum?«

»Ich gerate in Panik, habe Alpträume. Dann ist da dieser Geruch; er ist angenehm.«

»Das freut mich.« Er musterte sie. Sie trug die Haare inzwischen wesentlich kürzer, die Augen waren die gleichen, das Gesicht war schmaler. »Einerseits ist es ein Kaffeehaus, andererseits ein Antiquitätenladen.« Ich muß weiterreden, dachte er.

»Aha.« Sie kam ihm nicht sonderlich zu Hilfe.

»Ich habe in Lucca in einer Bar gearbeitet; erinnern Sie sich an mich? Erinnern Sie sich an das Fest, das Halsband aus Nüssen, die Kerzen auf den Fenstersimsen, die engen Straßen? Sie sind fortgerannt ...«

Hebe sah ihn an. Was dachte sie?

Sie sagte: »Meine panischen Alpträume.«

»Für mich war es eine wunderbare Erinnerung, die mich verfolgt hat«, sagte Jim. »Tut mir leid, daß es für Sie ein Alptraum war.« Er war bestürzt. Nach all den Jahren war nichts für sie geblieben als ein verdammter Alptraum.

»Der Geruch ist mit etwas anderem vermischt. Ich sehe jetzt, daß Sie es waren. Das andere, das Resultat, das – das – ich –« Sie sah ihn gequält an. »Ich habe versucht, es Silas zu erzählen, und wissen Sie, was er gesagt hat?«

»Was?«

»Er meinte, ich sei auf einem ›Trip‹ gewesen, jemand habe mir LSD gegeben.«

»Das würde eine Menge erklären«, sagte Jim. »Sie waren mit einer Gruppe Hippies unterwegs, sagten die Leute, als ich Sie zu finden versuchte.«

»Ich habe sie einfach getroffen. Ich wohnte als Au-pair-Mädchen bei einer Familie, um Italienisch zu lernen. Ich kannte sie nicht.«

»In Lucca?«

»Ich fuhr am nächsten Tag nach Hause. Ich erinnere mich jetzt. Ich muß das verdrängt haben, als später der Horror einsetzte. Tut mir leid.«

»Ich bin der Vater von Silas«, sagte Jim, sich alle Mühe gebend. Jetzt gibt es kein Zurück mehr, dachte er. Mein Traum war jahrelang ihr Alptraum. »Ich meine, es ist offensichtlich, sehen Sie sich seine Nase und sein Haar an, er ist mein Sohn.« Hebe schwieg. »Er hat Ihre Augen«, sagte Jim. »Vielleicht könnten wir einander kennenlernen.« Immer noch erwiderte sie nichts. »Wir haben anscheinend den Karren vor das Pferd gespannt. Ich möchte Ihnen nicht lästig fallen, aber Silas scheint das Ergebnis unseres Zusammentreffens zu sein. Wenn wir vielleicht –«

»Das Ergebnis.« Hebe sah auf Silas nieder. »Ich verstehe, ich ...« Sie umklammerte ihn fester. Sie hat Angst, ich könnte Silas verletzen, dachte Jim. Ich muß sie von ihrer Angst befreien. Sie macht keine Anstalten, meine Vaterschaft abzustreiten.

Hebe sagte abwehrend: »Wenn Sie –«

»Ich bin sicher.« Idiot, es war immer noch Zeit zu kneifen.

»Ja.« Sie zweifelte nicht.

»Sehen Sie«, sagte Jim, »als ich Silas gestern traf, war er ziemlich außer sich. Vielleicht könnten wir dort beginnen. Vielleicht könnte ich helfen, sollte es Probleme geben. Wie wäre es damit?«

»*Wieder* den Karren vors Pferd spannen?«

Sie ist intelligent. Gott sei Dank. »Fangen wir mit Silas an, möglicherweise lernen wir uns dabei ja kennen.«

»Ich habe nichts dagegen, daß Sie Silas kennenlernen«, sagte Hebe, sich selbst heraushaltend; sie wollte nicht die besitzergreifende Mutter sein.

Jim, der ernst und angespannt dagesessen hatte, lächelte zum erstenmal. »Sie kennen mich nicht«, sagte er. »Sie können so zurückhaltend sein, wie es Ihnen beliebt.« Das meine ich nicht wirklich, dachte er. Ich möchte sie kennenlernen, aber vielleicht dauert es den Rest unseres Lebens, diese Zurückhaltung zu durchbrechen.

Hebe griff nach ihrer Brille, um Jim deutlich sehen zu können. Er stellt bereits Besitzansprüche, dachte sie. Er denkt, er kann als Silas' Vater in mein Leben eindringen. Ich kann es nicht leugnen, sie sind sich ähnlich, er spricht sogar wie Silas. Was ist mit meinem Syndikat? Meinem Kochen? Auf welche Weise glaubt er, sich unter Mungo, Rory, Louisa und Lucy einreihen zu können, dazu Silas, für den ich lebe und arbeite, und Hippolyte? Glaubt er, er kann einfach so auftauchen? Will ich, daß dieser Mann sich dazwischendrängt? Nachdenklich betrachtete sie Jim durch ihre Brille.

Sie ist nicht die Spur mein Traummädchen, dachte Jim. Sie sieht aus wie eine Kämpferin. Mein Traummädchen war so verletzlich. Was wird diese Frau, die meinen Sohn in ihren Armen hält, mit meinem Leben anstellen? Wie wird sie sich mit meinem Kaffee- und Antiquitätenhandel vertragen? Und der Junge, mein Sohn, was ist mit ihm? O Gott, dachte er, will ich das alles? Ärgerlich sah er Hebe an, sie trug an allem die Schuld.

»Wenn wir ein Buch schreiben würden, wäre das jetzt eine freudige Situation.«

»Im wirklichen Leben hat man eher den Eindruck, man sei in Treibsand geraten«, sagte Hebe.

Sie mußten beide lachen, und Silas wachte auf.

32

Silas sah zuerst seine Mutter, dann Jim an und wußte wieder, wo er war. Auch die Erniedrigungen während seines Besuchs bei den Reeves fielen ihm wieder ein und drückten ihm aufs Gemüt. »Was soll ich wegen meines Gepäcks machen? Ich habe es zurückgelassen.« Sein Matchsack schien von höchster Bedeutung zu sein.

»Mrs. Reeves bringt es morgen. Wir können es am Hubschrauberlandeplatz abholen«, sagte Hebe.

»Und muß ich mit ihr sprechen?« fragte Silas entsetzt. »Sie alle treffen?«

»Wir werden bei dir sein.« Jim stand auf und reckte sich. »Es ist ziemlich beengend in dem kleinen Zimmer«, sagte er. »Wie wär's mit einem Tee irgendwo?«

»Gute Idee. Es gibt eine Farm, wo man Tee trinken kann, über dem Hügel. Wir könnten an den Klippen entlanggehen.«

Die Aussicht entzückte Silas. »Ich sterbe vor Hunger.«

»Dann komm«, sagte Jim. »Es hat schon lange aufgehört zu regnen.«

»Also gut.« Hebe hatte schrecklichen Hunger, sie versuchte sich zu erinnern, wann sie zum letztenmal etwas gegessen hatte. Frühstück in Louisas Haus am frühen Morgen. War das derselbe Tag? »Ich habe auch ziemlichen Hunger«, sagte sie vorsichtig. Feathers rannte mit hocherhobenem Schwanz übers Feld voraus, sie zum Folgen auffordernd wie ein Fremdenführer auf dem Markusplatz. Sie überquerten die Straße zu dem Pfad entlang den Klippen, der sich oberhalb des Meeres dahinschlängelte. Wir sehen wie irgendeine normale Familie aus, dachte Jim, als sie hintereinander her marschierten. Der Familienhund, das Kind, die Mutter, der Vater, aber der Hund gehört nicht uns, der Vater hat mit der Mutter seit dreizehn Jahren nicht gesprochen, sein Kind hat er gestern zum erstenmal gesehen. Da er als letzter ging, betrachtete er Hebes Rücken, ihren ausholenden Schritt, das dunkle, auf die Schultern fallende Haar. Sie ging voraus, oberhalb des Meeres, das jetzt ruhig und kobaltblau in der Nachmittagssonne dalag, die Schatten der Felsen über den Sandbänken erschienen heller, blasser. Was denkt sie, fragte sich Jim. Wenn wir das wären, was wir dem Anschein nach sind, eine normale Familie, wüßte ich es dann?

Silas führte sie durch ein Tal, das die Klippen durchschnitt und in eine geschützte Bucht mündete. Auf halbem Weg dorthin kamen sie zu einer Farm, vor der Tische, Stühle und Bänke im Gras standen. Sie setzten sich an einen freien Tisch. Jim bestellte Tee, Hebe saß zusammengesunken und bleich da. Sie legte ihre Brille auf den Tisch – eine merkwürdig heimlichtuerische Handlung. Sie will nicht klar sehen, dachte Jim, der sie verstohlen beobachtete. »Wann haben Sie zum letztenmal etwas gegessen?« fragte er.

»Louisa hat mich gezwungen zu frühstücken.«

»Närrin.« Jim stand auf und ging ins Farmhaus. »Wäre es möglich«, fragte er die Frau, die Tee servierte, »der Dame ein gekochtes Ei zu bringen? Sie hat seit dem Frühstück nichts mehr gegessen.«

»Das arme Ding. Ich bringe lieber zwei mit Brot und Butter.«

»Vielen Dank.« Jim ging zum Tisch zurück und saß schweigend da, bis der Tee gebracht wurde.

Silas sah zu, wie die Teekanne, Milch, Zucker, Teegebäck,

Sahne und Marmelade auf den Tisch gestellt wurden, danach zwei braune Eier.

»Hier ist Salz«, sagte die Bedienung. »In Ordnung?« fragte sie mit Blick auf Hebe.

»Ganz prima«, er dankte ihr.

»Für wen sind die Eier?« fragte Silas.

»Für deine Mutter. Essen Sie«, sagte er zu Hebe und schob ihr die Eier hin.

»Oh.« Sie blickte ihn kurz an. »Danke.«

»Sie werden Ihre Brille brauchen.«

»Ja.« Gehorsam setzte sie sie auf.

Schweigend aßen sie. Jim sah, daß wieder Farbe auf ihre Wangen kam. Silas aß und trank und fütterte Feathers mit kleinen Krumen. Wenn ich ein Haus auf dem Land kaufte, könnten wir wie eine normale Familie leben, dachte Jim, die beiden beobachtend. Wir könnten unseren eigenen Hund haben. Irgendwie kann ich sie mir in Fulham nicht vorstellen. Ich könnte mein Geschäft genausogut in einer ländlichen Stadt führen. Daß sie gerne in dieser häßlichen Straße wohnt, kann ich nicht glauben. Ihrer Katze würde das Landleben auch gefallen. Vielleicht könnten wir ein Haus in Dorset finden. Er stellte sich Hebe im Flachland, in der Nähe des Meeres vor. Die anderen Familien verließen nach dem Tee die Farm und wanderten einen Pfad zur Straße hinauf, zu ihren Autos. Aus dem Farmhaus drang Abwaschgeklapper, gelegentlich ein Lachen und Fetzen von Radiomusik.

»Haben Sie Amy gesehen?« Hebe wandte sich Jim zu. »Ich hatte zu große Angst, um zu fragen.«

»Es geht ihr viel besser«, erwiderte er. »Als ich sie das letztemal sah, hat sie mit Bernard geflirtet. Es sah fast so aus, als hätten sie eine Affäre.« Es gelang ihm nicht, die Überraschung darüber zu unterdrücken.

»Auch alte Leute haben noch Gefühle«, sagte Hebe.

»Bernard scheint seine Gefühle ziemlich weiträumig verteilt zu haben«, sagte Jim.

Hebe lächelte und dachte, wie steht es mit meinen Gefühlen, die ich im Syndikat verteilt habe? Wie ist es damit?

»Werden sie heiraten?« fragte Silas neugierig. »Das könnten sie. Amy könnte für Mr. Quigley sorgen.«

»Ich glaube eigentlich nicht, daß Amy vorhat, Bernard den Lebensabend zu verschönern«, murmelte Hebe.

»Er ist zu unabhängig, um zu heiraten«, sagte Jim, das männliche Geschlecht verteidigend.

»Aber er mag Romanzen«, sagte Hebe amüsiert.

»Trotzdem wird er weiterhin allein in dem einsamen Haus leben. Und eines Tages wird ihn der Briefträger tot auffinden«, spekulierte Jim.

»Das wäre ganz nach seinem Geschmack«, gab Hebe zu.

»Amy warf ihm vor, in viele Frauen verliebt gewesen zu sein.«

»Das stimmt wahrscheinlich.« Sie hatte keine Lust, weiter auf das Thema einzugehen. »Haben Sie Hannah gesehen?« fragte sie. »Kümmert sie sich nicht um Amy?«

»Sie kam rüber zusammen mit ihrem hübschen schwarzen Freund.«

»Ah ja, Terry«, sagte Hebe nachdenklich. »Hm, ja.«

»Sie schienen vor Lebensfreude geradezu platzen zu wollen, sicherlich eine Romanze, oder?«

»Hannah würde das als Konjunktion von Schwingungen bezeichnen.«

»Was ist mit George?« fragte Silas. »Er ist ihr Zahnarzt«, erklärte er Jim.

»Zu langweilig. Hannah möchte beides: heiraten und romantische Liebe.«

»Wird sie das bei Terry bekommen?« fragte Jim.

»Das denke ich schon.«

»Woher kommt er?« Jim zeigte sich interessiert. Wenn ich etwas über ihre Freunde herausfinden kann, kann ich Hebe kennenlernen, dachte er.

»Er kommt aus London. Er ist selbständig, er verdient ziemlich viel Geld. Er liebt Poesie, Phantasie ...«

»Ah ...« Was war das für ein Tonfall in ihrer Stimme? Zuneigung?

»Er hat eine Menge Interessen: Musik, Antiquitäten, Dichtung – ja, er wird Hannah glücklich machen. Ein herrlicher Kontrast, finden Sie nicht auch? Die strahlend hellblonde Hannah und der schokoladenfarbene Terry?« Hebe war ganz begeistert über Hannahs Zukunft.

»Milchschokoladenbabys«, sagte Silas kauend.

»Großartig«, sagte Hebe. »Was spricht schon dagegen ...«

»Eben.« Jim und Silas stimmten unbeschwert zu.

»Und was spricht dagegen?« fragte Jim ernst.

»Hannah wird die Herausforderung genießen. Sehen Sie«, sagte Hebe ernsthaft, »sie wird sich nie langweilen.«

»Mr. Quigley sagte, Giles' Vater sei langweilig gewesen«, wagte Silas einzuwerfen. »Das hat ihn verletzt.«

»Na also, da haben wir es ja.« Hebe nahm ihre Brille ab und blinzelte kurzsichtig aufs Meer hinaus.

Jim sah sie an und dachte, sie kann mich nicht richtig gesehen haben, als wir uns in Lucca trafen, kein Wunder, daß sie Alpträume hatte. Jim war nicht frei von Eitelkeit. Wir sind den wirklichen Problemen nicht einen Schritt näher gekommen, dachte er verdrossen. Es hilft mir nichts, wenn wir Amys, Bernards und Hannahs Affären besprechen.

»Wollen wir zum Meer runter gehen?« schlug Silas vor.

Jim bezahlte, sie gingen auf den Weg entlang den Klippen zurück und kletterten zu der Bucht hinunter. Diesmal ging Jim voran und Hebe bildete die Nachhut. Hebe ließ sich auf einem Grasstreifen nieder. »Geht ihr weiter«, sagte sie. »Ich warte hier.« Sie beobachtete, wie die beiden die Klippen hinabstiegen, und hörte das knirschende Geräusch ihrer Schritte auf dem Kies, als sie unten angekommen waren. Feathers saß japsend, mit offenem Maul neben ihr. Hebe legte sich zurück. Sie hörte Silas rufen und Jim antworten. Ihre Erschöpfung verbarg sie nun nicht länger und war dankbar für die einschläfernde, warme Sonne und das mahlende Geräusch des Meeres auf den Kieselsteinen.

Am Strand ließen Jim und Silas Steine übers Wasser hüpfen, dann zogen sie sich aus, schwammen und ließen sich von den Wellen wiegen. Sie schwammen bis zu dem Felsenriff, das die Bucht flankierte, um die Wette, zogen sich aus dem Wasser und ließen sich auf den von der Nachmittagssonne angewärmten Felsen nieder.

Silas hob schützend die Hände über die Augen und sah zu seiner Mutter hinauf. »Ist meine Mutter das Mädchen, das du in Italien getroffen hast, das Mädchen, das du gesucht hast?«

»Ja.« Jim blickte auf die See hinaus, wütend, daß er Silas nicht in die Augen sehen konnte. Alles ist falsch, sagte er sich, der Junge sollte nicht mit hineingezogen werden, bevor wir uns nicht klar geworden sind. Wieder einmal wurde der Karren vors Pferd gespannt.

»Das dachte ich mir.« Silas legte sich zurück und schloß die Augen.

Mein Gott, dachte Jim, warum sagt er nichts? Ist er froh, tut es ihm leid, interessiert es ihn überhaupt? Wie er so ruhig daliegt, gleicht er ganz seiner Mutter.

Silas hörte sein Blut in den Ohren rauschen. Also habe ich einen Vater, dachte er, diesen Mann, diesen Jim. Was mache ich jetzt? Was macht Ma? Was haben sie in Italien gemacht? Silas hielt die Augen fest geschlossen, Sonnenstrahlen schienen ihm auf die Lider. Haben sie sich so geküßt wie die Leute im Fernsehen, was immer so aussah, als versuchten zwei eine Banane zu essen? Was wird jetzt geschehen? Gehe ich wie üblich zur Schule zurück? Was wird Ma machen, wird sie weiterhin als Köchin, als Prostituierte arbeiten, wird sie da sein, wenn ich mit dem Zug ankomme? Er bekam Angst. »Mir ist kalt«, rief er und tauchte von dem Felsen ins Wasser. Jim sah zu, wie der Junge zum Strand zurückschwamm, aus dem Wasser stieg und zu seinen Kleidern ging. Als er zwanzig Minuten später nachkam, hielt Silas neben seiner schlafenden Mutter Wache und beobachtete ihn eindringlich, während er zu ihnen hinaufkletterte. Feathers bellte, und Hebe wachte auf.

»Zeit nach Hause zu gehen«, sagte sie. »Wir haben morgen einen schweren Tag vor uns, wenn wir Mr. Reeves, Mrs. Reeves und Master Reeves treffen müssen, nicht zu vergessen, den Matchsack.« Sie stieg die Klippen hinauf. Der Mann und der Junge folgten ihr. »Danke für den köstlichen Tee mit Sahne und für die Eier. Ich habe mich wieder ganz erholt.« Sie streckte die Hand aus wie zur Verabschiedung eines Bekannten.

»Vielleicht«, begann Jim, »vielleicht können wir reden –«

Hebe ließ seine Hand fallen. »Es gibt viel zuviel zu besprechen«, sagte sie verzweifelt, »oder gar nichts.« Sie stieg in ihren Wagen. »Im Moment scheint der verdammte Matchsack am wichtigsten zu sein.« Mit Silas neben sich fuhr sie los. Jim folgte Feathers über die Felder zu Bernards Haus. Nie zuvor war er sich so einsam vorgekommen.

33

Es war ein endloser Tag gewesen. Nachdem sie sich überzeugt hatte, daß Amy sich auf dem Weg der Besserung befand und Hannah und Terry so glücklich waren, wie ein Liebespaar nur sein kann, kroch Hebe ins Bett und betete um Schlaf. Doch sie war zu erschöpft, um einschlafen zu können. In ihrem Kopf hallten die verschiedensten Geräusche wider: das Rauschen des Verkehrs auf der Autobahn, bellende Hunde, ein Stimmengewirr, aus dem sie Louisa und Bernard, den Fremden im Stau, die Bedienung auf der Farm, die beleidigende Jennifer Reeves und Amy heraushören konnte. Die Erinnerung an Jim drängte sie entschieden zurück und murmelte: »Ich bin nicht auf dem Damm« und wieder »Ich bin nicht auf dem Damm«. Sie versuchte, ihre Finger und Zehen zu entspannen, versuchte, nicht zusammenzuzucken, als ein verspäteter Motorradfahrer heulend die Straße hinauffuhr, versuchte sich an das Murmeln des Meeres, das über die Steine rollte, zu erinnern, wie sie es heute nachmittag in der Bucht gehört hatte, als sie für nur allzu kurze Zeit eingeschlafen war. Trip stupste an das Federbett, kroch darunter, machte es sich neben ihr gemütlich und schmiegte, sanft atmend, die Flanke an Hebes Rücken.

»Jetzt kann ich mich nicht umdrehen.« Es war lächerlich, die Bequemlichkeit der Katze über die eigene zu stellen, dennoch tat sie es. Zwei Motorräder rasten schnell hintereinander die Straße herauf, Betrunkene grölten mit lärmenden Stimmen.

»Ich kann nicht schlafen, Ma.« Silas stand im Schlafanzug neben dem Bett. »Können wir reden?«

»Natürlich.« Sie setzte sich auf.

»Ist Trip bei dir? Sie ist von mir weggegangen.«

»Ja.«

»Ich glaube, ich hole schnell meine Decke und wickle mich darin ein.«

»Mach das.«

Sie hörte seine nackten Füße auf dem Treppenabsatz, das Rascheln, als er, die Decke hinter sich herziehend, zurückkam. Sie widerstand dem Impuls, das Licht anzudrehen.

»Ich glaube, es wäre feige, wenn ich meinen Matchsack nicht abholen würde, wenn ich den Reeves' morgen aus dem Weg ginge.« Er ließ sich am Fußende des Bettes nieder, ein zusammengekauertes Bündel, in das Federbett gewickelt.

»Das fürchte ich auch.«

»Dachte mir schon, daß du das sagen würdest.« Silas schwieg eine Weile. Sie konnte sein Gesicht in der Dunkelheit nicht erkennen. Ein weiteres Motorrad raste heulend die Straße hinauf.

»Die machen einen scheußlichen Lärm, nicht wahr?«

»Schrecklich«, gab sie zu.

»Was wirst du wegen Jim unternehmen?«

»Ich –«

»Er ist mein Vater, oder?«

»Ich glaube schon. Ja.«

»Eigentlich komisch. Er hat dich jahrelang gesucht. Er hat Mr. Quigley und mir gestern abend davon erzählt.«

Gestern abend war sie mit Rufus und den anderen Hunden am Fluß spazierengegangen, war glücklich gewesen und hatte beim Hereinkommen Mungo und Rory mit Louisa vorgefunden. Ein anderes Leben. »Wie ist es dazu gekommen?« fragte sie.

»Mr. Quigley wollte mich aufmuntern, er hat Witze gemacht. Er fragte Jim, ob er jemals verliebt gewesen sei. Jim erzählte uns von dem Mädchen, das er auf einem Fest in Italien getroffen hatte. Eine Prozession fand statt, Menschenmassen, Weihrauch und eine laut trompetende Kapelle. Er war wirklich dort, Ma. Er hat dir ein Halsband aus Nüssen gekauft. Dann hat er dich verloren. Er sagte, er habe dich seitdem unablässig gesucht. Was ist mit der Halskette geschehen, Ma?«

»Ich habe sie zurückgelassen, als ich von zu Hause fortlief«, sagte sie, überrascht, daß sie sich überhaupt an das Halsband erinnerte. Ein einsames Motorrad kam stotternd die Straße herauf, langsamer als die anderen. »Sie montieren die Schalldämpfer ab, damit sie mehr Lärm machen. Das ist reine Angabe.«

»Ja. Ich will kein Motorrad.«

»Das freut mich.«

»Wirst du Jim heiraten, Ma?«

»Ich weiß nicht.«

»Aha.«

»Ich weiß nicht viel von der Ehe. Was hältst du davon?« fragte sie.

Silas dachte nach, dann sagte er: »Ich weiß auch nicht viel darüber.« Er lachte.

»Du solltest hören, was Giles über Hannah und seinen Vater erzählt, und du solltest Mr. und Mrs. Reeves sehen. O Gott, das wirst du morgen.« Er hörte auf zu lachen.

»Ja, das werde ich.«

Die Rathausuhr schlug eins, der Schall vibrierte in der Stille, die nach dem Sturm eingetreten war.

»Verheiratete Leute *können* glücklich sein«, begann er wieder. »Ich glaube, Terry und Hannah werden es prima haben. Toll für Giles.« Es klang neidisch.

»Ja.«

»Was weißt du von der Ehe, Ma?«

»Meine Schwestern –«

»Schwestern? Habe ich Tanten?« Vor Überraschung setzte sich Silas mit einem Ruck auf.

»Ja.«

»Könntest du mir von ihnen erzählen, oder sind sie ein großes Geheimnis? Es ist so peinlich in der Schule, wenn man keine Verwandten hat. Die Jungen geben mit ihren an. Sind sie Nutten, oder was?«

»Ich bin die einzige Nutte in der Familie.«

»Ach, Ma.« Silas kroch hinauf und kuschelte sich an sie. »Ich hätte mich beinahe auf Trip gesetzt. Was ist mit ihnen passiert?«

»Sie haben geheiratet.« Hebe dachte an Ann, Beata und Cara. »Ann heiratete einen Mann namens Robert. Sie hatten einen Jaguar. Beata heiratete Delian. Sie hatten einen Alfa Romeo, und Cara heiratete Marcus, und sie hatten einen Range Rover.«

»Reich?« Er war überrascht.

»Das war der Witz bei der Sache.«

»Was meinst du damit?« Ihr Ton ängstigte ihn. Sie klang beklommen.

»Na ja.« Sie konnte wieder freier sprechen. »Sie waren viel älter als ich. Ich habe sie beobachtet, ihnen zugehört. Sie haben viel über Männer und Heiraten gesprochen. Immer wenn eine einen Mann kennengelernt hatte, redeten sie über ihn. Sie sagten: ›Ich habe einen Mann kennengelernt.‹ Und die anderen fragten immer: ›Ist er reich?‹ Es schien gleichgültig zu sein, ob er Talent hatte oder gut aussah. Die Frage war immer nur: ›Ist er reich?‹«

»Reich?« Silas wiederholte das Wort. »Reich?«

»Natürlich waren sie alle passend«, sagte Hebe.

»Was heißt passend?«

»Passend bedeutete – oh, passend, das bedeutete Public School und mit den richtigen Leuten verwandt sein. Sie fragten: ›Ist er reich?‹ Und als nächstes kam: ›Sind seine Leute in Ordnung, sind sie aus unserer Schicht?‹ «

Jesus, ganz wie in der Schule, dachte Silas.

»Dann pflegten sie ausgiebig zu telefonieren und in den Apparat zu kreischen und zu kichern. Es hat ihnen nie etwas ausgemacht, wenn man alles mitbekam. Es war eine Art Ritual.«

»Reizend.«

»Ich hatte nie das Gefühl, dazuzugehören.«

»Ich möchte nicht passend sein«, sagte Silas, der über das Wort nachgegrübelt hatte.

»Ich glaube nicht, daß da eine Gefahr besteht.«

»Ich bin schrecklich hungrig, Mum, sollen wir die Speisekammer plündern?«

In ihre Decken eingewickelt, trotteten sie nach unten. Ihrer warmen Hülle beraubt, verkroch sich Trip wütend unter die Kopfkissen. Hebe machte Schinkenbrote, und sie gingen mit Tellern und Milchgläsern wieder ins Bett zurück. Trip sprang aus dem Fenster in die Nacht hinaus.

»Wie waren dein Vater und deine Mutter?« fragte Silas kauend.

»Ich habe sie nicht gekannt. Sie kamen bei einem Flugzeugabsturz um, als ich ein Baby war. Meine Großeltern haben uns aufgezogen.«

»Waren sie ›passend‹?« Das Wort hatte es ihm angetan.

»Ich habe sie heute morgen getroffen.«

»Was?« Mit einem Knall stellte Silas sein Glas ab. »Wo?«

»Auf der Heimfahrt. Ich habe sie auf einer Seitenstraße getroffen, auf einer Abkürzung, die ich genommen hatte; sie waren mit einem Jeep zusammengestoßen.« Hebe beschrieb die

Szene so, wie sie sich daran erinnerte. »Sie hatten einen süßen Hund. Er hat ihn zurückgerufen, als ich ihn streicheln wollte, und ich habe gesagt: ›Ich werde einen langhaarigen Halbstarken, einen schwarzen Herumtreiber auftreiben, der euren Wagen repariert.‹ Worüber lachst du? In Wirklichkeit habe ich das nicht gesagt.«

»Es ist so komisch. Was bedeutet das? Warum hättest du das sagen sollen?« Silas brach wieder in Gelächter aus.

Hebe beschrieb ihm die Befragungen, das Familientreffen, die geplante Abtreibung, die Großeltern, die Schwestern, die Schwäger, ihr Ausreißen, die Fahrt per Anhalter nach Cornwall, die Ankunft auf Amys Schwelle, die wiederkehrenden Alpträume. Es machte ihr nichts aus, daß Silas gelegentlich fast hysterisch lachte. Sie vermutete, sein Lachen war für ihn genauso notwendig wie für sie das Erzählen. Jetzt, wo sie einmal begonnen hatte, konnte sie nicht mehr aufhören. Sie breitete ihr ganzes Leben, das sie bisher verheimlicht hatte, vor ihm aus. Die Rathausuhr schlug zwei und schließlich drei. Weit draußen auf dem Land krähte ein Hahn, und auf den Häusern der Stadt begannen die Möwen zu schreien. Hebe kam langsam zum Ende. Silas hatte sich in seine Decke gerollt, reckte sich zu ihr hoch, küßte sie und sagte: »Ich glaube nicht, daß Jim passend ist«, bevor er in Schlaf fiel. Hebe zog die Decke zu den Ohren und entspannte sich schließlich; ihrem Kind fühlte sie sich so nahe wie damals, als er noch in ihrem Bauch war.

Nachdem Silas eingeschlafen war, dachte sie über den folgenden Tag nach.

Zuerst mußte der Matchsack von den Reeves' abgeholt werden, eine Tortur für Silas, der sich vor der peinlichen Begegnung fürchtete. Ging es nur um den Matchsack und die Reeves', grübelte sie, oder war es etwas anderes? Nachdem sie

Silas alles gestanden und ihre Gedanken sich geklärt hatten, dachte sie lange über Silas' Lage nach. Waren die Reeves' nicht genau die Art von Leuten, die Sorte netter Freunde, mit denen er in der Schule glücklich sein sollte?

»Aber er ist nicht glücklich«, flüsterte sie der Katze zu, die von ihrem Rundgang zurückgekehrt, ins Bett kroch. »Er ist überhaupt nicht glücklich.« Mit der Klarheit, die extreme Müdigkeit manchmal hervorruft, überdachte sie ihre Pläne für Silas, dachte sie an die Möglichkeiten, die ihm durch Freundschaften und Erziehung eröffnet werden sollten. Am Anfang war es gut gewesen, fand sie. Bevor er ins Internat ging, hatte sie ihn immer für kurze Zeit bei Amy gelassen, wenn sie für Lucy, Maggie Cook-Popham oder Louisa kochte. Und nachdem das Syndikat angelaufen war, hatte sie ihn auch bei Amy gelassen, später arbeitete sie nur während des Schuljahres, damit die Ferien für Silas frei blieben.

»Und jetzt?« flüsterte sie der Katze zu, die sich warm an ihren Hals kuschelte. »Jetzt geht es Amy zu schlecht, um zu helfen, Silas ist nicht glücklich, und ich muß entscheiden, was zu tun ist.« Den zornigen Schreien der Möwen lauschend, fragte sie sich, ob sie Silas zu seinem eigenen Wohl fortgeschickt hatte, damit er die bestmögliche Erziehung bekäme, oder ob sie ihn fortgeschickt hatte, damit sie ihr Syndikat genießen konnte? »Ist er seinetwegen in der Schule oder meinetwegen?« fragte sie flüsternd die schnurrende Katze. Aber sie hatte keine wirklichen Zweifel. Sie dachte an die Wochenenden in Paris mit Hippolyte, die ausgelassene Stimmung und das köstliche Essen, an die Wochen mit Mungo, den sie wirklich mochte. »Er hat sich zu seinem Vorteil verändert«, flüsterte sie der Katze zu, »wir haben so herrliche Reisen gemacht«; sie dachte auch an Rory, den sie noch nicht ausprobiert hatte, von dem sie aber wußte, daß sie ihn sehr liebgewinnen könnte. O Gott, dachte sie, höchst alarmiert, da ist ja noch dieser Jim, Silas' Vater. Was sollte sie mit ihm machen? Sie fühlte sich bedroht.

Wir haben keine gemeinsamen Erinnerungen, dachte sie, alles sträubte sich in ihr. Ich weiß noch nicht einmal, ob er Katzen mag. »Es ist alles zuviel«, sagte sie laut. »Eines nach dem anderen. Zuerst kommt der Matchsack.«

34

Mungo fuhr mit Schwung und Eleganz. Die Nacht hatten sie in einem Hotel am Helford River verbracht. Als Alison unbedingt bei einer Apotheke in Truro anhalten wollte, hatte er befürchtet, sie würde wieder ihre verdammten Kopfschmerzen bekommen (stets ein Hinweis dafür, daß im Bett nichts laufen würde), aber seine Befürchtung war grundlos gewesen. Nach dem Abendessen mit Rory, der sie mit der Beschreibung seines Lebens als Putzmacher unterhalten hatte, war er, durch mäßigen Weingenuß erheitert, in ihr Zimmer hinaufgegangen und stellte fest, daß sie nicht, wie vermutet, lösliches Aspirin gekauft hatte, sondern verschiedene Verhütungsmittel.

»Welches möchtest du?« Alison präsentierte ihre Auswahl. »Tonikum? Elite? Fiesta?«

»Auf jeden Fall Fiesta!« rief Mungo aus. »Oder sollten wir es in Türbrecher umbenennen?« fragte er in Erinnerung an die Nacht in Louisas Haus.

»Das werden wir zu gegebener Zeit entscheiden.« Alison hatte ihn aufs Bett gezogen. »*Ich* hätte nichts gegen ein weiteres Baby.«

»Ihr Mädels aus den Midlands habt es faustdick hinter den Ohren«, sagte Mungo und umarmte sie.

Auf dem Weg nach Penzance dachte Mungo, daß Alison die Reise nach Santa Barbara außerordentlich gutgetan hatte. Ich bin schließlich fair, dachte er im Fahren. Ich schulde diesem Mistkerl Eli meinen tiefsten Dank. Daß es Zeiten gegeben hatte, in denen Alison Hebe denselben Dank geschuldet hätte, kam ihm nicht in den Sinn.

Rory war auf der Fahrt durch Cornwall schweigsam und lauschte Mungos und Alisons Unterhaltung. Sie schienen sich auf das Wiedersehen mit ihren Kindern, den schrecklichen kleinen Rangen, zu freuen. Hatte Mungo sie nicht als absolute Mühlsteine bezeichnet, als er besoffen war?

»Wir sollten Michael in den nächsten Ferien zu uns einladen«, sagte Mungo. »Das schulden wir den Reeves'.«

»Warum nicht zu Weihnachten die ganze Familie?« schlug Alison vor. »Alle zusammen?«

»Da lassen wir uns auf was Schönes ein, Jennifer ist nicht gerade umgänglich, eher ziemlich anstrengend.«

»Ich werde mich um sie kümmern. Du kannst Julian auf die Jagd oder zum Golf mitnehmen.«

»In Ordnung«, sagte Mungo gutmütig.

»Ich glaube, sie haben einen Jungen aus Michaels Schule bei sich. Wenn sich Ian und Alistair mit ihm angefreundet haben, könnten wir ihn auch einladen. Sie können gar nicht genügend Freunde haben. Er dürfte in Ordnung sein, wenn Jennifer ihn aufgenommen hat.«

»Ist diese Jennifer – äh – eine –«, fragte Rory.

»Eine Expertin«, sagte Mungo. »Eine einflußreiche Dame, die sich auskennt in der Gesellschaft, sich um Stellung und die richtigen Kumpels für ihre Jungen kümmert. Jeder Junge, der bei ihr zu Besuch ist, muß – hm – na ja, du weißt, was ich meine.«

»Passend sein«, schlug Alison vor.

»Gesellschaftlich okay sein?« spöttelte Rory. »Stimmt's? Einer von uns sein?«

»Ja, natürlich.«

Nachdenklich verglich Rory den Mungo, der wieder mit Alison vereint war, der die Show des liebevollen Ehemannes und

Familienvaters abzog, mit demjenigen Mungo, der um seine Geliebte jammerte, die drei Nächte zuvor Rorys Bett geteilt hatte. Dadurch werde ich leichteres Spiel haben, dachte er, und dachte sich eine Tour durch Kfz-Werkstätten aus, in denen Hebes Auto bekannt sein könnte. Vielleicht, dachte er hoffnungsfroh, könnte mir der Automobilklub helfen oder, wenn es gar nicht anders geht, die Polizei.

»Der Parkplatz ist verdammt voll«, sagte Mungo, als er von der Straße in die Einfahrt zum Landeplatz einbog. »Verdammte Scheiße, wo kann ich denn parken?«

Alison preßte die Lippen zusammen.

Mungo warf ihr einen liebevollen Blick zu. »Nicht erlaubt, dieses Wort. Es wird nicht mehr vorkommen, außer an passender Stelle.«

Wie hält Hebe das nur aus, es ist zum Aus-der-Haut-fahren, dachte Rory.

»Das muß ihr Hubschrauber sein, glaube ich.« Alison reckte den Hals, und Mungo quetschte den Wagen in eine Lücke. »Jennifer sagte, sie kämen mit der Maschine um halb eins.«

Durch die Aussicht, die Reeves' wiederzusehen, bereits in Nervosität versetzt, stand Silas neben Hebe im Wartesaal und wurde erneut von Horror ergriffen. »O Gott, Mum, Mr. Reeves muß für meinen Matchsack Übergepäck bezahlen. Hier steht«, er zeigte auf ein Schild, »Übergepäck kostet dreißig Pence per Kilo.«

»Wenn das zutrifft, dann bezahle ich es. Mach dir keine solchen Sorgen.« Er macht sich selbst ganz fertig, und das macht mich verrückt, dachte Hebe, die sich um ihr Kind sorgte und mit ihm fühlte. »Hier kommt ein Hubschrauber. Vermutlich ist das ihrer.«

»O Gott«, murmelte Silas, »was werde ich bloß sagen?«

»Sei einfach ganz normal.«

»Wie denn normal?« schrie Silas verängstigt.

Sie beobachteten, wie der Hubschrauber ratternd landete, und standen eng aneinandergedrängt da, gewappnet für die Konfrontation.

Jim hatte sich verspätet, weil ihn Bernards besessener Wunsch, Blumen für Amy zu kaufen, aufgehalten hatte (»ich mache fünfzig Jahre gröblichster Vernachlässigung gut«), und erreichte den Landeplatz, als der Hubschrauber gerade die Rotorblätter abstellte. Er rannte in den Ankunftssaal, drängte sich an zwei Männern und einer Frau vorbei, die offensichtlich auch Freunde abholten. Eine Gruppe von Passagieren strömte vom Hubschrauber in die Halle. Langsam anschwellend, füllten die Stimmen der Leute bald den ganzen Raum mit dem vertrauten Oberklassenakzent, der von den Resopaltischen widerhallte. Lauthals begrüßten die Ankommenden die Empfangsdelegation, die vor Jim aufgereiht stand.

»Alison, mein Schatz!«

»Jennifer, meine Liebe, Julian!«

»Mein lieber Mungo, wie geht's, wie gut du aussiehst.«

»Das ist mein Cousin Rory Grant, Jennifer Reeves.«

»Guten Tag, das sind Alistair, Ian und Michael. Sieh dich um, mein Lieber, diese lästige Person müßte hier sein, um den Matchsack von ihrem entsetzlichen Jungen abzuholen.«

Jim beobachtete Hebe und Silas angesichts der Gruppe von sonnengebräunten, gesunden Leuten, die mit Gepäck beladen waren und vor Selbstsicherheit strotzten. Silas richtete sich auf, um sich neben seine Mutter zu stellen; das Haar zerzaust, die gleichen braunen Augen wie Hebe, schaute er vor sich hin. Glühender Stolz durchfuhr Jim. Hebe erkannte Alison, Mungo und Rory und versuchte mit aller Kraft Haltung zu bewahren.

Ein so entsetzliches Zusammentreffen hätte sie in ihren kühnsten Träumen nicht für möglich gehalten.

Passagiere aus dem Hubschrauber strömten vorbei zum Parkplatz, wo sie ihr Gepäck in den Wagen verstauten, einstiegen, sich anschnallten und nach London, Bristol, Birmingham, Stevenage und Harlow-Neustadt fuhren.

Wieder rief Jennifer mit ihrer durchdringenden Stimme: »Schau dich um, Julian, schau, ob du diese Frau sehen kannst.«

»Ich bin schon da«, sagte Hebe vortretend.

Die Gruppe mit dem vertrauten Akzent verstummte, erstarrte; Silas sollte diese Reaktion Jahre später als »Sozial-Kleister« bezeichnen.

»Vielen Dank.« Hebe nahm Michael den Matchsack ab. »Schulde ich Ihnen etwas für das Übergewicht? Silas hat sich deswegen Sorgen gemacht.« Sie wandte sich an Julian. »Oh, hallo.«

Im Gegenlicht glich Julian einen Augenblick lang dem Mann, mit dem sie vor langer Zeit das Fiasko in Rom erlebt hatte. Das Herz sank ihr noch tiefer. Julian, der in Hebe die Art von Frau erkannte, für die man es hätte riskieren können, Jennifer für immer aufzugeben, antwortete mit einem herzlichen »Hallo« und entzücktem Grinsen. Jennifer witterte Gefahr und schnellte nach vorn, um Julians ausgestreckte Hand wegzuschieben. »Es war wunderbar, Silas bei uns zu haben«, sagte er zu Hebe. Gerade wollte er hinzufügen, er hoffe, Silas würde wiederkommen, und auch Hebe müsse sie besuchen kommen. Dem mußte ein Ende gesetzt werden.

Aber Hebes erleichtertes Lächeln hatte nichts mit Jennifer zu tun, sondern kam aus der Erkenntnis, daß Julian ein potentieller Anwärter für das Syndikat war. Sie hatte ihre Brille abgenommen, und während sie die Versammelten kurzsichtig anstarrte, war sie vollauf damit beschäftigt, ihre unpassende Fröhlichkeit zu unterdrücken. Die gegensätzlichen Gefühle, die zwischen Hebe und den Reeves' herrschten, erzeugten eine fast funkensprühende Spannung. Jim fühlte sich in wahnwitzige Hochstimmung versetzt.

Alison trat auf Hebe zu und nahm die Hand, die Julian eigentlich hatte schütteln wollen, und sagte: »Wie *nett*. Sie retten doch mit Ihrem wundervollen Kochen das Leben meiner Schwiegermutter, nicht wahr? All die exquisiten Speisen.« Sie hielt Hebes Hand fest.

»Das stimmt.« Hebe bemühte sich, ihre Gelassenheit wiederzugewinnen. »Ich arbeite gerne für sie, sie weiß es so zu würdigen.«

»Das gleiche gilt für Mungo«, sagte Alison, zu Hebe hinauf lächelnd, die fast einen Kopf größer war.

»Und sind das Ihre Jungen, die kleinen Mühlsteine?« fragte Hebe, herzlich lachend, um aufkommende Hysterie zu verbergen.

»Ja«, sagte Alison und drückte Hebes Hand, bevor sie sie wieder losließ. »Er haßt sie nicht immer. Vielleicht werden wir uns sogar noch eines anschaffen«, sagte sie in vertraulichem Flüsterton, während sie von Jennifer abrückte und Hebe freundlich anlächelte.

»Frauen!« sagte Mungo nach Atem ringend und voller Bewunderung zu Rory. »Der alte Julian hätte beinahe einen Fuß reingekriegt, er hätte fast ein Angebot gemacht.«

»Wie kann er es wagen«, sagte Rory angewidert.

Doch Julian ließ sich von seiner Frau nicht zurückhalten und fuhr unbeirrt fort: »Warum einigen wir uns nicht auf ein Datum? Wir könnten – vielleicht nächste Ferien –«

Jennifer unterbrach erneut: »Wir sehen Sie nie bei Schulsportfesten oder am Gründungstag.« Verzweifelt bemühte sie sich, ihre Überlegenheit wiederzugewinnen, die sie als ihr Vorrecht betrachtete.

»Ich fürchte, dazu wird es nicht mehr kommen«, antwortete Hebe kühl. »Hier gibt es eine gute Oberschule, lauter nette, anständige Leute.« Silas neben ihr errötete, vor Freude glühend. »Ach, da bist du ja«, sagte sie zu Jim, der neben ihr aufgetaucht war.

»Soll ich den Matchsack nehmen?« fragte er. »Sie stehen das nicht länger durch«, flüsterte er ihr zu.

»Ich glaube nicht, daß Sie Silas' Vater kennengelernt haben«, sagte Hebe mit etwas lauterer Stimme und sah sich in der Runde um, deren Gesichter sie ihrer Aufregung wie auch ihrer Kurzsichtigkeit wegen nur verschwommen wahrnahm. »Ja, nimm den Sack, Liebling.« Sie reichte ihn Jim.

Rory trat zu Hebe. »Ich hatte gehofft – ich suchte – suchte –«

»Mich?«

»Ja. Deine Autonummer – äh – Autonummer – äh – ist –«

»Aus Cornwall?«

»Ach, Hebe.« Er stand vor ihr.

Während Hannah sich beim Hüpfen über die Straße entschlossen hatte, wieder zu heiraten und fast unmittelbar danach Terry gefunden hatte, sah Hebe sich plötzlich derselben Versuchung ausgesetzt. Wie einfach wäre es doch, den bereitwillig liebenden Rory zu nehmen. Wie verlockend, sich in dem georgianischen Haus einzurichten mit dem Oberlicht und dem delphinförmigen Türklopfer. Wie reizend, die Wochenenden in Großtante Calypsos Glockenblumenwald zu verbringen. Da gäbe es keine Auseinandersetzungen. Da würde endlich Frieden herrschen. Vielleicht zuviel Frieden.

Das wäre nicht fair. Selbst mit ihren kurzsichtigen Augen erkannte sie seinen besorgten Blick.

»Leb wohl, Rory, mein Lieber. Meine besten Grüße an deine Tante Louisa.« Sie berührte ihn nicht. »Für sie habe ich am liebsten gearbeitet. Eines Tages werde ich kommen und einen deiner Hüte kaufen.«

»Wird das alles sein?« Rorys gewöhnlich umherirrender Blick richtete sich direkt auf Hebe.

»Ich fürchte schon«, sagte sie traurig.

»Ich werde einen – äh – einen besonders hübschen entwerfen«, sagte Rory tapfer.

»Ich werde ihn an Festtagen tragen«, sagte sie.

»Ich wünschte – äh – ach, ich wünschte, *ich* könnte feiern.«

Zögernd folgte Rory den anderen, die sich verlegen davon machten. »Nun, jetzt sollten wir aber los«, sagten sie.

»Ich hoffe, man sieht sich bald einmal.«

»Haben wir alles?«

»Wie wär's mit einem Lunch demnächst?« und weitere Belanglosigkeiten dieser Art.

Mungo stellte fest, daß Alison Jennifer und ihre Meute nicht zu Weihnachten einlud.

Michael, Ian und Alistair sagten nichts, sahen sich nur an, zogen die Augenbrauen hoch und versuchten mit gewinnenden Blicken Silas zur Besiegelung einer nicht bestehenden Freundschaft zu ermuntern.

Julian sprach mit Jennifer und bemühte sich, wieder festen Boden unter die Füße zu kriegen, nachdem er sich auf schlüpfriges Terrain hinausgewagt hatte.

»Ich versichere dir, ich habe das Mädchen noch nie zuvor gesehen.« Seine Stimme klang schuldbewußt.

»Ich glaube dir kein Wort. Sie hat dich erkannt, sie sagte ›hallo‹.«

»So hat sie uns alle begrüßt.« Verzweifelt versuchte Julian, seine Frau abzulenken. »Sie ist ein ganz gewöhnliches Mädchen.«

»Ich glaube, sie ist eine ganz gewöhnliche Nutte. Du wirst mir sagen, wie und wo du –« Auf dem Weg zum Auto begann Jennifer mit ihrem Verhör. Wenn etwas die einst so selbstsichere Gruppe vereinte, dann ein allgemeines Gefühl des Mitleids für Julian, der ganz offensichtlich schweren Zeiten entgegensah, obwohl er sich dies eine Mal tatsächlich nichts hatte zuschulden kommen lassen.

»Ich hatte die alte Jennifer schon immer im Verdacht, eine Tendenz zur Bösartigkeit zu haben, ein falsches Biest zu sein.« Mungo fuhr den Wagen nach Hause.

»Natürlich ist sie falsch.« Alison hatte sich die neue Einschätzung der Freundin der Familie zu eigen gemacht. »Außerdem ist es dumm, in der Öffentlichkeit Eifersucht zu zeigen.« Ein paar Meilen später sagte sie: »Ich war eigentlich immer der Meinung, wir sollten die staatliche Erziehung als Alternative für Eton in Betracht ziehen.«

Mungo war so überrascht, daß er ein paar Meilen weiterfuhr, bevor er antwortete: »Das werden wir in Betracht ziehen müssen, wenn wir die Familie vergrößern.«

»Meine Güte, was für ein Turteltaubengeschnäble.« Rory zeigte erste Anzeichen von Aufheiterung; es war der Beginn eines Prozesses, der sich einige Zeit hinziehen sollte.

Ian und Alistair hatten verstohlene Blicke ausgetauscht und versucht, sich ein neues Bild von ihren Eltern zu machen, während Mungo den Wagen durch den Urlaubsverkehr steuerte. Sie hatten Silas durch die Gartenanlagen des Flugplatzes rennen sehen; er hüpfte herum, riß ständig die Arme hoch und sprang auf der Suche nach Giles mit einem Ausdruck ungetrübten Entzückens über die Blumenrabatten hinweg. Ian sagte zu Alistair, Silas habe gerufen »Ich bin nicht aus dem Reagenzglas«, was Alistair als Blödsinn abtat.

Hinter seinen streitenden Eltern auf dem Rücksitz lümmelnd, gab sich Michael schmollend jener pubertären Revolte hin, die bei dem Abendessen während Silas' Besuch ihren Anfang genommen hatte.

35

Den Leuten im Flughafenbüro waren Hebe und Jim egal. Sie hatten Telefonanrufe zu beantworten, Buchungen zu machen und ihren Kaffee zu trinken. In eineinhalb Stunden würde der nächste Hubschrauber abheben. Bis dahin konnten sie scherzen, Witze machen und sich die letzten Klatschgeschichten erzählen.

»Ich muß mich entschuldigen, daß ich Sie Liebling genannt habe«, sagte Hebe förmlich.

»Ist schon in Ordnung«, erwiderte Jim.

»Es war eine Versuchung«, sagte Hebe.

»Ich verstehe vollkommen.«

»Danke.«

»Draußen ist eine Bank, sollen wir uns setzen?«

Hat er bemerkt, daß mir die Knie schlottern? Ich darf jetzt nicht nachgeben. Ich wünschte, Silas wäre nicht davongerannt und hätte uns nicht allein gelassen. Ich wünschte, ich würde etwas fühlen. Ich wünschte, ich wüßte, was ich empfinde.

»Hier, setzen Sie sich hier hin«, sagte er. »Es ist angenehm in der Sonne. Sie mussen nichts sagen.«

Wieso weiß er Bescheid? fragte sie sich und nahm Platz. Es gibt eine ganze Menge zu sagen. Wie scheußlich das ist. Warum sagt er nichts? Jim schwieg.

»Haben Sie mich gehört? Ich habe dieser Frau gesagt, Silas würde nicht in die Schule zurückkehren.«

»Ja, das habe ich.«

»Er ist nicht glücklich dort«, rief Hebe. »Er fühlt sich elend.«

»Dann tun Sie ganz das Richtige.«

»Glauben Sie? Glauben Sie wirklich?«

»Ja.«

»Ich wünsche mir so sehr, daß er glücklich ist«, rief sie aus.

»Ja.«

»Ach«, schrie Hebe, »mein Syndikat ist geplatzt!«

Jim wußte nicht, wovon sie sprach.

Was kann ich sagen, ohne mich aufzudrängen, dachte er. Ich kenne diese Frau nicht. Was zum Teufel meint sie – Syndikat? Wenn ich sie frage, reißt sie mir vielleicht den Kopf ab. Ich wünschte, ich wäre zu Hause in Fulham, in meinem Kaffeehaus, bei meinen Antiquitäten, ohne all die verdammten Sorgen. »O Gott!« rief er aus. »Sie weinen.« Sie wurde von Schluchzen geschüttelt. Er zog ein Taschentuch heraus. Was für eine entsetzliche Heulsuse. Er reichte ihr das Taschentuch. (Worauf habe ich mich eingelassen?) Sie schneuzte sich. (Wäre sie ein Mann, würde ich sagen, sie trompetet.) Sie hörte auf zu weinen. Sie sah furchtbar aus. Er erwartete, sie würde sagen: »Ich sehe furchtbar aus.« Sie tat es nicht. Sie schneuzte sich ein letztes Mal, knäulte das Taschentuch zusammen und steckte es in ihre Tasche.

»Danke«, sagte sie.

Es war eines meiner besten Taschentücher, dachte er, ihr Vorgehen bewundernd. Ich bezweifle, ob ich es jemals wiedersehe.

»Sie bekommen es zurück, wenn es gewaschen ist«, sagte sie.

Sie muß die Männer schon sehr gut kennen, wenn sie meine Gedanken lesen kann. Er war ziemlich stolz auf seinen Scharfsinn.

»Sie haben den Matchsack wohlbehalten zurückbekommen«, sagte er, um die Unterhaltung nicht abreißen zu lassen.

»Ja.«

»Und über Silas' Zukunft entschieden.«

»Ja.«

»Sind Sie immer so impulsiv?«

»Darüber denke ich schon eine ganze Weile nach.« Seit einigen Tagen, dachte sie.

»Er sah sehr froh aus, er strahlte.«

»Wirklich? Ich hatte meine Brille nicht auf.«

»Dieser Julian Reeves –«

Hebe begann zu lachen. Wenn ich ihn je kennenlerne, werde ich ihm von dem Fiasko in Rom erzählen.

»Der eine, der wie ein Kaninchen aussieht, hat mir ziemlich leid getan.«

»Sie meinen, wie ein Hase. Er ist Hutmacher.«

»Aber der andere, dessen Frau sich mit Ihnen verbündet hat, fand alles ziemlich lustig. Ist sie eine Freundin von Ihnen?«

»Vielleicht wird sie das.«

»Aber ihr Mann schien Sie recht gut zu kennen.«

Hebe sah ihn flehentlich an, Augen und Nase vom Weinen verschwollen. »Oh, ich verstehe«, sagte Jim. Er hatte kapiert, »er ist einer von –«

»Ja.«

»Jetzt verstehe ich es. Sie waren alle –«

Hebe nickte. »Fast alle.« Sie sah weg.

Er betrachtete sie und versuchte ihre Gedanken zu erraten.

Sie blieben in der Sonne sitzen.

Jim dachte, sie sollte mir sagen, was sie all die Jahre gemacht hat. Sie sollte mir von ihren Liebhabern erzählen, mir erklären, wie sie lebt, wie sie zurechtkommt. Sie könnte mir von ihren Kochjobs erzählen, und dann könnten wir auf die Männer zu sprechen kommen. Es liegt auf der Hand, daß sie nicht mit dem ganzen Verein weitermachen kann, aber gibt es außer ihnen noch andere? Sie sollte mir von ihren Freunden erzählen, von unserem Kind.

Hebe saß neben ihm, anscheinend entspannt, schläfrig.

Ich sollte ihr erzählen, wie ich hinter jedem Mädchen hergerannt bin, das nur entfernte Ähnlichkeit mit ihr hatte. Ich sollte ihr sagen, daß ich sie nie vergessen habe, daß ich immer hoffte, sie zu finden, daß ich sie liebe. Aber stimmt das? Er sah sie an, wie sie dasaß, mit geschlossenen Augen, das Gesicht der Sonne zugewandt, und mit leichtem Griff die Brille in ihrem Schoß festhielt. Er zitterte. Ich bin ein Feigling, dachte er.

»In Lucca«, er räusperte sich. »Ich –«

Hebe sah ihn an, setzte die Brille auf und sagte gemessen:

»Das ist nur ein Bild«, sagte sie, »ein Bild, das Sie sich von mir gemacht haben. Ich bin nicht das Mädchen, an das Sie sich erinnern. Ich bin nicht mehr dumm und naiv. Sie erinnern sich an sie, ich erinnere mich an einen Geruch. Bis gestern wußte ich nicht, daß Sie das waren. Ich bin Ihnen dankbar, daß Sie Silas geholfen haben. Ich bin Ihnen für die Hilfe heute dankbar, ich –«

»Ach, halten Sie den Mund«, sagte Jim wütend.

»Das hat mein Großvater immer zu meiner Großmutter gesagt.«

»Er hatte vermutlich recht«, zischte er.

»Nein, das hatte er nicht«, schrie Hebe zornig.

»Wie alt sind Sie?« fragte Jim.

»Dreißig. Warum?«

»Ich möchte ausrechnen, wie viele Jahre uns zum Reden und Streiten bleiben.«

»Oh.«

»Sollen wir mit einem Streit beginnen? Dann erzählen Sie mir doch alles über Ihren verdammten Großvater«, schrie Jim, dem der Geduldsfaden gerissen war. »Ich kann Ihnen von mir erzählen. Sie können mir erzählen, was Sie von Silas, unserem Sohn, wissen. Wir haben endlose Jahre. Also los –« Er wünschte sich nicht mehr nach Fulham zurück, er fragte sich, was geschähe, wenn er sie schlüge, wahrscheinlich würde sie zurückschlagen. »Los, wir wollen anfangen. Reden Sie.«

»Also gut«, sagte sie und fragte sich, ob auch nur die Hälfte ihrer Probleme zur Sprache kommen würde, und zugleich zweifelte sie daran, ob das Ganze überhaupt einen Sinn hatte. »Wo sollen wir anfangen?«

»Waren das alle?« fragte Jim.

»Was soll das heißen?« fragte sie ausweichend.

»Das ganze Syndikat.« Er versuchte ruhig zu bleiben.

»Mhm.« Sie nahm die Brille ab. »Nein.«

»Nehmen Sie sie nicht ab. Sie müssen mich klar sehen.«

Hebe setzte trotzig die Brille wieder auf, wandte sich ihm zu und sah ihm in die Augen.

»Wie viele mehr?« fragte Jim mutig.

»Einer.«

Was hat sie vor mit dem einen, fragte er sich und spürte, daß sein Herz ziemlich schnell zu klopfen begann.

»Ich sollte lieber anrufen. Haben Sie Kleingeld? Es ist ein Ferngespräch«, sagte sie.

Jim leerte seine Taschen, gab ihr das Kleingeld, beobachtete, wie sie zu der Telefonzelle ging, wählte, die Münzen einwarf, den Knopf drückte und zu sprechen begann. Angst stieg in ihm auf. Was für ein Narr ich bin, dachte er. Warum ließ ich sie telefonieren? Der Mann wird ihr sagen, sie solle es sich genau überlegen und sofort herkommen. Nein, er wird sagen: Bleib, wo du bist. Ich komme und hole dich ab. Wie konnte ich nur so blöd sein, so schwachsinnig, ich habe sie ihm geradezu in die

Arme getrieben. Er sah sie sprechen, versuchte, von ihren Lippen zu lesen, schauderte, wenn sie lachte, zuckte zusammen, wenn er sie so süß, so vertraulich plaudern sah; er hätte den Kerl umbringen können, wer es auch sein mochte. Schließlich kam sie zurück und setzte sich neben ihn.

»So«, sagte sie. »So.« Sie war erschöpft.

»Was hat er gesagt?« fragte Jim.

»Er sagte, ›so ein Luder‹.«

»Oh?«

»Es war Hippolyte«, erwiderte Hebe, »der Gründer des –«

»Ihres Syndikats?« Jim spürte Wut in sich aufwallen.

»Ich habe ihm erzählt, was passiert ist«, sagte sie sanft. »Ich – hm – habe es ihm erklärt. Er hat jetzt ein Restaurant in London. Er hat uns auf unbegrenzte Zeit einen Tisch auf Kosten des Hauses angeboten.« Ihr Mund verzog sich zu einem Lächeln. Sie sah ihn nicht an. Wie er sie schon wegen ihres Verhaltens mit dem Taschentuch bewundert hatte, respektierte er sie jetzt, weil sie nicht sagte »Sie werden ihn mögen.« Den Teufel würde er tun. Erneut hatte sie die Brille abgenommen.

Sie saßen in der Sonne, und Jims Herz schlug wieder im gewohnten Takt. Er hatte sich erholt und sagte nach einer Weile: »Alle Pfauen sind verschwunden.«

»Pfauen?«

»Sie kennen doch sicherlich die Geschichte Ihrer Namensgeberin Hebe, oder muß ich sie Ihnen erzählen?«

»Ich kenne sie«, gab sie zu.

»Angenommen, ich lasse mich freiwillig ins Geschirr nehmen. Was würden Sie dazu sagen? Die Bedingung ist allerdings, daß ich der einzige im Gespann bin.« Er nahm ihre Hände. Es war das erstemal seit Lucca, daß er sie anfaßte.

Sie überließ ihm ihre Hände und sah ihn an. Sie wünschte, ihr wäre etwas Geistreiches und Originelles eingefallen, an das sie sich in den kommenden Jahren hätten erinnern können, aber alles, was sie hervorbrachte, war: »Sie sind im Rennen.«

George Scoop, dem seine Sprechstundenhilfe Jean die Gerüchte über die Vorgänge in der Wilson Street zugeflüstert hatte, war in Alarmzustand versetzt und beschloß, nach der Mittagspause am Hubschrauberlandeplatz vorbeizufahren. Obwohl er einen Horror hatte vor Szenen, außerdem große Angst, in Dinge verwickelt zu werden, die sich als höchst unangenehm herausstellen könnten, war er dennoch neugierig genug, um hinzufahren – unter Wahrung eines Sicherheitsabstands natürlich. Den Anblick von Hannah, die in einem scheußlichen purpurfarbenen Kleid mit ihrem schwarzen Beau herumschlenderte, fand er abstoßend; ihr Liebhaber war ganz in Weiß gekleidet, wodurch seine pflaumenfarbene Haut lebhaft mit Hannahs strahlender Blondheit kontrastierte. Zusammen mit den beiden Jungen Silas und Giles schüttelten sie sich vor Lachen über irgendeinen Witz, während sie Eis leckend auf der Promenade entlangspazierten. Mohrenkopf, Nigger, dachte George wütend. Was für ein perfektes Gebiß. Zum Teufel mit Giles. Als er sich mit dem Gedanken trug, Hannah zu heiraten, hatte er sich der Herausforderung von Giles' Zähnen stellen und sie begradigen wollen – als Hochzeitsgeschenk für seine Braut. Dem bin ich entgangen, beglückwünschte er sich. Ich hatte recht, sie sausen zu lassen. (Er war bereits überzeugt, daß er Hannah zurückgewiesen hatte, nicht sie ihn.) Soll ihr Junge doch mit diesen Zähnen durchs Leben gehen, dachte er verbittert, Hannahs fröhliches Winken und Terrys vergnügte Zurufe mißachtend.

Als er am Flughafen vorbeifuhr, erspähte er Hebe mit einem

fremden Mann auf einer Bank. Er starrte durch die Windschutzscheibe und versuchte Genaueres zu erkennen. Lachte oder weinte sie? Er drosselte die Geschwindigkeit und dachte, er könnte ihr anbieten, sie nach Hause zu fahren. Zeit, daß ich sie näher kennenlerne und herausfinde, was mit ihr los ist, dachte er. Aber aus der Art, wie Hebe und der Fremde einander zugewandt auf der Bank saßen, konnte man schließen, daß für einen Dritten kein Platz mehr war. Ein Wagen hinter George hupte. George gab Gas und fuhr weiter.

Eveline Hasler im dtv

»Eveline Haslers Figuren sind so prall voll Leben, so anschaulich und differenziert gezeichnet, als handle es sich samt und sonders um gute Bekannte.«
Klara Obermüller

Anna Göldin
Letzte Hexe
Roman · dtv 10457
Die erschütternde Geschichte des letzten Hexenprozesses in Europa im Jahre 1782.

Novemberinsel
Erzählung · dtv 10667
Eine junge Frau zieht sich mit ihrem jüngsten Kind im November auf eine Mittelmeerinsel zurück in der Hoffnung, aus einer psychischen Krise herauszufinden.

Ibicaba
Das Paradies in den Köpfen
Roman · dtv 10891
Im 19. Jahrhundert sind Hunger und Elend in einigen Kantonen der Schweiz so groß, daß es zu einer riesigen Auswanderungswelle ins »gelobte Land« Brasilien kommt. Doch das vermeintliche Paradies entpuppt sich für die meisten als finstere Hölle.

Der Riese im Baum
Roman · dtv 11555
Die Geschichte Melchior Thuts (1736–1784), des größten Schweizers aller Zeiten. Ein historischer Roman, der das 18. Jahrhundert in seiner ganzen Gegensätzlichkeit zeigt: als Epoche, in der die Wurzeln unseres modernen Denkens, aber auch der modernen Fehlentwicklungen liegen.

Die Wachsflügelfrau
Roman · dtv 12087
1899 bewirbt sich Emily Kempin-Spyri, die erste Juristin im deutschsprachigen Raum, um eine Stelle als Magd bei einem Pfarrer. Vorausgegangen ist ihr einzigartiger Aufstieg als Kämpferin für die Frauenrechte in der Schweiz und in New York, ihre Ehe mit dem Pfarrer Walter Kempin, Geldnöte, Auseinandersetzungen, schließlich der Ruin.